Mord im Küstenwind

Christiane Franke lebt gern an der Nordsee, wo ihre bislang vierzehn Romane und ein Großteil ihrer kriminellen Kurzgeschichten spielen; aber auch im Ausland holt sie sich auf Reisen gern Anregungen für die eine oder andere gemeine Tat. Franke ist ebenfalls Herausgeberin von Anthologien, war 2003 für den Deutschen Kurzkrimipreis nominiert und erhielt für 2011 das Stipendium der Insel Juist »Tatort Töwerland«. Mehr unter: www.christianefranke.de

CHRISTIANE FRANKE

Mord im Küstenwind

KÜSTEN KRIMI

emons:

Bibliografische Information der Deutschen Nationalbibliothek
Die Deutsche Nationalbibliothek verzeichnet diese Publikation in der Deutschen Nationalbibliografie; detaillierte bibliografische Daten sind im Internet über http://dnb.d-nb.de abrufbar.

FSC
www.fsc.org
MIX
Papier aus verantwortungsvollen Quellen
FSC® C083411

Umschlagmotiv: Screeny/photocase.de
Umschlaggestaltung: Nina Schäfer, Tobias Doetsch
Gestaltung Innenteil: César Satz & Grafik GmbH, Köln
Lektorat: Marit Obsen
Druck und Bindung: CPI – Clausen & Bosse, Leck
Printed in Germany 2017
ISBN 978-3-7408-0175-5
Küsten Krimi
Originalausgabe

Dieses Werk wurde vermittelt durch die Literarische Agentur Thomas Schlück GmbH, 30827 Garbsen.

Für meine Eltern –
wie schön, dass ich euch beide noch habe!

Prolog

Er starrte voller Schrecken den Mann an, der vor ihm auf dem Boden lag. Überlegte fieberhaft, was er tun sollte. Weg hier. Den Schaden begrenzen. Kein Mensch könnte sie miteinander in Verbindung bringen. Er lauschte. War da eine Stimme gewesen? Nein. Langsam beruhigte sich sein Atem. Er hockte sich hin. Legte zwei Finger an den Hals des Mannes. Kein Puls.

Nun denn. Er sah sich im Zimmer um. Solange ihn keiner überraschte, würde er finden, was er suchte. Ein Feuer würde sämtliche Spuren auslöschen. Der Damm war gebrochen. Niemand konnte ihn mehr aufhalten. Und am Ende würde er sein Ziel erreichen. Ganz sicher!

Dienstag

»Verdammter Mist«, fluchte Manfred Peters in der Leitzentrale der Feuerwehr, als um zwanzig Uhr die Brandmeldung hereinkam. Er legte das Buch beiseite. Immer wenn es am spannendsten war, kam garantiert ein Einsatz. »Los geht's, Kollegen«, rief er, doch die waren bereits aufgesprungen. Eilig hastete er hinterher.

Wenige Minuten später fuhren zwei Löschzüge mit Blaulicht und Signalton die Peterstraße hinauf. Bis zum Einsatzort in der Südstadt waren es nur wenige Fahrtminuten.

Schon von Weitem sahen sie die Flammen aus dem ersten Stock des weiß getünchten Altbaus lodern. Auf der gegenüberliegenden Straßenseite standen etliche Menschen. Einige von ihnen redeten und gestikulierten aufgeregt, zwei Frauen starrten schweigend zum Brand hinauf.

»Sind alle raus?«, rief Peters den Anwohnern zu, während seine Kollegen routiniert begannen, die Schläuche abzurollen, sie an den Hydranten anzuschließen und ins Gebäude zu laufen.

»Ich glaub schon«, erwiderte eine sichtlich schockierte Frau in heller Hose und kurzärmliger Bluse. »Wir haben auf dem Balkon gesessen, als es auf einmal komisch roch. Ich dachte, da grillt jemand, doch mein Mann meinte, es brennt unten in der Praxis. Er ist nach oben gerannt und hat überall geklingelt, ich hab Sie angerufen. Dann sind wir raus. Es sind wohl nicht alle zu Hause gewesen. Die Familie Seifert fehlt, aber der Sohn hat dienstagabends Fechtunterricht. Seine Mutter holt ihn immer ab, wenn sein Vater im Supermarkt die Spätschicht übernimmt. Und Dr. Brauckhage ist bestimmt schon gegangen. Der ist Psychotherapeut. So einer hat ja bereits am Nachmittag Feierabend.«

Viel schien die Frau von Psychotherapeuten nicht zu halten.

»Hat Ihr Mann auch bei ihm geklingelt?«, hakte Peters dennoch nach.

»Sicher. Mein Mann ist Postbeamter. Und ein ganz korrekter. Manchmal zu korrekt, das kann ich Ihnen sagen.«

»Danke für die Info.« Peters lächelte kurz, dann lief er hinüber, um Timo Blaschke zu unterstützen, der draußen stand und von der

Straße aus mit dem Schlauch Wasser nach oben durch die Fenster schoss.

Eine gute halbe Stunde später hatten sie das Feuer in der Arztpraxis gelöscht. Glücklicherweise waren sie rechtzeitig genug informiert worden, um zu verhindern, dass sich der Brand auf die angrenzenden Wohnungen ausbreitete.

Sie stellten allerdings fest, dass sich die Mieterin geirrt hatte. In dem Chaos, das Feuer und Löschwasser hinterlassen hatten, stießen sie auf die verkohlten Überreste eines Menschen.

Wie es schien, hatte Dr. Brauckhage doch noch nicht Feierabend gemacht.

Mittwoch

»Der Mann war schon vor dem Brand tot.« Mit dieser Neuigkeit wartete Kriminalkommissar Heiko Lemke auf, als er am Nachmittag das Büro von Oda Wagner und Christine Cordes betrat. »Krüger hat festgestellt, dass der Arzt in eine handgreifliche Auseinandersetzung verwickelt gewesen sein muss. Dabei wurde ihm der Kehlkopf zertrümmert, was zur Schädigung der Luftröhre führte. Das Feuer wurde erst nach seinem Tod gelegt. Die Kriminaltechniker sagen, es sieht nach Brandstiftung aus. Aktenschränke wurden aufgezogen, der Papierkorb daruntergestellt und angezündet. So konnte sich das Feuer im Nu ausbreiten.«

»Schiet. Das bedeutet Arbeit.« Oda Wagner konnte derzeit vieles gebrauchen: helfende Hände, die ihr die Umzugskartons ausräumten und die alte Wohnung zur Übergabe blitzblank putzten, jemanden, der ihr eine Pizza prosciutto funghi brachte oder ein Spaghetti-Eis vom Italiener, aber keinen Mordfall. »Was wissen wir über den Toten?«

Lemke sah auf seine Unterlagen. »Hartmut Brauckhage, Psychiater, achtundvierzig Jahre alt. Verheiratet. Wohnt in der Weserstraße. Seine Frau ist gestern Abend von den Kollegen informiert worden.«

»Sonst noch was?«, wollte Christine wissen. Sie schien an einer neuen Merdermittlung nichts auszusetzen zu haben, im Gegenteil. Oda hatte manchmal das Gefühl, dass ihre überaus korrekte und strebsame Kollegin in letzter Zeit sogar noch begieriger darauf war, ihre Fähigkeiten und ihren Wert für das Team unter Beweis zu stellen. Sie hatte es erstaunlich gelassen aufgenommen, dass nicht sie, sondern Oda zur Hauptkommissarin befördert worden war.

»In einer kleinen Stahlkassette im Schreibtisch haben die Kollegen Kokain sichergestellt.«

Oda lehnte sich zurück. »Ach nee. Viel?«

»Ein paar Gramm. Für einen Dealer zu wenig.«

»Es könnte zu einem Streit zwischen ihm und demjenigen gekommen sein, der ihm das Zeug beschafft. Vielleicht wollte er nicht das zahlen, was der andere forderte«, überlegte Christine laut.

»Stille Wasser sind tief.« Oda seufzte. »Fangen wir also an zu buddeln. Irgendwo muss das Motiv schließlich liegen, dem Mann erst die Kehle einzuschlagen und ihn dann zu verbrennen.«

»Was du nicht sagst.« Lemke verzog spöttisch das Gesicht und verließ das Büro.

»So 'n Schiet«, wiederholte Oda, als sich die Tür hinter ihm schloss. »Ich hätte bloß noch drei Tage Schonzeit gebraucht. Dann wäre der Umzug erledigt gewesen.«

»Selbst schuld«, entgegnete Christine gelassen. »Du hättest ja zusätzlich zu deinen Umzugstagen noch ein paar Urlaubstage nehmen können.«

»Ach was, im Hochsommer passiert doch normalerweise nichts.«

»Sagst du. So viel zum Thema Statistiken für Wilhelmshaven.« Christine reckte ihre Arme nach hinten. »Was meinst du, sollen wir der Witwe einen Besuch abstatten?«

»Versuchen können wir es.« Oda sah auf die Uhr. »Dann mal los. Je eher wir das hinter uns bringen, desto eher kann ich wieder an meine Umzugskisten. Obwohl ich nicht weiß, was mir gerade weniger Spaß macht: Hinterbliebene zu befragen oder Kisten auszupacken.«

In der Südstadt parkten sie direkt vor dem schmutzig grau verputzten Altbau, einem der vielen mehrgeschossigen Gebäude, die Anfang des 20. Jahrhunderts als Wohnraum für Offiziere der Kaiserlichen Marine entstanden waren. Noch heute beherbergte Wilhelmshaven den größten Marinestützpunkt Deutschlands, und auch die Handelsschifffahrt nutzte mit dem Jade-Weser-Port den größten deutschen Tiefwasserhafen.

Das Klingelschild »Brauckhage« befand sich in der Mitte der Klingelleiste. Oda drückte auf den Knopf, und zu ihrer Überraschung wurde der Summer, der die Haustür entriegelte, ohne jeden Kommentar über die Gegensprechanlage gedrückt.

Das Treppenhaus war mit Terrazzoboden belegt.

»Derartige Verlegearbeiten würden heutzutage ein Schweinegeld kosten«, sagte Christine und sprach damit aus, was Oda dachte.

Wie sie es schon vermutet hatte, gab es keinen Aufzug, und die Wohnung des Psychiaters befand sich im dritten Obergeschoss. In der Tür stand eine Frau mittleren Alters. Sie trug eine Jeans und eine weit geschnittene Bluse, die ihre große Oberweite nicht kaschieren konnte. »Ja, bitte?«, fragte sie abwehrend.

»Guten Tag«, grüßte Oda freundlich und zog ihren Dienstausweis aus der Hosentasche. »Kripo Wilhelmshaven. Oda Wagner und«, sie wies auf Christine, »Christine Cordes.«

Die Frau nickte. »Kommen Sie bitte herein.«

Sie folgten ihr durch einen dunklen langen Flur, der Oda an die frühen Studenten-WGs ihrer Freunde erinnerte. Die Garderobe aus Kiefernholz quoll über von Jacken, auf einem Schuhregal stapelten sich Sandalen, Halbschuhe, sogar Gummistiefel standen daneben. Auch in der Küche standen Kiefernholzregale, die mit Tellern, Gläsern, Töpfen und Pfannen gefüllt waren. An einer freien Wand prangte eine große Magnettafel mit jeder Menge Fotos und Artikeln. Oda entdeckte ein Ticket für das diesjährige Heavy-Metal-Festival in Wacken. So eines hatte sie ihrem Sohn Alex zu Weihnachten geschenkt. War nicht mehr lang hin. Insgesamt wirkte das, was sie bisher von der Wohnung zu sehen bekommen hatte, dunkel, aber total gemütlich. Bestimmt hätte sie sich mit dem Brauckhage gut verstanden, das hatte Oda im Gefühl. Es roch appetitlich. Auf dem Tisch standen zwei Gläser Wasser und ein Teller mit dampfenden Spaghetti Bolognese. Die Töpfe dazu standen auf dem Herd, der allerdings ausgeschaltet war.

»Nehmen Sie bitte Platz«, bat die Frau. »Kann ich Ihnen etwas zu trinken anbieten? Ein Glas Wasser vielleicht?«

»Nein, danke.« Christine setzte sich auf einen der mit knallroten Stuhlkissen gepolsterten Stühle und zog ihren in braunes Leder gebundenen Schreibblock aus der Tasche. »Wir haben nur ein paar Fragen an Sie.«

»Ich glaube, da liegt eine Verwechslung vor«, sagte die Frau ruhig. »Beziehungsweise ein Missverständnis. Sie wollen sicher mit meiner Tochter sprechen.«

Wie auf Kommando trat eine zarte junge Frau mit langen rötlichen Haaren in die Küche.

»Guten Tag«, sagte sie. »Ich bin Jaqueline Brauckhage. Das ist meine Mutter. Anke Rietdorf.« Sie setzte sich, griff zu einem der Wassergläser auf dem Tisch und schob den Teller Spaghetti beiseite. Ihre Mutter blieb an die Arbeitsfläche gelehnt stehen, die Arme vor der Brust verschränkt.

»Ah ja.« Oda versuchte, sich ihre Verblüffung nicht anmerken zu lassen. »Entschuldigung, da waren wir …«

Sie ließ den Satz unvollendet, weil ihr tatsächlich einmal nicht einfiel, was sie sagen sollte.

»Frau Brauckhage, unser Beileid zum Tod Ihres Mannes«, begann Christine. »Wie Sie gestern sicherlich von unseren Kollegen erfahren haben, müssen die Umstände kriminalpolizeilich untersucht werden, und es tut uns leid, Ihnen das mitteilen zu müssen, aber Ihr Mann kam nicht durch den Brand ums Leben. Er wurde vorher getötet.«

»Getötet?« Jaqueline Brauckhage sah sie aus großen Augen an. »Getötet?«, wiederholte sie und blickte zu ihrer Mutter. Die verzog keine Miene.

»Ja. Erst anschließend wurde der Brand gelegt. Wahrscheinlich, um die Tat zu vertuschen.«

Die junge Witwe wurde blass. »Man hat Hartmut erst getötet und dann die Praxis in Brand gesteckt«, plapperte sie das Gesagte nach.

»Genau«, sagte Oda. »Das lässt die Angelegenheit natürlich in einem anderen Licht erscheinen, und darum brauchen wir von Ihnen einige Informationen.«

Die junge Frau nickte stumm, ihre Augen waren noch immer weit vor Entsetzen.

»Gibt es jemanden, mit dem Ihr Mann in letzter Zeit Streit hatte?«

»Nein.« Wieder sah Jaqueline Brauckhage zu ihrer Mutter. »Gab's doch nicht, Mama, oder?«

Anke Rietdorf schüttelte den Kopf. »Nein. Du hast nichts dergleichen erzählt, und auch Hartmut hat mir gegenüber nicht erwähnt, dass er mit jemandem Probleme gehabt hätte.«

»Hat Ihr Mann vielleicht mal von einem Patienten gesprochen, der besonders schwierig war?«, fragte Christine, ohne auf die Mutter einzugehen.

»Nein. Hartmut hat nie über seine Patienten gesprochen. Das ging nicht, wegen der ärztlichen Schweigepflicht.« Jaqueline Brauckhage griff erneut zu ihrem Glas und trank einen winzigen Schluck. Dann umfasste sie es mit beiden Händen, als böte es ihr Halt. Ihre Mutter stand neben ihr wie ein Schwan, bereit, das Küken zu schützen, so jedenfalls kam es Oda vor.

Das war interessant. Die Rietdorf wirkte patronisierend, aber kühl, es fehlte das Mütterliche, Warme. Jaqueline Brauckhage hingegen machte einen vollkommen hilflosen Eindruck. Sie war vom Alter her ja auch eher Kind als erwachsene Frau. Sie könnte eine Freundin von Alex sein, so jung sah sie aus.

»Denken Sie nach«, bat Christine. »Alles deutet darauf hin, dass es eine starke emotionale Handlung gewesen ist. Ein Streit, der eskalierte und dann durch den Brand vertuscht werden sollte, keine geplante Tat. Wer auch immer bei Ihrem Mann war, muss ausgerastet sein und jedes Denken abseits der Tat ausgeschaltet haben, denn in dem Haus gibt es neben der Praxis ja auch Wohnungen. Nur der guten Nase eines der Nachbarn ist es zu verdanken, dass der Brand rechtzeitig entdeckt wurde und niemand außer Ihrem Mann zu Schaden kam.«

Jaqueline Brauckhage sah sie entgeistert an und fuhr sich mit der Hand an den Mund. »Daran habe ich überhaupt noch nicht gedacht.« Sie sah erneut zu ihrer Mutter. »Nicht auszudenken, wenn es weitere Verletzte gegeben hätte.«

Anke Rietdorf reagierte kühl. »Damit hättest du nichts zu tun. Genauso wenig wie mit Hartmuts Tod. Das ist es doch, was Sie interessiert?« Sie richtete den Blick auf Oda und Christine. Ihr Ton war eisig.

»Uns interessieren die Fakten«, stellte Oda klar. »Wir versuchen, so viel wie möglich über Ihren Schwiegersohn herauszufinden.« Sie wandte sich wieder der jungen Witwe zu. Die sah sie unglücklich an.

»Wissen Sie, so lange kannten wir uns nicht, wir sind ja noch kein Jahr verheiratet. Hartmut hat wenig über seine Vergangenheit gesprochen. Das hat sich irgendwie nie ergeben. Und ich wollte ihn nicht ausfragen. Ein Mann in seinem Alter hat logischerweise mehr erlebt als jemand wie ich. Klar weiß ich, wo er studiert hat, und auch von seinen Großeltern hat er viel erzählt, von seinen Eltern weniger, aber sonst … Er war intelligent, humorvoll …« Sie zögerte einen Moment. »Um jemanden umzubringen, muss derjenige doch ein schlimmer Mensch gewesen sein. Das war Hartmut aber nicht. Ganz bestimmt nicht.«

»Hatte Ihr Mann einen besten Freund? Jemanden, der ihn besser und länger kannte als Sie?«, fragte Oda.

Jaqueline Brauckhage reagierte überrascht. »Nein. Nicht dass ich wüsste. Jetzt, da Sie es sagen, fällt es mir auf. Er hatte zwar einen Ärzte-Stammtisch, zu dem er gewöhnlich ging, aber dass er einen engen Freund hatte, nein. Zumindest keinen, mit dem er sich regelmäßig traf.«

»Wie sieht es mit seiner Sprechstundenhilfe aus?«, fragte Christine. »Wissen Sie, wie lange die schon für ihn arbeitet?«

»Ewigkeiten«, antwortete Jaqueline. »Ich hab mich immer ein wenig unterlegen gefühlt, wenn ich mal in die Praxis kam und sie noch da war. Sie hat mir zwar nicht direkt, aber doch durch die Blume zu verstehen gegeben, dass sie nicht damit einverstanden war, dass Hartmut und ich geheiratet haben.

»Haben Sie ihre Telefonnummer?«, fragte Oda.

»Ich hab die Praxisnummer«, entgegnete Jaqueline Brauckhage fahrig.

»Jacki.« Für einen winzigen Moment glaubte Oda, ein wenig Wärme in Anke Rietdorfs Stimme zu hören, doch das war mit dem nächsten Wort vorbei. »In der Praxis hat es gebrannt. Dort wird niemand mehr ans Telefon gehen. Die Kommissarinnen brauchen die private Telefonnummer von Adele. Hast du die?«

Ihre Tochter sah sie ratlos an. »Vielleicht steht sie in Hartmuts Adressbuch? Er hat ja immer alles ganz altmodisch notiert. Ich hab sämtliche Adressen im Handy. Wenn das mal weg ist …«

»Dann steh bitte auf und hol das Adressbuch«, forderte die Mutter. »Er hat es doch hier, oder war es in der Praxis?«

Jaqueline nickte. »Nein. Es liegt auf seinem Schreibtisch.«

»Gut, dann bring es her.«

Als Jaqueline Brauckhage die Küche verlassen hatte, fragte Oda: »Sagen Sie, wie alt ist Ihre Tochter eigentlich?«

»Sechsundzwanzig«, gab Anke Rietdorf zurück.

»Hat sie oder Ihr Schwiegersohn etwas mit Drogen zu tun?«

»Bitte?«

»Wir haben Kokain in seiner Praxis sichergestellt. Wissen Sie etwas darüber?«

Die Augen der Frau verengten sich zu Schlitzen. »Was war das nur für ein mieses Schwein.« Sie blickte Oda direkt an. »Nein. Jaqueline hat nichts mit Drogen zu tun. Dafür lege ich meine Hand ins Feuer.«

»Wofür legst du die Hand ins Feuer?« Die junge Witwe kam mit einem kleinen Notizzettel zurück.

»Dafür, dass du keine Drogen nimmst. Oder hat Hartmut dich dazu aufgefordert, Kokain auszuprobieren?«

Der scharfe Ton überraschte Oda, und Jaqueline Brauckhage entgegnete eingeschüchtert: »Nein, Mama, natürlich nicht.«

»Sehen Sie, ich habe es Ihnen doch gesagt.« Genugtuung schwang in Anke Rietdorfs Stimme mit. »Meine Tochter nimmt so etwas nicht. Sicher hat mein Schwiegersohn das Zeug in seiner Praxis konsumiert. Ich kann mir durchaus vorstellen, dass er es in seinen Gruppensitzungen verteilt hat. So wie Sigmund Freud damals. Zur angeblichen Bewusstseinserweiterung. Hartmut hat ja überwiegend weibliche Patientinnen gehabt.«

»Mama. Bitte.« Jaqueline Brauckhage begann zu weinen.

Oda wartete einen Augenblick, und auch Christine schwieg. Dann streckte Jaqueline Brauckhage Oda den Notizzettel hin. »Hier, das ist die Telefonnummer von Adele.«

***

Er betrachtete den dicken Hängeordner, der unschuldig vor ihm auf dem Tisch lag. Unscheinbare braune Pappe umschloss das, was so außerordentlich wichtig für ihn war. Hier würde er alles über sie erfahren. Bis er ihren Brief erhalten hatte, war er ahnungslos gewesen. So verdammt ahnungslos!

Mit einer Mischung aus Abscheu und Neugier starrte er auf den bis knapp an seine Fassungsgrenze gefüllten Schnellhefter. Wie oft musste sie bei ihm gewesen sein, wie viel erzählt haben von dem, was ihr widerfahren war.

Tief atmete er ein. Legte seine Hände auf die Pappe.

Spürte er etwas? Vibrationen, die von dem ausgingen, was in den Protokollen stand? Inwieweit war Brauckhage sorgfältig gewesen? Hatte er alles ordentlich notiert? Die Namen, die Umstände, ihre Gedanken und Gefühle? Er verzog das Gesicht. Oder war Brauckhage oberflächlich gewesen? Hatte nur seine eigenen Reflexionen zu Papier gebracht?

Er lauschte in sich hinein. Doch da gab es keinen Widerhall. Zögernd fasste er den Pappdeckel mit Daumen und Zeigefinger der linken Hand. Schlug den Ordner auf. Die Gedanken an den vergangenen Abend verdrängte er. Die Bilder, die in seinem Kopf auftauchten, ließ er verschwinden. Er war geübt darin, Bilder verschwinden zu lassen, keine Erinnerungen zuzulassen.

Dann sah er die erste Seite. Las die Einträge. Ein Schauder lief durch seinen Körper.

***

Es war immer noch ein ungewohntes Gefühl, die Strecke zur gemeinsamen Wohnung als den Weg nach Hause zu radeln. Dabei war die Wohnung streng genommen gar nicht neu. Nur eben neu als Odas tatsächliches Zuhause. Jürgen und sie hatten damals beide den Mietvertrag unterschrieben, um gemeinsam mit Alex in die Wohnung einzuziehen. Und hätte sich Jürgens uneheliche Tochter Laura nicht kurzfristig dazu entschlossen, mit ihrer Mutter zu brechen und zu ihrem Vater zu ziehen, hätten sie schon längst zusammen hier gelebt. So aber war es zuerst Jürgens und Lauras Wohnung geworden, in der Oda und Alex nur Gast waren, in die keines von Odas Möbelstücken Einzug gehalten hatte.

Bis jetzt.

Am vergangenen Wochenende hatte Jürgen einen der Transporter des »Wilhelmshavener Kuriers« ausgeliehen und ihn gemeinsam mit Oda und Alex und einigen Kollegen von der Polizei und der Zeitung mit Odas Möbeln beladen. Wenig später hatte sich herausgestellt, dass die Wohnung für all jene Möbel, an denen Odas Herz hing, zu klein war. Natürlich hatten sie die Sachen aus Lauras Zimmer, das nun Alex' Zimmer war, eingelagert, denn Laura war zu Beginn des neuen Schuljahres zurück zu ihrer Mutter nach Berlin gegangen. Das galt jedoch nicht für die Möblierung der übrigen Räume. Oda sah aber überhaupt nicht ein, ihre Lieblingsmöbel dem Sperrmüll zu übergeben, nur weil Jürgen sich weigerte, sich von einigen seiner Möbelstücke zu trennen. Bei der Schlafzimmerausstattung hatte sie sich überzeugen lassen. Das neue Boxspringbett war wirklich komfortabler und bequemer als ihr über zwanzig Jahre altes Doppelbett aus Kiefernholz, in dem schon ihr Exmann Thorsten geschlafen hatte. So hatte Jürgen keine große Überzeugungskraft aufbringen müssen, damit sie das olle Ding dem Sperrmüll überließ.

Als Oda die Wohnung betrat, sank ihre Stimmung, obwohl ihr der verlockende Duft des vorbereiteten Abendessens in die Nase stieg: frisch gebackenes Baguette und irgendetwas mit Knoblauch. Die Geräusche, die aus dem Wohnzimmer drangen, ließen jedoch nicht auf Feierabend, sondern auf Umräumen schließen. Wenig begeistert stellte sie die Tasche mit dem aufgenähten Austernfischer ab, die Jürgen ihr zum Geburtstag geschenkt hatte, und folgte dem Geräusch.

Wie unwirklich es ihr vorkam, nun hier zu Hause zu sein. Ob das ein Zeichen war? Hätte sie die Beziehung zu Jürgen damals beenden sollen, als Laura, von deren Existenz Oda überhaupt nichts gewusst hatte, wie aus dem Nichts aufgetaucht war? Aber Jürgen hatte ihr versichert, keinen Kontakt zu seiner Tochter gehabt zu haben, und Oda hatte ihm geglaubt. Wie man demjenigen, den man liebt, eben glaubt. Dennoch war da keine Wut oder nachhaltige Enttäuschung gewesen, die gemeinsame Wohnung zum geplanten Zeitpunkt nicht beziehen zu können, sondern Laura den Vortritt lassen zu müssen. Hatte Oda damals vielleicht intuitiv gespürt, dass es mit Jürgen und ihr in getrennten Wohnungen besser funktionieren würde? Immerhin hatten sie beide die vierzig längst überschritten, Jürgen näherte sich gar mit riesigen Schritten der fünfzig.

Eine Diele im Parkett knarrte, als sie das Wohnzimmer betrat. Überall standen ihre Umzugskartons herum, doch Jürgen war mit anderen Dingen beschäftigt.

»Hi.« Sie lächelte unwillkürlich, als sie ihn auf der Leiter vor der weißen Bücherwand stehen sah, dem einzigen Möbelstück, das sie erst jetzt vom Tischler für die Wohnung hatten anfertigen lassen.

»Hi!« Jürgen blickte strahlend auf sie hinunter. »Es ist phantastisch, wie viel Platz wir jetzt für Bücher haben. Ich hab sogar noch einige der Kartons aus dem Keller einräumen können. Der Wahnsinn! Das war immer mein Traum – eine ganze Wand voller Bücher!« Er nahm das nächste Exemplar vom Stapel, der sich auf einem der unteren Borde befand, und sortierte es ein. »Im Kühlschrank steht ein Rotling von der Mosel. Du wirst seinen Geschmack lieben, er ist etwas ganz Besonderes. Und falls du Hunger hast, da ist Baguette und die mallorquinische weiße Aioli, die du so gern magst. Die habe ich extra für dich gemacht. Die Tomaten aus dem Backofen müssten auch noch warm sein … Du bist spät dran. War was?«

»Nein. Was soll schon sein?« Oda sah ihm zu, wie er ein Buch nach dem anderen im Regal deponierte, und ihr fiel auf, dass sie unbewusst einen Song von Udo Jürgens zitiert hatten. Darin haderte ein Mann mit seinem spießbürgerlichen Leben: »Ich war noch niemals in New York, ich war noch niemals richtig frei …« Natürlich stimmte das in ihrem Fall nicht. Sie hatte jahrelang allein mit Alex gelebt, sich um alles gekümmert, ihn zu einem wunderbaren jungen Mann erzogen, der nun langsam flügge wurde und seinen eigenen Weg suchte. Sie war frei gewesen. Und das wollte sie weiterhin bleiben. Zwar würde sie sich freiwillig den Adlerhorst mit Jürgen teilen, aber gleichberechtigt. Auf Augenhöhe.

»Meinst du wirklich, dass du all deine alten Schinken in unser Regal stellen musst?«, fragte sie, ohne groß nachzudenken. »Ich hab schließlich auch eine Menge Bücher. Und wir sollten Platz lassen für Neues. Nicht wieder alles dichtkleistern.«

»Wie bist du denn drauf?« Jürgen unterbrach das Einräumen und sah sie irritiert an. »Ich hab doch nur meine Bücher …« Weiter kam er nicht.

»Ja. *Deine* Bücher! Es ist deine Wohnung, es sind deine Bücher, und ich darf mit meinen Sachen die freien Ecken belegen, die du mir gnädig zugestehst! Ich werde aber kein Eckennutzer sein. Das bin ich in meiner Ehe mit Thorsten lange genug gewesen. Die Zeiten sind vorbei, in denen ich mir von anderen sagen lasse, was ich tun und lassen soll. Damit werde ich jetzt nicht wieder anfangen.«

»Oda! Was ist los?« Eilig stieg Jürgen die Leiter hinunter und wollte sie in den Arm nehmen, aber sie wies ihn brüsk zurück.

»Nichts ist los. Ich hätte mir nur gewünscht, dass wir gewisse Dinge gemeinsam angehen.« Sie drehte ihm den Rücken zu und lief in die Küche.

»Aber das Befüllen des Bücherregals ist doch kein Alleingang«, entgegnete Jürgen beschwichtigend und folgte ihr.

»Doch! Dann nämlich, wenn du das gesamte Regal für dich in Anspruch nimmst.« Oda öffnete die Kühlschranktür und nahm den Rotling heraus. Aus dem Küchenschrank holte sie ein Weinglas und goss sich einen Schluck ein. »Wo sollen denn meine Bücher hin? Du tust ja gerade so, als hätte ich nur ein paar und du seist der Belesene von uns. Ha!«

»So war das überhaupt nicht gemeint«, sagte Jürgen. Er versuchte,

Oda versöhnlich am Arm zu fassen, doch sie zog ihn harsch zurück. »Wenn du möchtest, können wir ja das freie Zimmer in eine Bibliothek umwandeln, wenn Alex ausgezogen ist und studieren geht«, schlug er vor.

Augenblicklich wurde Oda zur Rakete. »Ach nee! So läuft der Hase! Deine Tochter durfte hier anderthalb Jahre lang wohnen und unseren Lebensplan komplett durcheinanderwirbeln, aber bei meinem Sohn, der gerade erst eingezogen ist, spekulierst du bereits wieder auf Auszug?« Sie kippte den Wein hinunter. »Das hättest du gleich sagen können. Dann wären Alex und ich in der Holtermannstraße geblieben. Ich lasse nicht zu, dass du meinen Sohn zwingst, auszuziehen.«

Donnerstag

Christine stieg aus dem Wagen und ging in Richtung des Mietshauses. »Nun komm schon«, rief sie Oda ungeduldig zu, die schon den ganzen Morgen übellaunig war. Irgendeine Laus war ihr über die Leber gelaufen, da war es am besten, wenn sie ihr keine Zeit zum Grübeln ließ, sondern mit der nächsten Befragung weitermachten. Christine hatte die Sprechstundenhilfe des Verstorbenen unter deren privater Telefonnummer erreicht. Verabredet waren sie jedoch in der Praxis. Es sei ja nicht alles zerstört, auch wenn Brauckhages Büro ein Trümmerfeld sei, hatte Adele Behrens gesagt.

Obwohl sämtliche Fenster im Treppenhaus geöffnet waren, roch es noch immer stark verbrannt und nach kaltem Rauch. Christine drückte den Klingelknopf. Im Inneren der Praxis ertönte ein melodischer Klang.

»Kommen Sie herein«, bat Adele Behrens, als sie ihnen öffnete. Sie war blass. »Es sieht hier aus wie nach einem Bombeneinschlag.« Sie ging voraus. In der Tür zu Brauckhages Büro blieb sie stehen und deutete auf das Chaos. »Warum um alles in der Welt hat es gebrannt? War es ein Kurzschluss in seinem PC?«

»Nein. Der Brand wurde vorsätzlich gelegt«, erklärte Oda nüchtern.

»Vorsätzlich?«, wiederholte Adele Behrens mit krächzender Stimme. »Wie meinen Sie das?« Ihr Kopf ruckte hoch. »Hat er etwa … ich meine, war es … Es war doch kein Suizid?«

»Wieso fragen Sie?«, hakte Christine sogleich nach. »Hatte Ihr Chef denn Probleme? Gab es etwas, das ihn belastete? Hatte er Streit mit jemandem?«

Adele Behrens wischte sich mit dem Handrücken die Tränen aus dem Gesicht. »Lassen Sie uns in die Teeküche gehen«, schlug sie vor, »da ist alles irgendwie noch normal. Zumindest hat man dort den Eindruck. Der Brandgeruch hängt zwar in den Räumen, aber in der Teeküche scheint alles weiter weg zu sein.«

Innerhalb weniger Minuten hatte die Sprechstundenhilfe mit kochendem Wasser und Instant-Kaffee drei Becher gefüllt und auf den Tisch gestellt, auf dem auch Zucker und Portionsdöschen mit Sahne standen. »Ach, ich wünschte, ich könnte Ihnen bei den Ermittlungen helfen.« Sie griff in eine Dose mit Blümchenmuster, die mit Schokoladenkeksen gefüllt war.

»Hatte Ihr Chef Probleme?«, wiederholte Christine ihre Frage.

»Woher soll ich das wissen? Ich bin nur seine Angestellte«, wehrte Adele Behrens leicht kiebig ab. »Fragen Sie seine Frau.« Das klang nicht gerade so, als würde sie Sympathien für Jaqueline Brauckhage hegen.

»Frau Brauckhage hat gestern nichts in dieser Richtung gesagt. Sie stand natürlich unter Schock, aber etwas Offensichtliches hätte sie bestimmt erwähnt. Oft ist es ja auch so, dass diejenigen, die eng mit jemandem zusammenarbeiten, mehr über diese Person wissen als der Ehepartner. Und gerade Ihre Arbeit bei Dr. Brauckhage war doch sicherlich in übergroßem Maße von Vertrauen und Verschwiegenheit nach außen geprägt«, erklärte Christine.

Ein unwillkürliches Lächeln breitete sich auf Adele Behrens' Gesicht aus. »Ja, das stimmt. Wir waren ein sehr gutes Team, der Doktor und ich. Er wusste, dass er sich hundertprozentig auf mich verlassen kann. Ich bin keine Tratschtante. Was in diesen Räumen gesagt wird, bleibt auch hier. Aber wenn Sie mich fragen, ich glaube, so wirklich glücklich war er in seiner Ehe nicht.«

»Sie ist recht jung, die Jaqueline«, stellte Christine fest und musste innerlich darüber schmunzeln, dass Frau Behrens in einem Moment abstritt, Interna auszuplaudern, im nächsten jedoch freimütig ihren Eindruck zum Zustand der Ehe ihres Chefs schilderte. »Wissen Sie, wie lange sich die Eheleute kannten? Ich habe den Eindruck, dass Sie wesentlich länger bei Herrn Brauckhage arbeiteten, als er verheiratet war.«

Wieder blitzte ein geheimnisvolles Lächeln in Adele Behrens' Gesicht auf. »Das stimmt. Ich habe Frau Brauckhage kennengelernt, kaum dass mein Chef sich in sie verliebt hatte. Die beiden haben nur zwei Monate später geheiratet. Ihre Mutter kenne ich ebenfalls.« Dann verstummte sie.

»Es war übrigens kein Suizid«, sagte Christine so beiläufig, als würde sie nach einem Kännchen Kaffeesahne fragen. »Dr. Brauckhage starb durch einen tätlichen Angriff. Erst nach seinem Tod wurde zur Vertuschung der Brand gelegt.«

Adele Behrens fiel vor Überraschung der Keks aus der Hand. »Ein tätlicher Angriff?«

»Jo«, sagte Oda. »Sein Kehlkopf wurde zertrümmert, was zur Schädigung der Luftröhre führte.«

»So was passiert nicht zufällig, oder?«

»Nein.«

»Und danach wurde der Brand gelegt?«

»Ja.«

Adele Behrens sah die beiden Kommissarinnen an. Christine konnte direkt sehen, wie es in ihrem Kopf arbeitete.

»In diesem Fall muss ich Ihnen wohl alles sagen, was ich weiß, nicht?«

Christine nickte. »Das wäre hilfreich.«

Die Sprechstundenhilfe schloss für einen Moment gequält die Augen. »Ich werde versuchen, sachlich zu bleiben. Das auf jeden Fall. Aber …« Sie holte tief Luft und sah von Christine zu Oda und wieder zurück. »Es war nicht immer einfach mit dem Chef. Er war dem weiblichen Geschlecht sehr zugetan. Die Patientinnen himmelten ihn an. Er sah ja auch verdammt gut aus, das muss man schon sagen. Und es ist allgemein bekannt, dass Patienten für ihre Therapeuten unter gewissen Umständen ein besonderes Interesse entwickeln können. In der Ausbildung wird jeder Psychotherapeut und Psychiater intensiv darauf hingewiesen, ja, sogar aufgefordert, die nötige Distanz zu seinen Patienten zu wahren.« Sie senkte den Blick, ehe sie hinzufügte: »Dr. Brauckhage hat diese Vorlesung wohl versäumt.«

»Was wollen Sie damit sagen?«, fragte Christine.

»Mein Chef pflegte zu manchen seiner Patientinnen einen recht persönlichen Kontakt, um es einmal vorsichtig auszudrücken.«

»Das heißt, er hatte außereheliche Verhältnisse mit Patientinnen? Oder gab es eine feste Geliebte?«, fragte Oda überrascht.

»Ja. Und nein. Er hatte seit jeher diverse Gespielinnen unter den Patientinnen. Zwar hat er Jaqueline Rietdorf geheiratet, und ich dachte, nun hat die liebe Seele Ruh, aber …«

»Die Katze lässt das Mausen nicht«, stellte Oda fest.

»Genau.«

»War Jaqueline Rietdorf ebenfalls seine Patientin?«, fragte Christine, während sie sich eifrig Notizen machte.

»Nein. Sie nicht. Ihre Mutter. Und das bis zuletzt.«

»Ach.« Christine war überrascht, Oda ebenso. »Und die Mutter … Anke Rietdorf … gehörte sie auch zu dieser … speziellen Patientinnengruppe?«

Adele Behrens nickte.

»Dann hat Ihr Chef die Beziehung zu Anke Rietdorf beendet, als deren Tochter auftauchte?«

Adele Behrens hob vage die Schultern. »Ich nehme es an. Über alles weiß ich natürlich auch nicht Bescheid.«

»Es muss zu ziemlich emotionalen Szenen gekommen sein, als Frau Rietdorf entdeckte, dass ihr Geliebter mit ihrer Tochter angebandelt hat«, vermutete Christine. »Haben Sie etwas davon mitbekommen?«

»Das ließ sich leider nicht vermeiden. Mehr als einmal hat sie ihn hier in der Praxis angeschrien. Das war sehr unangenehm. Sie glauben ja nicht, wie die keifen kann. Ich hab sie bis zu meinem Schreibtisch gehört. Durch die geschlossene Tür hindurch!«

»Sie sagen: mehr als einmal. Wann haben sich die beiden denn das letzte Mal so laut gestritten?«

»Das muss so in etwa eine Woche her sein.«

»Hatte Frau Rietdorf am Dienstag einen Termin?«

»Da muss ich überlegen. Nachgucken kann ich ja nicht, der Terminkalender ist den Löschaktionen zum Opfer gefallen.«

»Haben Sie Ihre Daten denn nicht in einer Cloud oder anderweitig gesichert?«, fragte Christine ungläubig.

»Nein. Dem Chef war es zu umständlich, alles auf EDV umzustellen. Auch die Patientenakten haben wir noch in Papierform geführt. Ich hab ihm gesagt, dass ich von anderen Praxen weiß, in denen eine Hilfskraft eingestellt wurde, um die Daten einzuscannen und auf diese Art elektronisch zu archivieren, aber davon wollte er nichts wissen. Und nun haben wir den Salat. Alles verbrannt oder durch Wasser unlesbar geworden. Für die Patienten ist es echt schlimm. Die werden ganz von vorn anfangen müssen beim nächsten Therapeuten. Das bedeutet für jeden von ihnen einen gewaltigen Rückschritt.«

»Halten Sie es für möglich, dass Frau Rietdorf Ihren Chef getötet und das Feuer gelegt hat?«, fragte Oda.

Adele Behrens zuckte mit den Schultern. »Wer weiß schon, was wirklich in den Menschen vorgeht? Sie glauben ja gar nicht, wie viele Leute hier ein und aus gehen, denen man die Abgründe in ihren Seelen überhaupt nicht anmerkt. Das muss man ganz nüchtern betrachten. Ich habe mir längst abgewöhnt, mich auf das Bild zu verlassen, das mir mein erster, zweiter oder dritter Eindruck über jemanden vermittelt.« Sie begann, auf dem Daumennagel zu kauen. »Ich bin jetzt arbeitslos, oder?«

Christine nickte.

»Ich bin siebenundfünfzig. Ich müsste noch zehn Jahre arbeiten bis zur Rente. Und die wird ohnehin nicht gerade üppig ausfallen. Ich lebe allein. Was soll ich nur machen, wenn ich keinen neuen Job bekomme?«

Christine sah sie mitfühlend an. Oda hingegen zeigte sich zuversichtlich. »Och, jemand, der so kompetent ist wie Sie, findet bestimmt leicht wieder einen Job. Immerhin haben Sie eine Menge Berufserfahrung, und der Markt für Psychotherapeuten boomt immens bei all den Gestörten, die durch die Gegend laufen.«

»Oda!«, rügte Christine automatisch, aber Adele Behrens nickte.

»Das stimmt. Der Andrang ist groß und die Warteliste lang. Aber der neue Arzt wird sicher mit einem Computersystem arbeiten. Und damit kenne ich mich nicht aus.« Sie sah sie unglücklich an. »Ich glaube allerdings nicht, dass es heutzutage mehr psychisch Kranke gibt als früher. Ich vermute, der Trend, zum Therapeuten zu gehen, ist wie so vieles aus den USA zu uns rübergeschwappt. Oder die Menschen sind inzwischen einfach zu vereinsamt. Früher hat man mit seinen Freunden über das geredet, was einen belastete. Das mache ich heute noch. Meine beste Freundin kenne ich seit fünfundvierzig Jahren. Da brauche ich keine Psychotherapie. Aber was macht man, wenn man solche Freunde nicht hat?«

»Frau Rietdorf hat also keine Freunde?«, unterstellte Christine versuchsweise.

»Das habe ich nicht gesagt«, rechtfertigte sich die Sprechstundenhilfe sofort. »Ich kann Ihnen nur sagen, dass sie seit drei Jahren alle vierzehn Tage zur Psychoanalyse kam. Das ist nicht nur für unsere Praxis ziemlich lang.«

»Was war denn das Problem der Rietdorf?«, fragte Oda.

»Das fällt unter die ärztliche Schweigepflicht, wie Sie sicher wissen. Selbst mit einer richterlichen Anordnung wüsste ich nicht, ob ich überhaupt befugt bin, Auskunft zu geben. Das müsste dann ja eigentlich der Chef machen, aber der …«, Adele Behrens stockte und kam wieder in der Wirklichkeit an, »… ist ja tot.«

Alle drei schwiegen.

»Wir haben Drogen im Schreibtisch Ihres Chefs gefunden«, verkündete Christine schließlich. »Kokain.«

»Ja.«

»Das überrascht Sie nicht?«, fragte Oda verdutzt.

»Nein.«

»Ist ja ein Ding.« Oda sah Christine an, die diese Aussage ebenfalls verblüfft zur Kenntnis nahm.

»Der Chef hat gesagt, es erweitert das Bewusstsein und hilft, deutlich zu machen, was man wirklich will«, gab Adele Behrens zu. »Ich hab da die Finger von gelassen, aber es gab Patienten, die sich bereitwillig darauf einließen.«

»Patienten? Oder Patientinnen?«, wollte Christine wissen.

»Es waren eher Patientinnen. Und dann …« Adele Behrens stockte wieder. Sie fühlte sich sichtlich unwohl.

»Dann kam es auf dem Weg zur Selbstfindung zu körperbetonten Erfahrungen?«, vermutete Oda.

»So kann man es ausdrücken.« Adele Behrens nickte unbehaglich. »Ich habe versucht, bei diesen Sitzungen immer schon aus der Praxis raus zu sein. Aber manchmal setzte Dr. Brauckhage seine ›Erfahrungstherapie‹ auch am Vormittag an. Und da konnte ich ja nicht weg. Es war mir sehr peinlich, denn selbst durch die geschlossene Tür bekam ich einiges mit.«

»Wissen Sie, ob Frau Brauckhage eine Ahnung von dem hatte, was ihr Mann hier trieb?«, fragte Christine.

»Nein. Vermutlich weiß sie nichts davon. Denn sie war ja nie Dr. Brauckhages Patientin. Anders als ihre Mutter. Kann sein, dass die es der Tochter gesteckt hat. Wer weiß schon, was in Müttern vor sich geht, die vom Geliebten zugunsten der eigenen Tochter abserviert wurden.«

***

»Mein lieber Scholli«, sagte Oda, als sie zurückfuhren und die Polizeiinspektion beinahe erreicht hatten. Sie hoffte für die

Zunft der Psychotherapeuten und deren Patienten, dass der feine Dr. Brauckhage mit seinen fragwürdigen Therapiemethoden eine Art Ausnahmetalent gewesen war. »Da hatte erst die Mutter was mit dem Brauckhage, dann hat der die Tochter kennengelernt und geheiratet. Das muss die Rietdorf schwer getroffen haben.«

»Du hast recht. Sie war sicher sehr verletzt. Und wütend. Welche Frau nimmt schon gern hin, dass sie ausgebootet wird. Und dann noch von der eigenen Tochter«, entgegnete Christine und parkte den Wagen neben den Streifenwagen auf dem Parkplatz der Polizeiinspektion.

»Andererseits, warum sollte sie ihn getötet haben? Nun, wo alles zu spät und er verheiratet war. Vor der Hochzeit hätte es vielleicht Sinn gemacht. Aber jetzt?« Oda öffnete die Wagentür.

»Keine Ahnung. Vielleicht hatte er eine neue Geliebte, und die Rietdorf hat das herausgefunden?«, schlug Christine vor und stieg ebenfalls aus. »Sie ging womöglich zu ihm, um zu verhindern, dass der Brauckhage ihrer Tochter wehtut.«

»Könnte sein. Allerdings glaube ich nicht, dass sie tatsächlich mit dem Vorsatz in die Praxis gegangen wäre, ihren Schwiegersohn umzubringen«, meinte Oda. »Sie hätte ihn höchstens zur Rede gestellt.«

»Dabei kann es zum Streit gekommen sein.«

»Ja. Aber wenn du dich streitest und sauer wirst, haust du jemandem im Eifer des Gefechtes vor die Brust oder trittst ihm gegen das Schienbein – also, als Frau, meine ich. So einen Hieb gegen den Kehlkopf, den landet man nicht aus Versehen.«

»Aber vielleicht aus der Not heraus.«

Sie liefen die Treppen hinauf und öffneten die Tür zu ihrer Abteilung.

»Wir sollten auch Adele Behrens unter die Lupe nehmen«, sagte Christine.

»Wieso das denn?«, fragte Oda, die geradewegs die Kaffeeküche ansteuerte. Sie brauchte jetzt einen doppelten Espresso. Mindestens. Wie gut, dass sie diese Power-Espresso-Instant-Sticks im Personalbereich gelagert hatte. Schon des Öfteren hatte sie überlegt, einen kleinen Espressokocher zu kaufen, mit dem man sich auf dem Herd einen Espresso statt immer nur Filterkaffee zubereiten konnte. »Die Behrens ist ja wohl diejenige, die am meisten verliert«, ergänzte sie,

»Chef tot, Job weg. Und das mit Mitte fünfzig. Außerdem kennt die sich ja noch nicht mal mit den gängigen Computerprogrammen für Arztpraxen aus. Wenn du mich fragst, würde die eher eine stundenlange Wiederbelebungskampagne gestartet haben, als den ins Jenseits zu befördern.«

»Ich weiß nicht«, gab Christine nachdenklich zurück. »Zugegeben, sie ist um einiges älter als der Brauckhage, aber sie sieht noch ziemlich gut aus. Vielleicht hat sie ja ebenfalls was mit ihm gehabt? Trotz all seiner Affären? Durchaus möglich, dass sie geglaubt hat, sie wäre die Konstante in seinem Leben. Und dann hat er völlig überraschend Jaqueline Rietdorf geheiratet. Was mag da in ihr vorgegangen sein?«

Der Wasserkocher hatte fertig aufgeheizt. »Du auch?«, fragte Oda. Christine schüttelte den Kopf.

»Nein danke. Instant-Espresso ist nicht so mein Ding. In der Kanne ist noch Kaffee. Der ist wahrscheinlich schon kalt, aber ich versuch es mal.«

Oda rührte einen gehäuften Löffel Zucker in die kleine Tasse. »Dass die Behrens auch was mit dem Brauckhage hatte … na ja, mag sein. Vielleicht war sie wirklich sauer, weil er geheiratet hatte. Und im Fall, dass er schon wieder eine neue Affäre begonnen hatte, könnte das Fass bei ihr übergelaufen sein.« Sie erkannte, welche Möglichkeiten sich in dieser Theorie verbargen, und spann den Faden weiter: »Sie könnte ihn erpresst haben. Immerhin weiß sie eine Menge über ihn und die Patientinnen, mit denen er Sex hatte. Sie könnte gedroht haben, seiner Frau oder den Partnern seiner jeweiligen Gespielinnen davon zu berichten. Oder der Ärztekammer. Die Sache mit dem Kokain ist zusätzlich ein heißes Eisen. Die Behrens hatte durch ihr Wissen über das, was in der Praxis ablief, jedenfalls ziemlich viel Macht über ihren Chef.«

»Aber die Art, wie er ums Leben kam«, steuerte nun Christine dagegen. »Selbst wenn es eine Spontanhandlung war, traust du der Behrens das zu? Schließlich war der Brauckhage kein schmächtiger, schmalbrüstiger Typ, den man mal eben so umpusten kann. Und überleg mal: Die Menge des Kokains in seinem Schreibtisch war immer noch klein genug, um sie als Eigenbedarf zu bezeichnen. Dass er etwas anderes damit gemacht hat, hätte sie ihm nur unterstellen, ohne eine entsprechende Aussage von einer seiner

Patientinnen aber kaum glaubhaft machen können. Da hätte seine Aussage gegen ihre gestanden.«

»Trotzdem. Setzen wir Lemke und Niesteit darauf an. Wenn einer etwas darüber herausfinden kann, dann Heiko.« Oda trank den Espresso aus und stellte die Tasse in die Geschirrspülmaschine.

»Und wir beide knöpfen uns noch einmal Frau Rietdorf vor«, meinte Christine, die ihren Becher mit ins Büro nahm. »Ich vermute, sie kann uns noch eine ganze Menge mehr über ihren Ex-Liebhaber sagen, als sie uns bei unserem ersten Besuch glauben machen wollte.«

***

Er hatte Glück, die Fähre fuhr früh. Die Überfahrt nach Wangerooge war tideabhängig, da konnte es durchaus passieren, dass das Schiff erst gegen Mittag in Harlesiel ablegte.

Die Passagierfähre »Wangerooge« fuhr langsam durch die Fahrrinne, viele der Mitreisenden saßen wie er auf den roten Plastikbänken des Brückendecks und streckten der Sonne ihre Nasen entgegen. Am Bordkiosk hatte er sich einen Kaffee besorgt und ließ nun den Blick über das Meer gleiten, das silbern in der Sonne glitzerte. Nachdem sie die Fahrrinne hinter sich gelassen hatten, erhöhte der Kapitän das Tempo. Gischt tanzte auf den Bugwellen, und Möwen umkreisten die Fähre.

»Guck mal, ein Seehund!«, rief ein kleines Mädchen, als sie in einiger Entfernung an einer Sandbank vorbeifuhren, und tatsächlich entdeckte er nicht nur einen, sondern gleich drei. Er schmunzelte. Es war immer wieder lustig zu sehen, wie sehr gerade die Binnenländer auf alles abfuhren, was mit Seehunden zu tun hatte. In der Zeitung hatte er gelesen, dass deren Anzahl sich inzwischen wieder erhöht hatte. Das gefiel ihm. Er mochte die kleinen Kerle, auch wenn mit ihnen nicht zu spaßen war. So niedlich sie waren, so fest konnten sie zubeißen, wenn man ihnen zu nahe kam.

Die blaue Inselbahn stand schon bereit, als sie von Bord gingen. Das Umladen der Gepäckcontainer nahm allerdings einige Zeit in Anspruch, und sicherlich hatte man an die auf Pfählen gebaute Schiffsmeldestelle auch deshalb ein Schild genagelt, auf dem zu lesen war: »Gott schuf die Zeit – von Eile hat er nichts gesagt.«

Er stieg ein und suchte sich einen Platz in der Nähe des Ausgangs. Im benachbarten Seglerhafen herrschte reger Betrieb, viele Boote lagen vertäut an den Stegen, eine große Motoryacht fuhr gerade herein. Was für ein Riesending. Nicht dass er so etwas besitzen wollte, aber mitfahren würde er schon gern einmal. Oben in der Sonne sitzen, ein Bierchen zischen, mit Kumpels quatschen. Einmal so richtig dekadent sein. Wer weiß, vielleicht kam das ja irgendwann. Zunächst musste er sich um andere Dinge kümmern.

Er war naiv gewesen, darauf zu hoffen, irgendwelche verwertbaren Informationen von Hartmut Brauckhage zu bekommen. Einige spärliche Auskünfte, anhand deren er weitere Nachforschungen anstellen könnte, hätten ihm schon gereicht. Aber Brauckhage hatte sich geweigert und sich auf seine ärztliche Schweigepflicht berufen. Er hatte einfach nicht einsehen wollen, dass er diese Auskünfte brauchte. Da hatte er ihn an seinem Angeber-Poloshirt gepackt. Doch auch davon hatte Brauckhage sich nicht einschüchtern lassen. Im Gegenteil. Er hatte ihn beleidigt. Und obwohl er in Selbstdisziplin geübt war, war in dem Moment eine Sicherung in ihm durchgebrannt. Er hatte ausgeholt, im Wissen um die Schwachpunkte des menschlichen Körpers. Brauckhage umzubringen hatte nicht in seiner Absicht gelegen, aber nachdem er schon mal tot war, hatte er sich die Infos, die er brauchte, auch nehmen können. Den Brand hatte er gelegt, damit nicht auffiel, welche Akte fehlte. Dass herauskommen würde, wie der Psychiater tatsächlich gestorben war, war ihm klar, doch das juckte ihn nicht.

Jetzt verfügte er über sämtliche Informationen, die er brauchte. Den ganzen gestrigen Tag hatte er die Unterlagen studiert. Deren Inhalt hatte ihn mehr und mehr erschüttert. Was musste sie gelitten haben. All die Jahre. Er hatte geweint, als er tief und tiefer in ihre Seelenpein eingestiegen war.

Aber das war vorbei. Er wusste nun, an wen er sich wenden musste.

»Entschuldigen Sie, ist bei Ihnen noch frei?« Eine junge Mutter mit ihrem goldgelockten kleinen Sohn an der Hand stand neben seiner Holzbank.

»Ja. Sicher.« Er lächelte ihr zu und sah, wie sie ihrem Kind den Rucksack von den dünnen Schultern nahm. Dann stellte sie ihren eigenen Beutel auf die Bank, setzte sich ihm gegenüber und zog den Jungen auf ihren Schoß.

Er fasste in die aufgesetzte Tasche seiner Multifunktionshose, nahm das scharfe Messer heraus, klappte es auf und holte einen dicken roten Apfel aus seinem Rucksack. Behutsam schnitt er ihn durch.

»Magst du?«, fragte er den kleinen Jungen freundlich und hielt ihm ein Stück Apfel entgegen. Der Knabe warf seiner Mutter einen fragenden Blick zu. Die nickte.

»Nimm ruhig«, sagte sie.

Er reichte ihr ebenfalls ein Stück.

»Danke.« Vergnügt biss sie hinein. Nachdem sie gekaut hatte, fragte sie: »Sind Sie auch auf Urlaub hier?«

»Nein. Ich habe auf der Insel etwas zu erledigen. Eine Familienangelegenheit.« Es hörte sich gut an, dieses Wort. Familienangelegenheit.

***

»Wow.« Christine staunte über die zahlreichen Einträge, die sie mit Bezug zum Namen Rietdorf im Internet gefunden hatte. »Guck dir das an. Du ahnst es nicht.«

Neugierig stand Oda auf und kam zu Christines Seite des Doppelschreibtisches herüber. »Ist nicht wahr«, sagte auch sie überrascht.

Christine klickte den obersten Eintrag an, der sich in einem neuen Fenster öffnete. Ein Foto zeigte eine fröhliche Judo-Frauenmannschaft, die sich um einen Pokal gruppierte. Der Artikel war etwas über ein Jahr alt. »Judo-Meisterschaftspokal der Regionalliga geht nach Wilhelmshaven«, lautete die Überschrift.

Die Deutsche Judo-Bundesliga endete gestern mit einem furiosen Finale der Frauen. Trotz eines tabellarischen Vorsprungs von vier Punkten war dem Team des Athletik-Sport-Vereins um Trainerin Anke Rietdorf nach eigener Aussage von Anfang an klar gewesen, dass der Titel nicht im Weichspülgang zu holen wäre. Doch obgleich es bereits im ersten Kampf gegen den KSV Meppen mit 2:5 zu einer herben Niederlage kam, gelang es den Damen, mit Tempo und unbedingtem Siegeswillen das Turnier zu ihren Gunsten zu beenden. Zum zweiten Mal holten sie damit den Titel in die Jadestadt.

Es folgte die Auflistung der Namen, zu denen auch Jaqueline Rietdorf gehörte, die in der Klasse bis dreiundsechzig Kilo kämpfte. Unschwer waren beide Frauen auf dem Foto zu erkennen.

»Do legst di nieder«, sagte Oda lax. »Kampfsport? Das ist ja echt ein Hammer.«

»Und ein Grund mehr, das Gespräch mit Anke Rietdorf nicht auf die lange Bank zu schieben.« Christine nahm ihren Becher und stand auf. »Ich stell den nur eben in die Geschirrspülmaschine und sag bei Lemke Bescheid.«

Zwanzig Minuten später standen sie an der Kasse von »Freeses Tierwelt« und warteten auf Jaqueline Brauckhages Mutter, die hier als Verkäuferin arbeitete. Die Kassiererin hatte Anke Rietdorf über das Haustelefon verständigt.

Der Geruch von Tierfutter erfüllte den weitläufigen Laden. Christine staunte über die Vielfalt an Hundebonbons, die sich – genau wie Lakritz- und Weingummisorten im Kino oder auf Jahrmärkten – dem Käufer in durchsichtigen Boxen präsentierten und zum individuellen Befüllen von Tüten einluden. Als Kind hatte Christine sich immer einen Hund gewünscht, aber ihre Eltern hatten das kategorisch abgelehnt. Das käme für sie als Allergikerin überhaupt nicht in Frage. Der Wellensittich, den sie ihr dann aus Mitleid zum zwölften Geburtstag geschenkt hatten, war nur zwei Jahre alt geworden.

Christine spürte Odas Ellbogen an ihrem Arm und drehte sich zu ihr um. »Was ist los?«, fragte sie und sah es im nächsten Augenblick selbst.

»Kommen Sie mit«, forderte Anke Rietdorf, die in einem roten Kittel auf sie zusteuerte, ohne ein Wort der Begrüßung. »Wir gehen nach hinten in den Personalbereich.« Sie reichte der Kassiererin das Telefon. »Ich möchte nicht gestört werden«, sagte sie.

Die Kassiererin nickte nur.

Christine und Oda folgten ihr quer durch den Laden, vorbei an Körben unterschiedlicher Machart und Größe für Hunde und Katzen, an Kratzbäumen, Aquarien mit blubberndem Wasser und vielfarbigen Fischen und Aquaristikzubehör.

Im Personalraum roch es nach Kaffee. Auf dem Tisch standen leere Becher, an einem Platz wartete ein Teller mit einem angebissenen Brötchen, der »Wilhelmshavener Kurier« lag aufgeschlagen an der Seite.

Anke Rietdorf deutete auf die Stühle. »Nehmen Sie Platz«, sagte sie, ohne etwas wegzuräumen. Sie selbst setzte sich zu dem Brötchen und biss ab. »Bin noch nicht zum Frühstücken gekommen«, erklärte sie mit vollem Mund. »Worum geht's?«

»Wir denken, Sie haben uns gestern nicht alles gesagt, was Sie über Ihren Schwiegersohn wissen«, begann Christine.

»Was meinen Sie?« Ein weiterer Biss folgte.

»Bevor er Ihre Tochter heiratete, hatten Sie ein Verhältnis mit ihm«, sagte Oda.

»Ach, das.« Anke Rietdorf trank einen Schluck aus einem Becher, der mit Fischen bedruckt war.

»Es muss hart für Sie gewesen sein festzustellen, dass Ihr Freund sich in Ihre Tochter verliebt hatte«, sagte Christine.

Oda ergänzte: »Und sie dann auch noch heiraten wollte.«

Anke Rietdorf stellte den Becher ab. »Das war wirklich nicht so prickelnd«, gab sie zu. »Ich war ganz schön sauer. Also, auf Hartmut.« Sie steckte sich den Rest des Brötchens in den Mund.

»Dennoch haben Sie ein gutes Verhältnis zu Ihrer Tochter«, stellte Christine fest.

»Sie kann ja nichts dafür.« Anke Rietdorf sah sie resigniert an. »Sie wusste nicht, dass zwischen Hartmut und mir was lief. Sie hielt ihn für meinen Therapeuten. Ich weiß noch, wie sie mir damals sagte, sie hätten sich bei einem der Open-Air-Sommerkonzerte am Pumpwerk kennengelernt und sich sofort ineinander verliebt. Erst viel später hätten sie festgestellt, dass ich bei ihm in Behandlung bin. Jacki hat gefragt, ob mir das was ausmacht, und gesagt, dass er auch ganz bestimmt nicht mit ihr über mich sprechen wird.« Sie lachte ein bisschen bitter. »Nee, ist schon klar, dass der mit ihr nicht über mich spricht. Was sollte er auch sagen? Etwa: Übrigens, ich finde dich klasse, aber ich schlafe bereits mit deiner Mutter?«

»Sie haben ihn lautstark zur Rede gestellt«, sagte Christine.

»Ach, hat die Behrens aus dem Nähkästchen geplaudert?« Anke Rietdorf schnaubte abfällig, doch Christine und Oda reagierten nicht. Also fuhr Anke Rietdorf fort: »Ja, das stimmt. Ich war auf hundertachtzig, das kann ich Ihnen sagen. Schließlich ist Jacki viel jünger als Hartmut. Und er hat sich gnadenlos an sie rangemacht.«

»Sie haben Ihrer Tochter also nicht erzählt, dass Sie ein Verhältnis mit ihm hatten?«

»Nein. Wozu auch? Jacki wusste nie, mit wem ich gerade zusammen war. Waren ja keine dauerhaften Sachen. Hat sich irgendwie nie ergeben. Wir haben beide unser Ding gemacht, das mit den Männern war allein meine Sache. Außerdem haben Hartmut und ich nach einer kurzen Unterbrechung während seiner ersten Ehewochen unser Verhältnis weitergeführt.« Sie sagte das ganz ungerührt, als sei es das Normalste auf der Welt.

Selten war Christine sprachlos, aber in diesem Moment war das der Fall. Oda hingegen konnte parieren.

»Sie sind ja echt hardcoremäßig drauf«, stellte sie fest. »Hatten Sie denn gar kein schlechtes Gewissen?«

Anke Rietdorf hob gelangweilt die Hände. »Warum denn? Wenn nicht mit mir, hätte er es mit einer anderen getan. So blieb es zumindest in der Familie. Hartmut konnte nicht monogam sein. Seine Affären konnte man aber auch nicht als Verhältnis oder Beziehung im herkömmlichen Sinn bezeichnen. Die hatte er tatsächlich mit Jacki. Das mit mir war reiner Sex. Und ich brauchte das genauso wie er. Also passte doch alles. Niemandem wurde wehgetan, vor allem nicht Jacki.«

»Wenn das stimmt, warum haben Sie sich dann letzte Woche in der Praxis mit ihm gestritten?«, wollte Oda wissen.

Anke Rietdorf räusperte sich. »Man sollte die gute Adele wirklich nicht unterschätzen. Ich dachte, sie wird langsam schwerhörig, doch das Gegenteil scheint der Fall zu sein.«

»Worum ging es?«, bohrte Christine nach.

»Ich hatte erfahren, dass Hartmut neben mir noch eine andere gevögelt hat. Damit hat er meinen Toleranzbereich deutlich überschritten. Wir beide, okay, das war machbar, denn keiner von uns hätte Jacki je davon erzählt. Dass er nun aber richtig fremdging und die Gefahr bestand, dass meine Tochter davon erfährt, konnte ich nicht so ohne Weiteres hinnehmen.«

»Also sind Sie zu ihm und haben ihn damit konfrontiert«, schlussfolgerte Christine. »Und vorgestern noch mal, nehme ich an?«

Anke Rietdorf zog die Augenbrauen zusammen. »Vorgestern? Nein. Letzte Woche. Vorgestern nicht.«

»Wo waren Sie denn vorgestern?«, fragte Oda.

»Bei meiner Tochter.« Anke Rietdorf lächelte. »Sie rief mich an und sagte, es gäbe ein großes Experiment, bei dem ich unbedingt dabei sein müsse. Deshalb bin ich nach der Arbeit direkt zu ihr gefahren.« Das Lächeln blieb auf ihrem Gesicht.

»Und«, fragte Christine, »was war das für ein Experiment?«

»Spannen Sie uns nicht auf die Folter«, sagte Oda.

»Ein Schwangerschaftstest.« Anke Rietdorfs Mundwinkel verzogen sich zu einem breiten Grinsen. »Er fiel positiv aus. Ich werde Oma, mit sechsundvierzig! Das ist der Hammer. Jacki bestand darauf, dass wir mit einem Piccolo darauf anstoßen.«

»Und anschließend sind Sie in die Praxis Ihres Schwiegersohnes gefahren, um diesen ein für alle Mal einzunorden. Sie haben ihn aufgefordert, die andere Geliebte aufzugeben und seine Gelüste innerhalb der Familie zu befriedigen, da er nun bald Vater werden würde. Sie waren voller Adrenalin! Sie hatten endlich ein Druckmittel gegen Dr. Brauckhage in der Hand«, fasste Christine ihre Überlegungen zusammen. »Doch die Sache ist eskaliert, und Sie haben ihn getötet.«

Für einen Moment war es totenstill im Raum. Dann lachte Anke Rietdorf auf. »Was für ein ausgemachter Schwachsinn!« Sie schüttelte amüsiert den Kopf. »Greifen Sie immer, wenn Ihnen gar nichts mehr einfällt, zu solchen Räuberpistolen? Wie, bitte, hätte ich ihn denn töten sollen? Ich laufe schließlich nicht mit einer Waffe durch die Gegend.«

»Hören Sie auf, mit uns zu spielen«, sagte Christine. »Ihr Schwiegersohn starb, weil sein Kehlkopf durch einen heftigen Schlag zertrümmert und die Luftröhre dadurch stark geschädigt wurde.«

»Ach so? Und was hat das mit mir zu tun?« Anke Rietdorfs Blick wurde lauernd.

Christine bemühte sich, ruhig zu bleiben. »Haben Sie schon einmal Ihren Namen gegoogelt?«, fragte sie. »Gleich als Erstes stößt man dabei auf einen Zeitungsartikel über die Judo-Regionalliga. Im letzten Jahr haben Sie als Trainerin des Athletik-Sport-Vereins den Pokal zurück nach Wilhelmshaven geholt. Sie sind Trägerin des sechsten Dans, also im wörtlichen Sinne eine Meisterin des Judo. Sie können sich verteidigen und wissen, wo der Gegner verwundbar ist. Damit waren Sie nicht nur in der Lage, den tödlichen Schlag auszuführen, sondern hatten durch das Verhalten Ihres Schwiegersohns und den Wunsch, Ihre Tochter zu schützen, auch ein starkes Motiv.«

***

Er wartete geduldig. Auf der anderen Straßenseite befand sich eine kleine Steinmauer, dort ließ er sich nieder und tat, als würde er den »Anzeiger für Harlingerland« studieren. Er hatte Zeit. Im Internet hatte er sich die Website seines heutigen Gesprächspartners angesehen. Er lächelte. Die Leute gaben online so viel über sich preis. Er wusste jetzt sogar, wie der Mann aussah. Ja, alles schien in seinem Sinn zu verlaufen.

Nur eines machte ihm zu schaffen: Er hätte schon viel eher beginnen müssen. Dann hätte er Schlimmeres vielleicht verhindern können. Doch erst jetzt, da es bereits zu spät war, hatte er erfahren, worum es wirklich ging. Zu lange war darüber geschwiegen worden. Aber er würde nun keine Zeit mehr verstreichen lassen. Er würde das Schweigen brechen. Antworten fordern. Die Dinge klären, zum Abschluss bringen. Selbst wenn es für sie längst zu spät war.

Familien liefen vorbei, einige Kinder hüpfend, manche saßen in einem Bollerwagen. Kurze Hosen, braun gebrannte Haut, helles Lachen im leichten Inselwind. Es roch nach Sonnencreme. Er war schon einmal auf Wangerooge gewesen. Von der Schule aus. Mit der siebten Klasse. Im Inselheim Rüstringen. Das war ein beeindruckendes Erlebnis gewesen. Dort, im Westen der Insel, war die befestigte Strandseite nur über einen schmalen Weg vom Inselheim durch die Dünen zu erreichen. Ein Teil der Westseite wurde von Beton und Wellenbrechern aus Stein vor den Angriffen des Meeres geschützt. Doch das war nicht immer von Erfolg gekrönt. Er hatte die Berichterstattung genauestens verfolgt. Immer in der sehnsüchtigen Hoffnung, wieder einmal nach Wangerooge zu fahren und im Inselheim unbeschwerte Tage zu verleben. Von der Sternwarte oben auf dem Neubau war er als Junge vollkommen beeindruckt gewesen. Urlaub, wie ihn damals seine Mitschüler machten, in

Italien, in Spanien, auf Mallorca, das war nicht drin gewesen, den hatten sie sich nicht leisten können. Seine Mutter war ja immer fort gewesen.

Er sah der jungen Familie nach. Der Vater legte gerade die linke Hand auf den Po der Mutter, die Tochter hüpfte vorneweg, und der Sohn nuckelte im Bollerwagen an einer Flasche. Augenblicklich spürte er Neid in sich aufwallen, gepaart mit dem unbändigen Wunsch, ebenfalls Teil einer solchen Familie zu sein. Und er würde es schaffen. Er hatte noch alles in seinem Leben erreicht, was er sich vorgenommen hatte. Wenn diese Sache erst abgeschlossen war, würde er eine Familie gründen.

Gegenüber öffnete sich die Tür. Der Mann, der von einem Foto auf der Startseite seiner Homepage forsch den Betrachter anlächelte, trat heraus, auch jetzt ein Lächeln im Gesicht.

Er beobachtete ihn über den Rand der Zeitung hinweg. Dann stand er auf und folgte ihm gelassen.

Er wusste, wo der andere hinwollte. Als er in eine unbelebte Seitenstraße abbog, sprach er ihn an: »Sven Kuhlmann?«

Der Angesprochene drehte sich überrascht um. »Ja, bitte?«

Er nannte seinen Namen. Kuhlmann erbleichte. »Wir müssen reden«, sagte er. »Ich denke, das sind Sie mir schuldig.«

Kinder liefen lachend an ihnen vorbei. »Fang mich doch, du Eierloch«, rief ein etwa achtjähriges Mädchen, dem ein anderes folgte. Beide trugen dünne Sommerkleider, Sandalen und ein Tuch auf dem Kopf. Ein Hauch Sommerglück hüllte sie ein.

Kuhlmann nickte unbehaglich. »Ist gut«, antwortete er. »Irgendwie habe ich immer damit gerechnet, dass dieser Tag einmal kommen würde.«

***

»Wie es aussieht, ist Brauckhage niemals wegen Drogenmissbrauchs auffällig geworden«, sagte Lemke, als sie zurück in der Polizeiinspektion waren. »Auf diesem Gebiet ist er ein unbeschriebenes Blatt.«

»Auf anderen Gebieten nicht?«, fragte Oda.

»Nein, nein, da habe ich mich falsch ausgedrückt«, beeilte sich Lemke zu sagen. »Wir haben nichts über ihn in unseren Akten.«

»Gut. Konzentrieren wir uns also auf den privaten Sektor.« Kurz berichtete Oda, was das Gespräch mit Anke Rietdorf ergeben hatte.

»Was für ein schräger Vogel der Brauckhage doch war«, meinte Niekstelt feixend. »Hat sowohl mit der Mutter als auch mit der Tochter rumgemacht. Wahrscheinlich dachte er, er nimmt lieber die unverbrauchte Tochter, stellte dann jedoch fest, dass ihm die erfahrene Mutter zumindest in einer Hinsicht deutlich mehr zusagt.« Er schlug sich auf die Schenkel vor Vergnügen.

»Nieksteit«, rügte Christine ihn. »Ich finde das gar nicht witzig.«

»Ach was«, entgegnete er lachend, »du musst das locker sehen. Das ist die generationsübergreifende Variante des Ehegattensplittings.« Er kicherte noch einmal albern und wurde wieder ernst. »Ist gut, ich hör ja schon auf. Die Mutter hat natürlich ein ziemlich starkes Motiv. Die Tochter ist schwanger. Kein Wunder, dass sie sie schützen möchte. Habt ihr mit der Jaqueline schon gesprochen? Hat sie das Alibi der Mutter bestätigt?«

»Nein, haben wir noch nicht«, sagte Christine. »Wir wollten erst einmal hier Station machen, um zu gucken, ob ihr noch weitere Neuigkeiten für uns habt.«

Lemke verneinte, sichtlich unzufrieden darüber, dass er ihnen nicht mehr bieten konnte. »Wie gesagt, es lag nichts gegen Brauckhage vor, nicht einmal den Führerschein war er irgendwann mal los. Im Moment deutet alles auf eine Beziehungstat hin. Oder hat die Sprechstundenhilfe gesagt, dass er irgendwelchen beruflichen Ärger hatte, mit anderen Patienten als seiner Schwiegermutter, meine ich?«

»Nein«, sagte Oda. »Ist aber ja auch nicht üblich, dass Ärzte sich mit ihren Patienten streiten.«

»Na, das weiß man nie so genau«, widersprach Nieksteit. »Und wenn es dabei auch noch um Psychiater geht …« Wieder verzog er grinsend den Mund. Oda hatte den Eindruck, dass er heute überhaupt nichts ernst nahm. Dabei wusste sie, dass das normalerweise nicht stimmte, auch wenn er stets den Eindruck erweckte, der Mensch gewordene Pumuckl zu sein.

»Vielleicht ahnte die Ehefrau, dass ihr Mann sie betrog. Sie muss ja nicht zwingend gewusst haben, mit wem, aber *dass* … Könnte doch sein. Frauen haben angeblich ein Gespür für so was«, meinte Lemke.

»Das glaub ich nicht«, erwiderte Oda. »Also, ich hab damals jedenfalls nicht gemerkt, dass Thorsten mich betrog. Und das, obwohl ich schon von Berufs wegen eigentlich misstrauisch hätte sein müssen. Nee, nicht umsonst hört man immer wieder, dass es alle im Bekanntenkreis schon lange wissen, nur die Ehefrau erfährt es zuletzt.«

»Vielleicht hat sie es wirklich spitzgekriegt.« Christine strich sich eine lockere Haarsträhne hinters Ohr. »Schließlich ist die Sprechstundenhilfe uns gegenüber ja auch recht offen gewesen.«

»Du meinst, sie könnte es Jaqueline Brauckhage im Vertrauen gesteckt haben? Ein mütterlicher Rat?«, fragte Lemke.

»Oder vermeintlich mütterlich. Uns ist nämlich der Gedanke gekommen, dass sie selbst eine Affäre mit ihrem Chef gehabt haben könnte«, bestätigte Oda.

Niekstei gefiel die Idee offensichtlich auch. »Warum nicht? Vorgetäuschte Fürsorge, hinter der in Wirklichkeit Egoismus steckt. Wenn die Ehefrau vom Fremdgehen erfährt, könnte sie Schluss machen und den Gatten verlassen.«

»Aber warum jetzt? Diese Frage haben wir uns auch schon bei Anke Rietdorfs Motiv gestellt. Wenn eine eifersüchtige Geliebte die Täterin war, warum hat sie ihn dann nicht vor der Hochzeit umgebracht?«, wandte Christine ein.

»Keine Ahnung. Falls Jaqueline Brauckhage jedoch von den Liebschaften ihres Mannes wusste und ihn vielleicht sogar in flagranti ertappte, würde das auf jeden Fall erklären, warum der Streit derart eskalierte. Stellt euch das einmal bildlich vor: Sie macht den Schwangerschaftstest. Fährt voller Glück direkt in die Praxis, weil sie es ihrem Mann sagen will. Es war ja schon nach Praxisschluss, und sie wusste, dass er für die Dokumentation immer noch ein Stündchen braucht oder so. Dort kriegt sie mit, dass Brauckhage im Sprechzimmer mit seiner Geliebten …« Lemke stockte. »Nee, das ist zu kompliziert, es wäre eine Person zu viel am Tatort gewesen.«

»Die Behrens hat uns gegenüber auch gar keine zweite Freundin erwähnt«, gab Christine zu bedenken. »Dabei gibt es keinen Grund, sie uns zu verschweigen. Insbesondere dann nicht, wenn sie Jaqueline von ihr erzählt hat.«

»Und genau das ist meiner Meinung nach der springende Punkt«, sagte Oda. »Woher wusste Anke Rietdorf von der neuen Freundin? Gibt es sie überhaupt?«

»Mag sein. Oder auch nicht«, sagte Christine. »Es könnte jedenfalls ebenso gut ganz anders gewesen sein: Jaqueline Brauckhage hat den Test allein gemacht. Anders, als Anke Rietdorf es behauptet, war sie nicht bei ihr, sondern bei ihrem Schwiegersohn. Als Jaqueline aufgeregt in die Praxis kommt, hört sie den Streit zwischen ihrem Mann und ihrer Mutter. Und erfährt auf diese Art vielleicht nicht nur, dass die beiden ein Verhältnis haben, sondern auch, dass ihre Mutter ihn auffordert, seine Beziehung zu einer anderen Frau zu beenden.«

»Das wäre in der Tat sehr heftig«, bekräftigte Niiksteit. »Aber du hast recht, so könnte es gewesen sein. In dem Fall kommen sowohl Anke Rietdorf als auch ihre Tochter als Täter in Frage.«

Oda nickte. »Ja. Und sie sichern sich ab, indem sie sich gegenseitig ein Alibi geben. Also fühlen wir der jungen Dame doch noch mal auf den Zahn.«

***

Heute wirkte Jaqueline Brauckhage nicht mehr ganz so verletzlich. Sie war allein in der Wohnung, stand aber offensichtlich unter Zeitdruck.

»Entschuldigen Sie, ich muss gleich los. Zur FH«, sagte sie, kaum dass sie die Tür geöffnet hatte. »Nächste Woche stehen zwei Klausuren an, die ich unbedingt bestehen muss. Die Bachelorarbeit kann ich schreiben, wenn das Baby da ist, aber vorher muss ich diese Klausuren bestehen. Ein Kommilitone holt mich in einer Viertelstunde zum Tutorium ab. Das ist wichtig. Es geht um meine Zukunft.« Sie legte die Hand auf ihren flachen Bauch. »Und um die meines Babys. Ganz besonders jetzt, da Hartmut nicht mehr für uns sorgen kann.« Sie registrierte die verblüfften Gesichter der Polizistinnen und erklärte: »Meine Mutter hat mich angerufen und mir von Ihrem Besuch erzählt. Natürlich kann ich bestätigen, dass sie am Dienstag hier war. Ich kann Ihnen sogar den Test zeigen. Den habe ich aufbewahrt, ich wollte ihn meinem Mann zeigen.« Bei den letzten Worten brach ihre Stimme ein wenig.

»Es dauert nicht lange, wir können uns kurzfassen«, sagte Christine. »Aber ein paar Fragen werden Sie uns beantworten müssen.«

»Ist gut.« Wenig begeistert ließ die junge Witwe sie eintreten. »Worum geht's denn?«

»Es tut uns wirklich leid, Sie danach fragen zu müssen, aber … wussten Sie, dass Ihr Mann eine Geliebte hatte?«, fragte Christine mit leiser Stimme.

Jaqueline Brauckhage schwieg für einige Sekunden. Dann holte sie tief Luft. »Ich wollte, ich könnte sagen, dass mich das jetzt umhaut. Das ist nur leider nicht der Fall. Setzen wir uns doch kurz.«

Sie folgten ihr an den Esstisch.

»Wir waren gerade zwei Monate verheiratet, da entdeckte ich Knutschflecken an seiner Brust. Die stammten nicht von mir, ich hasse Knutschflecken.« Sie biss sich auf die Unterlippe. »Ich habe ihn darauf angesprochen, doch er hat alles abgestritten. Aber ich bin ja nicht blöd. Ich kann Knutschflecken durchaus von blauen Flecken unterscheiden. Wir haben uns heftig gestritten. Ich hab ihm gesagt, dass das ein Ende haben muss. Dass ich ihn verlasse, wenn ich rauskriege, dass er fremdgeht. Ich bin schließlich noch jung, mir steht die ganze Welt offen. Er hat beteuert, dass er mich liebt, dass er mir nie wehtun würde. Dass ich mir alles einbilde.«

»Wussten Sie, mit wem er die Affäre hatte?«, fragte Christine.

»Nein. Das wollte ich auch gar nicht wissen. Die Hauptsache war, er machte Schluss mit ihr. Was er offensichtlich tat.«

»Keine Knutschflecken mehr?«, fragte Christine.

»Nein.« Jaqueline schüttelte den Kopf. »Trotzdem hatte ich das unschöne Gefühl, dass er einfach nur vorsichtig war. Ich habe meine Mutter um Rat gefragt.« Sie verzog das Gesicht. »Auch wenn sicher fraglich ist, was einem ein Mensch, der es selbst nie zu einer langjährigen Beziehung gebracht hat, in so einer Situation Vernünftiges sagen kann. Doch sie ist der einzige Mensch in meinem Leben, der … der immer für mich da ist.« Sie bemerkte Christines fragenden Blick und erklärte: »Meine Mutter ist in jeder Hinsicht sehr unstet. Weder hatte sie in der Vergangenheit eine dauerhafte Beziehung zu einem Mann noch zu einem Arbeitgeber. Wir sind sehr viel umgezogen. Von einer Stadt in die andere. Wie Nomaden. Da konnte ich keine richtigen Freundschaften aufbauen. Und deshalb ist nach wie vor sie diejenige, an die ich mich wende, wenn mich etwas bewegt. Jedenfalls hat meine Mutter mir geraten, etwas auf Abstand zu gehen, Hartmut zu zeigen, dass er um mich kämpfen muss. Was ich auch tat.«

»Was ist mit Ihrem Vater?«, fragte Oda. »Können Sie mit ihm nicht über Ihre Probleme reden?«

Jaqueline Brauckhage lachte bitter auf. »Ich habe keinen. ›Vater unbekannt‹ steht in meiner Geburtsurkunde. Fragen Sie meine Mutter, wer mein Erzeuger ist. Vielleicht sagt sie es Ihnen. Mir gegenüber hieß es immer, sie wisse es nicht.« Sie senkte die Augenlider, unter denen es verdächtig schimmerte, und zog die Nase hoch. »Das ist nicht schön, wissen Sie? Das Gefühl zu haben, man sei das Produkt eines One-Night-Stands. Einfach so passiert zu sein. Nicht gewollt, nur zu spät entdeckt. Immerhin hat sie mich nicht zur Adoption freigegeben. Da kann ich ja fast schon dankbar sein.« Das klang zynisch. Gleich darauf nahm ihre Stimme aber wieder einen anderen Klang an. »Nein, ist schon in Ordnung. Meine Mutter wurde schwanger, warum auch immer, und sie hat sich für mich entschieden. Dafür *bin* ich dankbar. Es hätte ja auch anders laufen können. Vielleicht gäbe es mich heute gar nicht. Ich weiß wenigstens, wer meine Mutter ist. Mein Vater ist mir egal. Irgendwie. Als ich nun aber feststellte, dass ich schwanger bin, wurde es mir wichtig, die Sache mit Hartmut wieder ins Lot zu kriegen. Unser Kind sollte in einer intakten Familie aufwachsen. Mit Eltern, die sich lieben. Ohne irgendwelche Störungen, ohne dass da eine dritte Person im Spiel wäre.« Durch das auf Kipp stehende Fenster war das Läuten der nahen Kirchenglocke zu hören. Jaqueline Brauckhage sah auf die Uhr. »Oh. Es wird Zeit. Entschuldigen Sie bitte, aber ich muss mich noch umziehen, bevor ich abgeholt werde. Sie wissen schon. Das Tutorium.«

»Was hältst du davon?«, fragte Oda, als sie das Wohnhaus verließen.

»Klingt stimmig«, meinte Christine. »Eine junge Frau, der die Hälfte ihrer eigenen Wurzeln fehlt, möchte ihrem Kind das Aufwachsen in einer heilen Familie ermöglichen. Da würde sie den Vater ihres Babys nicht umbringen.« Sie schloss den Wagen auf.

»Nicht mal, wenn sie ihn quasi in flagranti mit ihrer Mutter erlebt und zufällig ein Gespräch belauscht, in dem ihre Mutter ihren Ehemann auffordert, ein anderweitiges Verhältnis zu beenden?«

»Das ist bislang reine Spekulation. Davon ist nichts bewiesen. Und falls es so gewesen sein sollte, wird es verdammt schwer, den beiden Frauen das nachzuweisen.« Christine setzte sich auf den Fahrersitz ihres Cabrios und fuhr das Verdeck zurück.

»Lassen wir die Beweisführung mal außen vor. Du hast gerade gesagt, sie würde den Vater ihres Kindes nicht töten. Vielleicht war sie aber ja zutiefst verletzt von dem, was er ihr angetan hat. Dazu muss sie nicht mal gewusst haben, dass ihre Mutter eine seiner Geliebten war. Sie hat es doch selbst gesagt: Wenn sie bis vor Kurzem erfahren hätte, dass er sie betrügt – wieder betrügt, um genau zu sein –, hätte sie ihn verlassen. Die Schwangerschaft löste aber ganz andere Gefühle in ihr aus. Sie wollte ihrem Kind den Vater bieten, den sie selbst nie hatte. Was, wenn sie vor diesem Hintergrund erfährt, dass er nicht monogam leben kann? Die Ehe ist über kurz oder lang zum Scheitern verurteilt, wenn sie nicht auf ewig gute Miene zum bösen Spiel macht. Da könnte ihr doch der Gedanke gekommen sein, dass sie dem Kind auch auf andere Weise einen wunderbaren Vater präsentieren kann. Dazu müsste der nur tot sein. Sie könnte ihn glorifizieren. Als den Supermann, den sie selbst gern zum Vater gehabt hätte, und das ganz offiziell. Zumindest wird in der Geburtsurkunde ihres Kindes der Name Brauckhage als der des Vaters stehen.« Oda steckte den Sicherheitsgurt ein. »Ich könnte mir schon vorstellen, dass sie da ein bisschen nachgeholfen hat.«

»Was wir aber zum jetzigen Zeitpunkt nicht beweisen können, wie schon gesagt.« Christine fuhr los – nur um an der nächsten Kreuzung festzustellen, dass die Straße, in die sie einbiegen mussten, wegen Fahrbahnmarkierungsarbeiten gesperrt war. »Drehen wir also eine Runde«, sagte sie zu Oda und wendete.

Als sie sich wieder dem Wohnhaus der Brauckhages näherten, sahen sie, dass Jaqueline Brauckhage soeben aus der Tür trat. Ein etwa gleichaltriger Mann erwartete sie.

»Du siehst jetzt nicht das, was ich sehe?«, fragte Oda entgeistert, als Jaqueline Brauckhage auf den jungen Mann zutrat, von ihm in den Arm genommen und mit innigem Kuss begrüßt wurde.

***

Wie jeden Nachmittag nach dem Mittagsschlaf und einer guten Tasse Ostfriesentee, zu der es heute ein Stück Kranzkuchen gegeben hatte, legte Wiebkea Andreesen ihrer Promenadenmischung Hermann die Leine an und machte sich auf den Weg zum Friedhof. Das tat ihr gut und dem Hund sowieso. Von ihrer Wohnung in der Siedlerstraße bis zum Inselfriedhof, auf dem sie vor vier Jahren ihren Ehemann hatte begraben müssen, waren es rund anderthalb Kilometer, das war Bewegung genug. Zurück musste sie die Strecke ja auch noch laufen.

Wiebkea hatte sich den Hund erst nach dem Tod ihres Mannes zugelegt, und weil sie daran gewöhnt war, ihn zu rufen, hatte sie dem Hund seinen Namen gegeben. Das war bequem, und insgeheim machte sie sich einen Jux daraus, den Hund zu erziehen und dabei an ihren Mann zu denken. »Hermann, Platz. Hermann, sitz. Hier hast du ein Leckerchen, Hermann.«

Ja, der Hund hatte neue Freude in ihr Leben gebracht. Das lief nun zwar ruhiger ab, war aber wunderbar ausgefüllt. Seit sie eines Abends vergessen hatte, die Schafzimmertür zu schließen, und mitten in der Nacht durch ein Schnarchen aufgewacht und furchtbar erschrocken war, schlief sie sogar wieder besser. Der Hund hatte sich statt seines Körbchens im Flur Hermanns unbenutzte Bettseite als Schlaflager auserkoren, und es war ihr zu einer lieben Gewohnheit geworden, dass der Hund die Nächte nun dort verbrachte, wo früher sein Namensgeber geschlafen hatte. Ob es anders gekommen wäre, wenn sie das Tier Walter genannt hätte? Egal, sie konnte inzwischen tun und lassen, was sie wollte.

Forschen Schrittes marschierte sie los. Nach den Sommerferien, in denen die Insel alljährlich aus allen Nähten platzte, war es wieder etwas ruhiger geworden. Obwohl auch jetzt noch viele Gäste auf Wangerooge Urlaub machten. Die Anschläge in der Türkei, in Frankreich, Belgien und Berlin, die Angst vor weiteren Terrorakten im Ausland hatte dazu geführt, dass sich die Deutschen mehr und mehr auf Urlaubsziele im eigenen Land konzentrierten. Und es gab in Deutschland so wunderbare Gegenden zu entdecken! Wenn sie nur an die Mecklenburger Seenplatte dachte, an Malchow. Dort hatten Hermann und sie ihren letzten gemeinsamen Urlaub verbracht. Sie seufzte sehnsüchtig. Das tat ihr gut, also seufzte sie gleich noch mal. Überhaupt seufzte sie gern seit Hermanns Tod. Sie meinte, dabei besonders viel frische Luft in ihre Lungen zu bekommen. Und als Witwe stand ihr Seufzen einfach auch zu.

Auf der »Straße zum Westen« kamen ihr junge Menschen entgegen, die Smartphones vor sich hertrugen und daraufstarrten. Wie der Hans-guck-in-die-Luft aus dem »Struwwelpeter«, dem Buch des Frankfurter Arztes und Psychiaters Heinrich Hoffmann. Nur umgekehrt. Als Kind hatten seine Geschichten sie fasziniert, und sie hatte auch ihren Kindern aus dem Buch vorgelesen. Ihren Enkeln hatte sie zum jeweils sechsten Geburtstag das Buch geschenkt. Es gab eben Geschichten und Märchen, die überdauerten Generationen. Wie Wilhelm Busch mit seinen frechen Buben Max und Moritz. Oder die grimmschen Märchen. Ob diese Jugendlichen die alten Geschichten kannten? Sicher wohnten sie in einem der Inselheime, die in unmittelbarer Nähe des historischen Westturms lagen, einem Teil der Jugendherberge, die erst vor wenigen Jahren umgebaut worden war und einen modernen Neubau bekommen hatte. Natürlich besaß Wiebkea auch ein Handy, über das sie mit ihrer Tochter und den drei Enkeln im Kontakt stand. Sie war froh, mit diesem Smartphone überhaupt einigermaßen umgehen zu können. Susanne hatte ihr eine Kurznachrichten-App auf dem Handy installiert. Das war einerseits toll, denn die Enkel schickten jede Menge Nachrichten und Fotos. Leider telefonierten sie seitdem seltener. Dennoch war Wiebkea dankbar, auf diese Weise in das Leben ihrer auf dem Festland lebenden Familie einbezogen zu werden. Und ab und zu telefonierten sie ja doch miteinander. Das waren die Highlights in Wiebkeas Leben: die Stimmen ihrer Tochter und die der Enkel zu hören.

Sie hatte den Friedhof erreicht. Wiebkea liebte diesen Ort. Oft genug war sie auch dankbar für die Toilette im Häuschen am Eingang. Hermann töffelte fröhlich auf seinen kurzen Beinchen neben ihr her.

Wiebkea achtete penibel darauf, dass das Grab ihres Mannes immer gepflegt aussah. Teilweise waren die Gräber ja unglaublich vernachlässigt, doch das wollte sie sich nicht nachsagen lassen. Immerhin war Hermann der Küster der evangelischen Kirche gewesen. Wiebkea wusste um den alles und jeden beinhaltenden Tratsch unter den Insulanern, dem vor allem in den Wintermonaten gefrönt wurde, wenn die Touristen in ihren Häusern auf dem Festland blieben.

Die Sonne wärmte ihr Gesicht, als sie in den Gang einbog, in dem sich Hermanns Grab befand. Sie genoss die Ruhe dieses Ortes, in der sie ihr tägliches stummes Zwiegespräch mit ihrem Mann führte. Nur wenige Besucher verirrten sich hierher. Plötzlich jedoch stutzte sie.

Am Rande des Weges, inmitten der Inselrosen, lag jemand.

Mit laut klopfendem Herzen trat sie näher.

Vielleicht war irgendwer ohnmächtig geworden, und sie konnte helfen? Ein Leben retten? Bei Hermann war jede Hilfe zu spät gekommen. Sie hatte ihn leblos im Sessel sitzend vorgefunden, als sie von ihrer wöchentlichen Canasta-Runde nach Hause gekommen war.

Ihr war mulmig zumute, und am liebsten wäre sie fortgelaufen, aber sie riss sich zusammen. Da brauchte jemand ihre Hilfe. Sie durfte nicht kneifen.

Als sie näher trat, entdeckte sie das Blut am Hals des Mannes. Aber nicht nur das. Sie kannte die Person, die vor ihr lag. Es war Sven Kuhlmann. Der Inselarzt.

Hermann, in dessen Stammbaum wohl auch ein Jagdhund stecken musste, bellte und machte Anstalten, Kuhlmann zu beschnüffeln. Wiebkea riss ihn an der Leine zurück.

»Platz, Hermann!«

Dann zog sie ihr Mobiltelefon aus der Tasche ihrer Steppweste und wählte die Nummer des Dorfpolizisten.

***

Im Selbstbedienungsrestaurant »Friesenjung« an der Promenade mit Blick auf die sich am Horizont aneinanderreihenden Containerschiffe bestellte er sich eine Wels-Bratwurst mit Pommes. Dazu ein alkoholfreies Weizen. An der kniehohen Mauer, die die Promenade vom Strand trennte, war ein Vierertisch frei. Er setzte sich und legte den elektronischen Pieper ab, der sich melden würde, wenn er das Essen am Tresen abholen konnte. Hinter der Mauer, die von Edelstahlrohren unterbrochen war, auf denen mit Wonne Kinder balancierten, wuchsen auf den Dünen bis an die Promenade

Heckenrosen. Hier nannte man sie auch Inselrosen. Was für ein schönes Wort. Es ließ die dornige Pflanze harmlos wirken. Als Kinder hatten sie deren Früchte zerquetscht, sie als Juckpulver unbeliebten Klassenkameraden in den Rückenausschnitt gestopft und sich königlich amüsiert, wenn die Gepeinigten aufschrien. Juckpulver. Auf dem Festland nannte man die Pflanze schlicht Hagebutte. Er lächelte. Es schien ihm, als ob das damals eine andere Zeit gewesen war. Ausgelassener. Nicht so hektisch. Mit sehr viel mehr Zeit.

Er glaubte nicht, dass es lang dauern würde, bis jemand Sven Kuhlmann fand. Zumal es nicht zwingend ein Insulaner sein musste; es gab genügend Touristen, die sich für den Inselfriedhof interessierten. Das Messer hatte er in den heranrollenden Wellen der Nordsee abgespült. Das hatte er als ungemein passend empfunden: die Naturgewalt des Meeres, die sämtliche Spuren tilgte. Weil die Natur letztlich alles auslöschen konnte. Kein Asphalt konnte verhindern, dass sich Grün den Weg bahnte, wenn nur genügend Zeit verging. Das war ein gutes Zeichen. Die Natur würde die Erde zurückerobern, egal, was die Menschheit in ihrem Irrsinn ihr auch abforderte. Am Ende würde es nur einen Sieger geben, das Wunder der Natur. Wie auch immer es letztlich aussehen mochte.

Er blickte hinunter auf den Strand. Immer noch bevölkerten Familien und Kleinkinder die Strandkörbe, markierten riesige Bambusstäbe, an denen Landes- oder Fußball-Vereinsflaggen wehten, die sorgfältig errichteten und ständig begossenen Sandburgen. In einer Stunde würde der Zug zum Hafen gehen. Ob man Kuhlmann bis dahin gefunden hatte?

Der Pager piepte und blinkte. Er stand auf und ging hinein. Vom Teller auf dem Tablett duftete es verlockend. Er tunkte die Wurst in Ketchup und biss ab. Das Geschmackserlebnis überzeugte ihn leider nicht. Das nächste Mal würde er sich wieder eine ordinäre Bratwurst bestellen. Aber die Pommes waren lecker.

In der Ferne hörte er ein Signalhorn. War der Rettungswagen auf dem Weg zum Inselfriedhof? Dann würde es nicht mehr lange dauern, bis auch die Polizei auftauchte.

Eigentlich hatte er sich einen anderen Verlauf des Gespräches gewünscht. Kuhlmann hatte es in der Hand gehabt, sein eigenes Leben zu retten. Doch er war ihm ausgewichen. Hatte versucht, sich herauszureden. Hatte alles abgestritten, umformuliert, abgeschwächt. Sich aber gleichzeitig geweigert, den Beweis anzutreten. Kuhlmann hatte nur einen Wunsch gehabt: sein Leben so weiterzuführen wie bisher. Doch das hatte er nicht zulassen können. Nicht nach dem, was er ihr angetan hatte.

Er stand auf und ließ das benutzte Geschirr auf dem Tisch stehen. Langsam schlenderte er los. Es blieb ihm Zeit genug, doch er wusste, dass mit dem Nachmittagszug auch die vielen Tagesgäste aufs Festland zurückfahren würden. Da konnte es nicht schaden, rechtzeitig am Bahnhof zu sein. Er schulterte seinen Rucksack. Das Messer hatte er sicher darin verstaut. Er würde es heute nicht mehr brauchen.

***

Der Anruf von Wangerooge wirbelte die Planung der Abteilung durcheinander. Eine männliche Leiche auf dem Inselfriedhof, mutmaßlich durch eine Messerattacke getötet. Augenblicklich hatte Hendrik Siebelt, der Chef der K1, Oda und Christine angewiesen, zusammen mit einem Team der Kriminaltechnik auf die Insel zu fliegen. Der Kollege vor Ort hatte selbstverständlich alles so gelassen, wie er es vorgefunden hatte, und mit Hilfe einer örtlichen Baufirma Absperrungen errichtet, damit niemand näher kommen und Fotos machen konnte. Im Zeitalter der sozialen Netzwerke bestand ja die Gefahr, dass sich Fotos vom Opfer sonst in Windeseile verbreiteten.

»Die Kehle ist durchgeschnitten«, stellte Krüger mit einem kurzen Blick auf den Toten fest, als er zur Leichenschau auf dem Inselfriedhof eintraf.

»Hab ich doch schon am Telefon gesagt.« Bernd Tönjes, der Inselpolizist, schaute den Rechtsmediziner verwundert an, was Oda schmunzeln ließ. Sie liebte es, wenn Krügers oberschlaues Getue auf taube Ohren stieß. Dann entfernte er sich und positionierte sich als Wachposten am Weg, um zu verhindern, dass Schaulustige die Absperrungen umgingen und sich dem Toten näherten. Oda war ihm dankbar dafür. Sie wusste, Tönjes würde liebend gern auf dem Festland arbeiten und noch lieber Teil des K1 werden, aber seine

Frau wollte partout nicht von der Insel runter. Hier sei die Welt noch ein kleines bisschen heiler, behauptete sie.

Die Kollegen von der Kriminaltechnik schlichen in ihren weißen Einwegschutzanzügen und Überziehern an den Schuhen über das Gelände, während Krüger den toten Inselarzt untersuchte.

»Was für eine Waffe benutzt wurde, muss ich im Institut ermitteln, aber mit Sicherheit war sie sehr scharf und der Schnitt so tief, dass dabei auch die Luftröhre massiv verletzt wurde. Der Mann ist nicht verblutet, sondern erstickt.«

»Wie Brauckhage«, bemerkte Christine. Oda nickte.

»Wir haben was«, rief einer der Kriminaltechniker in unmittelbarer Nähe und hielt mit seiner behandschuhten Hand eine Einwegspritze in die Höhe.

Oda runzelte die Stirn. Eine durchschnittene Kehle *und* eine Spritze?

»Das passt«, rief Krüger dem Kollegen zu. »Der Tote hat eine frische Einstichstelle im linken Arm.«

Was hatte das zu bedeuten? Zwei tote Ärzte. Beide waren erstickt. Damit hörten die Gemeinsamkeiten aber bereits wieder auf. Und doch … In der Praxis Brauckhage war Kokain gefunden worden. Ob diese Spritze auch damit gefüllt gewesen war? Der frische Einstich ließ die Hypothese durchaus zu. Konnte es sein, dass es einen Zusammenhang zwischen den Todesfällen gab?

»Irgendwer muss ihm hier aufgelauert haben«, vermutete Christine.

Oda sah sie an. »Ich weiß nicht. Er könnte auch mit jemandem verabredet gewesen sein. Aber warum? Und was sagt uns das über die Tat? Geschah sie spontan? Schließlich ist dies ein öffentlicher Ort. Jederzeit hätte jemand kommen und Zeuge werden können. Der Täter hat sich aber allem Anschein nach die Zeit genommen, seinem Opfer zuerst irgendwas zu spritzen und ihm dann auch noch in aller Seelenruhe die Kehle durchzuschneiden.«

»Ich gehe davon aus, dass der Einstich post mortem erfolgte«, erklärte Krüger. »Darauf deutet zumindest alles hin.«

»*Nach* seinem Tod?«, fragte Oda. »Das ergibt doch überhaupt keinen Sinn.«

»Es sei denn, jemand wollte dadurch bewusst ein Zeichen setzen«, sagte Christine. »Aber was für eins sollte das sein?«

»Das kann ich Ihnen nicht sagen.« Krüger erhob sich ächzend. »Ich liefere die medizinischen Fakten. Wie Sie damit letztlich umgehen, ist Ihre Sache.«

Blödmann. Oda kannte Rechtsmediziner – zumindest vom Hörensagen –, die ihre Fachkenntnis gern einsetzten, um den Ermittlern bei der Aufklärung der Fälle zu helfen. Leider zählte Krüger nicht dazu. Er war ein besserwisserisches Arschloch und ihr erklärter Lieblingsfeind.

»Wann können Sie uns mitteilen, ob Dr. Kuhlmann Kokain gespritzt wurde?«, fragte sie.

»Das kann ich erst nach einer gründlichen Untersuchung im Labor. Aber in etwa zehn Minuten kann ich Ihnen sagen, ob er überhaupt Drogen im Körper hat.« Er fingerte in der zweiten Tasche nach einer Schachtel und hockte sich wieder neben den Toten. »Ist ein Drogenspeicheltest. Der funktioniert auch mit wenig Speichel.«

Während sie warteten, sagte Oda: »Wir werden heute sicher nicht mehr zurück aufs Festland fahren können. Irgendwer sollte uns Hotelzimmer besorgen.« Sie wandte sich Christine zu. »Rufst du Lemke an? Er oder Nieksteit sollten außerdem mit Jaqueline Brauckhage sprechen. Ich möchte wissen, wie sie reagiert, wenn sie auf das offensichtlich intime Verhältnis zu ihrem Kommilitonen angesprochen wird.«

»Mach ich.« Christine zog ihr Handy aus der Umhängetasche und entfernte sich einige Meter. Als sie zurückkam, sagte sie: »Hotelzimmer sind reserviert, mit Lemke habe ich auch gesprochen.« Sie blickte zu Krüger.

»Der Test ist positiv.«

Oda wollte Christine einen vielsagenden Blick zuwerfen, doch Krüger versetzte ihr einen Dämpfer.

»Das heißt, dass die Drogenkonzentration über der Nachweisgrenze liegt. Um welche der sechs Drogen, die der Schnelltest kontrolliert, es sich dabei handelt, muss ich wie schon gesagt in einer speziellen Untersuchung im Labor nachweisen. Ebenso, ob sie durch die Spritze und den Einstich im Arm verabreicht wurde.«

»Es könnte aber Kokain sein?«

»Ja.«

»Danke. Das reicht mir schon fürs Erste. Nehmen wir uns also

Kuhlmanns Praxis und die Privaträume vor«, sagte Oda, ohne Krüger eines weiteren Blickes zu würdigen.

***

Niekstei liebte es, außerhalb des Präsidiums Dinge erledigen zu können. Die Recherche und Hintergrundarbeit in der Polizeiinspektion war zwar auch okay, aber es war viel spannender, mit Zeugen zu reden. Außerdem konnte er sich auf diese Art die eine oder andere freie Minute abzwacken. Gespräche mit Zeugen ließen sich nämlich in keinen vorgefertigten Zeitrahmen pressen. Früher war er oft mit Oda unterwegs gewesen, das hatte Spaß gemacht. Seit Christine zu ihrer Abteilung gestoßen war, hatte der Chef die beiden Frauen zu einem Team zusammengesteckt, was sich als gar nicht so schlecht herausgestellt hatte. Da Lemke es vorzog, Bürohengst zu bleiben, übernahm Nieksteit die wenigen ergänzenden Außeneinsätze allein.

Wenn seine Informationen stimmten, musste Jaqueline Brauckhages Tutorium inzwischen beendet sein. Mit etwas Glück war sie danach zurück nach Hause gefahren. Falls es richtig gut lief, war der Typ, mit dem Oda und Christine sie heute Mittag gesehen hatten, bei ihr. Jaja. Junge Frauen und ältere Männer, das gab immer Probleme. Auch im Zusammenhang mit Promipaaren konnte man das regelmäßig in der Presse verfolgen. Bis zu zehn Jahre Altersunterschied waren okay, aber alles, was drüber war, lief irgendwann darauf hinaus, dass die Lebensmodelle nicht mehr übereinstimmten. Er war gespannt, wie die junge Witwe versuchen würde, sich aus dieser Nummer herauszureden. Es sprach ja nun nicht gerade für sie und eine funktionierende Ehe, dass seine Kolleginnen gesehen hatten, wie sie intensiv von einem Mann geküsst wurde.

Fröhlich pfeifend parkte Nieksteit in der Rheinstraße und stieg aus. Das Gebäude, in dem die Brauckhages wohnten, zählte zu jenen, die offensichtlich vernünftig saniert worden waren. Er drückte den Klingelknopf. Während er darauf wartete, dass der Summer das Öffnen der Tür ankündigte, sah er sich um. Die Hauseingänge der näheren Umgebung wirkten ebenfalls gepflegt. Vielleicht sollte er sich doch einmal mit dem Gedanken an einen Umzug beschäftigen. Immerhin war die Südstadt als Wohnraum mächtig im Kommen. Ähnlich wie das »Viertel« in Bremen, das inzwischen als total »in« und »szenisch« galt, obwohl es bis vor wenigen Jahren eher als Synonym für Alternative, Aufstand und Krawall gestanden hatte. Okay, ganz vorbei war das noch nicht, erst letztens hatte er in der Zeitung gelesen, dass die Bremer Polizei ihre Präsenz im »Viertel« verstärkte, um gegen die Drogendealer vorzugehen, aber insgesamt war dieser Stadtteil als Wohngebiet eindeutig auf dem Vormarsch.

Es summte. Niecksteit drückte gegen die Tür. Wenig später stand er an der Wohnungstür Jaqueline Brauckhage gegenüber. Wäre er nicht Profi gewesen, hätte ihm ein dezenter Pfiff entfahren können. Die war ja richtig schnuckelig. Bestimmt zehn Jahre jünger als er. Und zierlich. Kleidergröße sechsunddreißig war sicher zu groß. Der Mahagoni-Ton ihrer langen Haare war garantiert gefärbt. Er könnte wetten, dass sie tätowiert war. Vielleicht auf dem Rücken, wo man es nicht auf Anhieb sehen konnte. Was für ein Tattoo sie wohl trug? Blumenranken oder Sprüche?

Er zog seinen Dienstausweis. »Niecksteit. Kripo Wilhelmshaven«, sagte er. »Ich hab noch ein paar Fragen.«

Doch statt ihn eintreten zu lassen, fixierte sie ihn mit ihrem Blick. »Geben Sie mal her«, verlangte sie, nahm ihm den Ausweis ab und studierte erst die Plastikkarte, dann ihn. »Was wollen Sie noch? Ihre Kolleginnen waren bereits mehrmals hier.«

»Das stimmt«, gab Niecksteit lächelnd zu. »Zuletzt heute Mittag. Sie mussten zu einem Tutorium, weshalb das Gespräch etwas knapp ausfiel.«

Jaqueline Brauckhage legte kurz die Stirn in Falten, dann entspannte sie sich. »Stimmt.« Sie trat einen Schritt zurück. »Bitte entschuldigen Sie. Kommen Sie rein. Ich war nur etwas irritiert, statt der beiden Polizistinnen auf einmal einen einzelnen Beamten vor der Tür stehen zu haben.« Sie führte ihn durch den Flur in die Küche. »Nehmen Sie Platz. Was gibt es denn noch?« Sie setzte sich. »Ich dachte, ich hätte alle Fragen beantwortet. Und warum kommen jetzt Sie und nicht Ihre Kolleginnen?« Sie sah ihn misstrauisch an.

Niecksteit wählte den Stuhl ihr gegenüber. »Wer war der Mann, der Sie zum Tutorium abgeholt hat?«, fragte er, ohne auf Jaqueline Brauckhages Fragen einzugehen.

»Ein Kommilitone. Das habe ich Ihren Kolleginnen bereits gesagt«, antwortete sie gereizt. »Vielleicht sollten Sie sich besser absprechen. Wir bereiten uns zusammen auf eine Klausur vor. Das ist üblich unter Studenten«, ergänzte sie in zynischem Tonfall.

Niecksteit grinste breit. »Ist es auch üblich, dass man sich so innig begrüßt?«

Augenblicklich gefror Jaqueline Brauckhages überhebliches Lächeln. »Wie meinen Sie das?«

»Meine Kolleginnen haben einen Begrüßungskuss gesehen, der eindeutig nicht zu den oberflächlichen Bussis hier und Bussis dort gehörte. Also: Wer ist der junge Mann, und in welcher Beziehung stehen Sie tatsächlich zu ihm?« Niecksteit lächelte Jaqueline scheinheilig an, doch die hatte tatsächlich die Traute, ihm direkt in die Augen zu blicken.

»Möchten Sie ein Wasser? Oder einen Kaffee? Wir haben einen Vollautomaten. Das geht ganz schnell«, sagte sie, ohne ihm zu antworten.

»Nee, ist alles gut. Also?«

»Er heißt Dennis Eckhoff.« Sie betrachtete ihre unlackierten Fingernägel.

»Und weiter?«

»Das ist alles nicht so einfach, wie Sie denken.«

***

Als sie die Praxis betraten, herrschte bereits helle Aufregung beim Personal, die Patienten hingegen saßen geduldig im Wartezimmer. Sie waren es gewohnt, dass der Doktor später auftauchte, denn er nahm sich immer viel Zeit für seine Patienten, auch für die, die er zu Hause besuchte.

Mit wenigen Worten informierte Christine die Arzthelferinnen. »Es ist sicher besser, wenn Sie die Patienten wegschicken. Es wird heute niemanden geben, der sie untersuchen kann.«

»Was soll ich denn sagen?«, fragte Gesche Janssen, die erste Kraft in der Praxis.

»Erzählen Sie ihnen einfach, dass Dr. Kuhlmann überraschend aufs Festland musste und heute keine Sprechstunde abhalten kann.«

Gesche Janssen nickte. »Ist gut.« Sie ging ins Wartezimmer, und wenig später verließen die Patienten unter Maulen und Tuscheln die Praxis.

»Wir würden uns jetzt gern im Büro Ihres Chefs umsehen«, sagte Christine.

Das Büro von Sven Kuhlmann war überraschend rustikal eingerichtet, der schwere Schreibtisch aus Mahagoniholz mit grüner Ledereinlage schien sehr alt zu sein. Zwei schwarze Chrom-Schwingstühle, die davorstanden, waren ein deutlicher Stilbruch. Christine trat näher. Verwundert stellte sie fest, dass es hier kein privates Foto gab. Alles rein funktionell: Bildschirm, Tastatur, eine Lampe aus Edelstahl. Ein länglicher Stifthalter, in dem neben einem Füllhalter nur ein Bleistift lag.

»Wen können wir verständigen? War Dr. Kuhlmann verheiratet? Hatte er Familie?«

Gesche Janssen biss sich kurz auf die Unterlippe, bevor sie antwortete. »Er war verpartnert. Sein Mann Rolf lebt jedoch nicht auf der Insel, sondern auf dem Festland. Er ist Pharmareferent. So haben sie sich kennengelernt. Herr Sundermann ist viel unterwegs. Darum hat Dr. Kuhlmann …« Sie zuckte unbehaglich mit den Schultern. »Na ja, wenn er keinen Dienst hatte, war er drüben. Er hat den Flugschein und besitzt eine Piper. Da ist er im Frühjahr und Sommer eben nach Feierabend rübergeflogen und morgens wieder her. Es sei denn, er hatte Notdienst, dann ist er natürlich hiergeblieben.«

»Hatte Ihr Chef Probleme?«

Gesche Janssen sah sie überrascht an. »Probleme? Wie meinen Sie das? Über Privates hat er mit mir nicht gesprochen, und ich glaube auch nicht, dass eine meiner Kolleginnen mehr über ihn weiß. Dr. Kuhlmann ist hier auf der Insel nie wirklich angekommen. Oder aufgenommen worden. Obwohl er sich bemüht hat, dazuzugehören. Aber wenn man nicht in mindestens dritter Generation hier geboren wurde, bleibt man ein Fremder.« Wieder zuckte sie mit den Schultern. »Das ist auf allen Ostfriesischen Inseln so. Ich kann da nichts für. Insulaner sind ein sehr eigenes Volk.«

»Wissen Sie, ob er Drogen genommen hat?«, fragte Oda, ohne auf das einzugehen, was Frau Janssen gesagt hatte.

»Drogen? Dr. Kuhlmann?« Die Arzthelferin sah sie ungläubig an.

»Kokain zum Beispiel.« Oda hatte in sämtliche Schreibtischschubladen gesehen und wandte sich nun dem einzigen weiteren Möbelstück zu, einem Aktenschrank mit drei Schubladen.

»Nä. Der ganz bestimmt nicht.« Gesche Janssen wies diese Überlegung sichtlich entsetzt zurück.

»Ist er denn öfter auf dem Inselfriedhof gewesen?«

»Auf dem Inselfriedhof? Nein. Ich wüsste auch überhaupt nicht, was er da sollte. Er stammt ja nicht von hier und hat dort dementsprechend keine Verwandten liegen. Sicher, der Friedhof ist ein stiller und ruhiger Ort, vielleicht hat er so was gemocht, keine Ahnung. Ich hab mich nicht darum gekümmert, wie mein Chef seine Mittagsstunden verbringt. Das hat mich, gelinde gesagt, nicht interessiert. Ich dachte, der geht mittags nach oben. In seine Wohnung. Ich weiß allerdings, dass er sich gern bei ›Fisch-Kruse‹ was für auf die Hand gekauft und draußen gegessen hat. Wenn das Wetter schön war. Er war nicht anspruchsvoll. Das war das Sympathische an ihm. Keine Allüren. Er war bodenständig. Hat gern Matjesbrötchen gegessen. Vielleicht ist er bei gutem Wetter auch mal zum Friedhof und hat dort seine Mittagspause verbracht, keine Ahnung. Da fragen Sie am besten seinen … den Herrn Sundermann. Der wird meinen Chef ja besser gekannt haben als ich.«

Christine notierte sich das Gesagte, dann klappte sie ihr Notizbuch zu und schob es zurück in ihre Umhängetasche. »Danke, Sie haben uns sehr geholfen. Dr. Kuhlmanns Wohnung ist im ersten Stock, sagten Sie?«

»Ja. Gleich über der Praxis. Es ist schon immer so gewesen, dass der Doktor oben wohnt und unten praktiziert. Auch bei seinen Vorgängern.«

»Gut. Wir werden uns dort gleich mal umsehen. Haben Sie einen Schlüssel für die Wohnung?«

»Nein«, sagte Gesche Janssen bedauernd.

»Kein Problem, Ihr Chef hatte sein Schlüsselbund bei sich, als wir ihn fanden«, sagte Oda. »Wir kommen also auch so hinein.«

»Am besten, ich bleibe noch, bis Sie hier fertig sind, oder?« Gesche Janssen sah sie unsicher an.

»Nein, nein«, gab Christine freundlich zurück. »Das ist nicht nötig. Wir kommen schon klar. Sie könnten allerdings einen Aushang an die Tür kleben, dass aufgrund eines Todesfalls vorläufig keine Sprechstunde stattfindet. Und den Vertretungsarzt sollten

Sie benachrichtigen, damit er sich auf mehr Arbeit einstellt. Es gibt doch einen weiteren Arzt auf Wangerooge?«

»Ja. Dr. Schneider.«

»War Dr. Kuhlmann bei diesem Kollegen in Behandlung?«, fragte Oda.

»Nein, wie kommen Sie denn darauf? Er hatte einen Arzt auf dem Festland. Außerdem mochten sich die beiden nicht.«

»Verstehe. Ist er heute früh übrigens dort gewesen? Auf dem Festland?«

»Nein, er hat oben in seiner Wohnung geschlafen, er war nicht drüben. Das weiß ich, weil gestern Abend noch die Sitzung der Freiwilligen Feuerwehr war, an der er teilgenommen hat.«

»In Ordnung. Dann geben Sie uns doch bitte noch die Anschrift seiner Wohnung auf dem Festland und die Kontaktdaten von Herrn Sundermann. Wir müssen die Kollegen bitten, ihn zu informieren. Ach … eine Frage habe ich noch.«

Wieder glomm Unsicherheit im Gesicht der Arzthelferin auf. »Ja?«

»Sagt Ihnen der Name Hartmut Brauckhage etwas?«

Gesche Janssens Gesichtszüge entspannten sich augenblicklich. »Nein«, sagte sie erleichtert. »Der Name sagt mir überhaupt nichts.«

***

»Warum glauben Sie, ich würde denken, es sei einfach?«, fragte Niesteit.

Jaqueline Brauckhage reckte unbehaglich den Hals. »Na ja. Ihre Kolleginnen haben gesehen, wie ich Dennis begrüßt hab. Sie wissen, dass mein Mann deutlich älter war als ich. Und schwupps, wird daraus die Vermutung, ich hätte meinen Mann nur geheiratet, um abgesichert zu sein, und mir einen gleichaltrigen Lover als Ausgleich angelacht.« Sie dehnte den Hals, als hoffte sie auf ein erlösendes Knacken.

»Aber dem war nicht so?«

»Nein!« Die Vehemenz, mit der Jaqueline Brauckhage das sagte, überraschte Nieksteit. »Ich war so was von verliebt in Hartmut, das glauben Sie gar nicht! Er war alles, was ich mir jemals von einem Mann erträumt habe. Ich hatte nicht gedacht, dass es meinen Traumprinzen wirklich gibt. Und dann bin ich ihm begegnet. Es war der Wahnsinn. Mehr noch, es war … einfach vollkommen. Wir haben relativ schnell geheiratet, und natürlich habe ich mein Zimmer in der WG aufgegeben und bin hier eingezogen. Mein Leben war auf einmal zum Wunschkonzert geworden.« Sie machte eine Pause.

Niecksteit schwieg mit ihr. Als sich die Minuten in die Länge zogen, sagte er: »Doch dann stellten Sie fest, dass Ihr Leben keineswegs ein Wunschkonzert ist? Innerhalb von nicht einmal einem Jahr? Das ging aber schnell.«

Sie sah ihn aus waidwunden Augen an. »Ja«, sagte sie, wobei sie sich räuspern musste, um verstanden zu werden. Sie betrachtete ihre rechte Hand, an deren Ringfinger sie einen schmalen Ring mit einem eingefassten Rubin trug. »Hartmut meinte zwei Monate nach unserer Hochzeit, er hätte mich doch etwas überstürzt geheiratet, ich sei ihm entschieden zu unreif. Er warf mir vor, ich würde mich wie ein Teenager verhalten. Zu offiziellen Anlässen nahm er mich nicht mehr mit, obwohl ich mir wirklich alle Mühe gab, mich ihm anzupassen. Sogar spießige Klamotten hab ich mir gekauft, weil er sagte, so wie ich rumlaufe, würde ja jeder denken, ich sei seine Tochter. Und dann hab ich mitgekriegt, dass er mich betrügt. Glauben Sie mir, man steht ziemlich perplex da, wenn der Ehemann nur Wochen nach der Hochzeit fremdgeht. Ich musste erst mal mit mir und meinen Gefühlen klarkommen. Gucken, was das mit mir macht. Es ging mir ziemlich beschissen. Das kann ich Ihnen sagen.« Sie knabberte an der Nagelhaut des Zeigefingers ihrer linken Hand. Niecksteit hörte weiter zu. »Ja, und dann war da Dennis. Wir haben uns von Anfang an supergut verstanden. Er findet mich toll, ihm bin ich kein bisschen zu kindisch. Ich hab ihm von meinem ganzen Schlamassel erzählt, mich bei ihm ausgeheult. Und er hat mich getröstet. Da ist es irgendwie passiert, dass ich mich in ihn verliebt hab.«

»Ist er der Vater des Babys, das Sie erwarten?«

Jaqueline holte tief Luft. »Ich weiß es nicht.«

***

Mit Plastiküberziehern an den Schuhen und Einmalhandschuhen an den Händen betraten Oda und Christine Kuhlmanns Privatwohnung. Im Gegensatz zu seinem Büro waren diese Räume hell gestrichen und eingerichtet, neben einem allgegenwärtigen Weiß dominierte Grau in allen möglichen Schattierungen. In der Küche standen ein ausgewaschener Becher und ein benutztes Brotbrett mit Messer neben der Spüle. Alles wirkte ganz normal. Oda öffnete den Kühlschrank. Ein wenig Wurst, etwas Brot, ein Margarinebecher. Tomaten und Gurken im Gemüsefach. Christine sah derweil in die Küchenschränke.

»Der Sundermann scheint nicht oft hier gewesen zu sein«, mutmaßte Oda, als sie ins Schlafzimmer kamen, in dem zwar ein Doppelbett stand, bei dem jedoch nur eine Bettseite mit Kissen und Decke ausgestattet war. »Die Bude sieht aus wie eine Junggesellenwohnung.«

»Vielleicht wollte Kuhlmann sein Privatleben nicht auf der Insel breittreten. Du hast ja gehört, was die Arzthelferin gesagt hat: Die Insulaner sind ziemlich eigen. Da war letztens eine Beilage über Wangerooge im ›Kurier‹. Ich war wieder einmal erstaunt zu lesen, dass die Insel keine zweitausend Einwohner hat. Enorm, wenn man bedenkt, was für Horden an Urlaubern Jahr für Jahr auf die Insel kommen.« Sie deutete auf ein gerahmtes Foto auf dem Nachttisch. »Guck mal hier. Das muss er mit dem Sundermann sein.«

Zwei lachende und gebräunte Männergesichter strahlten ihnen entgegen. Christine zog die Nachttischschublade auf. Eine Lesebrille, eine Packung Papiertaschentücher, Halsschmerztabletten, ein Notizblock und ein Kugelschreiber. Nicht gerade ergiebig.

»Tja.« Oda ging hinüber ins großzügig bemessene Badezimmer. Auch dieser Raum war hell und hatte ein breites Fenster. Neben der Wanne gab es eine Dusche und einen Doppelwaschtisch, WC und Bidet waren durch eine halbhohe Mauer vom Rest des Raumes abgetrennt. Sie zog Schubladen auf und öffnete die Seitentüren des Spiegelschrankes. Rasierzeug, Deo, zwei Zahnbürsten, ein Zungenreiniger und Zahnpasta. Verschiedene Aftershaves. Hautlotion für trockene Haut, Haarwachs. Nicht der geringste Hinweis darauf, dass der Bewohner dieser Wohnung Drogen konsumierte.

Ihr Handy klingelte. »Lemke«, stellte sie nach einem Blick aufs

Display fest und meldete sich. »Na, Dr. Watson, was hast du uns zu berichten?«

Während Lemke erzählte, lief sie ins Wohnzimmer.

»Der Sundermann ist unterwegs und nicht in Norden«, hörte sie ihren Kollegen sagen. »Er kommt aber heute Abend zurück. Ihr könnt also morgen früh hin.« Lemke wartete ihre Reaktion erst gar nicht ab. »In Sachen Brauckhage sind wir noch mittenmang. Niekstein wird morgen den Freund der Witwe befragen. Die hat gesagt, sie wüsste nicht, ob ihr Mann oder ihr Lover der Vater des ungeborenen Kindes ist. Das heißt, wir könnten es hier durchaus mit dem Thema Eifersucht zu tun haben.«

Oda berichtete, was sie zwischenzeitlich von Kuhlmanns Arzthelferin erfahren hatten. »Versucht herauszufinden, ob Brauckhage und Kuhlmann irgendwann mal miteinander zu tun hatten. Auf Wangerooge gibt es nämlich keinen Psychiater. Wir denken, dass wir einen möglichen Zusammenhang prüfen sollten.«

»Ist gut. Bis morgen.« Schon legte Lemke auf.

Im Sideboard entdeckte Oda einen Laptop. Ohne große Hoffnung klappte sie ihn auf, doch wider Erwarten fuhr der PC hoch, ohne die Eingabe eines Passwortes zu fordern. Sie blickte Christine an. »Ganz schön leichtsinnig«, sagte sie und setzte sich mit dem Ding an den Tisch. Kurz darauf murmelte sie zufrieden: »Manchmal hat man eben wirklich Glück. Guck!« Sie wies mit der Hand auf den Bildschirm, auf dem eine Adressliste mit Telefonnummern zu sehen war.

»Wie bist du da denn rangekommen?«, fragte Christine erstaunt.

Oda strahlte. »Wir haben zu Hause auch eine Fritz!Box. Und die hab ich aufgerufen. Kuhlmann hat das Passwort automatisch gespeichert, sodass ich, ohne irgendetwas auszuprobieren, an die Telefonliste kam.«

»Das mache ich zu Hause auch«, gestand Christine. »Allerdings ist mein Notebook mit einem Passwort geschützt. Aber wenn man das erst mal eingegeben hat …«

Oda scrollte die Liste durch. Überwiegend waren Gespräche mit einer dem Namen »Rolf mobil« zugeordneten Handynummer geführt worden. Auch Einträge von Insulanern gab es. »In den letzten Tagen hat er zweimal mit einem Detlev Harms und einmal mit einem Peter Fischer telefoniert. Sonst gab es keine Telefonate bis auf die mit seinem Mann. Ich schreib die Nummern mal auf.« Sie sah sich suchend nach einem Notizzettel um, aber Christine hatte ihren Block schon parat.

»Schieß los«, sagte sie, und Oda nannte ihr die Nummern. Dann sah Christine auf ihre Uhr. »Was meinst du, können wir heute doch noch zurück? Dann müssten wir uns beeilen. Die fliegen ja nur bis achtzehn Uhr fünfzehn. Eine Fähre geht nicht mehr.«

»Lass uns erst versuchen, die beiden zu erreichen«, schlug Oda vor. »Die Zimmer im ›Hanken‹ sind ohnehin für uns reserviert, und Lemke hat gesagt, dass der Sundermann noch nicht wieder in Norden ist, sodass wir ihn frühestens morgen aufsuchen können. Da verpassen wir auf dem Festland nichts und können hier vielleicht sogar mehr über Kuhlmann herausfinden.«

»Du hast recht«, stimmte Christine zu, und Oda griff zum Telefon.

***

»Danke, dass Sie sich jetzt noch Zeit für uns nehmen«, sagte Christine, als Detlev Harms ihnen die Tür zu seiner Wohnung öffnete.

»Kein Thema«, entgegnete der Feuerwehrmann erschüttert, »wenn es darum geht, Ihnen etwas zu Sven zu sagen, bin ich natürlich dabei. Kommen Sie doch rein.«

Harms wohnte zusammen mit sieben anderen Parteien in einem rot geklinkerten Mehrfamilienhaus. Einige der Wohnungen schienen allerdings unbewohnt zu sein, zumindest waren die Rollläden heruntergelassen, was um diese Uhrzeit ungewöhnlich war.

»Nee«, erklärte Harms, als Christine ihn fragte, ob die Wohnungen zu mieten wären, »die stehen nicht leer. Das sind Eigentumswohnungen. Aber die Besitzer sind nur ab und an mal hier. Meist im Sommer übers Wochenende oder für zwei, drei Wochen. Ich bin hier neben meinem Job bei der Feuerwehr auch der Hausmeister. Kümmere mich darum, dass alles in Ordnung ist, und passe auf. Denn ob Sie's glauben oder nicht, leider haben wir es auch auf den Inseln vermehrt mit Einbrüchen zu tun. Aber das wollen Sie ja nicht wissen, Sie sind ja wegen Sven hier.«

Sie folgten ihm in die Küche, die nach Osten hinausging. Auf der Fensterbank standen Grünpflanzen in bunten Übertöpfen. Ein leichter Geruch nach gebratenem Fisch hing in der Luft.

»Was ist denn passiert?«, wollte Harms wissen, als sie Platz genommen hatten. »Wenn Sie mit mir reden wollen, war es wohl kein Herzinfarkt?«

»In welcher Beziehung standen Sie zu Dr. Kuhlmann?«, fragte Christine und zog ihren Block aus der Tasche.

Harms überlegte nicht lange. »Wir waren befreundet. Seit er auf die Insel kam. Wir haben uns über unsere Jobs kennengelernt, denn ich fahre ja auch manchmal den Rettungswagen. Und da wir beide keine echten Insulaner sind, haben wir zusammengehalten.«

»Was darf ich darunter verstehen?«, fragte Christine.

»Na, wir sind zusammen auf ein Bier raus, haben uns zum Kartenspielen getroffen und so.«

»Karten?«, fragte Oda.

»Skat. Sven war ein guter Spieler.«

»Lassen Sie mich raten«, sagte Christine, »der dritte Mann in der Skatrunde war Peter Fischer?«

Harms nickte. »Jo. Peter arbeitet als Bademeister in der ›Oase‹.«

»In der Oase?« Christines Blick flitzte hinüber zu Oda.

»Das örtliche Schwimmbad. Sind Sie garantiert schon dran vorbeiflaniert, wenn Sie die Promenade in Richtung Westen gegangen sind, denn da geht's nicht weiter. Sie müssen erst mal runter an den Strand und ein ganzes Stück am Wasser laufen, bevor Sie wieder hochkönnen.«

»Ach so. Ja. Natürlich.« Jetzt fiel es Christine wieder ein. »Wie oft haben Sie sich denn getroffen?«

»Zu dritt?«, fragte Harms. Christine nickte.

»Einmal im Monat. Meist jeden ersten Dienstag. Immer im ›Café Treibsand‹.«

»Hatten Sie oder Herr Fischer auch außerhalb des Skatspielens Kontakt zu Herrn Kuhlmann?«, fragte Oda.

Harms grinste. »Ach, darauf spielen Sie an.« Es wirkte beinahe ein wenig beschämend, fand Christine. »Wenn Sie wissen wollen, ob Peter oder ich eine Affäre mit Sven hatten, kann ich Ihnen versichern: ich auf gar keinen Fall. Und ich gehe mal davon aus, Peter auch nicht. Dafür kann ich natürlich nicht meine Hand ins Feuer legen, aber … nee … ich glaub, das hätte ich gespürt.«

»Gespürt? Wie meinen Sie das?«, fragte Christine sofort.

»Ach, kommen Sie.« Harms lehnte sich im Stuhl zurück. »Es

ist doch vollkommen schnurz, ob es zwischen Mann und Frau knistert oder zwischen Frau und Frau oder Mann und Mann. Das kriegt man einfach mit. Zwischen Peter und Sven war alles genauso freundschaftlich wie zwischen Sven und mir oder Peter und mir. Zumal Sven ja auch immer ganz offen von Rolf gesprochen hat.«

»Tatsächlich?«, fragte Oda.

»Jo. Auch wenn Rolf eher selten hier auf der Insel war. Sven hingegen ist, so oft er konnte und so oft es sich mit Rolfs Vertreterreisen vereinbaren ließ, rüber nach Norden geflogen. Ich kann verstehen, dass sie es so gehalten haben. Die Insulaner … na ja, die Alteingesessenen, die stehen mehr auf das traditionelle Familienbild. Die sind nicht so … offen.

»Aber Sie und Peter Fischer sind es?« Christine fragte ganz neutral.

»Och, wissen Sie, ich hab in meinem Job so viel Elend gesehen, da freu ich mich über alles, was gut läuft. Soll doch jeder auf die Art leben, die ihn glücklich macht.«

»Könnte es sein, dass jemand eifersüchtig war?«, wollte Christine wissen.

»Eifersüchtig? Das glaube ich nicht. Dazu hätte Sven ja hier auf der Insel ein Techtelmechtel haben müssen. Und davon hätte ich garantiert Wind gekriegt.«

»Wissen Sie, ob Ihr Skatkumpel Drogen nahm?«, fragte Oda.

Harms kniff die Augen zusammen. »Sven? Drogen? Nein. Niemals. Der hat ja nicht mal richtig mitgesoffen, wenn wir zusammensaßen. Der trank nur alkoholfreies Bier oder Säfte.«

»Na ja«, gab Oda zu bedenken. »Das sind zwei Paar Stiefel. Wenn man nix trinkt, heißt es nicht automatisch, dass man keine Drogen konsumiert.«

Harms sah sie aus großen Augen an. »Aber Sven ist Arzt. Also, er war Arzt.«

Oda erwiderte seinen Blick ebenso ernst. »Wir haben Drogen bei ihm festgestellt.«

»Ach du Scheiße«, entfuhr es Harms.

***

»Fassen wir also zusammen«, sagte Oda, als sie im »Café Pudding« an einem Tisch mit Blick auf die Nordsee saßen und auf ihr Essen warteten. Zahnbürsten und Zahnpasta hatten sie im Drogeriemarkt kaufen können, und bei diesen Temperaturen war es kein Problem, auf einen Schlafanzug zu verzichten. Zumal sie diesmal, anders als vor einiger Zeit, beide ein Einzelzimmer bekommen hatten. Das bot Privatsphäre genug. »Kuhlmann schien recht wenige engere Kontakte auf der Insel zu haben. Die beiden Skatkumpel, mehr wohl nicht.«

»Na, wenn er nach Feierabend immer aufs Festland geflogen ist …«, meinte Christine.

»Das geht ja nur im Sommer. Er arbeitete aber auch im Herbst und Winter hier. Egal. Der Sundermann wird uns sicher mehr verraten können.«

Der Ober brachte die Getränke: ein Bier für Oda, für Christine einen gut gekühlten Weißwein, dazu einen kleinen Korb mit Baguette und Kräuterquark.

»Prost.« Oda hob ihr Glas.

»Zum Wohl.«

Sie stießen an.

»Was für ein Wahnsinns-Ausblick.« Christine schwärmte regelrecht beim Anblick der in der Sonne glitzernden Nordsee, an deren Horizont wie in einer langen Reihe die Containerschiffe fuhren.

Oda wusste, dass es drei verschiedene Routen gab, die von der Insel betrachtet nur so aussahen, als lägen sie auf gleicher Höhe. Sie griff in den Brotkorb und schmierte sich den Kräuterquark auf die kleine Scheibe Baguette. »Lecker.«

Christine stellte ihr Glas ab, das außen beschlagen war, und ignorierte den Brotkorb. »Noch haben wir zwar die Auswertungen der Spusi nicht, was mich aber stutzig macht, ist, dass wir es innerhalb weniger Tage mit zwei toten Ärzten zu tun haben, und in beiden Fällen sind Drogen im Spiel.«

Oda fischte die nächste Brotscheibe aus dem Korb und beschmierte sie wieder großzügig mit dem Quark. »Ich habe auch schon darüber nachgedacht. Das kann kein Zufall sein. Bin gespannt, ob Lemke herausfindet, ob die beiden miteinander in Kontakt standen. Vielleicht gehörten sie zu einem Drogenring und haben gepanschtes Zeug verkauft.«

»Also wirklich, Oda«, sagte Christine leicht empört. »Jetzt mach aber mal halblang. Brauckhage hatte nicht genug Kokain im Schreibtisch, um es zu verkaufen, und bei Kuhlmann haben wir weder im Büro noch in seiner Wohnung auch nur einen Krümel von irgendetwas gefunden.«

»Dennoch«, beharrte Oda. »Ich will zu diesem Zeitpunkt noch gar nichts ausschließen. Sie könnten Zeug verkauft haben, das jemanden das Leben gekostet hat. Vielleicht ist das der Grund, weshalb wir in Kuhlmanns unmittelbarer Umgebung die benutzte Spritze gefunden haben.« Sie schob sich den nächsten Bissen Baguette in den Mund.

In diesem Moment brachte der Kellner das Essen: Scholle Finkenwerder Art mit Bratkartoffeln für sie und einen Salat mit Putenstreifen für Christine.

Freitag

Als sie an diesem Morgen das Hotel verließ, spürte sie, dass der Sommer dem Herbst wich. Die Luft war kühl, obwohl sonnig und golden. Wie gut, dass sie sich ihre Jacke mit rausgenommen hatte. Schnell schlüpfte Christine hinein und lief am »Café Pudding« vorbei zum Strand hinunter. Sie hatte noch ein wenig Zeit, erst um acht wollten Oda und sie sich im Frühstücksraum treffen. Sie liebte die Tagesanfänge auf der Insel, wenn alles ganz langsam erwachte. Und jetzt bot sich überraschend die Möglichkeit, das auszukosten. Der Winter würde lang genug werden. Sie lachte kurz auf. Nein, sie war einfach nicht für das Leben im Norden geschaffen. Wie viel besser würde es ihr im Süden Frankreichs gehen! Oder in Spanien. Aber diese Wahl hätte sie erst, wenn sie aus dem Berufsleben ausschied. Und ob sie dann einen so drastischen Schritt wagen würde?

Es musste Hochwasser sein, die Wellen rollten mit kleinen weißen Gischtkronen an den Strand, alles sah friedlich aus. Christine hatte die Nordsee im Frühjahr und im November auch schon ganz anders erlebt: wild und aufgewühlt, voller Drang, der Insel den Sand zu entreißen, die Dünen zu beschädigen. Jährlich kostete der Kampf mit den Elementen die Insel mehrere hunderttausend Euro. Aber diesen Gedanken schob Christine beiseite. Sie sog die würzige Salzluft durch die Nase in ihre Lungen und ließ sie langsam durch den Mund entweichen. Das tat gut. Es weitete ihren Brustkorb und erfüllte sie mit Energie. Eine Frau mit Hund kam ihr entgegen, der sichtbar Spaß daran hatte, ein Stöckchen zu apportieren, das sein Frauchen für ihn ins Wasser warf. Schnell ging Christine ein paar Schritte beiseite. Nur für den Fall, dass das Tier sich trocken schütteln wollte. Schließlich hatte sie keine Kleidung zum Wechseln dabei.

Sie sah auf ihre Uhr. Schon kurz vor acht. Nun musste sie sich doch sputen, um Oda am Frühstückstisch zu treffen. Aber zumindest diese Momente hatte sie für sich gehabt. Und für ein kurzes Telefonat mit Phillip würde die Zeit auch noch reichen. Sie kannten sich zwar erst zwei Monate, doch es hatte sich bereits eine zarte Innigkeit zwischen ihnen entwickelt, die sich warm und wohlig in ihrem Bauch ausbreitete wie eine heiße Schokolade an einem kühlen Herbsttag.

Das Meer glänzte in der Sonne. In einiger Entfernung warf die Frau immer noch das Stöckchen für ihren Hund, der weiterhin mit Begeisterung in die Wellen sprang und schwanzwedelnd zu ihr zurückkehrte. Ansonsten gab es nur wenig Bewegung am Strand, die meisten Frühaufsteher waren wohl mit dem Ende der Sommerferien verschwunden. Vielleicht sollten sie und Phillip sich hier nächsten Monat ein verlängertes Wochenende gönnen. Dann könnte sie ihm all das zeigen, was sie auf der Insel lieb gewonnen hatte. Ja. Sie würde es ihm zum Geburtstag schenken. Das passte ausgezeichnet. Zwischen den Sommer- und den Herbstferien war es angenehm, nicht zu voll und nicht zu leer. Sie zog ihr Handy aus der Jackentasche, öffnete die Telefonfavoriten und tippte auf seinen Namen. Leider sprang nur die Mailbox an. Schade. Aber sie wischte die Enttäuschung beiseite. Sie würde es später erneut versuchen.

Als sie den Frühstücksraum des Hotels betrat, saß Oda bereits am Tisch, ein Kännchen Tee stand auf einem Stövchen, auf Odas Teller lagen zwei Brötchen und ordentlich Aufschnitt.

»Guten Morgen«, grüßte Christine, und Oda grüßte fröhlich und mit vollem Mund zurück.

Christine hängte ihre Tasche über die Stuhllehne und ging ebenfalls zum Büfett. Viel Zeit blieb ihnen nicht, sie hatten einen Platz in der Neun-Uhr-dreißig-Maschine zurück aufs Festland gebucht und wollten vorher noch mit Peter Fischer reden, dem dritten Skatbruder. Zunächst hatten sie überlegt, von Harlesiel aus direkt nach Norden zu Sundermann zu fahren, dann jedoch entschieden, zuerst die geplante Besprechung mit Siebelt, Niksteit und Lemke in der Polizeiinspektion abzuhalten. Der Großteil der Ergebnisse der KTU müsste inzwischen vorliegen. Im Anschluss an die Besprechung würden sie dann nach Norden fahren. Lemke hatte bei seinem gestrigen Telefonat mit dem Pharmareferenten keine Details preisgegeben. Noch wusste Sundermann also nicht, unter welchen Umständen sein Partner zu Tode gekommen war. Das verschaffte ihnen einen Vorteil, den sie ausnutzen wollten.

Sie liefen gerade vom Hotel zur »Oase«, als Christines Handy klingelte.

»Guten Morgen, du kleine Sprotte«, hörte sie Phillip sagen, und ein breites Lächeln zog über ihr Gesicht.

***

Dennis Eckhoff wohnte in einer Zwei-Zimmer-Wohnung in der Bismarckstraße, in unmittelbarer Nähe des Rathauses. Ein Reisebüro befand sich im Erdgeschoss. Niekstelt hatte sich nach seinem Besuch bei Jaqueline Brauckhage den jungen Kollegen Sascha Meier als Unterstützung mitgenommen, weil es wohl doch einen besseren Eindruck machte, zu zweit aufzutauchen, und Lemke tief in seine Recherchen abgetaucht war. Der war ein Bürohengst, wie er im Buche stand. Aber ihm war es recht, denn Sascha und er hatten sich schon des Öfteren zufällig im »Saxophon« am Börsenplatz getroffen und das eine oder andere Bier zusammen getrunken. Er war ein netter Kerl, und dass Sascha Uniform trug und er nicht, stellte zumindest von vornherein klar, dass sie Polizisten waren.

Niekstelt klingelte drei Mal, bevor Eckhoff sich verschlafen über die Gegensprechanlage meldete. »Ja bitte?«

»Kripo Wilhelmshaven. Es geht um Jaqueline Brauckhage. Wir müssen mit Ihnen sprechen«, sagte Niekstelt forsch, und augenblicklich gab der Summer der Schließanlage den Zugang frei. Sie liefen in den zweiten Stock hinauf, wo Eckhoff die Wohnungstür für sie angelehnt hatte.

Manche Menschen sind schon eigenartig, dachte Niekstelt. Da erwähnte man lediglich, man sei von der Kripo, und schon öffneten sich Türen, ohne dass die Angabe kontrolliert wurde. Na, ihm sollte es egal sein. Je einfacher, desto lieber.

»Kommen Sie rein.«

Niekstelt hörte die Klospülung rauschen. Gleich darauf trat Eckhoff aus der dem Flur gegenüberliegenden Tür. »Ich musste nur schnell mal pinkeln. Kann ich Ihre Ausweise sehen?«

Bereitwillig zogen Niekstelt und Meier die Dienstausweise aus ihren Taschen.

»Okay. Ich kann mir schon denken, worum es geht. Es handelt sich nicht in erster Linie um Jaqueline, hab ich recht? Sie wollen was über ihren Mann wissen.«

Niekstelt nickte, obwohl das nicht sein eigentliches Anliegen war. Man sollte die Redseligen unter den Befragten nicht bremsen. Meier hielt sich im Hintergrund. Kein Wunder, er war noch recht jung und hatte mit Gewaltverbrechen bislang wenig zu tun gehabt.

»Setzen Sie sich. Ich lass 'nen Kaffee durchlaufen. Kann dringend einen gebrauchen. Bin noch gar nicht ganz wach. Trinken Sie auch einen?«

Niekstelt nickte wieder. Kaffee war immer gut. Er und Sascha Meier quetschten sich an den kleinen Küchentisch, Eckhoff blieb stehen und ließ Wasser in die Kanne laufen.

»Dann wissen Sie also, dass Dr. Brauckhage ums Leben kam?«, fragte Niekstelt.

»Sie brauchen sich gar nicht so gestelzt auszudrücken.« Eckhoff kippte das Wasser in die Maschine, zupfte einen Filter aus einem Behälter neben dem Herd und begann, Kaffeepulver abzumessen. »Ich weiß, dass er ermordet wurde. Jaqueline hat's mir erzählt.« Er stellte die Kaffeedose zurück ins Regal, fuhr sich mit gespreizten Fingern durch seine ungekämmten Haare und drückte den Schalter. Sofort begann die Kaffeemaschine zu arbeiten.

»Natürlich«, sagte Niekstelt, »und sicher verstehen Sie, dass die klassische Dreieckbeziehung zwischen Ihnen, Jaqueline Brauckhage und dem Verstorbenen unter diesen Umständen einige Fragen aufwirft.«

Eckhoff blieb ruhig, Meier hingegen grinste breit.

»Wo waren Sie am Dienstag spätnachmittags und am frühen Abend?«, fragte Niekstelt. Von Lemke wusste er, dass Eckhoff Langzeitstudent war. Eigentlich hätte er längst mit seinem Studium fertig sein müssen, aber er hielt sich mit diversen Jobs über Wasser. Das bot ihm einen breiten Spielraum für wie auch immer gelagerte Aktivitäten.

»Dienstagnachmittag.« Eckhoff gähnte, öffnete die Tür eines Hängeschrankes und nahm drei Becher heraus, die farblich nicht zueinanderpassten. »Lassen Sie mich überlegen.« Er rieb mit Daumen und Zeigefinger der rechten Hand über seine Augen und die Nasenwurzel. »Es war schön, nicht? Also, super Wetter, meine ich. Ich war am Banter See. Bei Klein Wangerooge. Hab mir 'ne Auszeit gegönnt. Da ist jetzt ja nicht mehr so viel los, aber der See ist noch angenehm warm. Ich liebe es, dort zu schwimmen.«

»Waren Sie allein?«

Eckhoffs Mundwinkel zuckten amüsiert. »Ja. Das heißt, es waren auch andere Leute zum Schwimmen da, aber auf meiner Decke habe ich allein gelegen. Jaqueline war nicht dabei, falls Sie das vermuten.«

»Und dann?«, fragte Niekteit kühl.

»Was dann?«

»Wie lange sind Sie dortgeblieben? Was haben Sie anschließend gemacht?« Niekteit konnte die Geduld eines Elefanten haben, wenn es sein musste. Mit jemandem wie diesem Dennis wurde er auf jeden Fall fertig.

»Ich glaub, es war kurz vor sechs, als ich wieder nach Hause gefahren bin. Hatte die Thermoskanne Tee ausgetrunken, den ›Kicker‹ durchgelesen, bin geschwommen … Ich wurde an dem Tag sogar von einem dicken Schwan attackiert, da hat es mir gereicht, und ich hab meine Sachen zusammengepackt.«

»Und danach?«

»War ich hier. Hab die Badeklamotten in die Waschmaschine geschmissen und mir ein Omelett mit Zwiebeln, Schinkenwürfeln und Zucchini gebraten. Das hab ich vorm Fernseher gegessen.«

»Was haben Sie geguckt?«

»Keine Ahnung. Ich gucke immer fern, wenn ich esse. Ist sonst so langweilig.«

»Wann hat Frau Brauckhage Sie angerufen?«

Eckhoff schluckte, wobei sein Adamsapfel auf und ab hüpfte. »Wie meinen Sie das?«

Niekteit beobachtete ihn gelassen. Als der junge Mann nicht antwortete, sagte er: »Ich rate Ihnen, bei der Wahrheit zu bleiben. Wissen Sie, wir können nicht nur feststellen, wen Frau Brauckhage wann und von welchem Telefon aus angerufen hat und von wem sie selbst angerufen wurde, sondern auch, ob und wann diese Anrufe angenommen wurden und wie lange sie dauerten.«

Eckhoff holte tief Luft. »Wenn das so ist … Jaqueline hat mich gegen sieben auf dem Handy angerufen. Sie war vollkommen aufgelöst. Wollte wissen, was sie denn jetzt machen soll.«

»Ist der Kaffee inzwischen fertig?«, warf Meier vollkommen unqualifiziert ein, woraufhin Eckhoff abwesend nickte, die Kanne unter dem Filter wegzog und ihnen eingoss.

»Warum war sie aufgelöst?«, fragte Niekteit, der den Grund bereits erahnte.

»Sie sagte, sie hätte einen Test gemacht. Sie sei schwanger. Zucker? Milch?« Eckhoff stellte beides auf den Tisch, und Niksteit nahm den ersten der Kaffeebecher von ihm entgegen.

»Dann sind Sie der Vater ihres ungeborenen Kindes?«, fragte er.

Eckhoff zuckte mit den Schultern. »Das weiß Jaqueline wohl selbst nicht genau. Es könnte auch Hartmut sein, hat sie gesagt.« Er presste die Lippen zusammen. »Ich war vollkommen vor den Kopf geschlagen. Hammer, sag ich Ihnen. Sie hatte mir versichert, dass nichts mehr läuft zwischen ihrem Mann und ihr. Weil der mit anderen Frauen rummachte. Und das hat sie angeekelt. Kann ich nachvollziehen. Allein der Gedanke daran, dass er nicht nur mit Jaqueline, sondern auch mit anderen Frauen … und ich dann mit Jaqueline …« Er schüttelte sich. »Kennen Sie die Reklame aus den Neunzigern, in der es um Aids ging? In der ein Pärchen ganz innig miteinander kuschelt, und dann kommen all die anderen dazu, mit denen die beiden ungeschützten Sex hatten? Mir wird ganz übel bei dem Gedanken, dass es mit Jaqueline genauso gelaufen sein könnte.« Er bemerkte wohl Nieksteits überraschten Blick, denn er schob hastig nach: »Nicht, was Jaqueline angeht. Sie ist ein kleines unschuldiges Lämmchen und konnte sich ihrem Mann kaum verweigern. Aber der Brauckhage. Der muss ein Hurensohn vor dem Herrn gewesen sein.«

***

Der kurze Flug über das Wattenmeer war ruhig gewesen, lediglich beim Landeanflug in Harlesiel hatte der Islander durch den starken Wind ziemlich gewackelt. Als sie nun das Büro von Lemke und Nieksteit betraten, blickte Lemke flüchtig grüßend auf, dann starrte er wieder auf den Bildschirm seines PCs; ein kleiner nonverbaler Hinweis darauf, dass er bis über beide Ohren in Arbeit steckte.

»Moin Jungs«, grüßte Oda, während Christine versuchte, einen bedauernden Gesichtsausdruck hinzukriegen und ihre Belustigung zu verbergen.

»Och Lemke, nun mach nicht so ein Gesicht«, platzte Oda wenig mitfühlend heraus. »Ich weiß, du denkst, wir schaukeln in aller Seelenruhe durch Ostfriesland und du bist der Einzige, der wirklich arbeitet. Stimmt's?«

»Gibt einiges zu überprüfen. Und irgendjemand muss das ja machen«, entgegnete Lemke trocken. Dabei wusste Christine, dass er sich mit wahrer Wonne in Recherchen stürzte.

»Ich konnte heute Nacht nicht richtig schlafen, falls ihr wissen wollt, wie es *mir* geht«, erklärte Niecksteit. »Ich war schon um halb sechs wach. Hab gedacht, ich trink 'nen Kaffee, schmök eine und leg mich noch mal hin, aber die Zigaretten waren alle. Da konnte ich mich auch gleich anziehen und ins Büro fahren. Hab an der Tanke Kaffee und Zigaretten gekauft ... und vergessen, mir ein Brot mitzunehmen. Hab den Kollegen Meier eingesammelt und bin direkt weiter zu dem Freund von Jaqueline Brauckhage gefahren. Das erzähl ich gleich, wenn Siebelt dabei ist. Er hat gesagt, ich soll ihm Bescheid geben, wenn ihr hier aufschlagt. Der Kaffee müsste inzwischen auch durchgelaufen sein.« Er linste neugierig zu Oda. »Hast du vielleicht heute endlich die Beförderungs-Brötchen dabei?«, fragte er. »Die sind ja schon lang überfällig, und ihr werdet auf dem Weg von Harlesiel sicher an einem Bäcker vorbeigekommen sein?« Er sah sie so hoffnungsvoll an, dass Christine schmunzeln musste.

»Du kannst wohl den Hals nicht voll genug bekommen«, schimpfte Oda gespielt empört. »Ihr wart doch auf meiner Beförderungs-Party! Das muss reichen. So viel Kohlenhydrate, wie ihr da an Bier getrunken habt, könnt ihr in Brötchenform gar nicht zu euch nehmen. Also mecker nicht ständig rum.«

»Ich hab aber Hunger«, maulte Niecksteit.

»Das ist nichts Neues.« Oda grinste breit. »Kannst ja eben in die Marktstraße laufen und dir was holen. Aber dann musst du dich sputen, wir haben wenig Zeit. Schließlich wartet der Sundermann, und wir fahren knapp anderthalb Stunden bis Norden.«

Niecksteit nickte. »Na, so dringend brauch ich auch nichts. Ich sag Siebelt Bescheid.«

Im Besprechungsraum der Abteilung duftete es verführerisch nach Kaffee, als sie eintraten. Niecksteit hatte im Schrank der Teeküche zudem eine Dose Kekse gefunden, deren Inhalt tatsächlich noch genießbar war. Er stellte sie auf den Tisch. Mitleidig schob Lemke ihm eine in Butterbrotpapier eingewickelte Stulle hin. »Hier, bevor dein Magen so laut knurrt, dass wir unser eigenes Wort nicht mehr verstehen. Ist Salami drauf.«

Nieksteits Miene hellte sich auf. »Danke!« Er zerriss das Papier und biss herzhaft ins Brot.

Christine setzte sich und wandte sich den Flipcharts zu, an denen Fotos von Hartmut Brauckhage und Sven Kuhlmann hingen. Beide Männer lächelten ihnen entgegen, doch die Tatortaufnahmen darunter zeichneten ein anderes Bild.

»Zwei tote Männer mit – auf den ersten Blick – wenigen Gemeinsamkeiten. Sie starben auf unterschiedliche Art, auch wenn sie letztlich beide erstickten – dem einen wurde der Kehlkopf zertrümmert, dem anderen die Kehle aufgeschlitzt und dabei die Luftröhre beschädigt. Sie lebten an verschiedenen Orten, jedoch nicht übermäßig weit voneinander entfernt. Der eine war Psychotherapeut, der andere Allgemeinmediziner, aber beide hatten ein Faible für Kokain«, fasste Hendrik Siebelt zusammen und griff zu seinem Becher, den er wieder einmal zu voll eingeschenkt hatte. Prompt kleckerte er, diesmal jedoch auf den Tisch und nicht auf sein Hemd.

»Stopp!«, widersprach Lemke. »Ein Drogenvorrat wurde lediglich in Brauckhages Praxis sichergestellt. Bei Kuhlmann haben wir weder in seiner Wohnung noch in der Praxis einen Hinweis darauf gefunden, dass er Kokain konsumiert hat.«

»Wir haben das Ergebnis des Drogenschnelltests, das durch die genaue Analyse im Labor inzwischen bestätigt wurde«, wischte Siebelt Lemkes Einwurf beiseite. »Das ist ja wohl genug.«

Christine hielt dagegen: »Du vergisst die Spritze und die Einstichstelle in Kuhlmanns Arm. Krüger meinte, der Einstich sei post mortem erfolgt. Es ist also nicht gesagt, dass Kuhlmann tatsächlich auf Kokain stand. Es könnte ihm ebenso gut verabreicht worden sein. Unter Umständen gibt es zwischen den beiden Fällen überhaupt keinen Zusammenhang.«

»Mag sein. Es ist aber unerlässlich, dass wir die Fakten dahin gehend prüfen. Kuhlmanns Lebenspartner wird uns hoffentlich mehr über ihn sagen können als die Arzthelferin und der Skatkumpel«, entgegnete Oda.

»Hatte Kuhlmann außer den Kartenspielern vielleicht noch weitere Bekannte auf der Insel?«, fragte Siebelt.

»Danach sieht es nicht aus«, antwortete Christine. »Seine Kontakte beschränkten sich auf seine Arzthelferinnen, den Vertretungsarzt und seine Skatbrüder. Das wurde uns von Peter Fischer, dem Bademeister, heute Morgen noch mal bestätigt. Kuhlmann war ein engagierter Arzt, zufrieden im Privatleben, und von Problemen wollte Fischer ebenso wie Detlev Harms nichts gewusst haben.«

»Ich hab mir die Telefonlisten von Kuhlmanns Fritz!Box angeschaut«, erklärte Oda, »auf der Insel gab es neben seinen Arzthelferinnen nur diese beiden, mit denen er in den letzten zehn Tagen telefoniert hat. Und Harms hat ausdrücklich betont, Kuhlmann hätte außer ihm und dem Peters keine engeren Kontakte auf der Insel gehabt. Davon hätte er sonst sicher gewusst. Die Inselgemeinschaft ist ja recht klein.«

»Es sei denn, Kuhlmann hatte einen heimlichen Lover«, warf Siebelt ein, erntete von Oda jedoch ein scharfes: »Das hätte Harms garantiert mitgekriegt. So heimlich, dass es niemand merkt, kann man auf der Insel gar nicht sein.«

»Dann seht mal zu, was ihr von dem Sundermann erfahrt. Bis ihr zurück seid, haben wir hoffentlich auch den abschließenden Bericht der KTU. Mich wundert, dass die Sprechstundenhilfe so wenig über ihren Chef zu wissen scheint«, sagte Siebelt. »Meistens haben die Angestellten doch mehr Ahnung von dem, was ihre Arbeitgeber so treiben, als deren Partner. Schließlich verbringt man mit seinen Kollegen gemeinhin mehr Zeit. Das macht mich etwas stutzig.«

»Ach was, ich glaube, das bewertest du über. Dass er so viel Zeit wie möglich auf dem Festland verbrachte, ist fürs Integriertwerden schließlich nicht gerade förderlich. Sicher hat sie schon allein deshalb tatsächlich nicht viel über das Privatleben ihres Chefs gewusst. Wir wissen ja auch kaum etwas über deines, Siebelt«, gab Christine zu bedenken. Oda, Niekstein und Lemke grinsten.

»Na ja, so kann man das nun auch nicht sagen. Ihr kennt meine Frau und meine beiden Töchter. Das muss langen. Ich werde einen Teufel tun, euch in mehr Details einzuweihen. So weit kommt es noch.« Fröhlich lehnte Siebelt sich auf seinem Stuhl zurück. »Schlimm genug, dass ihr meine tagtäglichen Blamagen miterlebt, wenn ich mir wieder irgendwas auf die Weste kippe.« Dabei schmunzelte er, denn tatsächlich verging kaum eine Zusammenkunft, in der Siebelt nicht kleckerte. Dann wurde er wieder ernst. »Zurück zu den Todesfällen«, sagte er. »Auf die eine oder andere Weise ist bei beiden Kokain im Spiel, obwohl die Opfer nicht in das typische Drogenmilieu passen. Beide sind Ärzte. Gut situiert. Keine finanziellen Schwierigkeiten. Es war auch keiner von ihnen wegen Drogenmissbrauchs aktenkundig. Oder, Lemke?«

Heiko Lemke schüttelte den Kopf. »Nee, da gibt es nichts, was auffällig wäre.«

Oda kaute auf ihrer Unterlippe herum. Dann sagte sie: »Ich halte es trotzdem für möglich, dass die irgendwie mit dem Zeug gehandelt haben. Oder zumindest der Brauckhage. Allerdings entspricht die in seiner Praxis gefundene Menge bei Weitem nicht dem Vorrat eines Dealers. Das bisschen war kaum der Rede wert. Sollen wir die Kollegen der Kriminaltechnik in seine Privatwohnung schicken?«

»Für einen Durchsuchungsbeschluss haben wir derzeit keine rechtliche Grundlage. Und wer weiß, ob dort überhaupt noch was zu finden wäre. Die Ehefrau könnte sein Vorratslager geleert und alles gründlich gesäubert haben, sodass nichts mehr sicherzustellen ist«, meinte Siebelt.

»Na, ob die so gründlich ist, dass unsere Leute auch wirklich nichts mehr finden, sei mal dahingestellt«, sagte Oda. »Fakt ist doch, dass Brauckhage das Zeug seinen Patientinnen verabreichte. Das ist illegal und medizinisch-ethisch überaus fragwürdig. Vor diesem Hintergrund ist absolut vorstellbar, dass er es auch weiterverkaufte. An seine Patientinnen, nicht als Dealer im großen Stil. In dem Fall hätte er vielleicht noch einen größeren Vorrat irgendwo anders. Was wir ohne Durchsuchungsbeschluss aber nicht rausfinden können.«

»Da könnte auch die Verbindung zu Kuhlmann liegen«, sagte Christine, die Odas Theorie nun ebenfalls etwas abgewinnen konnte. »Das Kokain ist ihm möglicherweise post mortem verabreicht worden. Wir hatten uns schon auf dem Friedhof gefragt, ob uns der Täter mit dem Einstich und der Spritze etwas sagen will. Könnte doch sein, dass Kuhlmann eine vergleichbare ethische Grundeinstellung seinen Patienten gegenüber hatte.«

»Aber wir haben bei ihm keine Drogen gefunden«, sagte Siebelt.

»Kuhlmann könnte sie in Norden gelagert und je nach Bedarf mit auf die Insel genommen haben«, überlegte Christine laut.

»Zu umständlich«, wandte Niekstein ein.

»Im Gegenteil, er ist im Sommer fast täglich nach Feierabend aufs Festland geflogen«, gab Lemke zurück. »Dort könnte er den

Stoff, den er auf der Insel verkaufen wollte, eingesteckt haben, bevor er am nächsten Tag zurückflog. So sah er nach außen aus wie ein Mann, der zu seinem Partner heimflog, in Wahrheit jedoch war es die perfekte Verschleierung eines Kurierdienstes, den der Chef selbst ausübte.«

Schweigen legte sich über die Runde.

»Du könntest recht haben«, sagte Siebelt.

»Glaubst du, dass es auf Wangerooge so viele Abnehmer dafür gibt?«, wandte Christine skeptisch ein.

»Keine Ahnung, aber es reichen ja unter Umständen schon ein paar. Vielleicht war Sundermann auf dem Festland der eigentlich Aktive in Sachen Kokain. Wann wollte der noch mal zurück in Norden sein?«

Oda blickte den Chef an, als sei er auf dem Wege, dement zu werden. »Er ist gestern Abend noch zurückgefahren. Das haben wir bereits gesagt.«

»Mist, verdammter«, entfuhr es Siebelt. »Dann hat er genügend Zeit gehabt, alle Hinweise auf den Drogenhandel zu vernichten.« Christine sah, dass er sich Mühe gab, sich zusammenzureißen.

»Nun fahr mal wieder runter«, verlangte Oda. »Er weiß doch gar nicht, dass wir so was vermuten. Du hast es doch eben selbst noch einmal gesagt: In Kuhlmanns Praxis und den Privaträumen gab es keinerlei Hinweise auf Kokain. Ich bezweifle daher, dass der Sundermann gestern Abend noch irgendetwas unternommen hat. Schließlich weiß er nicht mal, woran Kuhlmann genau verstarb. Lemke hat ihm am Telefon nur gesagt, dass er tot auf dem Inselfriedhof aufgefunden wurde.«

»Vielleicht hatte Sundermann auch gar keine Ahnung von dem, was sein Partner trieb«, meinte Christine.

Siebelt schnaubte empört. »Manchmal seid ihr aber auch naiv! In der Branche der beiden und mit dem Privatflieger liegt das doch auf der Hand. Die könnten unter einer Decke stecken.«

»Das tun sie auf jeden Fall«, bemerkte Nieksteit grinsend, doch Siebelt ignorierte seine unqualifizierte Bemerkung.

»Sundermann ist Pharmavertreter. Der wird Ahnung von Medikamenten, Substanzen und Drogen haben, von denen ihr noch nie gehört habt. Garantiert weiß der Bescheid. Wenn der man nicht sogar der Kopf des Ganzen ist. Also, gewährt ihm keine

Gnade! Nehmt ihn ordentlich in die Zange. Und Lemke, du versuchst herauszufinden, ob Brauckhage und Kuhlmann sich gekannt haben.«

Lemke nickte. »Da bin ich längst dran. Bislang habe ich noch nichts gefunden, aber ich suche weiter.«

Siebelt wollte schon aufstehen, als Niekseit ihn stoppte.

»Halt, wartet mal. Ich hab noch was. Ich war doch heute früh bei Dennis Eckhoff, dem Freund von Jaqueline Brauckhage.« Kurz fasste Niekseit das Gespräch zusammen und schloss: »Der hielt nicht viel von ihrem Mann, und sein Alibi nach achtzehn Uhr ist keinen Pfifferling wert. Angeblich hat Jaqueline Brauckhage ihn zu Hause angerufen und ihm von der Schwangerschaft berichtet. Gibt es gegen neunzehn Uhr ein entsprechendes Telefonat auf der Telefonliste von Brauckhages Festnetzanschluss, Lemke?«

»Nein. Aber wenn sie ein Verhältnis mit Eckhoff hatte, wird sie wohl eher ihr Handy benutzt haben.«

»Auch wieder wahr. Jedenfalls hat sie angeblich von ihm wissen wollen, was sie jetzt machen soll.«

»Und was hat er gesagt?«, fragte Christine.

»Er sagte, sie solle ihrem Mann erzählen, dass er Vater wird.«

»Na, das ist ja ein nettes Kerlchen«, meinte Oda. »Den sollten wir auch noch mal genauer unter die Lupe nehmen.«

***

»Die Polizei war bei mir.« Dennis Eckhoff ließ sich auf den Stuhl Jaqueline gegenüber fallen. Er hatte mit sich gerungen, ob er herkommen sollte, doch die Wahrscheinlichkeit, dass ihre Wohnung überwacht wurde, war sicher gering. Außerdem, was würde die Polizei sehen? Einen besorgten Kommilitonen, das heißt, nach jüngstem Stand wohl eher einen besorgten potenziellen Kindsvater, der seiner Freundin beistehen wollte. »Warum hast du denen gesagt, dass wir … ich meine, dass du schwanger bist und nicht weißt, ob Hartmut der Vater ist oder ich? Das ist doch so überflüssig wie nur sonst was! Wieso hast du mich da mit reingezogen?«

Jaqueline sah ihn kühl an. »Ich hab denen gar nichts gesagt. Die haben gesehen, wie du mich gestern begrüßt hast. Da sind sie von allein drauf gekommen.«

»Mist.« Er stand auf, nahm sich einen Becher und goss sich Tee aus der Kanne ein, die auf dem Tisch stand.

»Is Pfefferminztee«, sagte Jaqueline gerade noch rechtzeitig, ehe er den Becher an den Mund setzte. Er fluchte und goss den Inhalt in die Spüle. Er hasste Pfefferminztee. Der erinnerte ihn an seine Kindheit. Immer wenn er Bauchschmerzen gehabt hatte, hatte seine Mutter ihn gezwungen, Pfefferminztee zu trinken. Und Lebertran. Zu essen gab es lediglich trockenen Zwieback. Beim Hinunterschlucken von Tee und Tran hatte er stets würgen müssen, was jedes Mal einen Wutanfall seiner Mutter zur Folge gehabt hatte. Seine Mutter war überhaupt eine ziemlich unberechenbare Frau gewesen.

»Die glauben jetzt, ich hätte was mit Hartmuts Tod zu tun. Liebhaber bringt Ehemann um, das klassische Motiv. Was für ein Bullshit.« Er lehnte sich an die Arbeitsplatte und verschränkte defensiv die Arme vor der Brust.

»Aber du hast doch ein Alibi. Wir haben miteinander telefoniert. Ich hab dir von der Schwangerschaft erzählt. Das war vor dem Brand in der Praxis. Da hat er noch gelebt.«

»Sag mal, du schnallst es wohl überhaupt nicht. Genau das ist doch der Punkt! Ich hab die Rädchen förmlich rattern hören im Kopf des Kripobeamten. Wie der dachte: Geil, voll das Motiv. Der Liebhaber erfährt von der Schwangerschaft und markiert den Helden. Es kommt zum Streit, und der eskaliert.«

»Aber so war's nicht, oder?« Irrte er sich, oder sah sie ihn lauernd an?

»Natürlich nicht. Aber ich habe kein wirkliches Alibi.«

»Soll ich dir eins geben und sagen, ich wäre damit nur deshalb nicht vorher rausgerückt, weil ich nicht wollte, dass sie von uns beiden erfahren? Aber nun wissen sie es ja, da kann ich es auch zugeben.«

»Ach, sag bloß, du hast auch keines?« Er pfiff kurz durch die Zähne. »Und jetzt willst du mich zu deinem Alibi machen?«

Überrascht sah sie ihn an. »Was unterstellst du mir hier eigentlich?«

»Du könntest doch auch hingefahren sein. Um ihm von der tollen Nachricht zu berichten, wie ich es dir am Telefon geraten habe. Hast du ihn da mit einer seiner Geliebten in flagranti erwischt? Und bist ausgerastet? Du kannst schließlich ganz schön heftig werden, wenn du wütend bist.«

Langsam stand sie auf. »Du bist dumm«, sagte sie ruhig. »Wenn ich ihn mit einer anderen erwischt hätte, dann gäb's die ja wohl als Zeugin. Dass du mir das überhaupt zutraust, ist der blanke Hohn. Raus.« Sie wies zur Tür.

»Hör auf«, bat er, »lass uns vernünftig –«

»Raus«, brüllte sie.

***

Sie fuhren die Küstenstraße entlang nach Norden. Sie hätten zwar auch über Wittmund fahren können, aber Oda hatte gemeint, auf eine Viertelstunde mehr käme es auch nicht an. Christine war es recht. Wieder einmal hatten sie ihr Cabrio genommen und fuhren nun mit offenem Verdeck und laufender Sitzheizung auf der Umgehungsstraße an Bensersiel vorbei.

»Bin gespannt, ob sie die wirklich zurückbauen müssen«, sagte Oda. »Ist ja echt ein Ding, dass man die Grundbesitzer enteignet und alle ornithologischen Überlegungen einfach außen vor gelassen hat, um die Straße zu bauen.«

Erst kürzlich hatte wieder ein Artikel über den fast schon an einen Schildbürgerstreich anmutenden Vorfall im »Kurier« gestanden. Es war bekannt geworden, dass ein kleiner Teil der illegal gebauten Straße zu allem Überfluss auch noch über ein Privatgrundstück führte und damit nicht der öffentlichen Straßenverkehrsordnung unterlag, weshalb es nicht gepflegt und die Verkehrssicherheit nicht gewährleistet werden konnte.

Nachdem sie sich eine Weile darüber unterhalten hatten, wie Politik nicht nur im Großen, sondern auch im Kleinen gehandhabt wurde, wagte Oda den Vorstoß ins Private.

»Sag mal, wie ist das denn jetzt mit dir und Phillip? Trefft ihr euch noch? Du redest so gar nicht von ihm. Ich meine, ich will mich natürlich nicht in dein Privatleben einmischen, aber irgendwie mache ich mir schon Gedanken, wie es dir geht.«

Christine warf ihr einen warmen Blick zu. »Das ist lieb. Ja, wir treffen uns weiter. Jedes Wochenende, also, wenn es geht. Er ist sehr ... ja, aufmerksam, humorvoll, ich kann mich mit ihm über alles unterhalten. Das ist etwas, was ich so bislang noch nicht kannte. Wir haben sogar Überschneidungen, was unseren Musikgeschmack betrifft. Die kleinen Raupen, die zu Beginn in meinem Bauch ein klein wenig kitzelten, fangen an, sich in Schmetterlinge zu verwandeln.«

»Das freut mich echt für dich.«

Oda schwieg einen Moment, die Landschaft flog an ihnen vorbei, auf der rechten Seite standen Kühe auf dem Deich, die Straße verengte sich, links stand ein Haus direkt an der Kurve. Ein schräger Anblick. Garantiert war hier mehr als einmal ein Autofahrer »hängen geblieben«.

»Meinst du, das ist ernst?«, erkundigte sich Oda. »Wie ist denn seine Wohnung in Osnabrück? Hast du auch schon Freunde von ihm kennengelernt?«

»Er hat ein Haus am Rand der Stadt. Ziemlich ruhig gelegen. Mit Blick auf einen bewaldeten Hang. Und relativ günstig zur Autobahn. Von der hört man aber nichts. Seine Einrichtung ist sehr geschmackvoll. Heller Teppich, helle Sitzlandschaft, viel Glas und dunkle Massivholzmöbel. Wohn-, Esszimmer und Küche gehen zwar ineinander über, aber der Küchenbereich ist durch eine Art Tresen in Brusthöhe vom Rest getrennt. Und es gibt einen wunderbaren Kamin.«

»Das hört sich ja prima an. Obwohl … so eine in den Wohnraum integrierte Küche könntest du mir schenken, die würd ich nicht haben wollen. Da stinkt ja alles, wenn du kochst.«

»Es geht eigentlich. Phillip hat eine Abzug-Anlage, die in das Kochfeld integriert ist, wir haben auch schon Fisch gebraten, und hinterher roch es kaum.«

»Na, muss ja jeder selber wissen. Und seine Freunde? Was sind das für Leute?«

Sie fuhren am Abzweiger zum Flugplatz Norden-Norddeich vorbei.

»Ich hab bislang nur seinen besten Freund mit Frau kennengelernt. Die sind ganz nett. Wir waren einmal mit denen essen. Weißt du, ich möchte es langsam angehen lassen. Besser nichts überstürzen. Wie läuft es denn bei dir und Jürgen? Jetzt, wo ihr in der gemeinsamen Wohnung lebt?«

»Na ja. Von leben kann derzeit keine Rede sein. Es sind noch immer nicht alle Kisten ausgepackt. Aber es ist schon irgendwie gediegen.« Oda hielt einen Moment inne. »Nun kennen wir uns ja doch einige Jahre. Und haben eigentlich immer mit in der Wohnung des jeweils anderen gewohnt. Aber das war irgendwie was anderes, als wirklich zusammenzuleben. Bislang gab es immer die Möglichkeit des Rückzugs. Ich weiß nicht, ob es an mir liegt oder an Jürgen, es kommt mir so vor, als wäre ich schrecklich eingeengt. Allein, wie er das Bücherregal für sich beansprucht. Da bin ich neulich fast ausgerastet. Ich weiß nicht. Vielleicht hätte ich die eigene Wohnung behalten sollen.«

»An Alex liegt es nicht?«, fragte Christine, die sich sehr gut mit Odas inzwischen achtzehnjährigem Sohn verstand.

»Nee, der ist ja auch kaum noch zu Hause. Er hat jetzt 'ne feste Freundin, weißt du?«

»Wirklich?«

Oda nickte. »Die hat eine eigene kleine Wohnung in der Nähe des Börsenplatzes. Das findet Alex natürlich klasse. Aus der Tür und gleich die Kneipen vor Ort … Er kommt nur noch, um seine Wäsche zu bringen. Waschen will seine Freundin nämlich nicht für ihn.« Sie griente. »Auf diese Art krieg ich ihn zumindest regelmäßig zu sehen. Hat auch was für sich.«

»Echt? Du wäschst ihm die Sachen? Schon mal was von ›Selbst ist der Mann‹ gehört?«

»Ach, weißt du, auf die paar Klamotten kommt es auch nicht an. Die Maschine läuft bei mir ja ohnehin zweimal die Woche.«

»Was macht das Studium? Gefällt es ihm noch?«

Alex hatte nach dem Abi nicht aus Wilhelmshaven weggewollt, sondern sich an der Jade Hochschule für Medienwirtschaft und Journalismus eingeschrieben. Christine fand, dass das genau das Richtige für einen aufgeweckten und vielseitig interessierten jungen Mann wie ihn sein könnte, und in Jürgen, der als Redakteur beim »Kurier« arbeitete, hatte er zudem eine Art Mentor, der ihm fachlich zur Seite stehen konnte.

»Ja. Dem Himmel sei Dank. Und die ersten Klausuren hat er auch ganz ordentlich hingekriegt. Er hat eben doch einiges von mir und nicht alles von Thorsten.« Oda konnte einen gewissen Stolz in ihrer Stimme nicht verbergen.

Christine lächelte ihr zu und nickte leicht. Thorsten war Odas

Exmann und Alex' Vater. Gut war Oda nicht auf ihn zu sprechen, doch wegen Alex riss sie sich zusammen, und insgesamt hatten sie alles ganz prima auf die Reihe gekriegt.

»Im Kreisverkehr die dritte Ausfahrt nehmen«, verkündete die männliche Stimme des Navis, und zeitgleich klingelte Odas Handy.

»Wagner«, meldete sie sich. Niesteit war am Apparat.

»Du glaubst es nicht«, sagte er zufrieden. »Ich vermute fast, ihr macht den Weg nach Norden zu Sundermann umsonst. Im Gegensatz zu dem haben wir nämlich über Dennis Eckhoff einiges in unserer Kartei. Unter anderem war er vor zwei Jahren den Führerschein los, und zwar wegen Fahrens unter Drogeneinfluss.«

***

Dennis Eckhoff schalt sich einen riesigen Narren. Natürlich wusste er, dass ungeschützter Sex gefährlich war. Aber er hatte in Jaquelines Fall gedacht, wenn es schiefging und sie schwanger wurde, würde das Baby als eheliches Kind durchgehen, und er müsste nicht einmal ansatzweise Verantwortung übernehmen. Das wollte er auch nicht. Verantwortung bedeutete Belastung. Das hatte er bei seiner Mutter gesehen. Er war ein Einzelkind, aber selbst das war ihr zu viel gewesen. Ständig war sie gereizt gewesen, übellaunig, unter Strom. Ein liebevolles Zuhause, wie andere Klassenkameraden es hatten, hatte er nie gekannt. Er hatte geglaubt, Jaqueline würde ähnlich denken, schließlich hatte sie sich mit Hartmut Brauckhage ja irgendwie einen Vaterersatz gekrallt. Er war davon ausgegangen, dass sie – genau wie er – einfach nur Spaß haben wollte. Unkomplizierten, aufregenden Spaß ohne Verpflichtungen. Und am Anfang war das wohl auch so gewesen. Doch dann hatte sie sich in ihn verliebt. War schwanger geworden. Und alles nur, weil der alte Brauckhage nach wie vor Frauengeschichten am Laufen gehabt hatte und zu blöd gewesen war, das vor Jaqueline zu verbergen. So dämlich.

Er atmete tief durch. Dann kam ihm eine Idee. Natürlich! Es gab eine Fifty-fifty-Chance, dass er der Vater des Kindes war. Und auch wenn er durch die veränderten Umstände, sprich: durch Brauckhages Tod, nunmehr der einzige Vater war, der noch zur Verfügung stand, konnte er um die Verantwortung herumkommen, vielleicht sogar Kapital aus ihr schlagen. Denn Jaqueline war Witwe, nicht geschieden. Solange sie nichts anderes beschloss, würde ihr Kind vor dem Gesetz Brauckhages Sprössling sein. Das versetzte ihn in eine nicht unerhebliche Machtposition.

Er würde das Pferd neu aufzäumen. Jaqueline bitten, einen Vaterschaftstest vornehmen zu lassen. Er würde behaupten, sie aufrichtig zu lieben. Ihr anbieten, gemeinsam eine Familie zu gründen. Hatte sie nicht immer davon gesprochen, sich von ihrem Mann trennen zu wollen? Dabei durfte er nur nicht übertreiben. Alles musste vollkommen glaubwürdig rüberkommen. Aber auch nicht zu glaubwürdig. Denn in Wirklichkeit hatte er natürlich keine Lust, sich Frau und Kind ans Bein zu binden. Falls Jaqueline ihn nach dem Grund für seinen Sinneswandel fragte, würde er sagen, er hätte diese Gedanken bis jetzt deshalb nicht zugelassen, weil er über kein geregeltes Einkommen verfügte und sie natürlich finanziell gut versorgt wissen wollte. Er würde seine Kindheit einbringen. Glaubhaft darlegen, dass er damals ein so schlimmes Trauma erlebt hatte, dass er nur unter den richtigen Umständen eine Familie gründen wollte.

Jaqueline war nicht dumm. Sie würde den Vaterschaftstest ablehnen. Denn nur, wenn ihr Kind als ehelich anerkannt wurde, käme es in den Genuss von Brauckhages Erbe. Und dann könnte er sie unter Druck setzen. Sie dafür zahlen lassen, dass er die Klappe hielt. Warum sollte er nicht auch einmal Glück haben? Einmal im Leben!

Wäre da nur nicht die Sache mit der Polizei. Sie würden keine Schwierigkeiten haben herauszufinden, dass er in den vergangenen drei Jahren verschiedene Male mit dem Gesetz in Konflikt geraten war. Ausgerechnet wegen Drogen. Menschen, die Drogen konsumierten, galten als Verlierer, wurden als Kriminelle eingestuft. Nur bei den oberen Zehntausend war ein bisschen Koksen angesagt. Die setzten sich ja auch gern mal ans Steuer, wenn sie auf einer Party und angetrunken waren. Alkohol am Steuer galt bei denen beinahe als Kavaliersdelikt. Wenn man nicht jemanden im Suff umfuhr. Leider gehörte er nicht zu denen. Ihn hatten sie drangekriegt. Inzwischen nahm er das Zeug schon länger nicht mehr. Aber das spielte garantiert keine Rolle. Sie wussten davon und würden ihn deshalb auseinandernehmen.

Einen Moment lang spürte er, wie sich unbändige Wut in ihm breitmachte. Dann lachte er befreit auf. Sie würden keinen Beweis dafür finden, dass er Kokain nahm. Egal ob sie seinen Urin, sein

Blut oder seine Haare untersuchten. Er war clean. Dass er tatsächlich ein wenig mit Drogen handelte, wäre ihm auf diese Art nicht nachzuweisen.

***

Rolf Sundermann öffnete ihnen bleich und mit rot geweinten Augen die Tür. »Kommen Sie herein«, bat er, nachdem sie sich ausgewiesen hatten. »Das finde ich überaus nett, dass Sie sich extra hierherbemühen. Ich war noch in Rostock, als Ihr Kollege anrief, und bin erst am späten Abend heimgekommen.« Er wies ihnen den Weg in einen großzügig bemessenen Raum, der Wohn- und Esszimmer kombinierte und von einem riesigen Tisch aus Eichenholz beherrscht wurde, um den zwölf Stühle standen. Eine Champagnerschale prangte mitten auf dem Tisch, allerdings war sie nicht mit Eiswürfeln und Flaschen bestückt, sondern bepflanzt. Efeu, irgendetwas Hohes und weiße Blüten schufen ein perfektes Bild. »Das war immer unser Traum, so ein Loft«, sagte Sundermann traurig und bat sie, sich zu setzen. »Darf ich Ihnen einen Kaffee anbieten?«

Wenig später standen drei große Tassen auf dem Tisch. Sundermann hatte vier verschiedene Sorten Zucker dazugestellt, wie Oda irritiert registrierte. Vier! Normalen, braunen, bunten und Kandiszucker. Gut, der war für Tee gedacht, den es hier im Moment nun mal nicht gab, aber so ein Zuckerrondell kannte sie nur aus Restaurants. Das war garantiert schweineteuer. Sie griff zum bunten Zucker und gab zwei Löffel in ihre Tasse.

Unterdessen hatte Christine ihren in Leder gebundenen Block aus der Tasche gezogen. »Herr Sundermann«, begann sie, »wir haben noch ein paar Fragen zum Tod Ihres Partners.«

»Er hatte keine Herzprobleme, wenn Sie das meinen«, sagte Rolf Sundermann erschüttert, »Sven war kerngesund. Wir haben beide sehr darauf geachtet, regelmäßig zum Check zu gehen, und das Rauchen hat er vor über zehn Jahren aufgegeben. Er hat hier im Fitness-Center trainiert und ist auf der Insel immer gejoggt. Ich kann es noch gar nicht fassen, dass er einfach so tot umgefallen ist. Bei welchem Bestatter ist er denn jetzt? Gibt es auf der Insel überhaupt einen, oder haben Sie ihn schon aufs Festland gebracht? Ich würde ihn gern noch einmal sehen.«

Oda warf Christine einen schnellen Blick zu. Die schüttelte den Kopf. »Ich glaube, das ist keine so gute Idee«, sagte sie. »Mein Kollege hat es Ihnen gestern am Telefon nicht sagen mögen, weil Sie mit dem Auto unterwegs waren, aber Herr Kuhlmann starb nicht an plötzlichem Herzversagen.« Sie wartete einen Augenblick, bis die Tatsache bei Sundermann angekommen war.

Oda fuhr fort: »Es ist ja so schon schwer genug, seinen Tod überhaupt anzunehmen. Herr Kuhlmann wurde erstochen.«

Sundermann sah sie entsetzt an. »Sven wurde *erstochen*? Auf Wangerooge?«

Oda nickte und registrierte interessiert, dass Sundermann die Insel als Sterbeort heraushob. Hätte es ihn weniger überrascht, wenn die Tat in Norden verübt worden wäre?

»Haben Sie den Täter gefasst?«, fragte Sundermann.

»Noch nicht«, sagte Oda.

»Warum wurde er erstochen? Glauben Sie, es war ein Raubüberfall? Hat man ihm die Geldbörse entwendet? Sven trug immer mindestens hundertfünfzig Euro Bargeld bei sich.«

»Nein. Das Portemonnaie befand sich samt Inhalt in seiner Gesäßtasche.« Oda kniff die Augen zusammen und blickte den Pharmareferenten scharf an. »Wir vermuten, dass der Tod Ihres Partners mit Kokain zusammenhängt. Vielleicht wurde er deswegen umgebracht.«

»Wegen Kokain?« Sundermanns Augen wurden groß. »Sven und Kokain? Da muss ein Irrtum vorliegen. Sind Sie sicher, dass es sich bei dem Toten um meinen Mann handelt?« Ein Funken Hoffnung glomm in seinem Blick auf. »Vielleicht ist es gar nicht seine Leiche, die Sie gefunden haben? Vielleicht hat ihm ein Junkie die Geldbörse gestohlen, und der wurde umgebracht. Dann ist alles eine furchtbare Verwechslung!«

Christine blickte ihn nachsichtig an. Sie hatten die Bilder der Leiche mit den Fotos auf der Homepage der Praxis verglichen, es gab keinen Zweifel an der Identität des Toten. »Ich kann verstehen, dass Sie sich an jeden Strohhalm klammern wollen. Aber wir sind uns sicher, dass er es ist.«

Sundermann sackte in sich zusammen wie ein Luftballon, aus dem die Luft gestochen wurde.

»Zudem deutet alles darauf hin, dass Kokain in seinem Fall eine

Rolle spielt.« Obwohl Sundermann es gerade vehement abgestritten hatte, wagte Oda einen zweiten Vorstoß. »Wie oft und wie viel konsumierte Ihr Partner? Wo bekam er es her, und ist Ihnen bekannt, ob er es weiterverkauft hat?«

»Ich habe es Ihnen bereits gesagt. Sven nahm keine Drogen. Er lehnte jegliche Art von künstlich herbeigeführtem Rausch ab. Er trank ja nicht einmal Alkohol.«

***

Er ließ die Tasche mit dem Trainingszeug achtlos im Flur auf den Boden fallen. Es war zu voll gewesen im Fitness-Studio, unter diesen Umständen hatte er keine Lust zu trainieren. Er ging sonst viermal die Woche, er legte Wert auf einen muskulösen Körper. Aus dem Kühlschrank griff er sich einen isotonischen Sprudel und ging hinaus auf den Balkon. Von hier konnte er durch eine schmale Schlucht zwischen den Häusern vor seinem Wohnblock das Meer sehen. Deshalb mochte er diese Wohnung so. Dem Meer nahe sein. Die Freiheit spüren. Wenn alles still war, konnte er das Rauschen der Wellen hören. Marc, sein bester Kumpel, behauptete, er würde sich das einbilden, aber der hatte eben kein so gutes Gehör wie er. Außerdem, wenn man sich fest auf etwas konzentrierte, dann konnte man es auch hören.

Für zwei Stühle und einen kleinen Tisch bot der Balkon Platz. Er liebte es, draußen zu sitzen und Musik zu hören. Zwar hatten sich die Nachbarn ringsum des Öfteren über die Lautstärke beschwert, aber das störte ihn wenig. Erst um Punkt zweiundzwanzig Uhr stellte er sie leise. Vorher nicht. Er kannte die Regeln. Und jedes Mal, wenn sich ein Nachbar beklagte, griff er zu einer Zigarette und zündete sie sich an. Dann kamen die engstirnigen Blödmänner nicht nur in den Genuss der wunderbaren Punkmusik, sondern durften auch noch passiv mitrauchen. Dabei sollten sie sich glücklich schätzen über die Lebensfreude, an der er sie auf seine Art teilhaben ließ.

Die Akte lag auf seinem Schoß.

Noch einmal las er die Gesprächsnotizen, die Hartmut Brauckhage gemacht hatte. Und wieder konnte er nicht fassen, was damals geschehen war. Danach war ihr Leben schlagartig anders geworden. Brauckhage bescheinigte ihr in seinen Unterlagen ein überaus sensibles Naturell, er ließ sich in einem Vermerk sogar dazu hinreißen zu vermuten, wenn sie von der Persönlichkeit her etwas stärker wäre, hätte sie ein positiveres Leben führen können – und ihr wären die ganzen Aufenthalte in psychiatrischen Einrichtungen erspart geblieben.

Was für eine Arroganz. Was wäre, wenn …

Es war aber nun mal nicht so.

Er wandte sich dem nächsten Kandidaten zu. Olav Klempert. Aufmerksam studierte er, was Brauckhage aufgeschrieben hatte. Dann legte er die Akte beiseite und griff zu seinem iPad.

***

Oda wappnete sich innerlich, als sie die Haustür öffnete. Sie wollte sich auf den Abend mit Jürgen freuen und sich nicht mit ihm streiten. Schon im Treppenhaus roch es verlockend. Ein Lächeln stahl sich auf ihr Gesicht. Das war Jürgens Art, gut Wetter zu machen: etwas Leckeres zu kochen. Erleichtert schloss sie die Wohnungstür auf. »Das riecht ja wunderbar«, rief sie durch den Flur. »Was gibt es denn?«

»Moin erst mal. Wie war dein Tag?« Jürgen trat in die Türöffnung, trocknete sich die Hände an einem Geschirrtuch ab. Von hinten streifte Sonnenlicht sein Haar und ließ es ein wenig golden glänzen. Oda warf die Schlüssel auf die Kommode und gab ihm einen Kuss.

»Ach, ganz passabel. Auch wenn wir in Sachen Motiv noch nicht wirklich weiter sind. Derzeit arbeiten wir dran herauszufinden, ob die beiden Opfer sich gekannt haben. Aber erzähl, was duftet so verführerisch?«

»Ach, das ist jetzt nur das Olivenbaguette. Kräuterbutter steht schon auf dem Tisch. Anschließend gibt es Ziegenkäse mit Wildkräutern und geschmorten Kirschen und als Hauptgericht ein ordentliches Steak. Wir haben ja Zeit. Oder musst du heute Abend noch mal los?«

»Nein. Ich hab frei, und wir können ins Wochenende starten. Christine übernimmt den Notdienst, während Lemke nach Verbindungen zwischen den Opfern buddelt.«

»Magst du was trinken? Ich habe eine Flasche Rotling in den Kühlschrank gestellt.«

»Wunderbar.« Oda strahlte ihn an. Doch, irgendwie hatte sie mit Jürgen durchaus einen Sechser im Lotto gezogen. Meistens jedenfalls. Überwiegend. Oft. Zumindest wenn sie nicht gerade in einer Umzugsphase steckten.

Kurz darauf saßen sie in der Abendsonne auf dem Balkon, Jürgen hatte zwei Eiswürfel ins Glas getan, sodass es von außen beschlug. Mit Begeisterung trank Oda einen Schluck, schnitt eine Scheibe Baguette ab und bestrich sie mit der Butter. Zufrieden kauend legte sie den Kopf in den Nacken. »Ahh, das Leben kann schön sein«, sagte sie wohlig, und schmierte sich eine zweite Scheibe.

»Nun iss mal nicht so viel, es gibt ja noch was anderes«, sagte Jürgen. »Ich hab mir schließlich viel Mühe gegeben.«

»Stimmt«, gab Oda zu, »aber es schmeckt so köstlich.« Sie streifte sich die Schuhe ab und legte ihre nackten Füße auf seine Oberschenkel. »Weißt du, was mich an der ganzen Sache so stutzig macht? Zwei Ärzte. Der eine wird hier in Wilhelmshaven getötet, anschließend wird seine Praxis angesteckt. Der andere wird auf Wangerooge erstochen. Das hat zunächst einmal nichts miteinander zu tun. Auch das Berufsfeld ist unterschiedlich: Der eine war Psychiater, der andere Allgemeinmediziner. Zufall, könnte man sagen. Wäre da nicht das Kokain. Das muss die Verbindung sein. Wenn ich nur wüsste, ob das Motiv im privaten oder beruflichen Umfeld zu suchen ist.« Sie zog eine fragende Grimasse. »Aber ich will dich nicht mit meinem Job langweilen.«

»Du langweilst mich nie, das weißt du«, gab Jürgen zurück, der ihre Waden streichelte.

»Du Schelm.« Am liebsten würde Oda zur nächsten Brotscheibe greifen, hielt sich aber doch zurück. »Was meinst du, wie lange werden wir noch mit dem Auspacken brauchen?«

»Das hängt von dir ab. Ich hab einiges beiseitegeräumt und deine Möbel so hingestellt, wie du es dir gewünscht hast. Kannst dich gleich selbst davon überzeugen. Du hattest recht. Ich hab wohl zu sehr darauf bestanden, alles so zu lassen, wie es war. Aber als ich damals mit Laura hier eingezogen bin, haben deine Möbel gefehlt. Und da hab ich mich eben ausgebreitet. Ich versprech dir, alles wird so, wie du es gern hättest.«

»Es soll gar nicht alles so sein, wie ich es möchte«, gestand Oda. »Es soll so sein, wie wir beide es haben wollen. Natürlich muss man

Kompromisse machen, aber es sollten nur kleine Kompromisse sein. Nichts, was man letztlich in sich hineinfrisst und worüber man sich dauerhaft ärgert.« Sie griff nach seinen Händen. »Ich möchte, dass es immer gut läuft mit uns. Dass wir eine gemeinsame Zukunft haben. Dass wir keine Lebensabschnittspartner, sondern Lebenspartner sind.«

»Das hast du schön gesagt.« Jürgen beugte sich vor und küsste sie. »Und nun werde ich das Steak anbraten, das muss gleich noch für zehn Minuten in den Backofen, in der Zeit wenden wir uns der Vorspeise zu. Wollen wir hier draußen essen?«

»Gern«, sagte Oda und seufzte zufrieden.

***

Sie liefen am Bontekai entlang des Ems-Jade-Kanals zum »CaOs«. Der Name des zum »Jungen Theater« gehörenden Restaurants passte zu ihrer aktuellen Lebenssituation, fand Jaqueline. Ihre Mutter wäre lieber mit ihr in der Wohnung geblieben, aber Jaqueline fühlte sich dort eingesperrt. Und auf eigenartige Weise von Hartmut überwacht. Vielleicht schwebte ein Teil seiner Seele ja noch in den Räumen, auch wenn er nicht in der Wohnung gestorben war. Im letzten Jahr hatte Jaqueline im Radio eine Sendung verfolgt, in der sich Leute gemeldet hatten, die der Meinung waren, dass die Seelen von Verstorbenen noch eine Zeit lang in den Wohnungen blieben. Vor allem nach plötzlichen Sterbefällen. So, als könnten sie nicht begreifen, dass sie tot waren. Als hätten sie noch Dinge zu erledigen. Diese Sendung hatte sie nachhaltig beeindruckt. Es gab schier unglaubliche Beispiele. So hatten in einer Wohnung ständig die elektrischen Geräte gestreikt. Kein Mieter hatte es dort lange ausgehalten, bis eine junge Familie eingezogen war. Irritiert stellten sie fest, dass die Katze einen bestimmten Platz im Wohnzimmer mied. Sie erkundigten sich und erfuhren, dass einer der Vormieter dort tot in seinem Sessel gesessen hatte, als man ihn fand. Und dass sämtliche Mieter danach die gleichen Schwierigkeiten gehabt hatten. Kurzerhand entschloss sich die Frau dazu, einen Sessel an eben jenem Platz aufzustellen. Und – welch unerklärliches Wunder – seither war angeblich Ruhe, und alles Technische funktionierte ohne Komplikationen.

Dieser Radiobeitrag war Jaqueline vorhin wieder in den Sinn gekommen. Darum hatte sie rausgewollt. Die Vorstellung, dass Hartmuts Geist um sie herumschwebte, sie ausspionierte, konnte sie nicht ertragen. Die Sonne schien, die Temperaturen waren zwar nicht mehr hochsommerlich, aber angenehm warm. Da es schon dämmerte, hatte sie sich eine dicke Strickjacke in die Umhängetasche gepackt. Noch reichte die dünne Steppweste, doch sie wusste aus Erfahrung, dass es gerade in Wassernähe im Laufe des Abends schnell kühler und vor allem feuchter werden würde.

Die kleinen Wellen auf dem Wasser des Ems-Jade-Kanals bewegten sich sacht im leichten Wind. Ein paar Kanuten fuhren im perfekten Gleichschlag ihrer Ruder unter der Deichbrücke hindurch. Das Heimschiff der Marinekameradschaft, die »Arcona«, lag vertäut am Kai, ein wenig weiter lag die »Sedov«, eine russische Viermastbark, die als Segelschulschiff eingesetzt wurde. Hartmut und sie hatten das Schiff am kommenden Wochenende besichtigen wollen, es sollte Wilhelmshaven am Montag wieder verlassen. Jaqueline hatte vorgehabt, wie viele andere auch zuzusehen, wenn die »Sedov« auf dem Heimweg durch die geöffnete Kaiser-Wilhelm-Brücke fuhr. Das war nicht bei jeder Windstärke möglich und stellte eine Meisterleistung für den Navigationsoffizier dar.

Aus all dem wurde jetzt nichts mehr. Jaqueline riss sich zusammen, um nicht wieder zu weinen. Es war nicht nur Hartmuts Tod, es war sicher auch die Schwangerschaft, die sie so sensibel reagieren ließ.

Als hätte ihre Mutter ihre Gedanken gelesen, sagte Anke Rietdorf im Befehlston: »Du wirst nicht einwilligen, wenn Dennis einen Vaterschaftstest verlangt. Wie kann man nur so dumm sein? Du hättest ihm sagen müssen, dass du genau weißt, dass das Baby von Hartmut ist. Du hättest an dem Tag die Pille vergessen, oder dir ist übel gewesen und du hast dich erbrochen. Irgend so was. Ihm gegenüber zuzugeben, dass du nicht weißt, von wem du schwanger bist, ist an Dämlichkeit schon nicht mehr zu toppen. Aber du wirst das hinkriegen. In deinem eigenen Interesse. Denn alles, was Hartmut besitzt, gehört jetzt euch. Dir und dem Kind. Hartmuts Kind. Wie gut, dass er bei der Hochzeit nicht auf einen Ehevertrag bestanden hat. Du hast doch sicher Einblick in seine Konten?«

Jaqueline schüttelte den Kopf. »Damit hatte ich nie etwas zu tun. Das ist ja auch Hartmuts Sache. Gewesen, meine ich.«

»Egal, wir werden es herausfinden. Vollmachten über die Konten hast du doch?«

»Ich glaube schon.« Jaqueline fühlte sich bei jeder Frage ihrer Mutter kleiner und unscheinbarer.

»Meine Güte«, schimpfte Anke Rietdorf auch gleich wieder, »wie kann man nur so naiv sein.«

»Mama! Hartmut war doch noch jung. Wer rechnet denn damit, dass er bei einem Feuer ums Leben kommt?«

»Es war nicht das Feuer. Das weißt du ganz genau.« Anke Rietdorf blieb stehen und sah ihre Tochter an. Mit der Hand hob sie deren Kinn. »Du musst mir jetzt sehr genau zuhören. Es ist wichtig.« Jaqueline nickte. »Dass du schwanger bist, ist ein Geschenk des Himmels. Denn durch das Kind erhältst du die große Witwenrente, die kriegt man sonst nur nach fünf Jahren Ehe, wenn es eben keine Kinder gibt. Verstehst du? Das verschafft dir ein geregeltes Einkommen. Zusätzlich gibt es für das Kind eine Halbwaisenrente. Du musst jetzt an dich denken. Und an das Baby natürlich.«

Jaqueline nickte wieder. »Ja, das ist wohl das Beste. Selbst wenn Hartmut nicht der Vater ist.«

»Du vergisst diesen Gedanken auf der Stelle!«, forderte Anke Rietdorf. »Hartmut ist der Vater, und du wirst dem Kind von ihm vorschwärmen. Was für ein hingebungsvoller Ehemann er war. Deine große Liebe. Und wie er sich über das Kind gefreut hätte. Was für ein wunderbarer Vater er gewesen wäre.«

Samstag

Er hatte Glück: Olav Klempert hatte Samstagsdienst. Das passte in seinen eigenen Zeitplan. Er wollte Klempert erwischen, bevor der die Praxis betrat. Im Internet, auf Google Maps, hatte er sich den Wohnort des Zahnarztes angesehen, war virtuell die Strecke von dessen Haus bis zu seiner Arbeitsstätte abgefahren. Google Earth hatte ihm beide Häuser aus der Nähe gezeigt. Klempert hatte im Internet zudem eine Website, auf der er seine Kompetenz und Leistungen präsentierte, ganz zu schweigen von den Räumlichkeiten, der technischen Ausstattung, die natürlich auf dem neuesten Stand war, und den – allesamt weiblichen – Angestellten.

Der selbst geschaffene gläserne Mensch.

Wie schon bei Kuhlmann war er beinahe entsetzt darüber, was die Menschen heutzutage alles freiwillig über sich preisgaben. Andererseits spielte ihm diese Offenheit in die Karten. Er brauchte nur einen kurzen Blick auf den virtuellen Straßenplan zu werfen, um festzustellen, dass sich keine dreißig Meter von Klemperts Auffahrt entfernt eine Bedarfsampel befand.

Die Fahrt nach Leer hatte eine gute Stunde in Anspruch genommen. Er war früh gestartet und ohne Verzögerung durchgekommen, hatte den Wagen in einiger Entfernung abgestellt und war weitere zehn Minuten zu Fuß gelaufen. Er wollte jeglichen Zufall ausschließen, dass sein Auto in der Nähe von Klemperts Haus gesehen wurde. Heutzutage wurde ja alles jederzeit von allen möglichen Leuten mit ihren Handys fotografiert, da könnte eine arglos geknipste Aufnahme dazu führen, dass die ganze Sache aufflog. Aber nicht mit ihm. Er war schlau. Plante im Voraus. Schaltete derartige Risiken aus.

Er positionierte sich auf der gegenüberliegenden Straßenseite und wartete geduldig, bis der Zahnarzt sein Haus verließ. Er lächelte, als er beobachtete, wie Klempert in sein Auto stieg, zurücksetzte und auf die Straße bog.

Er drückte auf den Sensor der Ampel. Während der Wartezeit hatte er das diverse Male getan und die Zeit gestoppt, die vom Drücken bis zum Rot für die Autos verging. Nun stimmte sein Timing. Klempert musste halten. Hinter ihm war alles frei. Kein Wunder, am Wochenende gab es keine Rushhour in diesem Viertel. Ganz ohne Eile lief er über die Straße und öffnete die Beifahrertür.

»He, was soll das?«, rief Klempert erbost.

Er nahm auf dem Beifahrersitz Platz. »Fahren Sie«, instruierte er ihn gelassen.

»Wer sind Sie?« Angst klang jetzt in Klemperts Stimme mit. »Was wollen Sie von mir? Ich habe nichts getan. Ich bin ein friedliebender Mensch. Ich bin Arzt. Verstehen Sie? Ich helfe anderen!«

Die Panik des Zahnarztes amüsierte ihn. »Sie brauchen nicht zu schreien. Ich verstehe Sie klar und deutlich, Dr. Klempert. Fahren Sie einfach los. Wir wollen doch nicht den Verkehr aufhalten.«

Der Zahnarzt beruhigte sich nur unwesentlich, im Gegenteil. »Sie kennen meinen Namen? Was wollen Sie?« Seine Angst schien zu schwinden und Entrüstung Platz zu machen.

»Ich möchte mit Ihnen über Maria sprechen.« Er lächelte Klempert an. Es war ein eiskaltes Lächeln. »Es ist zwar schon eine Weile her, aber Sie erinnern sich sicher.«

Wie beiläufig zog er sein Messer aus der Tasche.

***

Wohlig kuschelte Christine sich an Phillip. Es war spät geworden gestern, um kurz vor Mitternacht war er überraschend zu ihr gekommen, und sie hatten bis drei Uhr in der Früh miteinander geredet. Um zwei hatten sie sich Seezungen gebraten, dazu einen frischen Salat gezaubert. Ganz unkompliziert. Und dank Christines funktionierender Dunstabzugshaube stank das Haus anschließend nicht nach Fisch. Zumindest hier im Schlafzimmer nicht. Sie schmunzelte. Phillip tat ihr so gut. Zärtlich fuhr sie mit der rechten Hand über seinen nackten Oberkörper, woraufhin er sich behaglich rekelte und sie an sich zog. »Sag bloß, du wartest darauf, dass ich dir Kaffee ans Bett bringe?«, murmelte er.

»Das ist eine wundervolle Idee«, gab Christine lachend zurück. »Und dazu die Zeitung. Sie müsste im Briefkasten stecken. Und wenn du schon dabei bist, mich zu verwöhnen … im Brotkasten habe ich einen frischen Kürbisstuten. Davon eine Scheibe, mit Käse belegt, das wäre himmlisch.«

Phillip stützte sich mit dem Ellbogen auf und sah sie an. »Ich denke, Kaffee und Kürbisbrot eignen sich wunderbar für den zweiten Gang. Vorher …« Er senkte seinen Kopf.

»Ich hab noch keine Zähne geputzt«, protestierte Christine.

»Ich auch nicht«, gab Phillip zurück und drückte ihr einen Kuss auf die Lippen.

Eine Stunde später saßen sie frisch geduscht und mit nassen Haaren am Frühstückstisch. Christine aß mit genießerischem Gesichtsausdruck den Stuten. Sonst bevorzugte sie Vollkornbrot, doch die kurze Zeit im Jahr, in der es diesen Stuten gab, machte sie eine Ausnahme.

»Heute Abend findet das Lichterfest am Südstrand statt«, sagte sie, »was meinst du, hast du Lust, dort hinzugehen? Das ist wirklich wunderschön. Und man trifft eine Menge Leute. Es ist ein wahrer Publikumsmagnet. Wir könnten mit dem Rad hinfahren, ich hab zwei in der Garage stehen.«

Ihr Exmann Frank hatte seines nie abgeholt, und Christine hatte darauf geachtet, es genau wie ihr eigenes zu pflegen. Das Putzen hatte der vierzehnjährige Nachbarssohn übernommen, der ihr auch manchmal das Rasenmähen abnahm und sich auf diese Art ein zusätzliches Taschengeld verdiente.

»Das hört sich toll an. Musst du denn nicht an eurem Fall arbeiten?«

Christine schüttelte den Kopf. »Nein, es sei denn, es fällt etwas Außergewöhnliches an. Lemke hat Bereitschaft, er würde sich melden. Außerdem findet das Lichterfest erst am Abend statt. Tagsüber, wenn es hell ist, macht es ja keinen Sinn.« Sie zwinkerte ihm zu.

Phillip lachte auf. »Dann habe ich es ja instinktiv richtig gemacht, als ich mich gestern spontan entschieden habe, herzukommen.«

»Gib zu, du wolltest mich überfallen«, sagte Christine neckend. »Gucken, ob ich auch wirklich brav allein zu Hause bin und mich nicht in den Armen irgendeines Wildfremden amüsiere.«

Phillip sah sie übertrieben ernst an. »Stimmt. Du hast mich ertappt.« Dann lachte er und gab ihr einen Stups auf die Nase. »Unsinn. Ich vertraue dir. Außerdem hast du mir verraten, wo der Ersatzschlüssel versteckt ist. Ich könnte also jederzeit die Tür aufsperren und dich in flagranti erwischen«, sagte er mit gespielt drohendem Unterton.

»Oje, da muss ich mir wohl ein neues Versteck suchen«, gab Christine fröhlich zurück, beugte sich vor und gab ihm einen Kuss. »Magst du noch einen Kaffee?«

***

Er streifte sich den dunkelblauen Hoodie über. Setzte das Baseball-Cap auf und zog die Kapuze darüber. Auf diese Art war nicht mehr viel von seinem Gesicht zu sehen. Seine Jeans war – wie derzeit angesagt – an diversen Stellen abgeschabt und mit Löchern übersät, seine Füße steckten in Sneakers. Ganz bewusst hatte er sich so gekleidet, dass seine Beschreibung auf neunzig Prozent aller jungen Männer zwischen achtzehn und dreißig passte.

Es hatte ihn gewundert, wie souverän Olav Klempert mit der Situation umgegangen war, nachdem er wusste, worum es ging. Keinerlei Panik mehr. Zunächst jedenfalls.

»Stecken Sie das Messer weg«, hatte er gesagt, und er hatte ihm den Gefallen getan. Daraufhin war Klempert losgefahren. Vielleicht waren Zahnärzte einfach anders gestrickt. Weil sie jeden Tag mit ängstlichen Menschen zu tun hatten. Ließ einen das abstumpfen, zu einem anderen Menschen werden, der Angst für sich selbst nicht zuließ? Oder war Klempert einfach nur die widerwärtige Kreatur, als die Maria ihn beschrieben hatte?

Dieser Gedanke hatte ihn hart bleiben lassen. Er hatte Klempert den Weg zum Parkplatz gewiesen. Mehr als: rechts, links, wieder links … hatte er nicht gesagt. Auch Klempert hatte zunächst geschwiegen. Hätte er geredet, alles zugegeben, hätte er eine Chance gehabt. Doch nein, auch er hatte schließlich alles abgestritten und bloß abwiegeln wollen.

Nach ihrem entsprechend kurzen Gespräch auf dem Parkplatz hatte er erneut das Messer aus der Tasche seines Kapuzenpullovers gezogen. Er wusste, wie er ansetzen musste. Und so hatte es keine große Schweinerei gegeben, als er zustach. Dennoch musste er Pullover und Jogginghose entsorgen. Er hatte beides wenige hundert Meter entfernt von der Stelle, wo sein eigener Wagen stand, mit

Benzin übergossen und verbrannt. Aus dem Kofferraum hatte er die neuen Kleidungsstücke genommen.

Und den Umschlag, den er in der Hand hielt, als er nun die Zahnarztpraxis betrat. Er wusste, es war ein Spiel mit dem Glück, einfach so herzukommen, dennoch lag ein Reiz darin, der ihm einen gewaltigen Adrenalinschub verpasste. Sicherheitshalber hatte er zu Kapuzenpullover und Baseball-Cap die Sonnenbrille aufgesetzt. Die untere Hälfte seines Gesichts bedeckte ein dichter Bartschatten. Die Stoppeln würde er später abrasieren. Man kannte ihn andernorts nur glatt rasiert, oft schon hatte er überlegt, sich einen Vollbart stehen zu lassen, so stark, wie sein Bart wuchs. Dennoch hatte er sich bisher stets dagegen entschieden. Glücklicherweise, wie er nun feststellte.

»Moin«, sagte er gelangweilt, als er an den Empfangstresen trat, und kaute provozierend auf seinem Kaugummi. »Ich soll das hier für den Chef abgeben.« Er hielt der hübschen Brünetten mit aufgestecktem Haar den wattierten Umschlag hin. Sie griff danach. Er zog die Hand mit dem Umschlag leicht zurück. »Für den Chef, hab ich gesagt.«

Sie sah ihn offen an. »Dr. Klempert ist noch auf einem Außer-Haus-Termin, aber wir erwarten ihn jeden Augenblick. Wollen Sie vielleicht so lange im Wartezimmer Platz nehmen? Dann können Sie es ihm persönlich geben.«

Er bewunderte sie fast ein wenig dafür, wie glatt sie log. Sie hatte schließlich keinen blassen Schimmer, was tatsächlich mit ihrem Chef geschehen war. »Nee, ist schon gut«, sagte er lässig. »Wenn Sie mir versprechen, es nur ihm zu geben, geht das klar. Er wartet sehnsüchtig darauf. Sonst krieg ich nämlich Ärger, verstehen Sie? Und das möchte ich natürlich nicht.« Er hob kurz seine Sonnenbrille und zwinkerte ihr zu.

»Nein, natürlich. Sie können sich auf mich verlassen. Ich gebe den Umschlag nur dem Chef. Indianerehrenwort!«

»Super. Danke.« Das Päckchen würde den Verdacht auf Kokainkonsum unterstreichen. Er hatte dem Zahnarzt noch im Auto etwas davon in die Nase gestrichen. Er wusste ja, wie man das anstellte. Ein kleines Tütchen hatte er außerdem in Klemperts Jackentasche gesteckt. Dem Arzt auf Wangerooge hatte er auch nicht einfach nur die Spritze verpasst, sondern ihm sicherheitshalber etwas Kokain in den Mund gestrichen, damit der Drogentest auf jeden Fall positiv ausfiel.

Auf die Idee mit dem Kokain war er durch Brauckhage gekommen. Als er dessen Schreibtisch geöffnet hatte, war ihm die Kassette aufgefallen, die darin stand. Mit einem Kugelschreiber hatte er den Deckel angehoben. Und das Kokain entdeckt. Daraufhin hatte er beschlossen, auch den anderen etwas von dem weißen Zeug unterzujubeln. Auf diese Art konnte er die Untersuchungen in die von ihm gewünschte Richtung lenken. Damit die Polizei ihm nicht in die Quere kommen, aber irgendwann erkennen würde, warum die Männer sterben mussten. Außerdem hatte es ihn gereizt, Verbindungspunkte zu setzen. Doch sie hatten keine Chance, ihn zu finden. Keine.

Er warf der Brünetten eine Kusshand zu und verließ die Praxis. Dass er unter den rot-schwarzen Fahrradhandschuhen, die sie sicherlich registriert hatte, hautfarbene Einmalhandschuhe trug, damit seine Fingerkuppen keine Spuren auf dem Umschlag hinterließen, hatte sie garantiert nicht bemerkt. Es war wie beim Zaubern. Auffällig ablenken, um unauffällig zu schummeln. So funktionierten die Tricks.

Beschwingten Schrittes verließ er das Gebäude.

***

»Steig ein. Komm, wir machen etwas ganz Verrücktes!« Maik Schulenberg hielt seiner Freundin Inga Janssen die Beifahrertür auf. »Los, beeil dich.«

Inga sah ihn überrascht an. »Etwas Verrücktes? In unserer Mittagspause? Du kommst aber auch auf Ideen.«

Maik grinste sie an. »Lass dich überraschen. Aber trödeln sollten wir nicht.«

Kurz darauf hielten sie an einem kleinen Parkplatz direkt an der Leda, nicht weit von ihrem Arbeitsplatz, der Apotheke des Borromäus-Hospitals, entfernt. Nur ein einziges anderes Auto stand außerdem hier.

Verflucht. Das hatte er nicht bedacht. Er hatte damit gerechnet, dass sie allein wären. Hoffentlich fuhr der BMW gleich wieder weg. Wie es schien, saß der Fahrer abfahrbereit hinter dem Steuer. Und dann stünde ihrem Schäferstündchen nichts im Wege. Ein bisschen Sex in der Mittagspause mit Blick auf den Fluss, danach ließ es sich wunderbar weiterarbeiten. Er hatte alles vorbereitet. Und wenn der Typ nicht fuhr … ach was, zur Not würden sie ihren eigenen Wagen als Sichtschutz nutzen. Das böte den zusätzlichen Kick, dass man damit rechnen musste, ertappt zu werden. Auch nicht schlecht.

»Mach die Augen zu. Und bleib für einen Moment so sitzen«, bat er. Inga sah ihn amüsiert an und schloss die Augen. »Nicht schummeln«, rief Maik, stieg aus dem Auto und öffnete den Kofferraum. Er nahm die Picknickdecke und den Weidenkorb, in dem sich eine Flasche alkoholfreier Sekt befand – von einer Kühlmanschette umgeben –, dazu zwei Gläser, eine Thermoskanne Kaffee für »danach«, selbst gemachte Frikadellen, Baguette, Weintrauben und Käse. Seit vier Jahren waren sie zusammen, und Maik vertrat den Standpunkt, dass man sich immer wieder eine kleine Überraschung für den Partner ausdenken musste, damit die Beziehung lebendig blieb und nicht abstumpfte.

Nachdem er alles liebevoll arrangiert hatte, bat er Inga aus dem Auto.

»Wow.« Sie strahlte ihn an.

»Zum Wohl, mein Sternchen.« Er reichte ihr ein Glas Sekt. »Auf uns. Darauf, dass es immer so schön mit uns bleibt.«

Sie prosteten sich zu, Inga lehnte sich an ihn und seufzte behaglich. »Schade, dass da noch ein Auto steht«, sagte sie, »mir steht der Sinn durchaus nach anderem als Käse und Brot.«

»Mir auch.« Gemeinsam sahen sie zu dem weißen Oldtimer hinüber, der bei genauer Betrachtung ein wenig unorthodox parkte. »Komisch. Ich hab das Gefühl, dass sich der Typ seit unserer Ankunft nicht bewegt hat. Entweder ist der eingeschlafen oder ein Spanner, der sehen möchte, was wir hier veranstalten. Der muss doch mitgekriegt haben, dass ich ein romantisches Picknick vorbereite. Da kann der sich ja wohl denken, dass wir keine Zuschauer gebrauchen können. Ich geh mal rüber und sag ihm, dass er sich vom Acker machen soll.«

»Vielleicht braucht er aber auch unsere Hilfe?« Erschrocken sah Inga ihn an. »Stell dir mal vor, er hat einen Herzinfarkt oder einen Schlaganfall, und wir haben ihn ignoriert.«

»Du hast recht. Vielleicht braucht er tatsächlich unsere Hilfe. Ich geh nachgucken.« Maik stand auf.

Inga lächelte ihn an. »Mach das, ich packe in der Zwischenzeit die Lebensmittel zusammen. Dann haben wir gleich mehr Platz. Viel Zeit bleibt uns ohnehin nicht, aber wie heißt es so schön: In der Kürze liegt die Würze.« Ihr spitzbübisches Lächeln ließ auch ihn auflachen.

»Wie gut, dass bei uns nicht alles kurz ist«, gab er zurück und fasste sich in den Schritt.

»Angeber!«, rief Inga amüsiert, doch er war schon auf dem Weg zu dem anderen Fahrzeug.

Tatsächlich saß ein Mann hinter dem Steuer. Doch als er näher trat, stockte ihm der Atem.

Der Fahrer war kein Spanner. Und zweifelsohne käme jede Hilfe für ihn zu spät. Er war tot, wie man an seiner durchgeschnittenen Kehle und dem angetrockneten Blut unschwer erkennen konnte.

***

Lydia Klempert lief im Wohnzimmer ihres Hauses auf und ab. Sie hatte schon fast eine Spur in den hochflorigen grauen Teppich gelaufen, der auf dem Eichenparkett lag. Ihr Sohn Lorenz lümmelte auf der weißen Couch herum und drehte sich eine Zigarette. Auch wenn er lieber Gekaufte rauchte als Selbstgedrehte. Aber seine Eltern hielten ihn kurz, was das Taschengeld anging – zumindest empfand er es so. Obwohl er sich im Vergleich zu anderen Einundzwanzigjährigen durchaus nicht beklagen konnte, wie seine Mutter gern betonte.

»Nun reg dich man nicht so auf, Papa wird schon einen guten Grund dafür haben, dass er nicht in die Praxis gefahren ist.«

»Wie oft soll ich dir noch sagen, dass ich die Tabakkrümel nicht auf der Couch haben möchte?«, fuhr sie ihn an.

»Schon gut.« Lorenz bequemte sich aufzustehen und öffnete die Schiebetür, die auf die weitläufige Terrasse hinausführte. Dunkle Möbel mit weißen Kissen luden zum Verweilen ein, in einer Metallschale leuchteten die ersten Heidepflanzen. Lorenz hatte den Eindruck, als ob seine Mutter den Sommer nicht schnell genug verabschieden konnte. Sie hasste Hitze, bevorzugte die gemäßigteren Temperaturen im Frühling und Herbst. Seinem Vater und ihm hingegen konnte es im Sommer nicht heiß und im Winter nicht kalt genug sein. Einmal im Jahr unternahmen sie einen gemeinsamen

Skiurlaub. Ohne Lydia. Eine Herren-Tour, auf der Lorenz schon früh gelernt hatte, was wichtig für Männer war.

Er zündete die Zigarette an und blies den Rauch so aus, dass er ins Wohnzimmer zog. Schnell trat Lydia auf die Terrasse und schob die Tür hinter sich zu. »Wo kann er nur stecken?«, wiederholte sie zum x-ten Mal.

Sie hatte alle möglichen Leute angerufen, zuallererst seine Großmutter in Jever, denn die war fünfundsiebzig und wandte sich in allen Dingen, die sie als schwierig erachtete, zunächst an ihren Sohn. Dessen Bruder, Lorenz' Onkel Michael, lebte in Münster und kümmerte sich nach Lydias Ansicht viel zu wenig um seine Mutter. Schon oft hatte sie geflucht, weil ihr Mann spontan einen Termin platzen ließ, um Oma Brigitte mit irgendwas zu helfen.

»Ich kann ja schlecht bei der Polizei anrufen«, sagte Lydia nun.

Lorenz zuckte mit den Schultern. »Kannst doch tun, was du willst.«

»Ob ich es erst einmal in den Krankenhäusern versuche? Vielleicht hatte er auf dem Weg in die Praxis einen Unfall, auch wenn die Fahrt nur zehn Minuten dauert.«

»Wenn es dich beruhigt«, entgegnete er lapidar.

»Ja, das tut es«, gab Lydia trotzig zurück, ging wieder ins Wohnzimmer und suchte auf ihrem iPad die Nummer des nächstgelegenen Krankenhauses heraus.

***

Das Telefon klingelte, als sie gerade vom Wochenmarkt auf dem Rathausplatz kamen, den Korb voll mit frischen Lebensmitteln. Bevor sie später zum Lichterfest fuhren, wollten sie gemeinsam kochen, Lammlachse mit Knoblauch-Rosmarin-Kartoffeln.

Ein Blick aufs Display verhieß nichts Gutes. »Das ist Lemke«, sagte Christine zu Phillip, als sie das Gespräch annahm. »Ja, Heiko?«

»Es tut mir leid, dich stören zu müssen«, begann ihr Kollege, »aber es wird heute nichts mit einem entspannten Samstag. Ich hab gerade einen Anruf aus Leer gekriegt. Den Kollegen dort ist ein toter Arzt auf einem Parkplatz gemeldet worden. Er saß mit durchschnittener Kehle in seinem Auto.«

»Oh«, entfuhr es Christine.

»Jo. Und weil die Kollegen von unseren beiden toten Ärzten wissen, haben sie angerufen. Ich denke, da solltet ihr hin.«

Christine atmete hörbar aus. Vorbei das romantische Wochenende mit Phillip.

»Christine?« Lemke hatte ihre intuitive Abwehrreaktion wohl mitbekommen.

»Ja.« Pause. »Ja.« Sie riss sich zusammen. »In Ordnung. Willst du nicht mitkommen? Oda hat doch frei. Ich möchte ihr das Wochenende ungern kaputt machen, sie und Jürgen wollten die letzten Umzugskartons auspacken.«

»Ich glaube, Oda haut mich, wenn wir sie nicht informieren und ihr zumindest die Möglichkeit geben, dich zu begleiten. Bestimmt will sie dabei sein. In der Zwischenzeit kann ich ja schon versuchen, mehr über den Toten herauszufinden.«

»Wie heißt er überhaupt?«, fragte Christine.

»Olav Klempert. Zahnarzt. Mehr weiß ich noch nicht.« Lemke gab ihr den Namen des in Leer zuständigen Kollegen und den Fundort durch. »Die sind sicher noch vor Ort, wenn ihr eintrefft, das dauert schließlich alles.«

»Ist gut. Danke. Ich rufe Oda an.«

Nachdem sie das Gespräch beendet hatte, ging Christine in die Küche, wo Phillip damit beschäftigt war, die Einkäufe zu verstauen. Mit einem entschuldigenden Lächeln lehnte sie sich gegen die Arbeitsfläche.

»Ich hab's schon mitgekriegt.« Phillip nahm sie in den Arm. »Es gibt einen weiteren Toten, nicht wahr?«

»Ja. In Leer. Diesmal ist es ein Zahnarzt. Ebenfalls mit durchtrennter Kehle. Ich werde wohl hinfahren müssen.«

»Das gefällt mir nicht«, sagte Phillip. »Da scheint einer Ärzte auf dem Kieker zu haben. Du hast es vielleicht mit einem Serienmörder zu tun.«

»Bleibst du hier?« Sie wusste, es klang mehr wie eine Bitte denn wie eine Frage, und letztlich war es das auch.

»Klar. Ich bin da, wenn du am Abend heimkommst. Verhungern werde ich ja nicht.« Er lächelte sie an. »Pass auf dich auf.«

***

Harm Onnen hasste diesen Teil seines Jobs. Als er sich nach dem Abitur bei der Polizei beworben hatte und angenommen worden war, hatte er sich in der Rolle des ostfriesischen Schimanskis gesehen. Lässige Jacke, cooles Auftreten, schnoddrige Sprüche auf den Lippen, jede Menge Frauen und zwielichtige Täter, denen er auf die Spur kam.

Zwar trug er tatsächlich lässige Jacken, das mit den Frauen hatte er jedoch auf eine reduziert, mit der er zudem seit zwei Jahren verheiratet war und die innerhalb der nächsten Wochen Zwillinge zur Welt bringen würde. So viel zum Thema »Ich bastele mir meine Zukunft«. Nein, er war nicht unzufrieden. Im Gegenteil. Er liebte Ira, bestaunte ehrfürchtig die Wellenbewegungen ihrer Bauchdecke und hatte bereits oft das beglückende Gefühl erfahren, einen Fuß von innen dagegentreten zu spüren, wenn er die Hand auf Iras Bauch legte.

Jetzt legte er den Finger auf den Klingelknopf neben dem Namen »Klempert«. Es war ein beeindruckendes Haus, allein schon die Einfahrt war beachtlich. Nichts, was er jemals von seinem Polizeigehalt würde bezahlen können. Aber Klempert war Zahnarzt. Und nicht nur das, er war einer der führenden Implantologen Norddeutschlands, wie Harm vor Kurzem in der »Ostfriesen-Zeitung« gelesen hatte. Jaja. Zahnärzte. Die besaßen die Lizenz zum Gelddrucken. Vor vier Wochen hatte er die halbjährliche professionelle Zahnreinigung durchführen lassen. Schließlich war es wichtig, die Zähne zu pflegen, aber als er die Rechnung gesehen hatte, dachte er, nicht richtig zu gucken. Acht Euro mehr als bei der letzten Reinigung vor einem halben Jahr. Sicher gehörte Klempert auch zu jenen, die ihre Patienten finanziell bluten ließen.

Nun hatte er allerdings selbst bluten müssen.

Er klingelte ein weiteres Mal. War wohl niemand zu Hause. Harm wollte fast schon aufgeben, als sich die Haustür öffnete. Nur weil er bei der Betrachtung des Hauses seinen Gedanken um die Einkommensquellen von Zahnärzten nachgehangen hatte, stand er noch hier.

»Ja, bitte?« Die Frau in der Türöffnung hielt ein Telefon in der Hand.

»Frau Klempert?«

Sie nickte.

»Harm Onnen. Kripo Aurich-Wittmund«, stellte er sich vor und zeigte ihr seinen Dienstausweis. »Darf ich reinkommen?«

Sie nickte erneut, trat einen Schritt zurück und ließ ihn ein. Dann schloss sie die Tür und sah ihn aus großen Augen an.

»Ich habe leider keine guten Nachrichten für Sie«, sagte Harm unbehaglich.

»Es ist wegen Olav, nicht?« Lydia Klempert sprach flüsternd. »Seine Sprechstundenhilfe rief an und fragte, ob Olav verschlafen habe. Aber er ist pünktlich aus dem Haus gegangen.« Sie schluckte. »Er ist nicht in der Praxis angekommen. Ich hab schon das Borromäus angerufen und die anderen Krankenhäuser der Umgebung. Nirgends ist Olav eingeliefert worden. Ich weiß nicht, wo er ist.« Sie verstummte.

Harm fasste sie am Arm. »Können wir uns irgendwo setzen?«

»Im Wohnzimmer«, entgegnete sie leise. »Unser Sohn ist auch da.«

Als sie auf der Couch neben ihrem Sohn Platz genommen hatte, setzte Harm sich steif auf den Sessel gegenüber. Er räusperte sich. Lorenz Klempert ergriff im selben Augenblick die Hand seiner Mutter.

»Es tut mir sehr leid«, begann Harm, »aber ich muss Ihnen mitteilen, dass wir Ihren Mann tot aufgefunden haben.«

***

Auf dem kleinen Parkplatz an der Leda herrschte reger Betrieb. Die Fahrzeuge der Spurensicherung, des Einsatzdienstes, der Notarztwagen … es machte den Eindruck, als hätte sich das Filmteam eines »Tatort«-Drehs dieses idyllische Fleckchen ausgesucht, um eine ganz besondere Stimmung einzufangen.

Doch die einzige Kamera, die benutzt wurde, war die Spheron-Kamera der Kriminaltechniker.

Christine parkte am Rand. Oda war sehr zufrieden, dass ihre Kollegin sie übers Handy angerufen hatte. Um nichts in der Welt hätte sie es versäumen wollen, hier dabei zu sein. Es lag etwas in der Luft, das nicht alltäglich war, das spürte sie, obgleich sie es schon mit vielen Mordermittlungen zu tun gehabt hatte. Dieser Fall jedoch … Er begann, sich quer über die Ostfriesische Halbinsel zu ziehen. Das hatte sie bislang nur ein einziges Mal, als Berufsanfängerin, erlebt. Nie war sie selbst in solchen Ermittlungen gefordert gewesen. Oda gestand sich ein, dass sie wieder einmal sehr vom Ehrgeiz gepackt war. Sie würde das Schwein erwischen, das sich hier mordend durch Ostfriesland arbeitete.

Als sie ausstiegen, hatte Oda den Dienstausweis bereits in der Hand, bevor Christine in den Tiefen ihrer Tasche nach ihrem eigenen graben konnte. Forschen Schrittes lief sie auf Harm Onnen zu. Sie kannten sich von diversen polizeiinternen Veranstaltungen, allen voran das alljährliche Boßeln der ostfriesischen Fachkommissariate Ende Februar, das mit dem anschließenden gemeinsamen Grünkohl-Essen ein echtes Highlight der inspektionsübergreifenden Abteilungen war.

»Moin Harm. Wie geht's Ira?«, begrüßte sie ihn. Oda wusste, dass die Geburt der Zwillinge bevorstand.

»Och, sie kugelt so durch die Gegend«, gab er zurück. »Ich hab schon überlegt, den Fußboden mit Baufolie auszulegen, so dick und prall, wie ihr Bauch inzwischen ist. Nur für den Fall, dass sie platzt und wir die ganze Schweinerei aufwischen müssen. Der Fußboden ist ganz neu.« Er sah sie treuherzig an, woraufhin Oda ihn lachend in die Seite stupste.

»Mach da mal keine Scherze mit«, sagte sie. »Ira leistet was ganz Enormes. Das darfst du nicht im Spaß abtun.«

»Tu ich doch auch gar nicht. Du kennst mich. Ich hab immer einen blöden Spruch auf Lager.«

»Stimmt.« Oda wies auf den weißen Oldtimer, um den herum die Kriminaltechniker am Arbeiten waren. Kleine Schilder mit Nummern waren aufgestellt, Markierungen angebracht. »Kannst du uns schon Näheres sagen?«

Christine, die inzwischen neben ihr stand, zückte den obligatorischen Block und Kuli.

»Olav Klempert hatte heute zahnärztliche Bereitschaft. Er ist jedoch nicht in der Praxis angekommen. Ich war gerade bei der Witwe. Sie konnte mir nichts sagen. Ihr Mann sei, wie üblich bei Wochenenddiensten, früh aufgebrochen, und erst als die Sprechstundenhilfe anrief und fragte, wo er denn bliebe, hätte sie gemerkt, dass etwas nicht stimmte, da es absolut nicht Olav Klemperts Art entsprach, einfach so abzutauchen. Sie hat also die Krankenhäuser abtelefoniert, und ihr Entsetzen, als ich sie behutsam davon in Kenntnis setzte, dass ihr Mann verstorben ist, war nicht gespielt. Garantiert nicht. Auch der extrem coole Junior war sichtlich betroffen. Ich sagte ihnen zuerst nur, dass er tot auf einem Parkplatz gefunden wurde.«

»Haben sie sich in irgendeiner Form dazu geäußert?«, fragte Oda.

»Ja. Lydia Klempert fragte sofort, ob er sich umgebracht hat. Er hatte wohl einen Waffenschein und besaß eine Pistole.«

»Ach. Das ist ja interessant«, sagte Christine. »Du hast sie natürlich nachgucken lassen, ob die Waffe noch im Haus ist? Es muss ja einen Waffenschrank geben.«

»Nee, das hab ich vergessen«, gestand Harm. »Weil es ja kein Suizid war und er nicht erschossen wurde. Tut mir leid.«

»Ist nicht so schlimm.« Christine machte sich eine weitere Notiz, und Oda fragte: »Hast du sie denn gefragt, weshalb sie vermutet, er könnte sich selbst getötet haben?«

Wieder verneinte Harm beschämt. »Als ich sagte, dass es kein Selbstmord war, fragte der Sohn, wie er denn ums Leben gekommen sei, denn normalerweise würde sein Vater morgens keinen Halt an der Leda machen. Er soll zwar regelmäßig gejoggt sein, aber nicht direkt vor der Arbeit. Da hab ich gesagt, dass Klempert einem Gewaltverbrechen zum Opfer fiel. Daraufhin wurde seine Frau kalkweiß.«

***

Noch lange nachdem der Polizist gegangen war, saßen Lorenz und sie schweigend im Wohnzimmer. Alles fühlte sich so unwirklich an.

»Ich glaub es nicht«, sagte Lydia immer wieder, während Lorenz sich eine weitere Zigarette drehte. »Ich glaub es einfach nicht.« Sie legte sich ihre Finger an die Schläfen und die Daumen ans Kinn. »Oooomm«, tönte sie und ließ den Ton ganz tief aus ihrem Inneren fließen.

»Hör auf, Mama!« Wütend sprang Lorenz auf. »Der Scheiß bringt dich nicht weiter.« Er öffnete die Schiebetür, trat hinaus und zündete seine Zigarette an.

Irritiert hob Lydia den Kopf. Das roch ganz anders als vorhin. Irgendwie süßlicher, mit einem Hauch von Salbei. Sie trat neben ihn.

»Was rauchst du da?«, fragte sie in scharfem Tonfall.

»Geht dich nichts an. Ich brauch das jetzt«, gab ihr Sohn zurück und inhalierte erneut.

»Sag mal, bist du bescheuert?«, fuhr sie ihn an. »Dein Vater ist einem Gewaltverbrechen zum Opfer gefallen! Das heißt, wir müssen damit rechnen, dass die Polizei wiederkommt. Das gerade war nur die Vorhut. Was glaubst du, wie das bei denen ankommt, wenn du hier fröhlich auf der Terrasse stehst und ganz ungeniert einen Joint rauchst?«

Lorenz sah sie aus roten Augen an. »Bin ich fröhlich? Seh ich vielleicht fröhlich aus? Hä?« Er wischte sich über die Augen.

Schweigend blieben sie nebeneinander stehen, blickten in den Garten, in dem die Hortensien und letzte Rosen in allen Rosé-Tönen blühten.

»Der Rasen müsste mal wieder gemäht werden«, sagte Lydia. »Bei der Wärme und dem Regen der letzten Tage ist er ja unglaublich gewachsen.« Sie schniefte.

Lorenz zog sie in seinen Arm. »Kannst ruhig weinen, Mama, das ist okay.«

Aber Lydia fühlte sich innerlich wie erstarrt. Warum war Olav auf diesem Parkplatz gewesen? Hatte er sich mit einer Frau getroffen?

***

Während die Kollegen von der Kriminaltechnik und der zuständige Rechtsmediziner weiterhin auf dem Parkplatz tätig waren, fuhren Christine und Oda zum Haus des Verstorbenen. Krüger hatte Spuren von Kokain an der Nase des Toten und in seiner Jackentasche ein Tütchen mit weißem Pulver gefunden. Kein Zweifel, diese drei Morde mussten irgendwie zusammenhängen.

»Harm muss wegen der bevorstehenden Geburt der Zwillinge ziemlich von der Rolle sein«, mutmaßte Oda, als sie in die Straße einbogen, in der die Klemperts wohnten. »Im Normalfall ist er wirklich zuverlässig und umsichtig.«

»Ist ja nicht weiter schlimm«, sagte Christine. »Ich bilde mir sowieso lieber ein eigenes Urteil.«

»Da vorn. Das müsste es sein. Nummer achtundzwanzig.« Oda

wies auf die rechte Straßenseite der Einbahnstraße, die beidseitig von Platanen gesäumt war.

Lydia Klempert machte den Eindruck, als stünde sie unter Schock. Wie eine Marionette bat sie sie herein. Christine sah sich um, als sie ihr ins Wohnzimmer folgten. Schwarze Hightech-Möbel wurden von Antiquitäten ergänzt, an den Wänden hingen Bilder unterschiedlichster Stilrichtungen, wenngleich sie alle entweder Blumen oder Landschaften zeigten und in beeindruckende Rahmen eingefasst waren. Der Holzfußboden war alt, aber sicher vor nicht allzu langer Zeit überarbeitet worden.

»Ich kann es noch gar nicht glauben«, sagte die Frau des Verstorbenen, als sie ihnen einen Platz am Esstisch im großzügigen Wohnzimmer anbot. »Und es gibt keinen Zweifel? Bei dem Toten handelt es sich wirklich um Olav?«

Christine nickte. Ein junger Mann, der auf der Couch gelümmelt hatte, stand auf und kam zu ihnen.

»Mein Sohn Lorenz«, sagte Lydia Klempert. Er reichte ihnen die Hand, ganz der gut erzogene Sohn. Christine fielen seine geröteten Augen auf. Ob er geweint hatte?

»Mein Kollege hat Ihnen sicher gesagt, dass wir noch einmal zu Ihnen kommen«, begann sie das Gespräch. »Wir hoffen, Sie konnten die Information schon ein wenig verdauen, dennoch müssen wir Sie leider mit dringend notwendigen Fragen belästigen.«

Lydia Klempert nickte. Sie setzte sich auf einen der Mahagonistühle und faltete die Hände im Schoß.

»Warum haben Sie im Gespräch mit unserem Kollegen zunächst an einen Suizid Ihres Mannes gedacht?«, fragte Christine.

»Ich weiß auch nicht. Vielleicht, weil er tot auf dem Parkplatz gefunden wurde. Was hätte er da sonst tun sollen?«

Was für eine eigenartige Überlegung. »Er könnte sich mit jemandem getroffen haben«, schlug Christine vor.

»Aber mit wem? Und warum vor der Arbeit? Er hat doch sonst genügend Zeit, sich zu verabreden. Das hätte er auch nach dem Notdienst tun können. Es macht keinen Sinn, denn er ist ja zur gleichen Zeit losgefahren wie immer, wenn er in die Praxis fuhr. Einen Zeitpuffer brauchen wir in Leer nicht. Nur wenn man über die Bahnschienen rübermuss, sollte man etwas mehr Zeit einrechnen – sofern man nicht gerade den Fahrplan der Bundesbahn im Kopf hat. Als Leeraner kennt man den natürlich.«

»Hätte Ihr Mann denn einen Grund gehabt, sich das Leben zu nehmen?«, fragte Oda.

Die Witwe zuckte ratlos mit den Schultern. Sie stützte einen Ellbogen auf den Esstisch und knibbelte an ihrer Unterlippe herum. »Nein. Soviel ich weiß, nicht.«

»Soviel Sie wissen?«, hakte Christine nach.

Lydia Klempert nahm die Hand vom Mund. »Olav war nicht sehr redselig, wissen Sie? Er sprach mit mir nicht über das, was ihn beschäftigte. Darüber sprach er mit Freunden. Aber nicht mit mir. Er war abends oft unterwegs. Behauptete, er brauche das zum Ausgleich. Darum kann ich Ihnen nicht sagen, was ihn tatsächlich bewegte.« Sie sah ihren Sohn an, der wieder auf der Couch lag. »Hat er mit dir intensiver gesprochen?«

Lorenz Klempert schüttelte den Kopf. »Nee. Ich hatte immer den Eindruck, er war froh, wenn wir ihn in Ruhe gelassen haben.« Er stand auf und trat an den Tisch. »In unserer Familie läuft es so ab, dass jeder seine Ruhe haben will. Meine Eltern ziehen beide ihr eigenes Ding durch. Sie bilden eine Art luxuriöse Wohngemeinschaft. Nach außen hin sind wir die perfekte Familie, doch die gibt es nicht. Alles Show. Bis auf die Urlaube, die Papa und ich zusammen machen. Wenn wir zu zweit unterwegs waren, verstanden wir uns wirklich super. Aber sonst: alles Show.«

»Lorenz!«, rief Lydia Klempert entsetzt. »Das stimmt doch gar nicht.«

»Ach, Mama«, gab ihr Sohn resigniert zurück. »Schau doch endlich den Tatsachen ins Auge. Was habt ihr denn noch gemeinsam gemacht, Papa und du?« Er zog ein Päckchen Tabak aus der Hosentasche und begann, sich eine Zigarette zu drehen.

»Ihr Mann hatte also keine Probleme? Weder geschäftlich noch privat?«

»Nein. Nicht dass ich wüsste«, wiederholte Lydia Klempert.

»Nahm Ihr Mann Drogen?«, fragte Oda.

»Drogen?« Der Blick der Witwe wanderte zunächst hektisch zu ihrem Sohn und dann zu Oda zurück. »Wie kommen Sie denn darauf? Olav war vierundfünfzig!«

Christine lächelte. »Es soll Menschen geben, die auch in diesem

Alter dem Genuss von Drogen nicht abgeneigt sind. Manche dealen sogar damit.«

Entrüstet wies Lydia Klempert diesen Gedanken zurück. »Olav doch nicht! Das hat er gar nicht nötig. Er verdient genug als Zahnarzt, er muss sich nicht strafbar machen, um unseren Lebensunterhalt zu verdienen.« Sie fixierte Christine aus zusammengekniffenen Augen. »Ich lasse nicht zu, dass Sie am Ansehen meines Mannes kratzen. Sobald ich auch nur einen Hauch davon in der Presse lese, wird unser Anwalt Sie verklagen.«

»Schon gut. Nehmen Sie es uns nicht übel, aber wir müssen diese Fragen stellen«, entgegnete Christine. »Immerhin hatte Ihr Mann ein Tütchen mit Kokain in seiner Jackentasche und Spuren davon an der Nase. Aber anderes Thema: Hat Ihr Mann jemals die Namen Brauckhage oder Kuhlmann erwähnt?«

Lydia Klempert dachte nach. »Nein«, sagte sie schließlich. »Die Namen sagen mir nichts.« Sie blickte zu ihrem Sohn. »Dir?«

»Nö.«

»Warum fragen Sie?«, wollte sie wissen.

»Beide Männer starben ebenfalls diese Woche. Und beide waren Ärzte«, erklärte Christine.

»Aus Leer?«, fragte Lydia erschrocken.

»Nein. Dr. Brauckhage praktizierte in Wilhelmshaven, Dr. Kuhlmann auf Wangerooge. Auch ihm wurde die Kehle durchgeschnitten.«

Entsetzt sah Lydia sie an. Nur mit Mühe brachte sie die Worte heraus: »Dann ist es kein Zufall, dass mein Mann getötet wurde?«

»Wir fürchten nein.« Christine blickte der Witwe direkt in die Augen. »Und in diesem Zusammenhang ist es sehr wichtig, zu wissen, ob Ihr Mann etwas mit Kokain zu tun hatte.«

Lydia Klempert richtete sich gerade auf. »Die anderen beiden hatten also etwas damit zu tun?«

***

Er empfand es als reizvoll, den Untersuchungen von dieser Warte aus zuzusehen. Vom anderen Ufer der Leda, die an dieser Stelle nicht so breit war. Er hatte sich mit seinem Fahrzeug so postiert, dass es nicht auffiel. Sein Auto war eines von vielen. Belustigt sah er dem Treiben rund um den alten BMW zu, sah den Leichenwagen ankommen und spürte förmlich, wie die Beamten auf Hochtouren daran arbeiteten, Hinweise zu finden, die zu ihm führen würden. Doch er wusste, sie würden vergeblich suchen. Er hatte alle Eventualitäten einkalkuliert. Hungrig biss er in das mit Käse und gekochtem Schinken belegte Körnerbrötchen, das er sich vorhin bei einem Bäcker gekauft hatte. Den Milchkaffee XXL hatte er bereits zur Hälfte geleert.

Sicher arbeiteten sie bereits mit ordentlichem Nachdruck daran, Verbindungen zwischen den drei Opfern zu suchen. Da konnten sie lange suchen. Sein Trumpf war Brauckhage. Er war derjenige, der aus der Reihe fiel. Der mit jedem weiteren Toten noch mehr aus der Reihe fallen würde. Erst ein Umdenken konnte bewirken, dass sie den wahren Zusammenhängen auf die Spur kamen.

Sollte er an dieser Stelle pausieren?

Das könnte er tun. Dann würden sie weiter rätseln und nie dahinterkommen, was der Grund dafür war, dass die Ärzte hatten sterben müssen. Doch was, wenn er seine Aufgabe nicht beenden konnte? Wenn ihn ein Unfall außer Gefecht setzte? Schließlich lebte er nicht ungefährlich.

Nein. Er würde durchziehen, was er sich vorgenommen hatte. Das war er ihr schuldig. Es gab auch noch andere Möglichkeiten, die Ermittler bei der Stange zu halten, bis er seinen Plan vollendet hatte.

Als der Leichenwagen den Parkplatz auf der anderen Seite verließ, legte er den Rückwärtsgang ein.

***

Von den Klemperts aus fuhren sie direkt in die Praxis, die sich in der Altstadt befand. Der Arzthelferin Milena Nowak hatten sie telefonisch Bescheid gesagt, sie wollte vor dem Haus auf sie warten.

Nachdem sie den Wagen geparkt hatten, bemerkte Oda auf der gegenüberliegenden Straßenseite die Buchhandlung »Tatort Taraxacum«. »Guck mal«, sagte sie begeistert, »eine Buchhandlung mit Schwerpunkt Krimi! Da müssen wir nachher unbedingt noch reingehen.« Sie lief hinüber. »Die haben bis achtzehn Uhr geöffnet«, rief sie Christine zu. »Und ein Café ist auch angegliedert. Da können wir einen Stopp einlegen, wenn wir in der Zahnarztpraxis fertig sind.«

»Von mir aus gern. Bloß nicht so lang. Ich hab Besuch zu Hause.«

Oda grinste breit. »Phillip?«

Christine wurde rot. »Ja. Aber nun lass uns loslegen. Guck, die Kollegen sind schon da.«

Ein paar Meter weiter hielt ein Bulli der Kriminaltechnik. Ein dritter Trupp durchsuchte zeitgleich Klemperts Privathaus nach Hinweisen auf Kokain.

Wie verabredet wartete die Arzthelferin unten an der Haustür.

»Wie furchtbar«, stammelte sie, als sie gemeinsam die Praxis betraten. »Wie furchtbar. Wer kann das nur getan haben? Der arme Doktor. Die arme Lydia.«

Überrascht sah Oda sie an. »Sie kennen Frau Klempert?«

Die Arzthelferin nickte. »Ja, natürlich. Wir kommen beide aus demselben Dorf. Also, aus Polen. Lydia ist jedes Jahr für drei Wochen zu Hause, um ihre Eltern zu besuchen. Und sie hilft anderen, wenn sie Probleme haben. Schon oft hat sie junge Leute nach Leer eingeladen und den meisten von uns sogar einen Job verschafft. Lydia ist so eine warmherzige Frau. Wissen Sie, unser Dorf liegt in der tiefsten Provinz. Da gibt es nicht viele Möglichkeiten, Geld zu verdienen. Die Frauen gehen überwiegend als Pflegekräfte nach Deutschland und schicken einen Teil ihres Lohnes nach Hause, damit die Familien in der Heimat keine finanziellen Sorgen haben. Lydia hat mir und anderen zu Ausbildungsplätzen verholfen, sodass wir gute Berufe ergreifen konnten. Ich unterstütze meine Familie zu Hause in Polen inzwischen auch von meinem Gehalt. Darauf bin ich sehr stolz. Und Lydia sehr dankbar.« Sie öffnete die Tür zu Klemperts Büro. »Die Privat-Rechnungen hat er immer selbst geschrieben, alles andere lief über das Programm der Kassenzahnärztlichen Vereinigung. Möchten Sie auch die Behandlungsräume sehen?«

»Nicht nötig. Das übernehmen gleich die Kollegen.«

Sie betraten den Raum, der gänzlich in Weiß gehalten war. Schreibtisch, Regalwand, Stühle … sogar der Computer. Alles weiß. Lediglich zwei übergroße gerahmte Fotografien an der Wand bildeten Farbkleckse. Eine zeigte Klempert in einem Kampfanzug auf einem Siegertreppchen, eine Medaille um den Hals. Auf der anderen stand er auf einem schräg im Wasser liegenden Segelschiff, das von weißer Gischt umspült wurde, offenbar bei voller Fahrt aufgenommen, und sprühte geradezu vor Lebensfreude.

»Ihr Chef scheint sehr sportlich gewesen zu sein«, sagte Oda.

Milena nickte. »Das war er wirklich. Er hat bei den Olympischen Spielen 2004 in Athen die Bronzemedaille im Judo geholt.« Man merkte direkt, wie stolz sie darauf war.

Aus einem Impuls heraus fragte Oda: »Sagt Ihnen der Name Jaqueline Brauckhage etwas?«

Milena Nowak schüttelte den Kopf.

Christine schien sofort gemerkt zu haben, worauf Oda hinauswollte, und fragte ihrerseits: »Oder Anke Rietdorf?«

»Nein. Aber ich kenne auch nicht alle Patienten mit Namen. Ich bin erst seit einem Dreivierteljahr hier. Ich kann gern nachgucken.«

»Tun Sie das bitte.« Odas Blick blieb an einem DIN-A5-Umschlag auf dem Schreibtisch hängen. »Was ist das?«

»Der wurde heute Vormittag von einem Boten abgegeben. Ich sollte ihn dem Chef persönlich geben, aber der kam ja nicht. Darum hab ich ihm den Umschlag auf den Schreibtisch gelegt. Ich dachte ja, er kommt noch.« Milena Nowak zog schniefend die Nase hoch.

Christine trat näher an den Schreibtisch und betrachtete das Kuvert. »Es ist keine Adresse darauf«, stellte sie fest.

»Nein, er wurde ja auch von einem Boten abgegeben. Hab ich doch gesagt.«

»Um welche Uhrzeit war das?«, fragte Christine, während Oda einen Kriminaltechniker herbeirief, damit der den Umschlag gründlich unter die Lupe nahm.

»Das war um kurz vor neun. Aber es war niemand von der Regio-Post, da kenne ich die meisten, der heute Morgen war bislang noch nie hier.«

»Wie sah er denn aus? Können Sie ihn uns beschreiben?«, bat Christine.

Ein Lächeln stahl sich auf Milena Nowaks Gesicht. »Er war jung. Ich schätze mal, um die zwanzig. Er trug ein Baseball-Cap mit dem Schirm nach vorn. Und einen Kapuzenpulli. Und Jeans. Wie eben alle in dem Alter. Das ist in meinem Freundeskreis genauso.«

»Ist Ihnen sonst nichts an ihm aufgefallen?«

»Er trug eine Sonnenbrille und einen Dreitagebart und hatte ein nettes Lächeln. Er war sehr muskulös. Geht sicher ins Fitness-

Studio. Also, ich würd nicht sagen, dass an dem was Besonderes war. Irgendwie süß, aber auch so wie alle.«

Inzwischen hatte der Kollege den Umschlag geöffnet. Statt eines Schreibens fielen mehrere kleine durchsichtige Päckchen mit weißem Inhalt heraus.

»Kokain«, entfuhr es Oda unwillkürlich.

Der Kriminaltechniker zuckte mit den Schultern. »Kann auch Puderzucker sein.«

»Quatsch«, gab Oda zurück. »Ich verwette meinen Hintern, dass das Kokain ist.«

***

Das Wetter meinte es gut mit dem »LichterMeer«, die Luft war mild und noch relativ warm. Dennoch hatte Christine sich eine Daunenjacke und einen langärmligen Pulli eingepackt, denn es wurde abends schon ziemlich frisch. Sie radelten durch den Stadtpark und das rund zwei Kilometer lange Brommygrün, das sich wie ein grüner Gürtel mitten in der Stadt erstreckte, dann die von Kastanien gesäumte Mozartstraße und die Allee der Adalbertstraße entlang, bis sie durch die Parkanlagen um den Friedrich-Wilhelm-Platz zum Bontekai kamen. Phillip zeigte sich beeindruckt davon, beinahe die ganze Strecke vom Maadebogen bis an den Südstrand durch Grünanlagen radeln zu können.

»Das ist einer der Vorzüge dieser Stadt«, erklärte Christine fröhlich, »in Wilhelmshaven sind die Wege grün und relativ kurz. Einen Stau wirst du hier kaum erleben.«

Sie stellten die Räder unterhalb der Kaiser-Wilhelm-Brücke ab und liefen inmitten von gut gelaunten Menschen hinüber. Einige trugen Laternen, vor allem die Kinder, für die das »LichterMeer« ein besonders aufregendes Ereignis war. Spontan kaufte Christine auf der Promenade ein Bastelset für eine Papierlaterne. Sie hatte in der Zeitung gelesen, dass es in Bali Brauch war, diese Laternen zusammenzubauen und mit einem Teelicht zu bestücken, um sich etwas für Freunde oder die Familie zu wünschen. Wenn das Licht erloschen war, würden die Wünsche in Erfüllung gehen. Und schließlich gab es tatsächlich einen geheimen Wunsch, den Christine schon lange in sich trug.

Sie steckte das Set in ihre große Handtasche. Hand in Hand liefen sie und Phillip die Promenade entlang. Unterhalb, am Rand des Deichsicherungsweges, waren drei bis fünf Meter hohe Lichtfiguren in unterschiedlichen Formen und mit wechselnden Farben aufgebaut, etliche ragten wie Buntstifte in die Höhe. Auf der Promenade ergänzten bunt beleuchtete Gebäude und Bäume die Atmosphäre. Sie hatten Glück, einer der Strandkörbe, die zur »Bierakademie am Südstrand« gehörten, wurde gerade frei, und schnell sicherten sie sich diesen kuscheligen und geschützten Platz, während hinter ihnen immer mehr Menschen die Promenade entlangströmten, um das Spektakel mitzuerleben.

Die Dämmerung setzte schnell ein, und stärker und stärker gewannen die mehrfarbigen Lichtfiguren an Präsenz. Der allgegenwärtige leichte Wind ließ die Stoffgestalten schwingen, als seien sie mit Leben erfüllt. Nicht weit entfernt schwebten riesige Quallen aus Stoff an Seilen in der Luft, mal leuchteten sie weiß, mal rot, mal blau. Gerüche von Bratwurst und Pommes streiften ihre Nasen, gedämpftes Stimmengemurmel neben beruhigender Loungemusik untermalte alles. Fast direkt vor ihnen, jenseits der geklinkerten Mauer, die einen Teil der Deichsicherheit darstellte, strahlte ein zwei Meter hohes rotes Stoffherz in sanften Bewegungen zu ihnen herüber. Christine nahm Phillips Hand. »Danke, dass du auf mich gewartet hast.«

Er legte den Arm um sie und gab ihr einen Kuss. »Das ist doch keinen Dank wert, das habe ich schließlich mehr als gern getan! Für gemeinsame Abende wie diesen würde ich sogar noch länger warten. Ach, eigentlich habe ich die letzten sechsundvierzig Jahre darauf gewartet«, sagte er mit einem gespielten Seufzer.

Christine stupste ihn in die Seite. »Du Charmeur.« Er zwinkerte ihr zu.

Aus dem Nachbarstrandkorb drangen Stimmen. »Das ist nicht dein Ernst«, rief eine Frau aufgebracht. »Was bist du nur für ein Mensch! Geldgierig und berechnend! Und ich hab gedacht, du würdest mich lieben.«

Irritiert sah Christine nach links, doch mehr als die Beine der beiden Personen, die dort saßen, konnte sie nicht sehen. Sie wollte sich schon wieder Phillip zuwenden, als eine Männerstimme antwortete: »Nun übertreib mal nicht. Was heißt schon lieben? Muss schließlich jeder zusehen, dass er irgendwie klarkommt. Für dich ist es doch nur von Vorteil, wenn ich auf einen Vaterschaftstest verzichte. Und das sollte dir schon was wert sein. Immerhin wird das Kind dann zweifelsfrei als das von Hartmut aufwachsen und sein Vermögen erben. Dadurch hättest du finanziell ausgesorgt und müsstest dich nicht noch mit den Ansprüchen irgendwelcher Verwandten auseinandersetzen. Hatte er überhaupt welche?«

Vor Überraschung blieb Christine der Mund offen stehen. Konnte es sein, dass sich im Nachbarstrandkorb Jaqueline Brauckhage mit ihrem Freund stritt?

»Er hat einen Bruder. Und sein Vater lebt auch noch.«

»Wollen wir …«, begann Phillip, doch Christine gebot ihm Einhalt, indem sie den Zeigefinger auf die Lippen legte. Ihre Augen baten um Verständnis, während sie auf den Nachbarkorb deutete. Phillip verstand und schwieg.

Nebenan lief das Gespräch weiter.

»Siehste«, sagte der Mann, den Christine für Dennis Eckhoff hielt. »Ihr seid ja noch nicht so lange miteinander verheiratet, da könnte es sein, dass Vater und Bruder ebenfalls Ansprüche stellen. Du hast doch gesagt, Hartmuts Vater war alles andere als begeistert, dass ihr geheiratet habt?«

»Ja. Er war nicht mal bei der Hochzeit dabei.«

»Also hab ich recht.«

Es folgte eine kurze Pause. Zu gern hätte Christine sich vorgebeugt, um zu sehen, was drüben los war.

»Komm. Stell dich nicht so an. Fünfzehntausend Euro dafür, dass ich die Klappe halte, so viel sollten dir das Erbe und der Status deines Kindes allemal wert sein.«

Die Stimme der Frau wurde hart. »Das solltest du dir besser noch mal überlegen. Immerhin könnte ich der Polizei im Gegenzug stecken, dass du derjenige bist, der Hartmut mit Kokain versorgt hat. Glaub mir, das kommt bei denen garantiert nicht gut an.«

Montag

Um zehn Uhr trommelte Lemke die Kollegen zusammen. »Ich hab die restlichen Ergebnisse aus Leer«, sagte er. »Und die ergeben ein ziemlich komplexes Bild. Die Kollegen von der Kriminaltechnik haben dankenswerterweise auch am Sonntag gearbeitet.«

Sofort liefen Oda und Christine in sein Büro hinüber, auch Siebelt kam hinzu.

»Ich fasse mal zusammen«, begann Lemke. »In Klemperts Jackentasche haben wir ein kleines Päckchen Kokain gefunden, und Krügers Vermutung, dass es sich bei den Spuren in Klemperts Nase um Kokain handeln könnte, bestätigte sich durch die Analyse. Auch die Päckchen, die per Bote in die Praxis geliefert wurden, waren mit Kokain gefüllt, und die Überprüfung der Zusammensetzung hat ergeben, dass es sich dabei um denselben Stoff handelt. Das gilt übrigens ebenso für die Drogen in Brauckhages Praxis und den Inhalt der Spritze auf dem Friedhof. Alles dasselbe. Ich habe leider noch nicht herausgefunden, ob Klempert das Zeug nur für den Eigenbedarf gebraucht hat, gehe aber davon aus. Zum Dealen war es zu wenig. Und zur Persönlichkeitserweiterung der Patienten wird er das Zeug sicher nicht benutzt haben. Jedenfalls gab es weder in der Praxis noch in Klemperts Privathaus weitere Päckchen. Er wird also entweder sehr vorsichtig gewesen sein, oder …« Lemke ließ den Rest des Satzes in der Luft hängen und blickte Oda an. »Ihr sagt, der Bote, der den Umschlag abgegeben hat, war das erste Mal dort?«

Oda nickte. »Das hat die Arzthelferin gesagt. Sie sagte auch, es habe keine regelmäßigen Zustellungen gegeben.«

Christine nickte. »Das stimmt. Und es klang glaubwürdig. Ich hab, was das Kokain angeht, aber noch was anderes.« Sie berichtete von ihrem Erlebnis beim »LichterMeer«. »Tatsächlich handelte es sich um Jaqueline Brauckhage und Dennis Eckhoff. Ich habe sie sehen können, als sie gingen. Eckhoff trug einen Kapuzenpullover und ein Baseball-Cap. Genau wie der Bote in Leer.«

»Das muss aber nun wirklich nichts heißen«, wandte Niekstein ein. »So was tragen alle. Ich auch.«

»Du?« Entgeistert sahen Oda, Lemke, Christine und Siebelt ihn an, immerhin hatte Niksteit die dreißig bereits überschritten.

»In meiner Freizeit«, erklärte Niksteit abwehrend, als müsste er sich rechtfertigen. »Warum denn auch nicht? Ist gemütlich, so ein Hoodie, und mit dem Cap ist es egal, ob du deine Haare gemacht hast oder nicht.« Er grinste sein Pumuckl-Lächeln. »Ihr wisst doch, wie schwer ich morgens aus dem Bett komme. Am Wochenende klappt das noch weniger. Und wenn ich mir das Cap aufsetze, sieht keiner meine fettigen Haare.«

»Es geht hier nicht um gewaschene oder ungewaschene Haare«, wies ihn Siebelt zurecht. »Wie es den Anschein hat, war der Bote zum ersten Mal in der Praxis Klempert. Das kann Zufall sein oder auch nicht. Die eigentliche Frage aber ist, ob es mit der Tat zusammenhängt.«

»Das Päckchen wurde ziemlich direkt zu Sprechstundenbeginn abgegeben, der Drogenkurier dürfte zu dem Zeitpunkt noch nichts von Klemperts Ableben gewusst haben«, sagte Oda, und Siebelt fragte: »Wissen wir, ob Klempert schon mal wegen Drogen auffällig wurde?«

Lemke schüttelte den Kopf. »Nein. Das heißt, wir wissen es, er ist nicht aktenkundig«, korrigierte er sich.

»Ich hatte am Samstag den Eindruck, dass sein Sohn nicht ganz unerfahren ist, was Drogen angeht«, warf Oda ein. »Haben wir über den was? Lorenz Klempert?«

»Muss ich nachgucken«, sagte Lemke.

»Hast du inzwischen eine Verbindung zwischen Brauckhage und Kuhlmann herstellen können?«, wollte Siebelt wissen. »Oder zwischen Klempert und einem der beiden anderen? Könnte er vielleicht Brauckhages Mörder gewesen sein? Immerhin starb der ja wohl durch einen Schlag auf den Kehlkopf. Und als Olympia-Dritter im Judo dürfte sich der Zahnarzt auf diesem Gebiet bestens ausgekannt haben. Womöglich ist das die Verbindung, die wir suchen. Vielleicht ist es gar nicht das Kokain.«

In Oda begannen sich lose Fäden zu verknüpfen. Sie strich sich mit Daumen und Zeigefinger über die Mundwinkel, als sie ihre Gedanken laut aussprach: »Vielleicht war es tatsächlich Dennis Eckhoff, der als Drogenkurier fungierte. Es wäre doch möglich, dass Klempert die Damen Brauckhage und Rietdorf kannte, über den gemeinsamen

Sport. Jetzt stellt euch vor, die beiden haben ihn hinzugezogen, um Hartmut Brauckhage aus dem Weg zu räumen. Das wäre ein fast perfektes Verbrechen, da die beiden Männer sich allem Anschein nach nicht kannten. Und wenn wir nicht zufällig das Foto von der Siegerehrung in Klemperts Praxis hätten hängen sehen …«

»… hättet ihr es von mir erfahren«, stellte Lemke gelangweilt fest. »Im Internet taucht die Bronzemedaille nämlich ziemlich schnell auf, wenn man den Namen Klempert googelt. Darauf können die Damen sich also nicht verlassen haben, das würde sogar eine sportliche Niete wie ich durchschauen.«

Siebelt, Christine und Niksteit schmunzelten, Oda hingegen sagte unbeeindruckt: »Ihr braucht gar nicht so überheblich zu gucken. Es könnte dennoch so sein. Schließlich macht es auf den ersten Blick durchaus Sinn. Die Männer kennen sich nicht, aus irgendeinem Grund überzeugen die Frauen Klempert davon, Brauckhage zu töten, und stiften im zweiten Gang den im Nebenberuf als Dealer tätigen Eckhoff an, Klempert umzubringen. Damit haben sie dann auch Eckhoff in der Hand.«

»Stopp«, warf Christine ein. »Warum sollte Eckhoff Klempert töten? Da fehlt jedes Motiv. Außerdem klang es bei dem Streit am Südstrand nicht so, als ob es um die Bezahlung für einen Auftragsmord ging.«

Oda verdrehte die Augen. »Aber du hast doch selbst gesagt, dass Eckhoff Geld sehen will.«

»Es war nur die Rede davon, dass er für fünfzehntausend auf einen Vaterschaftstest verzichtet«, wiederholte Christine.

»Na, dass der nicht in aller Öffentlichkeit Kohle dafür verlangt, dass er einen umgebracht hat, ist klar«, sagte Lemke. »Dennoch kann es sein, dass er den Hals nicht vollkriegt. Vielleicht will er das Geld zusätzlich zu dem, was Jaqueline Brauckhage und ihre Mutter ihm für den Mord geboten haben. Er könnte sich inzwischen ein paar Gedanken darüber gemacht haben, was die Witwe nach Brauckhages Tod erbt. Ihr wisst doch, wenn die Gier der Leute erst einmal geweckt ist …«

»Ja, was denn nun? Soll er Klempert ermordet *und* den Umschlag übergeben haben? Immerhin wäre er durch das Überbringen des Umschlags das Risiko eingegangen, erkannt zu werden«, wehrte Christine ab.

Nieksteit zuckte mit den Schultern. »Die Kriminaltechnik hat auf dem Umschlag keinerlei Fingerabdrücke sichergestellt. Nur die von Milena Nowak, da sie ihn entgegengenommen hat. Baseball Cap, Sonnenbrille und Hoodie … Das kann sonst wer gewesen sein. Wenn ich so rumlaufe, trifft die Beschreibung auf mich ebenfalls zu.«

Christine verschränkte die Arme vor der Brust. »Du trägst keinen Bart.«

»Nee, aber der ist ja auch schnell abrasiert.«

»Ich weiß nicht«, sagte Christine. »Das klingt zwar ziemlich plausibel, aber ihr habt Sven Kuhlmann völlig außer Acht gelassen. Wie passt er da rein? Wo gibt es zwischen diesen *drei* Männern außerhalb des Kokains eine Verbindung?«

Die anderen schwiegen. Auf der Straße fuhr ein Lastwagen vorbei, man spürte, wie das Gebäude leicht erbebte.

»Ich hab keine Verbindung gefunden«, gab Lemke zu. »Gut, sie sind alle Mediziner, aber in unterschiedlichen Fachbereichen und unterschiedlichen Alters. Auch im Privatleben scheint es keine Überschneidungen zu geben. Während Klempert Kampfsport betrieb, spielte Kuhlmann gern Schach und Skat und hatte den Flugschein. Also war er niemand, der sich gern sportlich betätigte. Brauckhage hingegen … es sieht nicht so aus, als hätte er überhaupt irgendwelche Hobbys gehabt.«

»Abgesehen von seinen Seitensprüngen«, sagte Oda süffisant. »Die erfordern auch einen gewissen körperlichen Einsatz.«

»Du und dein schräger Humor«, sagte Nieksteit feixend, wurde aber gleich wieder ernst.

»Du hast recht«, sagte Siebelt an Christine gerichtet. »Das Kokain scheint die einzige Verbindung zu sein, wodurch Dennis Eckhoff in nicht nur einer Hinsicht in den Fokus der Ermittlungen rückt. Und doch gibt es bislang keine Anzeichen, dass Eckhoff auch auf Wangerooge gewesen sein und Kuhlmann getötet haben könnte.« Er wandte sich an Lemke. »Eckhoffs Alibi für den entsprechenden Zeitraum haben wir doch?«

Lemke schüttelte den Kopf. »Das war bis jetzt überhaupt nicht erforderlich. Es ging immer nur um den Dienstagabend.«

»Na, dann kümmert euch auch um seine anderen Zeitfenster«, ordnete Siebelt an. »Vielleicht will der uns an der Nase herumführen. Aber nicht mit uns.« Er schnaufte wütend. »Wenn es hierbei um Drogenhandel geht, kriegen wir das raus. Dann wird er aber vermutlich nicht der Boss sein, sondern nur ein kleiner Handlanger, der hier zusätzlich abkassieren will. Der soll mal fein aufpassen, dass er nicht das nächste Opfer ist und mit Betonfuß im Ems-Jade-Kanal landet. Die Mafia ist bekanntlich nicht zimperlich.«

»Och Chef«, sagte Oda nachsichtig. »Nun übertreib man nicht gleich. Die Mafia. Ich vermute eher, dass wir es mit Kleindealern zu tun haben. Wenngleich ich noch nicht verstehe, was für ein Spiel hier gespielt wird. Fühlt sich da jemand unbesiegbar? An dem Päckchen waren nur die Fingerabdrücke der Arzthelferin. Das heißt, es war vielleicht keine normale Drogenlieferung, sondern der Täter hat alles sehr aufmerksam und akribisch geplant.«

»Das ist vollkommen irrelevant«, sagte Siebelt erbost. »Wir sind schlauer als er. Wir werden das Muster aufdecken. Und entschlüsseln, wie die Morde ineinandergreifen. Und wir werden den Täter dingfest machen!«

Es klopfte. Ehe einer von ihnen reagieren konnte, öffnete sich bereits die Tür, und Kollege Herz kam herein. »Da legt ihr euch nieder«, verkündete er aufgeregt. »Es gibt in den sozialen Netzwerken Posts zum Tod von Brauckhage! Und ebenso zu dem Toten in Leer. Sascha hat das gerade auf Facebook entdeckt.«

Entsetzt sahen ihn die anderen an.

»Los, lass gucken«, forderte Siebelt, und Lemke schob dem Kollegen die Maus hin. Herz beugte sich über den Schreibtisch. Mit nur wenigen Klicks hatte er die Internetseite aufgerufen und das Profil gefunden. Das Profilfoto zeigte einen Goldhamster im Laufrad. Der dazugehörige Name war eine Abkürzung: »Ma Ria«. Als sie den jüngsten Eintrag sahen, stockte ihnen der Atem. Das Bild zeigte Klemperts weißen BMW.

»Um Gottes willen«, entfuhr es Christine. »Wie kann das denn angehen?«

Herz scrollte hinab bis zum ältesten Eintrag. »Das Profil ist ganz neu. Es existiert erst seit einer Woche. Und der Eintrag wurde gestern Mittag, vor nicht einmal einundzwanzig Stunden, online gestellt.« Laut las er vor, was unter dem Bild stand:

»In Wilhelmshaven wurde vergangenen Dienstag der Psychiater H. B. getötet und seine Praxis aus Zwecken der Vertuschung in Brand gesteckt. Haben wir davon etwas in der Presse gelesen? Nein! Nur dass es den Brand und einen Toten gab. In Leer wurde gestern, am Samstag, ein weiterer Arzt getötet. Man fand ihn mit durchschnittener Kehle in seinem Auto auf einem Parkplatz an der Leda. Hat die Öffentlichkeit davon erfahren? Auch nicht! Das macht mich wütend! Warum werden Bürger und Bürgerinnen nicht informiert? Treibt hier ein Serienkiller sein Unwesen? Gibt es politische Hintergründe? Leben wir in einem Vertuschungsstaat, der uns Bürger bewusst uninformiert lässt? Reicht es nicht, dass die Behörden keinerlei Ahnung haben, wer mit der Flüchtlingswelle tatsächlich ins Land gekommen ist, und das nicht offen zugeben? Werden jetzt Verbrechen unter den Tisch gekehrt, weil sie nicht zum großen ›Wir schaffen das‹-Motto passen?«

Lähmendes Schweigen lastete über dem Raum, nachdem Herz geendet hatte.

»Ach du Scheibenkleister«, murmelte Christine, von Oda kam ein deutlicheres »Scheiße!« und von Siebelt ein wütendes »Verdammt noch mal.« Er wandte sich an Herz. »Was soll das denn? Und wer zum Teufel ist Ma Ria?«

Der Kollege zuckte mit den Schultern. »Keine Ahnung.«

Lemke klickte sich derweil heftig mit der Maus durch das Profil. »So ohne Weiteres komme ich nicht an den echten Namen des Nutzers. Wie schon gesagt, das Profil ist neu angelegt.«

»Woher weiß diese Ma Ria das alles?«, fragte Siebelt in den Raum hinein.

»Von Brauckhages Tod könnte er oder sie inzwischen gehört haben, Wilhelmshaven ist bekanntlich klein, da sprechen sich Nachrichten schnell herum«, antwortete Oda. »Und ein Arzt, der nicht durch den Brand in seiner Praxis, sondern gewaltsam ums Leben kam, bietet ja durchaus Gesprächsstoff.«

»Nein. Das ist Insiderwissen«, widersprach Siebelt. »Das haben wir offiziell nicht rausgegeben.«

»Die Ehefrau weiß es, ebenso deren Mutter und Liebhaber. Das reicht doch vollkommen als Multiplikator.«

»Könnte Jaqueline Brauckhage das ins Netz gestellt haben? Oder ihr Lover, dieser Eckhoff?«

»Das wäre ziemlich leichtsinnig. Schließlich würden sie damit eine Verbindung zum Fall Klempert preisgeben«, sagte Lemke. »Denn auch wenn Jaqueline Brauckhage natürlich über den Fall ihres Mannes Bescheid weiß und die Details vor ihrem Freund sicherlich nicht verborgen hielt, kann gestern nur derjenige etwas über Klempert gepostet haben, der auch etwas mit der Tat zu tun hat. Selbst wenn die Nachricht von Klemperts Ableben gestern zügig online gebracht worden sein sollte, müsste jemand aus Wilhelmshaven sich dafür ja erst mal interessieren. Also für die Vorgänge in Leer, meine ich. Außerdem wissen wir gar nicht, ob es sich bei Ma Ria tatsächlich um eine Frau handelt.«

»Ma Ria. Maria. Ist doch offensichtlich«, stellte Siebelt klar.

»Schon mal was von gefakten Profilen gehört? Da gibt sich jemand als Mann oder Frau oder Kind aus, als besonders attraktiv oder interessant und ist doch das Gegenteil. Ein Catfish, bloße Rattenfängerei, das alles … gerade aus der Pädophilen-Szene kennen wir es doch, dass sich Täter als Kinder präsentieren, um sich das Vertrauen von Minderjährigen zu erschleichen.«

»Letztlich ist es auch wurscht, ob Mann oder Frau«, behauptete Siebelt. »Es zählt allein die Tatsache, dass jemand bereits gestern sowohl von Brauckhages Tod als auch von dem Verbrechen an Klempert gewusst und beide in einen Zusammenhang gebracht hat.«

»Ma Ria hat also Insiderinformationen über Klempert. Aber Kuhlmann bleibt unerwähnt«, sagte Christine, und Lemke ergänzte: »Das macht mich auch stutzig. Könnte es sein, dass Ma Ria nur von zwei toten Ärzten erfuhr und vom dritten nicht? Vielleicht hat sie mit den Morden selbst gar nichts zu tun. Arbeitet sie im Krankenhaus? Im Rettungsdienst?«

Siebelt zog kräuselnd die Augenbrauen zusammen, ein deutliches Zeichen dafür, dass er angestrengt nachdachte. »Um beide Fälle zusammenzubringen, bräuchte es schon zwei Jobs. Oder zwei Personen. Kann sein, sie lebt und arbeitet im Rettungsdienst in Wilhelmshaven und ihr Partner, ihre Familie oder sehr enge Freunde wohnen in Leer. Sie kann von Brauckhages Tod erzählt und sich darüber geärgert haben, dass nirgends erwähnt wurde, dass es sich um Mord handelte.«

»Dann müsste ihre Kontaktperson in Leer ebenfalls im Rettungsdienst oder bei der Polizei arbeiten«, ergänzte Christine.

»Ich rufe Harm an«, sagte Oda. »Vielleicht hat der eine Ahnung, wie die Infos zu Klemperts Tod an die Öffentlichkeit gedrungen sind.« Sie wollte zu ihrem Handy greifen, doch dann fiel ihr etwas ein, und sie sah die anderen strahlend an. »Das Pärchen! Genau. Das ist es. Die beiden, die die Polizei gerufen haben, werden ihren gruseligen Fund auf Facebook verbreitet haben. *So* hat Ma Ria davon erfahren. Also, Niksteit: Mach dich auf die digitale Spurensuche und durchkämm das Netz. Kannst natürlich auch einfach bei den Zeugen anrufen und sie fragen, ob sie da was reingestellt haben.«

»Gut, geht es an.« Siebelt stand auf. »Ich bin sicher, ihr findet schnell heraus, was dahintersteckt.« Er dehnte den Hals nach links, was ein unschönes Knacken zur Folge hatte. »Ich bin heute Nachmittag übrigens nicht mehr im Büro. Habe einen wichtigen Termin außer Haus.«

»Alles klar, Chef.« Oda und die anderen sahen ihm schmunzelnd hinterher. Jeder in der Abteilung wusste, dass Siebelts wichtige Außer-Haus-Termine überwiegend auf dem Golfplatz in Mennhausen stattfanden.

Sie packten bald darauf ihre Unterlagen zusammen, als Lemke überrascht ausrief: »Ma Ria hat gerade ein neues Foto hochgeladen.«

Sofort drängten sich Oda und Christine um seinen Bildschirm, Nieksteit schaute auf seinen eigenen PC. Beim Anblick des Bildes blieb Oda die Spucke weg. Wieder war es ein Bild des BMW, ein direkter Blick auf die Windschutzscheibe. Diesmal standen Einsatzfahrzeuge daneben. Lemke klickte das Bild an und vergrößerte es. Man konnte Klempert im Fahrzeuginneren sitzen sehen. Allerdings waren weder sein Gesicht noch das Kennzeichen deutlich erkennbar. Der Kommentar zum Foto lautete: »Hier ein Bild des getöteten Leeraner Zahnarztes in seinem Fahrzeug.«

»Das muss der Täter gemacht haben«, sagte Christine.

»Nein«, widersprach Lemke. »Die Auflösung ist grobkörnig. Das ist kein Foto, das auf dem Parkplatz entstanden ist, sondern aus großer Distanz. Da sind mindestens dreißig Meter dazwischen. Der BMW wurde auf einem Parkplatz an der Leda gefunden, frontal zum Wasser stehend. Gibt es auf der gegenüberliegenden Seite auch einen? Oder eine Stelle, von der jemand unsere Ermittlungen beobachtet haben könnte?«

»Keine Ahnung. Ich frage Harm, den wollte ich ja sowieso anrufen«, sagte Oda, der ebenso wie den anderen noch immer die Worte fehlten.

Christine blickte Lemke zuversichtlich an. »Du kriegst den Kerl, oder? Der hinterlässt doch bei solchen Posts seine digitalen Fingerabdrücke.«

Lemke starrte auf den Bildschirm. Dann sah er sie an. »Das sollte man meinen. Im normalen Leben tut das jeder Depp. Ich bezweifele allerdings stark, dass derjenige, der das da eingestellt hat, ein Depp ist. Ich befürchte eher, dass wir es mit jemandem zu tun haben, der sich mindestens so gut mit der Manipulation in sozialen Netzwerken auskennt wie ich.«

***

In Ruhe studierte er den Schiffsfahrplan der FRISIA-Reederei. Die Zeiten der Abfahrten von Norddeich nach Norderney hatten sich verschoben; wo im Sommer der Fährverkehr im stündlichen Takt stattfand, gab es ab Ende August nur alle eineinviertel bis anderthalb Stunden ein Schiff. Doch das spielte keine Rolle. Er konnte es sich einrichten. Die reine Fahrtzeit betrug knapp eine Stunde. Er würde morgen also die Fähre um zehn Uhr dreißig nehmen und rechtzeitig zu Fröhlings Mittagspause im Ort sein. Es würde ihm schon gelingen, an ihn heranzukommen. Fröhling in ein Gespräch zu verwickeln und dafür zu sorgen, dass er ihn begleitete, stellte erst recht kein Problem dar. Alles in allem, schätzte er, würde sein Aufenthalt auf der Insel nicht mehr als drei Stunden in Anspruch nehmen, sodass er bequem zur Spätschicht wieder zurück sein konnte. Niemand würde auch nur den Hauch einer Ahnung haben.

Eine Kollegin lief vorbei. »Kommst du mit auf 'ne Zigarette?«, fragte sie.

Er lachte sie fröhlich an. »Auf jeden Fall!« Er schloss das Fenster, löschte im Verlauf noch schnell die Suchdaten, schob seinen Stuhl zurück, und gemeinsam verließen sie das Gebäude.

***

Nach nur dreimaligem Klingeln nahm Harm den Anruf an.

»Kriminaloberkommissar Onnen«, meldete er sich, und Oda hatte den Eindruck, dass er erschöpft klang.

»Ich bin's. Oda. All up stee?«

»Wie man's nimmt«, erwiderte Harm. »War ein turbulentes Wochenende. Ich könnt im Stehen schlafen.«

Oda wunderte sich etwas über diese Aussage. Es klang, als sei Harm diese Art Ermittlung nicht gewohnt. Vielleicht beanspruchte ihn sein Job hinsichtlich Gewalttaten weniger, als Oda es von Wilhelmshaven her kannte. Dann konnte er sich glücklich schätzen. »Ja, war schon heftig am Samstag. Ist ja auch nicht jedermanns Sache, einen Toten mit durchtrennter Kehle zu sehen. Das schlägt vielen auf den Magen«, sagte sie aufmunternd.

»Das mein ich doch gar nicht«, gab Harm zurück. »Ich war gerade wieder zu Hause, als Ira meinte, sie hätte starke Bauchschmerzen. Wir haben die Hebamme angerufen, die Senkwehen vermutete und sich sofort auf den Weg machte. Während ich noch Iras Kulturtasche fürs Krankenhaus zusammengepackt hab, setzten die Presswehen ein. Gott sei Dank war die Hebamme so plietsch und hat sofort den Notarzt verständigt. Du kannst dir nicht vorstellen, was bei uns los war. Ist aber alles gut gegangen. Femke ist noch bei uns im Wohnzimmer geboren worden, Nantke eine Stunde später in der Klinik. Dabei war ja ein Kaiserschnitt geplant gewesen. Aber Ira hat alles ganz meisterhaft bewältigt. Ich bin bannig stolz auf sie.«

»Glückwunsch«, sagte Oda perplex. »Dann sind die zwei aber doch früher gekommen als geplant? Na, Hauptsache, es sind alle drei gesund und munter.«

»Jo. Gott sei Dank. Die Kleinen sind auch schon so groß, die müssen nicht mal in den Brutkasten. Die liegen jetzt einträchtig nebeneinander unter einer Decke in einem Bettchen in Iras Krankenzimmer. Vielleicht kann ich am Wochenende schon alle drei nach Hause holen.« Oda konnte ihn geradezu strahlen sehen. »Und dann hab ich erst mal zwei Wochen Urlaub. Das hatte ich gleich klargemacht, als wir wussten, dass es Zwillinge werden. Wenn meine Mädels nach Hause kommen, brauchen die mich schließlich.«

»Na sicher. Neugeborene Babys sind ja wirklich ein kleines Wunder. Schickst du mir ein Foto?«

»Logisch. Du hast doch sicher WhatsApp?«

»Jo.« Nun wurde Oda ernst. »Weswegen ich allerdings anrufe … Du hast wahrscheinlich bei dem Trubel gar nicht mitgekriegt, dass Fotos vom Tatort bei Facebook gepostet wurden, oder?«

»Nee. Echt? Is ja ein Ding. Wie geht das denn?«

Oda schilderte ihrem Kollegen, was sie entdeckt hatten. »Ich habe dir das Bild zugemailt. Guck es dir doch bitte ganz genau an. Es muss vom gegenüberliegenden Ufer aus aufgenommen worden sein.«

»Warte. Ich guck direkt mal.« Harm schien seinen Mailaccount zu öffnen, denn sie hörte ein überraschtes »Ach du grüne Neune«. Er schwieg einen Moment. »Lass mich überlegen. Ja. Gegenüber befinden sich die neuen Residenzen. Mit Marina und so. Da würden Ira und ich auch gern wohnen, aber so viel Kohle werden wir wohl unser Leben lang nicht verdienen, um uns da einkaufen zu können. Von dort aus könnte die Aufnahme gemacht worden sein. Vom Parkplatz oder aus einer der Erdgeschosswohnungen. Sieht jedenfalls nicht aus wie eine Aufnahme aus dem Penthouse.«

»Hat einer von euch Infos zu Klemperts Tod an die Presse gegeben?«

»Offiziell sicher nicht. Wir mussten schließlich erst mal die Lage sondieren. Du weißt ja, wie das ist. Und auch sonst kann ich mir das nicht vorstellen, aber ich war durch Ira und die Geburt natürlich komplett *out of order*. Ich bin erst heute früh wieder im Dienst, gestern war ich den ganzen Tag im Krankenhaus. Die sind aber auch so süß, meine Mädels! Man könnte sie ständig abküssen.«

Oda schmunzelte. Frischgebackene Väter waren genau wie frischgebackene Omas: nicht wirklich voll einsatzfähig. Dennoch musste sie Harm noch etwas fragen. »Sag mal, könnte es sein, dass dieses Pärchen, das Klempert gefunden hat, das Foto eingestellt hat? Du hast mit ihnen gesprochen, was hattest du für einen Eindruck von denen?«

Augenblicklich wurde Harm ernst. »Die beiden arbeiten in der Apotheke des Borromäus. Als Pharmazeutisch-technische Angestellte haben sie tagtäglich mit Kranken zu tun, sie stellen die Medikation für viele – auch Schwerstkranke – zusammen. Da glaube ich nicht, dass sie so unbedarft und oberflächlich sind, solch ein Foto zu posten. Zumal es erkennbar von der anderen Seite der Leda aus aufgenommen wurde. Sie waren aber ja in ihrer Mittagspause, als sie ihn fanden. Sie hätten es schon rein zeitlich nicht geschafft rüberzufahren, den Tatort zu fotografieren und dann wieder pünktlich in der Apotheke zu sein. Nein. Das Foto kann unmöglich von den beiden stammen.«

***

Christine studierte auf dem Bildschirm ihres PCs den Vorlesungsplan der Jade Hochschule, als Oda ihr Telefonat beendete. Dennis Eckhoff studierte dort Medienwirtschaft und Journalismus. Direkt nach der Schule hatte er eine Ausbildung zum Grafiker gemacht und jobbte nebenbei immer mal wieder in der Agentur, in der er gelernt hatte.

»Am Donnerstag hatte Eckhoff keine Vorlesung«, sagte sie, nachdem Oda ihr vom Telefonat mit Harm berichtet hatte. »Er könnte den Tag für einen Ausflug nach Wangerooge genutzt und Kuhlmann dort getötet haben.«

»Mir erschließt sich zwar das Motiv immer noch nicht«, entgegnete Oda, »aber sei's drum. Fragen wir ihn einfach.« Sie suchte in der Akte nach der Nummer. »Hier, ruf du ihn besser an. Ich glaub, du kommst eher mit ihm klar. Bei mir …« Sie griente.

Christine hatte nichts dagegen. »Entschuldigen Sie die Störung«, sagte sie, als Eckhoff das Gespräch entgegennahm. An der Geräuschkulisse hörte sie, dass er sich nicht zu Hause befinden konnte. »Wir müssten noch wissen, wo Sie letzten Donnerstagvormittag waren.«

»Am Donnerstag?« Eckhoff klang überrascht. »Sie haben mich doch schon nach meinem Alibi für Dienstag gefragt, für den Tag, an dem Brauckhage gestorben ist. Warum wollen Sie denn jetzt noch was über den Donnerstag wissen?«

»Fragen Sie nicht, antworten Sie einfach«, erwiderte Christine harsch und notierte, dass er ehrlich überrascht geklungen hatte. Solche Spontanreaktionen waren oft viel aufschlussreicher als Auskünfte in längeren Befragungen.

»Donnerstagvormittag … Ich glaub, ich war in der Muckibude. Vorlesungen hatte ich an dem Tag keine.« Er stockte. »Nee, warten Sie. Ich war nicht in der Muckibude. Ich war Rad fahren. Es war ja ein wunderbarer Spätsommertag, und ich musste einfach mal den

Kopf freikriegen. Das klappt am besten beim Radeln. Ich bin am Kanal lang bis Reepsholt und dann wieder zurück. In Mariensiel am Flugplatz hab ich Pause gemacht und 'ne Currywurst mit Pommes gegessen. Da gibt es die beste Currywurst der ganzen Gegend, das können Sie mir glauben.«

»Gibt es dafür Zeugen?«

»Nee. Und die Rechnung hab ich auch nicht eingesteckt. Hab ja nicht ahnen können, dass ich die als Beweis brauche.« Eckhoff klang sarkastisch. »Wir könnten natürlich den Wirt fragen, aber der Gastgarten war voll an dem Tag. Tut mir leid. Da müssen Sie sich schon auf mein Wort verlassen.«

»Und vorgestern? Was haben Sie da gemacht?«

»Da hab ich lang geschlafen.« Im Hintergrund verrieten die Geräusche, dass Eckhoff sich an einer Straße befand. Ein Ambulanzwagen fuhr mit Tatütata vorbei, sodass es schwierig wurde, ihn zu verstehen. »Das mach ich am Wochenende gern. Bis mittags in der Kiste liegen, dann ganz in Ruhe frühstücken, Zeitung lesen und einfach nix tun.«

»Das haben Sie vorgestern also auch getan?«, fragte Christine.

»Ja. Stört Sie das?«

»Ich wundere mich nur, dass Sie Ihrer Freundin nicht zur Seite stehen. Dienstag schwimmen, Donnerstag Rad fahren, Samstag ausschlafen … Immerhin befindet sich Frau Brauckhage in einer sehr traurigen Situation. Da hätte ich vermutet, dass Sie sie unterstützen, wo es nur geht.«

»Ach, gehen Sie. Jaqueline wird ja geradezu von ihrer Mutter belagert. Die sagt ihr, was sie zu tun und zu lassen hat. Jaqueline kann gar nicht mehr über sich bestimmen.«

Ein weiteres Einsatzfahrzeug schien sich ihrem Gesprächspartner mit Signalhorn zu nähern, dennoch sagte Christine lächelnd: »Bis auf Samstagabend.«

»Wie bitte? Ich habe Sie nicht verstanden.«

»Bis auf Samstagabend«, wiederholte Christine. »Da waren Sie mit Frau Brauckhage beim ›LichterMeer‹ am Südstrand.«

Für einen Moment schien es Dennis Eckhoff die Sprache verschlagen zu haben. Zu gern hätte Christine jetzt sein Gesicht gesehen. Ob er wohl fieberhaft überlegte, ob jemand was gehört haben könnte?

»Stimmt«, sagte er schließlich gedehnt. »Das war aber ja erst am Abend. Sie hat ihrer Mutter gesagt, dass sie auch mal Zeit für sich braucht. Ich hatte allerdings den Eindruck, dass Sie danach fragten, was ich tagsüber getan habe. Abends war ich am Südstrand. Freitag und gestern auch. So eine tolle Veranstaltung muss man doch mitnehmen, und wir hatten totales Glück mit dem Wetter … warm und mit nur leichtem Wind … Irre, was da für Menschenmassen unterwegs waren. Haben Sie sich das auch angesehen?«

»Natürlich«, gab Christine zu. »Aber erzählen Sie mir doch von Ihrem Abend mit Frau Brauckhage.«

Eckhoff stöhnte genervt auf. »Was soll ich Ihnen denn da groß erzählen? Wir haben kurz etwas zusammen getrunken, dann ist sie nach Hause gegangen, und ich habe mit meinen Kumpels weiter den Abend genossen. Haben Sie mich gesehen, oder wie kommen Sie drauf?« Die Frage hätte locker klingen können, doch Christine glaubte, einen lauernden Unterton herauszuhören.

»Genau. Ich habe Sie beide gesehen. In der ›Bierakademie‹.«

»Oh.«

***

Jacob Fröhling schlug die Tageszeitung stets von hinten auf. Das hatte er als Kind bei seiner Mutter immer gesehen, und so handhabte er es bis heute. Titelseite angucken, Zeitung umdrehen und zuerst die Todesanzeigen studieren. »Eben mal gucken, wer nicht mehr bei Karstadt einkauft«, hatte seine Mutter das immer genannt. Jacob selbst interessierte weniger, wer nicht mehr einkaufte, er wollte wissen, welcher seiner Patienten verstorben war, von dessen Ableben er noch nichts erfahren hatte. Oder ob einer der Ehepartner, Kinder oder sonstigen Verwandten das Zeitliche gesegnet hatte. Denn meistens hatten diese Sterbefälle besonders bei älteren Patienten Einfluss auf deren Allgemeinzustand. Um umfassend informiert zu sein, hatte er nicht nur die »Norderneyer Badezeitung« abonniert, sondern auch den »Ostfriesen-Kurier«.

Wie jeden Montag war es gleich zu Beginn der Sprechstunde, zu der neben den einbestellten Patienten auch noch die akuten Fälle kamen, brechend voll gewesen. Erst jetzt, es war schon später Vormittag, gönnte er sich ein paar Minuten, um in Ruhe einen Kaffee zu trinken. Als er die Traueseite des »Ostfriesen-Kuriers« las, stutzte er. Olav Klempert. »Mitten aus dem Leben gerissen«, stand dort. Für einen Moment war er sprachlos. Olav war sein Jahrgang, sie hatten sich vor Jahren recht gut gekannt. Sie waren nicht wirklich eng befreundet gewesen, hatten aber manch lustige Stunde miteinander verlebt, bevor er nach Norderney gegangen war.

Nun war Olav tot.

Fröhling nickte unwillkürlich. So war es nun einmal, das Leben war nicht planbar, auch in ihrem Alter konnte es unvermittelt zu Ende sein. Stress, unvernünftige Lebensweisen, Rauchen … schwupps, kam ein Herzinfarkt, und schon war es vorbei. Ob er der Familie eine Beileidskarte schreiben sollte? Ach was. Er hatte Olavs Frau und den Sohn nie kennengelernt. Ein Lächeln überzog sein Gesicht, als er an all die fabelhaften Dinge dachte, die sie gemeinsam erlebt hatten. Das Ostfriesen-Abitur. Boßeltouren mit Bollerwagen und ordentlich Sprit, durchzechte Nächte … seinen ersten Joint hatte er zusammen mit Olav geraucht. Schade, dass sie sich irgendwie aus den Augen verloren hatten.

Doch halt …

Er schüttelte den Kopf. Das war heute nicht mehr wichtig. Und Olav war tot. Wozu also in Sentimentalitäten verfallen? Das Leben ging weiter. Carpe diem, nutze den Tag. So lautete seit Langem sein Lebensmotto, und all seinen Patienten legte er es ebenfalls ans Herz.

***

Dennis Eckhoff überlegte fieberhaft, was er von dem Anruf halten sollte. Was hatte die Kommissarin gesehen beziehungsweise noch wichtiger: Was hatte sie gehört? Er hatte gedacht, in all dem Getümmel würde seine kleine Forderung harmlos rüberkommen und nicht wie eine Erpressung klingen. Und er hatte leise mit Jaqueline gesprochen. Sanft. Hatte ihre Hand dabei gehalten.

Er lief über den Zebrastreifen der vierspurigen Ostfriesenstraße, die das Gelände der Jade Hochschule von den gegenüberliegenden Flächen des Facharztzentrums und des Klinikums trennte. Heute war er mit dem Bus in die FH gefahren, was er bereute, als er sah, wie viele Mitstudenten bereits an der Haltestelle warteten.

Jaqueline hatte er nicht gesehen. Wahrscheinlich blieb sie noch ein paar Tage zu Hause. Morgen würde die Trauerfeier stattfinden. Im engsten Familienkreis. Ihre Mutter hatte gemeint, das sei besser so, sonst müsse man damit rechnen, dass auch Hartmuts Patienten daran teilnehmen wollten. Und das erschien ihr nicht zumutbar in dem sensiblen Zustand, in dem Jaqueline sich momentan befand. Für Jaqueline war das anscheinend okay. Sie hatte sich verändert. Sie war nicht mehr die quicklebendige junge Frau, die neugierig auf das Leben war, deren Lebensfreude ihn so angezogen hatte. Sie war nur mehr ein Schatten ihrer selbst. Nein. Nicht einmal mehr ein Schatten. Sie huschte durch den Tag und hinterließ nicht den Hauch einer Spur. Als er sie das erste Mal gesehen hatte, war er fasziniert von ihrer sprühenden Art gewesen. Und nun ... Vielleicht lag es ja auch nur an den Umständen. Obwohl sie sich bereits nach der Hochzeit verändert hatte. Wahrscheinlich, um sich den Wünschen und Vorstellungen ihres Mannes anzupassen. Tja, selbst schuld. Aber sie war ja noch jung und hatte nicht wirklich lang unter dem Einfluss dieses alternden Typen gestanden. Wenn sie erst den Schock verkraftet hatte, dass er tot war, würde ihr Lebenshunger wieder durchbrechen. Garantiert. So ein intensiver Drang ließ sich einfach nicht dauerhaft unterdrücken. Sie musste nur noch ihre bestimmende Mutter in die Schranken weisen. Aber die Jacki von früher konnte das. Das wusste er. Und auch er selbst würde eine Rolle in Jaquelines Leben spielen. Das zumindest hatte er sich vorgenommen. Es lag nun an ihr, zu entscheiden, wo er künftig stehen würde.

Der Bus hielt, die Studenten drängten hinein. Die meisten fuhren zum Bahnhof. Viele kamen aus der näheren Umgebung, nutzten das städtische Bildungsangebot, um zu Hause wohnen zu können und nicht andernorts Miete zahlen zu müssen.

Er nahm sich vor, morgen Abend bei Jaqueline anzurufen. Sie zu fragen, wie sie sich entschieden hatte. Noch einmal rief er sich das Gespräch im Strandkorb in Erinnerung. Und kniff wütend die Augen zusammen, als er an Jaquelines Reaktion dachte. *Sie* war nicht leise geblieben. Sie hatte empört und laut reagiert.

Ob die Kommissarin das gehört hatte?

Der Bus hielt erneut, und kurz nachdem er wieder angefahren war, drängte sich eine alte Frau an seine Sitzreihe. »Junger Mann, würden Sie mir wohl bitte Platz machen?«, forderte sie. »Ihre Beine sind noch jung, meine hingegen …« Sie wies auf den Stock, den sie als Gehhilfe mit sich führte.

Dennis tippte an sein Baseball-Cap und stand auf. »Selbstverständlich gern. Schönheit vor Alter«, sagte er, woraufhin die Alte kicherte.

***

Als das Telefon auf ihrem Schreibtisch läutete, bemerkte Oda überrascht, dass der Anruf von Jürgens Nummer in der Redaktion kam. Einen Augenblick lang war sie verdutzt. Normalerweise rief er sie übers Handy an. Sie griff zum Hörer.

»Na, Schatzi, hast du Sehnsucht?«, fragte sie forsch.

Jürgen lachte. »Immer, das weißt du doch«, erwiderte er. »Aber ausnahmsweise geht es jetzt mal nicht um meine Gelüste, sondern um Informationen, die uns gerade erreicht haben. Und die werden dir nicht gefallen.«

»Schieß los«, forderte Oda, »schlechte Nachrichten werden nicht besser, wenn man sie hinauszögert.«

»Wir haben Fotos erhalten. Und einen Text. Eines der Bilder ist wohl auf dem Inselfriedhof entstanden, zumindest wird das behauptet. Es zeigt einen männlichen Toten. Das andere zeigt einen anderen Mann. Der sitzt mit durchgeschnittener Kehle in einem weißen Auto.«

»Ach du Scheibenkleister«, entfuhr es Oda, woraufhin Christine sie erschrocken ansah. »Du, ich mach mal laut, dann kann Christine gleich mithören. Ist das okay?«

»Natürlich. Moin Christine«, sagte Jürgen.

»Moin Jürgen.« Christine sprach laut, damit Odas Freund sie verstehen konnte.

Jürgen wiederholte, was er Oda gerade erzählt hatte. »Ich werde euch die Aufnahmen gleich rüberschicken«, sagte er. »Den dazugehörigen Text ebenso, auch wenn der in ähnlicher Form wohl schon in den sozialen Netzwerken kursiert.«

»Kann sein, wir haben da vorhin was gesehen«, gab Oda zu, »doch bislang wurde der Tote auf Wangerooge nicht erwähnt. Wer hat euch das Material geschickt?«

»Es stammt von einem E-Mail-Account einer großen Plattform. Dort kannst du dich unter jedem beliebigen Namen mit jeder beliebigen Adresse anmelden. Das wird nicht überprüft.«

»Gibt es einen Namen zu diesem Account?«

»Ja. Maria. Also, eigentlich sind es zwei Silben. Ma und Ria. Die Anfangsbuchstaben jeweils großgeschrieben.«

Oda nickte und zog mit den Zähnen die Oberlippe hinab. Dann sagte sie: »Ma Ria. Die kennen wir bereits von Facebook. Da hat sie aber nur den Toten im BMW gepostet. Wie werdet ihr mit den Informationen umgehen?«

»Als Erstes wollte ich dich natürlich informieren«, sagte Jürgen. »Bringen müssen wir sie allerdings. Wenngleich ich auf die Fotos verzichten werde. Aber ich kann das nicht komplett ignorieren. Die Mail ist ganz offen sichtbar an sämtliche ostfriesischen Zeitungsredaktionen geschickt worden. Da kann der Kurier nicht die einzige Zeitung sein, die das nicht bringt. Ich denke, dafür hast du Verständnis.«

»Ja, klar. Danke fürs Bescheidsagen.«

***

Ziemlich baff sah Christine Oda an. »Das ist ja kaum zu glauben«, sagte sie. Oda nickte, und Christine sah geradezu, wie es in ihrem Kopf arbeitete. Auch ihre eigenen Gedanken überschlugen sich.

»Wer zum Henker ist diese Ma Ria?«, fragte Oda wütend. »Und woher hat sie das Foto von Kuhlmann?«

»Lass uns erst einmal Jürgens Mail abwarten«, schlug Christine vor, und tatsächlich rauschte in diesem Moment die Nachricht in Odas dienstlichen Account.

Irritiert betrachteten sie das Foto von Klemperts Auto. Das war keins, das vom gegenüberliegenden Ufer aus gemacht worden war. Dieses hier war direkt auf dem Parkplatz entstanden. Der Fotograf hatte unmittelbar neben dem Oldtimer gestanden, als er den Auslöser drückte, das Foto war gestochen scharf. Der Anblick verschlug Christine die Sprache. Auch Oda schwieg. Dann öffnete sie das zweite Bild. Vor Entsetzen blieb Christine der Mund offen stehen. Diese Aufnahme zeigte den toten Sven Kuhlmann auf dem Inselfriedhof. In einer ebenfalls erstklassigen Auflösung, blutbesudelt.

Sie räusperte sich. Wandte den Kopf zur Seite und sah Oda an, die immer noch auf den Bildschirm starrte.

»Wer zum Henker ist Ma Ria?«, wiederholte Oda und löste den Blick vom PC.

»Ist es überhaupt eine Frau?«, überlegte Christine. »Es kann ebenso gut ein Mann sein.«

»Es könnte einer aus unseren eigenen Reihen sein.« Oda begann, im Büro auf und ab zu laufen.

»Wie kommst du denn da drauf?«, fragte Christine verblüfft.

»Wegen Kuhlmann. Der ist bislang nur in unseren Akten aufgetaucht. Und wegen der Qualität der Aufnahmen. Wir sollten die Bilder mit den Aufnahmen der KTU vergleichen.«

»Da könnten rein zufällig ähnliche Aufnahmen entstanden sein«, gab Christine zu bedenken. »Wenn man aus dem gleichen Blickwinkel aufnimmt, ist das möglich.«

»Das stimmt. Aber auch Fotos haben Footprints oder wie das heißt«, wehrte Oda ab. »Sicher lassen sich Unterschiede erkennen, wenn das Bild vom Täter stammt.« Sie fuhr sich mit der Hand über den Mund. »Ich sag dir was: Wir haben es hier mit einem Serientäter zu tun. Brauckhage. Kuhlmann. Klempert. Alle gehen auf ihr oder sein Konto. Wenn wir auch Schwierigkeiten hatten, die Verbindung zu finden, Ma Ria beweist, dass es richtig war, eine dahinter zu vermuten.«

»Aber warum kommt Kuhlmann erst jetzt ins Spiel?«, fragte Christine. »Er war das zweite Opfer. Warum wurde er in dem Facebook-Beitrag nicht erwähnt? Für mich ist nicht gesagt, dass Ma Ria der Täter ist. Sonst wäre das Foto doch bereits auf der Facebook-Seite aufgetaucht.«

Beide Frauen schwiegen. Dann sahen sie sich an, und Christine erkannte an Odas Blick, dass diese dachte, was ihr selbst auch in den Sinn gekommen war. Ein Gedanke, den sie aber nicht zulassen wollte. »Du glaubst nicht wirklich, es könnte einer von uns die Fotos an die Zeitungen geschickt haben, oder?«, fragte sie leise.

Oda stieß schnaubend die Luft aus. »Ich befürchte, das können wir nicht ausschließen.«

Christine schüttelte den Kopf. »Nein. Das kann ich mir nicht vorstellen. Ma Ria, und damit meine ich den Täter, kein Leck in unseren eigenen Reihen, wird einen Grund gehabt haben, das Foto von Wangerooge erst jetzt der Presse zuzuspielen. Gib die Bilder an die Kollegen der Technik. Die werden sofort wissen, ob es eines von denen ist, die sie gemacht haben. Dann wissen wir mehr.« Sie ließ sich auf Odas Schreibtisch sinken. »Was beabsichtigt der Täter damit? Indem er der Presse die Fotos zuspielt, macht er doch auf sich aufmerksam. Warum? Er muss damit rechnen, dass wir seine Identität trotz sorgfältig verwischter Spuren aufdecken.«

Oda griff erneut zur Maus. »Wir haben das Begleitschreiben ja noch gar nicht gelesen«, sagte sie.

***

Nachdem er zu Hause eine Line geschnupft hatte, konnte Dennis wieder klarer denken. Heute brauchte er das. Der Geräuschpegel war hoch gewesen am Samstag am Südstrand. Die Lounge-Musik, die überall aus den Lautsprechern kam, die unzähligen Menschen, Gelächter, Gekreische, Volksfeststimmung. Bei all dem konnte die Kommissarin nicht erfasst haben, worum es im Gespräch mit Jaqueline gegangen war, auch wenn die am Ende lauter geworden war. Und selbst wenn … Dann stünde Aussage gegen Aussage. Er müsste Jaqueline nur dazu bringen, seine Version zu bestätigen. Noch einmal zog er die Nase hoch. Spürte, wie das Koks seinen Kopf freipustete.

Es war ein Risiko.

Für Jaquelines Aussage würde er wahrscheinlich auf die Kohle verzichten müssen. Er könnte behaupten, alles sei ein Scherz gewesen, natürlich würde er sie niemals unter Druck setzen, er liebe sie schließlich.

Andererseits, falls die Kommissarin sie lediglich gesehen, ihr Gespräch aber nicht gehört hatte, würde er eine Menge Kohle einfach so verschenken.

Der größte Knackpunkt jedoch war: Würde Jaqueline ihn nach allem, was in den vergangenen Tagen gewesen war, immer noch so lieben, wie sie es noch vor einer Woche behauptet hatte? Nur dann bestünde die Möglichkeit, sie davon zu überzeugen, ihn nach einer angemessenen Trauerzeit zu heiraten. Damit ihr gemeinsames Kind mit beiden Elternteilen aufwachsen konnte, auch wenn das natürlich nie offiziell werden durfte. Er würde es schaffen, sein

Anliegen so hinzudrehen, dass es nicht aussah, als wolle er durch die Heirat einen Anteil am Hinterlassenschaftskuchen seines Vorgängers ergattern. Falls ihre Ehe dann doch keinen dauerhaften Bestand hätte und Jaqueline die Trennung forderte, könnte er immer noch mit einem Vaterschaftstest drohen.

Ja. Das war sicher die klügste Taktik. Er griff zum Handy. Er würde Jaqueline schon überzeugen. Schließlich liebte sie ihn. Und sie wusste so gut wie er, dass eigentlich nur er als Vater ihres Babys in Frage kam.

***

Die Antwort der Kollegen aus der Technik kam beinahe stehenden Fußes. Nein, die Fotos, die der Presse zugespielt worden waren, seien weder von ihnen aufgenommen worden, noch passten die Entstehungszeitpunkte mit der Uhrzeit ihrer Anwesenheit überein. Beide Aufnahmen waren entstanden, *bevor* die Polizei am jeweiligen Schauplatz aktiv geworden war.

Erleichtert betrachtete Oda den Ausdruck der Mail. »Du kannst dir gar nicht vorstellen, wie froh ich bin«, sagte sie zu Christine, als sie ins Büro von Lemke und Nieksteit hinüberliefen.

Ihre Kollegin lächelte. »Und ob. Ich bin nämlich ebenso erleichtert.«

»Moin Jungs«, rief Oda, als sie die Tür öffnete. »Wir haben Neuigkeiten für euch!«

Schnell berichtete sie von den Bildern, deren Überprüfung durch die Kriminaltechnik und erzählte, dass der Begleitbrief nicht wirklich neue Fakten geliefert hatte außer der Tatsache, dass Ma Ria nun auch vom toten Arzt auf Wangerooge schrieb und sein Foto zusammen mit dem makabren Porträt vom getöteten Olav Klempert an die gesamte Presse Ostfrieslands geschickt hatte. Sie legte Ausdrucke der beiden Aufnahmen vor ihre Kollegen.

»Habt ihr inzwischen eine Verbindung zwischen den drei Toten entdeckt?«, fragte sie.

Lemke verneinte. »Leider nicht. Die scheinen sich nicht gekannt zu haben. Kuhlmann war Allgemeinmediziner und zweiundfünfzig. Er ist in Varel geboren und aufgewachsen. Klempert hingegen in Jever. Und er war noch zwei Jahre älter. Brauckhage wiederum war ein paar Jahre jünger, nämlich achtundvierzig, und stammt aus dem Ruhrgebiet. Auch was Sport und Hobbys angeht … Fehlanzeige. Es gibt keine Schule, keinen Verein, keinen Sport, bei dem sie sich zufällig über den Weg gelaufen sein könnten. Das Einzige, was sie gemeinsam haben, ist das Kokain.«

»Wie sieht es mit dem Profil von Ma Ria aus?«, fragte Christine. »Weißt du da inzwischen mehr?«

»Auch nicht«, gab Lemke bedauernd zu. »Aber es ist erstaunlich, wie viele Freundschaftsanfragen sie in den letzten paar Tagen erhalten hat. Die Sensationsfotos scheinen ihren Bekanntheitsstatus enorm zu puschen. Ihr glaubt gar nicht, wie oft das Bild von Klempert auf dem Parkplatz bereits geteilt wurde. Das geht in Windeseile um den Globus. Immer von der Bitte begleitet, man möge sich bei der Polizei melden, wenn man mehr weiß.«

»Wir müssen unbedingt herausfinden, wer hinter dem Profil steckt«, forderte Oda. »Sie oder er muss ganz nah beim Täter, wenn nicht sogar selbst der Täter sein. Hast du den Sohn von Klempert durchleuchtet? Habt ihr ihn auf Facebook gefunden? Ist er mit Ma Ria befreundet?«

Lemke nickte. »Ma Ria hat anscheinend nicht nur Freundschaftsanfragen erhalten, sondern auch selbst jede Menge gestellt, unter anderem an Lorenz Klempert, der die Anfrage bestätigt hat. Das war aber, bevor sein eigener Vater tot aufgefunden wurde.« Lemke bemerkte Christines erstaunten Ausdruck. »Du bist nicht bei Facebook, oder?«

Christine schüttelte verneinend den Kopf. »Muss man das?«

»Nein«, erwiderte Lemke, »aber es verschafft einem interessante Einblicke in das, was um einen herum geschieht, wenn man sich mit Menschen der Umgebung vernetzt.« Er räusperte sich. »Was ich eigentlich damit sagen wollte, ist, dass Lorenz Klempert seit Freitag mit Ma Ria befreundet ist. Und heute hat sie ihm auf eine ziemlich eigenartige Weise kondoliert.«

»Kondoliert?«, fragte Oda überrascht.

»Ja. Heute stand die Traueranzeige in der Zeitung.«

»Kannst du uns diese Beileidsbekundung zeigen?«, fragte Christine.

»Klar.« Lemke fuhr mit der Maus über den Bildschirm. »Es ist ziemlich ungewöhnlich, dass man Beileidsbekundungen auf Facebook findet, bevor der jeweilige Familienangehörige den Verlust eines nahestehenden Menschen auf diesem Kanal überhaupt öffentlich gemacht hat. Ich kann mich an keinen Fall erinnern. Hier jedoch ist es so. Und vor allem ziemlich abgehoben. Also nicht so, wie man das normalerweise macht, auch wenn es schon stillos genug ist, überhaupt per Facebook zu kondolieren und nicht persönlich. Wahrscheinlich ist es mir deswegen auch aufgefallen.«

»Zeig her«, forderte Oda aufgeregt. Bot sich hier die Möglichkeit, Ma Ria auf die Schliche zu kommen?

Lemke drehte den Bildschirm, sodass Oda und Christine ihn sehen konnten. Er klickte den Beitrag an, den Ma Ria auf die Seite von Lorenz Klempert gestellt hatte.

»So schwer, jemanden überraschend gehen lassen zu müssen. So vieles, was noch zu sagen gewesen wäre. Vorbei. Die Zeit lässt sich nicht zurückdrehen, sosehr man es sich auch wünscht …«

Dienstag

In der Nacht hatte es heftig gestürmt. Um halb vier war Oda aufgestanden und hatte das Fenster geschlossen, zu sehr störten der gewaltige Wind und das Rauschen des Blätterwaldes vor dem Fenster ihren Schlaf. Jürgen war wieder einmal erst spät nach Hause gekommen, sie hatte nur beiläufig bemerkt, wie er sich ins Schlafzimmer schlich. Sein Job in der Redaktion war manchmal wirklich unberechenbar. An solchen Tagen legte sie ihm den Schlafanzug ins Bad, bevor sie ins Bett ging, und ließ das Licht auf seinem Nachttisch an, dann konnte er sich fertig machen, ohne sie zu stören oder ein schlechtes Gewissen haben zu müssen.

Es war sechs Uhr dreißig, als sie sich mit ihrem Becher Tee und dem »Wilhelmshavener Kurier« an den Küchentisch setzte. Beim Blick auf die Schlagzeile verging ihr jeglicher Appetit: »Drei tote Ärzte – war Kokain im Spiel?«, so sprang es ihr in dicken Lettern entgegen. »Von Jürgen Töpfer«. Entsetzt las Oda den Artikel, in dem Jürgen schrieb, aufgrund bisher unbestätigter Hinweise sei anzunehmen, dass bei allen drei Ärzten Kokain gefunden wurde.

Was sollte das? Das waren Interna! Davon hatte auch nichts in dem Begleitschreiben gestanden, das Jürgen ihr zusammen mit den beiden Fotos geschickt hatte. War Jürgen größenwahnsinnig geworden? Wie konnte er sich anmaßen, derartige Insiderinformationen in seinem Artikel zu verwenden? Warum ließ er, der sonst Wert auf guten Journalismus legte, sich auf die Stufe eines Boulevard-Reporters herab?

Wutentbrannt stapfte Oda ins Schlafzimmer. Ihr war in diesem Moment vollkommen egal, wie wenig Schlaf Jürgen bekommen hatte. Mit Schmackes warf sie die Zeitung auf seine Bettdecke.

»Sag mal, wie kommst du eigentlich dazu, Dinge, die ich dir jenseits der Ermittlungen privat erzähle, in deinen Artikel zu übernehmen?«, giftete sie ihn an.

Jürgen blinzelte schlaftrunken. Sein Mund öffnete und schloss sich wie bei einem Fisch oder einem kleinen Kind, das nicht recht wusste, woran es war. »Oda. Bitte, es war eine kurze Nacht.«

»Das ist mir egal«, pfefferte sie ihm entgegen. »Du schreibst, dass bei allen drei Toten Kokain im Spiel war. Das haben wir offiziell überhaupt nicht an die Presse gegeben! Verstehst du eigentlich, in was für eine Zwickmühle du mich damit manövrierst? Meinst du, nur weil sich diese ominöse Ma Ria mit den Bildern auch an eure Mitbewerber gewendet hat, musst du das noch toppen? Mit Informationen, die ich so lange wie möglich geheim halten wollte, weil sie Täterwissen sind? Jetzt kann wer weiß wer auf diesen Zug aufspringen! Und was soll überhaupt die reißerische Vermutung: ›Gehörten die ostfriesischen Ärzte zu einem elitären Drogenring?‹ Sag mal, hast du sie noch alle? Warum rufst du mich gestern an und berichtest scheinheilig von den Fotos und dem Begleitschreiben, wenn du anschließend so einen Artikel verfasst?«

Sie musste sich stark zusammenreißen, um keine heftigeren Reaktionen zuzulassen. Sie erkannte sich selbst nicht wieder. Das hier war so ein massiver Vertrauensbruch! Sie könnte schreien. Ihn schlagen, toben, mit den Füßen aufstampfen … ihre Enttäuschung war maßlos.

Einen Moment lang sah sie ihn schweigend an, wie er nahezu hilflos unter der Bettdecke lag, die er schützend bis an den Hals gezogen hatte.

Er schwieg ebenfalls, bis ihr Atem wieder ruhiger wurde. Dann sagte er: »Ich kann dich verstehen. Aber Ma Ria hat sich später noch mal gemeldet. Ich hatte den Artikel fast fertig, als eine weitere Mail eintraf. Das war gestern Abend um zehn. Sie bestand aus lediglich zwei Zeilen: Bei allen Opfern sei Kokain gefunden worden. Wir sollten unsere eigenen Schlüsse daraus ziehen.« Er setzte sich auf und lehnte sich an die Rückfront des Bettes. »Ich wollte es gar nicht bringen, aber die Mail ging auch an den Chef, und der bestand darauf. Er kam auf die Sache mit dem Drogenring und meinte, das sei eine skandalträchtige Spur, der man nachgehen müsse. Und das stimmt ja irgendwie auch, nur fehlen uns noch die passenden Belege. Deswegen habe ich es auch nur als vage Vermutung geäußert und nicht als Tatsache geschildert, wie dir vielleicht aufgefallen ist.«

»Du hättest mich darüber informieren können. Um zehn Uhr liege ich noch nicht im Bett.«

»Entschuldige. Kommt nicht wieder vor. Haste mal 'nen Kaffee?«

***

Er war sehr früh aufgebrochen. Am Nachmittag musste er wieder bei der Arbeit sein, da galt es, die ihm zur Verfügung stehende Zeit optimal zu nutzen. Auf der Insel war er mit dem Bus in den Ort gefahren. Auffallen würde er kaum jemandem. Kapuzenpullover, Baseball-Cap, Jeans und Rucksack, unauffälliger ging es nicht. Ein wenig schwieriger würde es werden, Jacob Fröhling abzupassen. Er hatte dessen Verhaltensmuster bislang nicht studieren können, und bei einem Klinikarzt gab es keine festgelegten Pausen wie bei einem niedergelassenen Arzt. Zumindest kannte er sie nicht. Doch er vertraute auf sein Glück. Selbst wenn er davon im Privatleben wenig spürte, war es bei dem, was er sich jetzt zur Aufgabe gemacht hatte, merklich an seiner Seite. Als würde ihm das Schicksal auf die Schulter klopfen und sagen: »Du machst deine Sache gut! Sei der Richter. Höre sie an. Und urteile gerecht.«

Er hatte sich umentschieden und eine frühere Fähre gewählt. Und den Strandkorb gemietet. Nur für heute, länger war unnötig. Im Laufe des Tages würde dieser Strandkorb für großes Aufsehen sorgen.

Am Haupteingang der Klinik ließ er einer älteren Dame im Rollstuhl und ihrem Pfleger den Vortritt und hielt dann auf die Info-Theke zu. »Ich würde gern Dr. Fröhling sprechen«, sagte er.

Die Empfangsdame sah ihn kühl an. Sie hatte die fünfzig weit überschritten, aus ihren Augen sprachen lange Jahre nicht wirklich zufriedenstellender Tätigkeit. Sicher musste sie viel Unangenehmes direkt hier abfangen. Ein wenig bedauerte er sie wegen ihres Jobs, doch auch sie hatte die Wahl gehabt. Zu bleiben oder zu gehen und sich andernorts einen befriedigenden Job zu suchen. »In welcher Angelegenheit?«

»Ist privat.«

»Dann nehmen Sie bitte privat Kontakt zu ihm auf.«

»Hören Sie, es ist wichtig. Es geht um einen Todesfall in seinem engeren Umfeld, und ich möchte verhindern, dass er davon auf andere Art erfährt.« Er sah sie mit treuherzigem Blick an. »Ich weiß nicht, wie er dann reagieren würde.«

Dass Fröhling in der Klinik war, dessen hatte er sich von zu Hause aus versichert. Es gab nichts Schlimmeres als verschwendete Ressourcen. Dazu zählten auch Unternehmungen wie diese, wenn man nicht sicher sein konnte, die Zielperson anzutreffen.

Die Empfangsdame sah ihn skeptisch an. Er blickte wacker zurück. Schließlich gab sie nach.

»Ist gut«, sagte sie. »Ich werde seiner Sekretärin Bescheid geben, dass Sie ihn erwarten. Es kann aber ein bisschen dauern. Wie war noch mal Ihr Name?«

Er lächelte. »Den hatte ich Ihnen noch gar nicht verraten. Und er würde Dr. Fröhling nicht wirklich weiterbringen. Sagen Sie seiner Sekretärin, es geht um Maria. Dann weiß er Bescheid. Ich warte draußen.« Er sah förmlich, wie es im Kopf der Empfangsdame ratterte. Garantiert vermutete sie hinter »Maria« eine heimliche Geliebte. Bestimmt würde sie in der nächsten Pause die Gerüchteküche ordentlich ankurbeln. »Habt ihr gewusst, dass der Fröhling eine Freundin hatte, die jetzt tot ist? Da kam grad jemand, der …« Dieses Getuschel würde sie eine kurze Zeit wichtigmachen, ein Highlight ihres kleinen Alltagslebens sein.

Er verließ die Klinik, setzte sich auf eine Parkbank in unmittelbarer Nähe, öffnete den Rucksack und zog seine Thermoskanne heraus. Und ein Rosinenbrot. Er war Warten gewohnt.

***

Auch bei Christine hatte der Leitartikel des »Kuriers« zur Beschleunigung ihres Pulses geführt. Ohne sich die übliche Zeit zum Frühstücken zu nehmen, war sie in die Polizeiinspektion gefahren, wo sie den Rest des Teams in ziemlicher Aufregung vorfand. Und noch etwas anderes schwang unausgesprochen mit. Zum ersten Mal, seit Christine in Wilhelmshaven arbeitete, spürte sie, dass ein Hauch von Misstrauen in der Luft hing. Ein sehr befremdendes und unangenehmes Gefühl.

»Verdammt noch mal, wie konnte das angehen?«, donnerte Siebelt, der ebenfalls – für seine Verhältnisse sehr früh – in der Polizeiinspektion aufgeschlagen war. »Das mit dem Kokain wollten wir zurückhalten! Wer hat das an die Presse gegeben?« Sein bohrender Blick traf Oda. Schließlich wusste jeder, dass sie mit einem der Redakteure der Zeitung zusammenlebte.

Oda jedoch straffte den Rücken. »Ich war's nicht. Ich war genauso vor den Kopf geschlagen wie ihr. Ihr könnt euch vorstellen, wie mein Morgen begann: Da sitze ich, noch ein wenig schlaftrunken, in der Küche, schlage die Zeitung auf, und diese Schlagzeile springt mir entgegen. Da biste augenblicklich hellwach, das kann ich euch sagen. Ich bin ins Schlafzimmer gestürmt und hab Jürgen attackiert.« Oda sprach zwar ruhig, doch Christine merkte, dass sie innerlich flog. Sie bewunderte ihre Kollegin dafür, jetzt sogar eine kleine Pause einlegen zu können. Nacheinander blickte Oda sie alle an. »Genau wir ihr jetzt, hab ich ihm Verrat vorgeworfen.« Sie verstummte.

Christine sah, wie es in den Köpfen ihrer Kollegen arbeitete. Sie selbst hätte bis heute Morgen für Jürgen die Hand ins Feuer gelegt. Vielleicht kannte sie sich ja einfach nur zu wenig aus mit dem, was einen Journalisten antrieb?

»Und? Wie hat er sich rausgeredet?«, rief Siebelt aufgebracht.

»Er sagt, er hätte den Artikel schon fast fertig gehabt, als eine weitere Mail kam. Daraufhin hat er den Text noch mal geändert. Was für die anderen Redaktionen hier im Norden übrigens ebenso gilt«, erklärte Oda. »Es steht heute mehr oder weniger prominent in allen ostfriesischen Zeitungen, ich hab in der Bahnhofsbuchhandlung nachgesehen.« Aus ihrer hinteren Hosentasche zog sie ein zusammengefaltetes Blatt Papier. »Hier. Die Mail war ein Zweizeiler. Jürgen hat sie mir weitergeleitet, ich werde sie euch gleich schicken. Und natürlich den Kollegen der Kriminaltechnik.«

Sie reichte Siebelt den Ausdruck. Der starrte kurz darauf, dann las er ihn laut vor. »Absender ist diese ominöse Ma Ria. Betreff: ›Kurze Zusatzinfo zu Klempert und Co.‹ Text: ›Nachtrag: Für den sehr wahrscheinlichen Fall, dass Ihnen die Kripo dieses Detail unterschlagen hat: Bei allen drei Opfern wurde Kokain sichergestellt. Mehr darüber herauszufinden liegt jetzt an Ihnen.‹«

***

Wieder einmal spielte ihm das Glück in die Hände. Er hatte nicht damit gerechnet, dass Fröhling so schnell auftauchen würde. Aber er hatte auch nicht gewusst, dass Fröhling Raucher war. Wie passend, dass es heutzutage Vorgaben darüber gab, in welchen Bereichen geraucht werden durfte. Instinktiv hatte er sich den richtigen Wachposten ausgesucht. Der Arzt war allein aus dem Gebäude getreten. Auch ohne weißen Kittel erkannte er ihn. Er sah nachdenklich aus, als er die Schachtel aus seiner Hosentasche zog, sich eine Zigarette anzündete und suchend den Blick schweifen ließ.

Mit keiner Geste gab er zu erkennen, dass er derjenige war, der um ein kurzes Privatgespräch gebeten hatte. Er nutzte vielmehr die Möglichkeit, quasi aus dem Off heraus den Arzt zu studieren. Ob Fröhling Klemperts Todesanzeige gelesen hatte? Er war selbst überrascht gewesen, wie zügig dessen Witwe den Tod ihres Mannes in der Öffentlichkeit kundgetan hatte. Doch das konnte reiner Pragmatismus sein, immerhin mussten viele Patienten darüber informiert werden, dass Klempert keine Sprechstunde mehr abhalten würde. Da war eine Traueranzeige sicherlich effektiv.

Nervös zog Fröhling an der Zigarette, während er sich umsah.

Er befürchtete, der Arzt könnte in die Klinik zurückgehen, wenn er sich nicht bald zu erkennen gab, darum schraubte er den Becher auf die Thermoskanne, steckte sie weg, erhob sich und lief auf ihn zu.

»Nett, dass Sie meiner Bitte so zügig gefolgt sind«, sagte er ohne Umschweife, als er neben Fröhling stand.

»Wer sind Sie? Was wollen Sie? Wer ist Maria, und was habe ich mit ihr zu tun?« Fröhling klang verärgert.

»Ach, das ist eine längere Geschichte. Und wenn Sie ehrlich sind, kennen Sie einen Teil davon. Immerhin waren Sie maßgeblich daran beteiligt. Wollen Sie den Rest wirklich hier hören?« Er konnte dem Arzt ansehen, dass der lieber jetzt als gleich zurück in die Klinik geflohen wäre.

»Wie meinen Sie das?«, fragte Fröhling abwehrend.

»Ich denke, wir beide sollten uns ein wenig Zeit nehmen, um die Angelegenheit nicht zwischen Tür und Angel zu besprechen.«

»Sagen Sie mir, worum es geht. Dann kann ich darüber entscheiden. Momentan habe ich keine Zeit. Meine Patienten … Sie verstehen das sicherlich.« Fröhling warf die Kippe auf den Boden und trat sie aus. »Machen Sie es einfach kurz. Mir wurde gesagt, es ginge um jemanden namens Maria. Um einen Todesfall. Ich kenne aber niemanden namens Maria. Vielleicht haben Sie sich ja auch geirrt.« Fröhling zuckte mit den Schultern und wandte sich zum Gehen.

»Stopp.« Er griff in seine Jackentasche. Zum Messer. Auf Knopfdruck sprang die Klinge heraus, die er Fröhling nun lächelnd seitlich zwischen die Rippen drückte. »Sie werden sich die Zeit nehmen müssen. Wenn Sie nicht gleich zurück sind, ist das sicher kein Problem, die nette Dame am Empfang weiß schließlich darüber Bescheid, dass jemand aus Ihrem engeren Umfeld überraschend gestorben ist.«

Fröhling erblasste.

Er drückte das Messer ein wenig fester in Fröhlings Seite, es stach bereits durch dessen Kleidung. »Lassen Sie uns woanders reden. Hier ist es etwas zu lebhaft.«

Der Arzt nickte, hilflos und mit Blicken verzweifelt umhersuchend. Doch die Menschen, die an ihnen vorbei in die Klinik gingen oder sie gerade verließen, grüßten nur lächelnd, ohne sich Gedanken darüber zu machen, warum die beiden Männer so dicht beieinanderstanden.

***

»Siebelt hat nichts damit zu tun, garantiert nicht«, überlegte Oda laut, als sie ihr Büro betraten und sich an ihre Schreibtische setzten. Sie drückte den Power-Knopf ihres Computers.

»Das glaube ich auch nicht«, stimmte Christine zu. »Aber ich kann mir ebenso wenig vorstellen, dass Lemke oder Niesteit dafür verantwortlich sind. Mensch, die kennen wir seit Jahr und Tag. Überleg doch mal, was wir mit Heiko damals durchgemacht haben. Nein, der kann nicht der Maulwurf gewesen sein.«

»So wenig wie Nieksteit«, ergänzte Oda und räusperte sich unbehaglich. Mit dem jungen Kollegen verband sie ein mehr als kollegiales Verhältnis. Ein wenig fühlte sie sich für ihn verantwortlich, seit er damals als Anfänger in ihrer Abteilung begonnen hatte. Sein Hang zur Unpünktlichkeit, sein stets zerknittertes Äußeres, als sei er gerade erst aus dem Bett gekommen, all das rührte an den mütterlichen Teil ihres Herzens.

Christine sah sie eindringlich an. »Andererseits ... Ich hab das bislang nicht gesagt, weil ich es nicht wirklich anhand von Beispielen belegen kann, aber in der letzten Zeit hatte ich den Eindruck, dass er sich irgendwie verändert hat. Findest du nicht?«

»Ich weiß nicht.« Oda atmete hörbar ein. Sie mochte es nicht zugeben, aber auch sie hatte sich in den vergangenen Wochen manchmal gefragt, was in Nieksteit vorging. Er war oft unkonzentriert, hatte sich mehrmals für einen oder zwei Tage krankgemeldet, und irgendwie hatte sie das Gefühl, sie kam nicht mehr richtig an ihn heran.

»Ich habe den Eindruck, als ob er mit ganz anderen Dingen als seinem Job beschäftigt ist«, fuhr Christine fort. »Er wirkt so abwesend. Vor ein paar Tagen in der Teeküche war ich drauf und dran, ihn zu fragen, ob ich ihm irgendwie helfen kann, aber bevor ich dazu Gelegenheit hatte, stand er auf und ging. Das war so … anders. Sonst hat er immer einen dummen Spruch auf Lager … Ich hab das erst gar nicht so ernst genommen, aber vielleicht gibt es etwas, das ihn belastet. Weißt du da vielleicht mehr?«

Oda schüttelte den Kopf. »Leider nicht. Und so ungern ich es zugebe: Ich habe mir dieselben Gedanken gemacht wie du. Nieksteit hat sich wirklich verändert.« Sie straffte den Rücken. »Dennoch weigere ich mich, mir vorzustellen, dass er der Maulwurf ist. Was hätte er davon, der Presse irgendwelche Interna zu verraten? Das passt nicht zu ihm. Er mag ein Chaot sein und auch mal querschießen, aber in all den Jahren, in denen er bei uns ist, hat er niemals gegen die PI gearbeitet. Niemals. Da werde ich ihm nicht unterstellen, dass er jetzt damit angefangen hat.«

»Bleibt eigentlich nur noch der Täter. Ma Ria hat Fotos bei Facebook eingestellt, die nicht von unseren Kollegen stammen. Also wird er oder sie die Aufnahmen selbst gemacht haben. Gesetzt den Fall, Ma Ria ist der Täter: Warum rückt sie das Kokain bewusst in den Vordergrund? Liegt hier das Motiv begründet? Oder will sie uns in die Irre führen? Was zum Teufel hat Ma Ria vor?« Christine sah aus dem Fenster, als könne sie in den Blättern der Kastanie die Antwort lesen.

***

»Mir ist langweilig.«

Unwirsch sah Leonie Martens von ihrem eBook-Reader auf, als die sandige Hand ihrer wütenden Tochter auf ihrem Knie landete. Du liebe Güte, ein siebenjähriges Mädchen musste sich doch auch mal allein beschäftigen können! Sie als berufstätige Mutter hatte genauso ein Anrecht auf ein wenig freie Zeit im Urlaub. Deswegen war sie mit Merle an die Nordsee gefahren. Hier konnte ihre Tochter im Sand spielen und müsste nicht ausgiebig von ihr bespaßt werden, am Strand fand schließlich jedes Kind schnell Freunde. Für Leonie jedenfalls gab es seit jeher nichts Schöneres, als die Ferien auf Norderney zu verbringen. Schon als sie klein war, hatte sie mit ihren Eltern hier Urlaub gemacht und sich wieder und wieder in die Wellen der heranrollenden Nordsee geworfen. Das sollte auch ihre Tochter erleben dürfen. Außerdem taten die Luftveränderung und das salzige Meerwasser Merle gut. Ihre von Neurodermitis gekennzeichnete Haut hatte sich in den letzten dreizehn Tagen deutlich erholt.

Leider war die Familie, die bis gestern den Strandkorb nebenan belegt hatte, heute abgereist. Schon an ihrem ersten gemeinsamen Tag hatten sich die Kinder angefreundet, Seeungeheuer aus Sand am Meeressaum gebaut und sie mit Muscheln und Tang verziert. Hatten Burgen aus matschigem Watt errichtet und versucht, sie durch Gräben vor der angreifenden Flut zu schützen. Vergeblich natürlich, wie stets in diesem seit Generationen immer gleichen Spiel der Kinder.

Als sie heute auf ihren Strandkorb zugelaufen waren, war Merle trotz der gestrigen Verabschiedung zuerst hoffnungsvoll, dann jedoch umso trauriger gewesen, als sie gesehen hatte, dass zwei Männer in dem Nachbarkorb saßen, der bis gestern Kevin, Joline und deren Eltern gehört hatte. Der Fahnenmast, an dem Kevins Papa die Flagge des Dortmunder Fußballclubs BVB gehisst hatte, war jetzt verschwunden, und die sorgsam gehegte Burgmauer, in die Kevins Mama mit Muscheln die Namen ihrer beiden Kinder geschrieben und die sie stündlich mit Nordseewasser aus der großen grünen Plastikgießkanne begossen hatte, zerbröselte im letzten Sommersonnenschein.

»Mir ist langweilig«, klagte Merle wieder.

»Ach, Süße, es sind bestimmt noch genügend andere Kinder da, die gern mit dir spielen wollen. Guck doch einfach mal«, gab Leonie zurück, die sich unbedingt wieder in die Lektüre ihres erotischen Thrillers vertiefen wollte. Ihr eigenes Liebesleben gestaltete sich eher mau, seit Merles Vater – dieser Dreckskerl – sich anderweitig orientiert hatte. Von heute auf morgen hatte er sie abserviert und war direkt zu der Neuen gezogen. Nicht einmal ein Fitzelchen

Rücksicht hatte er auf seine Tochter genommen, die es vollkommen aus der Bahn geworfen hatte, ihren Vater küssend und schmusend mit einer anderen Frau zu erleben. Inzwischen hatte Merle sich daran gewöhnt, Leonie jedoch war längst noch nicht wieder bereit, sich auf einen anderen Mann einzulassen. Ersatzweise las sie Bücher, in denen es vor Erotik nur so knisterte, und hatte sich für die Ferien gleich drei davon auf den eBook-Reader heruntergeladen. Auf diese Weise kriegte niemand spitz, was sie wirklich las. »Mäuschen, heute wirst du dich sicher noch beschäftigen können. Morgen fahren wir ja wieder heim. Schau, da vorn spielen ein paar Kinder Fußball. Vielleicht lassen sie dich mitspielen.«

»Das sind Jungs«, maulte Merle und verschränkte die Arme vor der Brust. In diesem Moment erinnerte sie Leonie an ihren Vater, und sie musste sich stark zusammenreißen, um nicht ungerecht zu reagieren.

»Ach, Schatz, lass mich nur noch eben das Kapitel zu Ende lesen, dann gehen wir beide zusammen ein dickes Eis essen.«

»Is gut. Aber nur das eine Kapitel.«

»Versprochen. Es dauert aber noch etwas. Ich hab es gerade erst angefangen.«

Merle seufzte laut, sah sich nicht wirklich begeistert um und stiefelte los.

Erleichtert tauchte Leonie in ihre Lektüre ab. Übermorgen musste sie wieder bei Aldi an der Kasse sitzen, und mit der ganzen Hausarbeit und der Betreuung ihrer Tochter würde sie dann nicht mehr viel Zeit erübrigen können, um sich einfach so dem Lesen hinzugeben. Außerdem löste das Buch wirklich Kribbeln in ihr aus.

Sie war noch keine drei Seiten weiter, als Merle erneut an ihr Knie tippte.

»Mensch, Merle, nun lass mich doch mal in Ruhe lesen!« Jetzt wollte Leonie nicht verbergen, dass sie sauer war. »Ich hab doch gesagt, es dauert noch etwas, bis ich das Kapitel durchhabe.«

Beleidigt wandte ihre Tochter sich ab und stapfte hinüber zum Nachbarstrandkorb, in dem jetzt nur noch ein Mann saß. Leonie griente in sich hinein. Wahrscheinlich würde ihre Tochter den jetzt so lange mit Fragen löchern, bis er mit ihr eine Sandburg baute. Zufrieden wandte sie sich ihrem Buch zu. Es begann gerade so richtig aufregend zu werden, als Merle wieder vor ihr stand.

»Mama. Der Mann in Kevins Strandkorb, der sitzt da so komisch. Der hat die Augen auf, aber der sagt gar nichts, wenn ich ihn was frage. Der guckt nur.« Sie kletterte neben Leonie auf die Sitzbank und kuschelte sich an sie. »Kann man denn mit offenen Augen schlafen?«, fragte sie.

Aufmerksam geworden, legte Leonie den eBook-Reader beiseite. Das hörte sich nicht gut an. Sie streichelte ihrer Tochter über den Kopf. »Mit offenen Augen?«, fragte sie sicherheitshalber noch einmal nach. Merle nickte, wobei ihr dunkelblonder Pferdeschwanz wippte.

»Ja. Ich hab gedacht, ich frag den Mann mal, ob er vielleicht Lust hat, eine Wasserburg mit mir zu bauen, so, wie ich das mit Kevin gemacht hab. Der ist ja auch allein. Sein Kind ist wohl weggegangen.«

»Sein Kind?«, fragte Leonie irritiert.

»Ja. Sein Kind«, wiederholte Merle altklug. »Als wir kamen, saß der doch mit seinem Kind da.« Sie verdrehte die Augen. »Der Junge ist natürlich schon größer. Aber der Mann ist ja auch älter als du.«

Leonie staunte, wie deutlich ihre Tochter die Umgebung wahrnahm. Sie selbst hatte zwar bemerkt, dass die Männer in Kevins Strandkorb nicht gleichaltrig waren, aber auf Merles Schlussfolgerung wäre sie nicht gekommen.

»Jetzt ist das Kind weg. Und der Vater schläft mit offenen Augen. Ich hab ihn angestupst. Aber der reagiert gar nicht. Ich find das unheimlich.« Sie reckte sich. »Wollen wir jetzt das Eis essen gehen?«

***

»Es gibt einen weiteren toten Arzt«, verkündete Lemke, als Oda und Christine noch bis zur Halskrause in den Akten der drei bisherigen Toten steckten.

»Wo?«, fragte Christine alarmiert.

»Auf Norderney. Er saß tot im Strandkorb.«

»Ein Urlauber?«, fragte Oda.

»Nein. Er war in der dortigen Rehaklinik Facharzt für Lungenheilkunde.«

»Aber der hatte jetzt Urlaub, oder wieso sitzt der an einem Dienstag in einem Strandkorb?«, hakte Christine nach.

»Nein, er hatte keinen Urlaub. Er ist wohl zur Pause rausgegangen und nicht zurückgekommen. Die Klinik hat ihn weder übers Handy noch über den Pieper erreicht. Ein siebenjähriges Mädchen hat ihn gefunden. Er saß regungslos und mit offenen Augen im Strandkorb und hat nicht reagiert, als sie ihn angesprochen hat.«

»Kann es ein Herzinfarkt gewesen sein?«, fragte Christine wenig hoffnungsvoll.

»Nee. Er wurde erstochen. Gezielt zwischen den Rippen hindurch in die Lunge. Da muss jemand Ahnung von Anatomie haben.«

»Also auch ein Arzt«, überlegte Oda laut und kniff die Augen zusammen.

Lemke zuckte mit den Schultern. »Oder jemand, der sich auf diesem Gebiet sehr gut auskennt. Das könnte ebenso gut ein Krankenpfleger sein. Oder ein Physiotherapeut. Vielleicht reicht aber auch schon ein Anatomie-Grundkurs.«

»Ihr könnt es drehen und wenden, wie ihr wollt«, sagte Oda und sprach das aus, was auch schon Phillip vermutet hatte: »Aber ich denke, es ist nun nicht mehr zu leugnen, dass wir es mit einem Serienkiller zu tun zu haben.«

Alle drei schwiegen.

»Wer fährt rüber?«, fragte Lemke, obwohl das eine eher rhetorische Frage war.

»Wir beide«, antwortete Christine. »Weißt du schon mehr über den Toten?«

»Nur seinen Namen. Dr. Jacob Fröhling. Gib mir eine halbe Stunde, dann kann ich euch mehr erzählen.«

»Was ist mit Kokain?«

»Bislang negativ. Aber die Kollegen aus Norden sind noch dran. Sie haben uns nur schon mal informiert, weil sie ja wissen, dass wir es bereits mit drei anderen toten Ärzten zu tun haben.«

***

Es war recht entspannt gewesen auf der Fähre von Norderney zurück nach Norddeich. Auf der Insel war er kurz ins Schwitzen gekommen, als ein kleines Mädchen mit seiner Mutter den benachbarten Strandkorb angesteuert hatte. Gerade in dem Augenblick, in dem er Fröhling das Messer zwischen die Rippen drückte. Doch da er genau wusste, was er tat, hatte Fröhling nicht mehr als ein etwas lauteres Atmen von sich gegeben, das man vielleicht auch als Stöhnen hätte interpretieren können. Er hatte gewartet, bis er sicher gewesen war, dass Fröhling tot war. Das Mädchen war inzwischen zum Wasser gelaufen, und die Mutter hatte einen eBook-Reader aus der Tasche gezogen und ihn und Fröhling keines weiteren Blickes gewürdigt. Das war gut, sie würde ihn später nicht beschreiben können, wenn man sie befragte.

Einen Moment lang hatte er überlegt, Fröhling die Augen zu schließen, dann jedoch davon Abstand genommen. Ein Mann, der über Stunden hinweg mit geschlossenen Augen im Strandkorb saß, würde eher Aufmerksamkeit erregen als jemand, der offenen Blickes das Strandgetümmel betrachtete. Da musste man schon ziemlich genau hinsehen, um zu erkennen, dass er in Wirklichkeit nichts mehr sah. Außerdem hätte jemand beobachten können, wie er Fröhlings Augen berührte. Das wiederum hätte dazu führen können, dass man auf ihn aufmerksam wurde oder womöglich sogar versuchte, ihn aufzuhalten. Aus diesem Grund hatte er auch darauf verzichtet, dem Arzt Kokain in die Nase zu reiben. Da Fröhling keinen Kittel trug, an dessen Tasche er leicht herangekommen wäre, hatte er auch das Kokain, das er ihm hatte unterschieben wollen, wieder mitgenommen. Es wäre zu auffällig gewesen, ihm ein Päckchen davon in die Jeanstasche zu schieben. So war er nach dem Stich durch die Rippen und Fröhlings letztem leisen Seufzer irgendwann einfach aufgestanden und hatte sich langsam entfernt. Natürlich hatte er bemerkt, dass ihm das kleine Mädchen auf ihrem Rückweg zum Nachbarstrandkorb nachsah. Aber auch sie würde ihn nicht beschreiben können, welches kleine Mädchen interessierte sich schon für Männer in seinem Alter?

Die Fähre legte an. Er sah auf die Uhr. Alles just in time. In zweieinhalb Stunden begann sein Dienst. Er würde überaus pünktlich sein.

***

»Nein. Kokain haben wir bei ihm nicht gefunden«, sagte der Kriminaltechniker Dirks, dem sie in der Nordernever Polizeistation gegenübersaßen. »Aber das muss ja nichts heißen. Ich denke, die Untersuchung der Leiche wird aufdecken, ob er was intus hatte, und wenn wir sein Büro in der Klinik und seine Privaträume auf den Kopf gestellt haben, wissen wir garantiert mehr.« Er blickte Oda an und stützte abmarschbereit die Hände auf den Tisch. »Sonst noch was?«

»Nein. Danke erst mal«, sagte sie, und der Kollege stand auf.

»Fehlt nur noch der Durchsuchungsbeschluss«, bemerkte er.

»Der müsste jeden Augenblick vorliegen.«

Als wäre das das Stichwort gewesen, wurde die Tür geöffnet, und Lothar Ennen, der für Norderney zuständige Kommissar, kam herein.

»Hier.« Er wedelte mit zwei Blättern Papier. »Die Durchsuchungsbeschlüsse für Fröhlings Räume. Die in der Klinik und die zu Hause.« Er legte die Dokumente auf den Tisch. »Fröhlings Frau haben wir bereits informiert. Sie weiß, dass ihr noch mit ihr reden wollt. Die ist ziemlich fertig. Logisch. Man rechnet schließlich nicht damit, dass der Mann morgens zum Dienst geht und am Mittag tot in einem Strandkorb gefunden wird.«

Dirks griff nach den Schreiben. »Gut, dann machen wir uns an die Arbeit. Da er anscheinend direkt von der Klinik aus an den Strand gegangen ist, werden wir in seinem Büro starten. Ihr geht zur Witwe?«

»Jo.« Oda nickte, und er reichte ihr den entsprechenden Beschluss.

Ennen legte ein weiteres Blatt auf den Tisch. »Das ist die Aussage des kleinen Mädchens, das Fröhling entdeckt hat. Ich bin von ihrer Beobachtungsgabe wirklich beeindruckt. Zwar beurteilt sie die Situation natürlich auf naive Weise und hat nicht wirklich verstanden, was passiert ist, aber ihre Beschreibungen waren sehr detailliert und glaubhaft. Beachtlich. Hätte ich von so einem kleinen Mädchen nicht gedacht.«

Oda schnappte sich das Papier und las vor. Tatsächlich unterschied sich die Täterbeschreibung des Mädchens nur unwesentlich von der der Arzthelferin aus Leer. Zwar konnte die Kleine keine Größenangabe machen, weil beide Männer im Strandkorb gesessen hatten, doch Hoodie und Baseball-Cap stimmten überein.

»Warum trägt er an beiden Tagen dieselben Klamotten?«, fragte sie laut. »Hätte er eine andere Form der Kopfbedeckung gewählt und einen anderen Pullover, könnten wir jetzt nicht sofort darauf schließen, dass wir es mit ein und demselben Täter zu tun haben.«

»Ich glaube, er spielt mit uns«, vermutete Christine. »Er fühlt sich uns überlegen. Entweder ist ihm egal, wie schnell wir den Zusammenhang herstellen, zumal es ja auch noch andere Übereinstimmungen gibt, oder er wählt bewusst Dinge, die augenfällig sind und auf Anhieb erkennen lassen, wie die Tat einzuordnen ist.«

»Denkt er wirklich, er kommt damit durch?«, fragte Oda. »Oder will er insgeheim gefasst werden? Damit er irgendwann, spätestens vor Gericht, ein öffentliches Statement abgeben und sich der Welt erklären kann?« Sie blickte Ennen an. »Was können Sie mir über den Toten sagen?«

Ennen zuckte mit den Schultern. »Wenn Sie mich so fragen: nichts. Ich hab den nicht gekannt. Hab ja Gott sei Dank nichts mit Asthma und so zu tun. Und Norderney ist anders als die kleineren Ostfriesischen Inseln ein büschen zu groß, um jeden zu kennen. Der war ja auch kein gebürtiger Norderneyer. Der ist erst vor zwanzig Jahren hergezogen.«

»Ich denk, Sie wissen nichts über ihn?«, fragte Oda grinsend.

»Weiß ich ja auch nicht. Aber Ihr Kollege hat ein Fax geschickt. Da steht das drin.« Ennen griente ebenfalls und reichte ihnen ein weiteres Blatt.

»Danke, Sie Spaßvogel«, sagte Oda. »Haben Sie noch mehr davon auf Lager?«

»Klar. Also: Hält eine Streife auf der Autobahn einen alten Mercedes an –«

»Schon gut«, unterbrach ihn Christine lachend, »schon gut.« Sie blickte Oda an. »Und, was schreibt Lemke?«

»Jacob Fröhling ist im gleichen Alter wie Olav Klempert und Sven Kuhlmann. Zumindest altersmäßig besteht zwischen diesen dreien also eine Verbindung, er ist aber noch dabei, mehr herauszufinden. Fröhling war in zweiter Ehe verheiratet und hat eine zweieinhalbjährige Tochter. Er wohnt mit seiner Familie auf der Insel.« Voller Tatendrang stand Oda auf. »Dann lass uns Frau Fröhling mal einen Besuch abstatten.« Sie wandte sich an Ennen. »Sind Ihre Kollegen noch bei ihr?«

Ennen schüttelte den Kopf. »Nee. Wir haben ihr angeboten,

einen Arzt zu rufen, aber das wollte sie nicht. Da sind die Kollegen gegangen. Soll ich Sie von einer Streife hinfahren lassen?«

»Genau das wäre auch mein Plan«, gab Oda zwinkernd zu.

***

Es schellte. Sonia Fröhling stand an den Herd gelehnt in der Küche. Seit über einer Stunde stand sie so. Still in einer Position verharrend, die sie nicht verlassen konnte. Hoffend, der Besuch der Polizei sei lediglich ein Alptraum gewesen. Hoffend, Jacob würde gleich die Tür aufschließen, über die Patienten stöhnend hereinkommen und wieder einmal behaupten, er würde sich einen anderen Job suchen, der ihm mehr Freizeit für die Familie ließ.

Es schellte erneut. Sonia löste sich aus ihrer Starre und ging zur Tür. Vielleicht hatte Jacob seinen Haustürschlüssel verloren?

Doch nicht ihr Mann, sondern zwei Frauen standen vor dem Eingang. Beide hielten ihr einen Dienstausweis entgegen. An der Straße wartete ein Polizeifahrzeug.

»Kripo Wilhelmshaven«, vernahm Sonia durch den Nebel ihrer Gefühle hindurch. Und dass sie mit ihr reden müssten. In diesem Moment platzte die Wattewolke, die sie seit der Schreckensnachricht umgeben hatte.

»Es ist tatsächlich wahr?«, fragte sie flüsternd. »Jacob ist tot?«

Die größere der beiden Frauen nickte. Sie trug ihre langen blonden Haare zu einem Knoten am Hinterkopf zusammengesteckt. Das stand ihr gut, wie Sonia fand. Eigenartig, dass ihr so etwas in dieser Situation auffiel.

»Leider. Dürfen wir hereinkommen? Wir müssen Ihnen ein paar Fragen stellen.«

Sonia nickte und trat einen Schritt zurück. Nachdem die Polizistinnen eingetreten waren, sagte sie: »Meine Tochter … Ich muss sie aus der Kita abholen. Um vier.«

Wieder reagierte die Größere. »Bis dahin ist ja noch etwas Zeit. Können wir jemanden für Sie benachrichtigen? Gibt es jemanden auf der Insel, der Ihnen jetzt beistehen kann?«

Sonia blickte die Blonde aus großen Augen an. »Nein. Wir waren für uns, Jacob, Luisa und ich. Jacobs Sohn Daniel lebt auf dem Festland. Er hat am Ulrichsgymnasium in Norden das Abitur und dann eine Ausbildung gemacht. Er arbeitet jetzt beim Wach- und Werkschutz.«

»Ihr Mann hat einen erwachsenen Sohn?«, fragte die Dunkelhaarige, die sich als Oda Wagner vorgestellt hatte.

Sonia nickte langsam und deutete auf das gerahmte Foto, das auf der Anrichte neben ihrem Hochzeitsbild und Fotos von Luisa stand. Es zeigte Jacob neben Daniel. Beide trugen Neoprenanzüge und lachten ausgelassen. »Das ist Daniel, Jacobs Sohn aus erster Ehe. Er ist jetzt vierundzwanzig. Das Foto ist dieses Jahr entstanden, bei einem Kurs für Kitesurfing vor wenigen Monaten. Die zwei sind sich sehr ähnlich. Sie lieben beide die Herausforderung.« Sie stockte kurz, dann brach in ihr das Bedürfnis durch, sich den Polizistinnen zu erklären. »Das mit Jacob und mir war nicht so ganz einfach damals. Wir haben uns kennengelernt, kurz nachdem ich begonnen hatte, in der Cafeteria der Klinik zu arbeiten. Ich war froh, einen Job auf Norderney bekommen zu haben, und dann war da Jacob, der öfter als alle anderen Angestellten kam, um sich Kaffee zu kaufen. Ich weiß nicht, wer von uns sich zuerst in den anderen verliebt hat. Aber wir konnten nichts dagegen machen. Ich hab ihm gesagt, ich bin nicht so intelligent wie er, aber das war ihm egal. Ich hab ihm gesagt, Familie ist wichtig, und er hat ja Frau und Kind. Aber er hat gesagt, da gibt es längst keine Liebe mehr. Er hatte so warme, so offene Augen. Solche Augen können nicht lügen.« Sie wischte sich die Tränen fort, die nun doch kullerten. »Irgendwann habe ich angefangen, ihm zu glauben. Und ich habe mich nicht getäuscht. Jacob hat mich geliebt. Er hat sich von Martina getrennt. Er ist ein Ehrenmann. Seit drei Jahren sind wir verheiratet. Bei der Hochzeit war ich mit Luisa schwanger. Daniel hatte zu dem Zeitpunkt gerade die Ausbildung in Norden beendet, Jacobs Exfrau war noch hier bei der Kurverwaltung angestellt. Mittlerweile arbeitet sie in einem Architekturbüro in Norden.«

»Haben Sie Daniel schon informiert?«, fragte Oda Wagner.

»Nein.«

»Sollen wir das für Sie übernehmen?«

Sonia schüttelte den Kopf. »Nein. Das muss ich machen«, sagte sie schweren Herzens.

»Hat man Ihnen erzählt, wie Ihr Mann ums Leben kam?«, fragte die Blonde.

Sonia nickte. »Durch ein Messer.« Sie sah der Polizistin in die Augen. »Können Sie mir das erklären? Warum starb er durch ein Messer? Er war Lungenfacharzt. Warum hat man ihn durch einen Stich in die Lunge getötet? War das Zufall? Oder Absicht? Warum tötet man einen Lungenfacharzt? Jacob hat so vielen Patienten geholfen. Warum hat man ihn getötet?«

»Sagen Ihnen die Namen Hartmut Brauckhage, Sven Kuhlmann und Olav Klempert etwas?«, fragte Oda Wagner.

Sonia sah sie mit großen Augen an. »Nein. Warum?«

»Denken Sie nach«, forderte die Blonde sanft. »Lassen Sie sich Zeit dabei. Es ist wichtig.«

»Ich kenne diese Männer nicht«, wiederholte Sonia. »Aber Sie haben recht. Ich sollte Daniel anrufen. Er muss wissen, dass sein Vater gestorben ist. Und dann muss ich Luisa abholen. Wir wollen heute Abend Pfannkuchen machen. Das hab ich ihr versprochen. Mit Apfelmus. Jacob mag keine Pfannkuchen. Er möchte Spiegeleier. Auf Salamibrot. Ich habe extra frische Salami für ihn gekauft.« Bei diesen Worten sackte sie in sich zusammen. »Ich habe doch heute Morgen extra noch frische Salami für ihn gekauft …« Ein haltloses Schluchzen erschütterte ihren Körper.

***

Christine kannte die Fähren zu den Ostfriesischen Inseln bislang als klein und gemütlich. Schon auf der Überfahrt nach Norderney war sie über die Größe dieses Schiffes erstaunt gewesen. Es nahm sogar Autos und Lkws mit. Gut, auf den Inseln, die sie bisher besucht hatte, Langeoog, Wangerooge und Spiekeroog, gab es auch keinen normalen Straßenverkehr, anders als auf Norderney und Borkum, wie sie wusste. Doch die Menge an Fahrzeugen unterschiedlichster Art erstaunte sie. In mehreren Reihen warteten sie darauf, an Bord fahren zu können.

Da die Arbeit der Kriminaltechniker noch einige Zeit in Anspruch nehmen würde, konnten sie ebenso gut zurückfahren, die zentrale Einsatzstelle befand sich sowieso in Wilhelmshaven. Allerdings würde es früher Abend werden, bis sie dort ankamen, sie wollten in Norddeich zuerst Daniel Fröhling treffen und dann seiner Mutter in Norden einen Besuch abstatten. Sonia Fröhling hatte den Sohn ihres Mannes noch in ihrem Beisein informiert und ihn gebeten, seiner Mutter Bescheid zu geben. Dann hatte sie den Hörer an Oda weitergereicht, damit diese einen Treffpunkt mit Daniel ausmachen konnte. Praktischerweise würde er sie am Anleger erwarten.

Um auf das Personendeck zu gelangen, liefen sie eine metallene Treppe seitlich des Autodecks hinauf, und wie schon am Vormittag war Christine auch jetzt wieder vom Service an Bord überrascht. Hier wurde, wer wollte, am Tisch bedient, obgleich es einen Bereich zur Selbstbedienung gab. Von dort hatten Oda und sie sich einen Kaffee geholt und mit aufs Außendeck genommen. Kreischend flogen die Möwen dem Schiff hinterher, darauf hoffend, dass Touristen so töricht waren und ihnen etwas zuwarfen. Sie setzten sich so, dass ihnen die Sonne ins Gesicht schien.

»Nun haben wir also drei Tote im gleichen Alter«, stellte Oda fest und gähnte herzhaft. »Nur Brauckhage ist ein paar Jahre jünger. Zufall?«

»Kann schon sein. Vielleicht ist es aber auch der Knackpunkt. Er war der Erste, der ermordet wurde, aber auch der Einzige, bei dem kein Messer benutzt wurde. Vielleicht bestätigt er als Ausnahme die Regel. Dann sollten wir uns mehr auf die anderen drei Opfer konzentrieren.«

Eine ältere Frau mit Rucksack und angeleintem Collie trat an ihre Bank. »Entschuldigen Sie, ist hier noch frei?«

Auf der gegenüberliegenden Seite hatte die Familie, die dort zu dritt saß, ihre Rucksäcke zwischen sich gestellt, sodass die Bank fast schon überfüllt wirkte.

Oda nickte, und Christine bat: »Lass uns eben die Plätze tauschen, dann sitze ich nicht so nah bei dem Hund.«

Auf Katzen- und Hundehaare reagierte sie allergisch, und obwohl sich ihr Allgemeinbefinden deutlich verbessert hatte, seit sie an der Nordsee lebte, mied sie das Risiko, wo es nur ging. Natürlich hatte sie zur Sicherheit stets ihre Antihistamintabletten dabei.

»Der tut nichts.« Beleidigt streichelte die Frau ihr Tier, wobei unzählige Hundehaare durch die Luft wirbelten.

»Ich weiß«, gab Christine zurück, bemühte sich, nicht zu tief einzuatmen, und setzte sich auf den Platz an der Reling. Obwohl die Fähre relativ voll war, war die Geräuschkulisse angenehm und bis auf das Brummen der Schiffsmotoren und das Kreischen der Möwen ziemlich leise, nur zwischendurch rief ein Kind: »Guck mal, ein Seehund.«

Schweigend öffnete Christine ihren Block und machte sich Notizen. Im Beisein der anderen Fahrgäste über den Fall zu reden, schien jetzt auch für Oda keine Option zu sein.

Als das Schiff nach einer Stunde den Hafen in Norddeich erreichte, sahen sie Fröhlings Sohn bereits von Weitem am Anleger stehen. Wie er gesagt hatte, trug er die dunkelblaue Uniform des Wachdienstes, für den er arbeitete, der Vollbart jedoch, den er auf dem Foto vom Kitesurfing-Urlaub mit seinem Vater getragen hatte, war abrasiert.

»Danke, dass Sie sich Zeit für uns nehmen«, begrüßte Christine den jungen Mann, der erstaunlich gefasst wirkte, und Oda ergänzte: »Unser Beileid.«

»Danke. Mein Chef hat gesagt, es ist okay, wenn ich mir kurz freinehme«, gab Daniel zurück. »Ist ja ein Ausnahmefall.«

»Haben Sie wenigstens bald Feierabend?«

»Nö. Hab grad erst angefangen. Schichtdienst. Kennen Sie ja bestimmt. Ist vielleicht ganz gut, dass ich durch die Arbeit abgelenkt bin.«

Die Autos fuhren in langer Schlange von der Fähre, um sie herum herrschte hektisches Treiben. Ein Großteil der Menschen, die eben noch entspannt auf dem Schiff gesessen hatten, hastete nun schnellen Schrittes in Richtung der großen Parkplätze jenseits des Deiches und der Bahnschranken, ein Intercity wartete schon. Mit der Ruhe schien es vorbei zu sein, hoffentlich schwand mit ihr nicht auch schon ein Teil der Erholung.

»Wollen wir uns am Kiosk einen Kaffee holen?«, fragte Daniel. »Wir können uns an einen der Stehtische stellen. Das Wetter ist ja gut.«

»Wo waren Sie heute Morgen?«, fragte Oda kurz darauf, als sie jeder einen Becher dampfenden Kaffees vor sich stehen hatten.

»Zu Hause. Warum?« Daniel sah sie misstrauisch an.

»Gibt es dafür Zeugen?«, wollte Christine wissen, ohne auf seine Frage einzugehen.

»Brauche ich welche?«

»Wie war das Verhältnis zu Ihrem Vater?«, fragte Christine.

»Das hat Sonia Ihnen bestimmt schon gesagt.«

Christine wunderte sich. Daniel Fröhling machte einen auf abgeklärter Typ, dabei hatte er gerade seinen Vater verloren. Warum gab er sich so emotionslos?

»Die Frau Ihres Vaters sprach davon, dass Sie Ihrem Vater sehr ähnlich seien. Im Wohnzimmer steht ein Foto von Ihnen beiden, das wohl vor einigen Monaten beim Kitesurfen aufgenommen wurde. Das Bild strahlt Harmonie aus.«

Daniel entspannte sich ein wenig. »Das stimmt. Wir sind beide sehr sportlich und haben auch schon einige Touren mit dem Motorrad zusammen unternommen. Im Großen und Ganzen kamen wir inzwischen gut miteinander aus. Das war vor ein paar Jahren nicht so, als mein Vater meine Mutter wegen Sonia verlassen hat.« Er setzte den Pappbecher an den Mund und trank einen Schluck. Dann fuhr er fort: »Damals hab ich für einige Zeit den Kontakt zu ihm abgebrochen. Er hatte ja nicht nur meine Mutter verlassen, sondern mich ebenso. Zumindest kam es mir so vor. Auch wenn er mir natürlich versichert hat, zwischen uns bliebe alles beim Alten. Er behauptete damals, meine Mutter hätte ihn schon länger betrogen und dass er das angeblich gerade erst erfahren hätte. Wahrscheinlich wollte er sich nur rausreden, weil Sonia schon schwanger war.« Daniel presste die Kiefer aufeinander, wie Christine bemerkte.

»Das muss Ihre Mutter besonders hart getroffen haben«, stellte sie fest und unterdrückte die Erinnerung an ihre eigenen Gefühle, die schlagartig in ihr aufstiegen. Auch sie war vor einigen Jahren von ihrem Mann wegen einer anderen Frau verlassen worden, die ihn schon wenige Monate später zum Vater gemacht hatte.

»Ja. Ich hab sie darauf angesprochen, dass mein Vater behauptete, sie hätte ihn zuerst betrogen, aber sie versicherte mir, das sei nicht wahr. Sie wollte sich nicht trennen. Meine Mutter magerte ab. Erst hat sie Klosterfrau Melissengeist genommen, um sich zu beruhigen und wieder ins Gleichgewicht zu finden, doch es dauerte nicht lang, bis die Flasche keine drei Tage hielt. Ich hab sie gewarnt, schließlich hat das Zeug knapp achtzig Umdrehungen, und tatsächlich hörte sie auf damit. Irgendwie ging es ihr dann auch besser. Ich dachte, sie kommt jetzt damit klar, dass mein Vater weg ist. Deswegen hab ich wieder Kontakt zu ihm aufgenommen. Immerhin hatten wir uns immer gut verstanden, und er war schließlich mein Vater.«

»Wie verstehen Sie sich mit seiner Frau? Und mit Ihrer Halbschwester?«, wollte Oda wissen.

»Luisa ist ja zu klein, um sich mit ihr zu verstehen. Und Sonia ist die Frau meines Vaters. Wenn es notwendig ist, sie zu sehen, an Geburtstagen zum Beispiel, ist das okay, ansonsten habe ich nichts mit ihr zu tun. Ich weiß, dass mein Vater es gern gesehen hätte, wenn wir uns anfreunden, aber das wäre zu viel verlangt.«

»Ich dachte, Sie verstanden sich prima mit ihm?«, fragte Christine nach. »Und Ihrer Mutter geht es doch wieder gut, sagten Sie. Warum können Sie dann nicht auch freundschaftlich mit Ihrer Stiefmutter umgehen?« Bewusst wählte sie dieses Wort, um ihn ein wenig aus seiner Reserviertheit zu locken. Daniel reagierte prompt darauf.

»Sie ist nicht meine Stiefmutter. Sie ist die neue Frau meines Vaters. Mehr nicht.«

»Sie könnte jetzt Ihre Hilfe gebrauchen«, sagte Christine leise.

Daniel sah sie kalt an. »Da hat sie Pech. Die wird sie von mir nicht kriegen.«

***

Martina Fröhling erwartete sie an der Tür ihrer Wohnung, als sie die Treppe hinaufkamen. Es roch nach Gulasch und Knoblauch, einen Fahrstuhl gab es nicht. Das vierstöckige Norder Wohn- und Geschäftshaus lag sehr zentral, schräg gegenüber befand sich ein Café, durch dessen Schaufenster man auf eine Auslage mit verlockenden Torten und Gebäck sah. Man könnte schlechter wohnen, hatte Oda gedacht, die mit einem Mal das unglaubliche Verlangen nach einer Tasse heiße Schokolade mit Schlagsahne verspürte.

»Kommen Sie herein«, bat Martina Fröhling, die nach Odas Schätzung etwas jünger als ihr verstorbener Exmann war. »Daniel hat mir schon Bescheid gesagt.«

Sie führte sie ins rustikal mit Kiefermöbeln eingerichtete Wohnzimmer. Die vier Stühle um den Esstisch waren blau gepolstert. Trotz des strahlenden Sonnenscheins draußen wirkte die Wohnung ein wenig dunkel.

»Nehmen Sie Platz.« Auch sie setzte sich, wobei sie wie in Hab-Acht-Stellung vorn auf dem Stuhl sitzen blieb. »Ich weiß gar nicht, warum Sie zu mir kommen. Jacob und ich sind seit etwas über drei Jahren geschieden, und er ja hat unmittelbar danach wieder geheiratet.«

Oda meinte, so etwas wie Anklage aus dem letzten Satz herauszuhören. Unauffällig betrachtete sie die Frau. Ein wenig aufgedunsen sah sie aus, die Gesichtsfarbe grau. Ihre Kleidung wirkte jedoch gepflegt, sie trug eine weiße Bluse zur Jeans, die braunen Haare hatte sie im Nacken zu einem Zopf zusammengebunden.

»Wir haben gedacht, Sie können uns vielleicht ein wenig mehr über die Vergangenheit Ihres Exmannes erzählen«, sagte Oda. »Seine jetzige Frau kennt ihn ja noch nicht lange.«

»Seine Vergangenheit?« Martina Fröhling kniff die Augen zusammen und schob ihren Stuhl zurück. »Entschuldigen Sie. Ich habe furchtbare Kopfschmerzen. Den ganzen Tag schon. Ich muss noch eine Tablette nehmen. Kann ich Ihnen ein Glas Wasser mitbringen?«

»Danke, nein«, lehnten sowohl Oda als auch Christine das Angebot ab. Martina Fröhling verließ die Stube und kam kurz danach zurück. Sie wirkte etwas entspannter, als sie sich nun setzte.

»Versuchen Sie es mal mit Espresso mit frisch gepresster Zitrone«, schlug Christine vor, woraufhin sie einen verständnislosen Blick erntete.

»Espresso mit Zitrone?«, hakte Martina Fröhling nach.

»Hilft mir immer ausgezeichnet gegen Kopfschmerzen«, erklärte Christine. »Da können Sie sich die Tablette sparen.«

»Ach so. Danke für den Tipp. Aber ich fürchte, das wird bei mir nicht helfen. Die Schmerzen sind chronisch. Leider. Also gut, was wollten Sie denn aus der Vergangenheit meines … Exmannes wissen? Glauben Sie, dass sein Tod etwas damit zu tun hat?«

»Wir glauben bislang gar nichts«, sagte Oda. »Es ist nur so, dass Ihr Mann der vierte gewaltsam ums Leben gebrachte Arzt innerhalb von acht Tagen ist. Wir vermuten, dass die Fälle miteinander zusammenhängen, haben die Verbindung aber noch nicht herstellen können.«

»Vier tote Ärzte? Auf Norderney?« Martina Fröhling riss entsetzt die Augen auf.

»Nein. Der Erste, ein Psychotherapeut, starb in Wilhelmshaven, der Zweite, ein Allgemeinmediziner, auf Wangerooge, der Dritte war ein Zahnarzt in Leer, und nun hat es ihren Mann, Entschuldigung, Ihren Exmann auf Norderney erwischt«, stellte Oda klar. »Sagen Ihnen vielleicht die Namen Hartmut Brauckhage, Sven Kuhlmann und Olav Klempert etwas?«

Martina Fröhling runzelte die Stirn. Oda sah, dass sie sich konzentrierte. »Sind das die anderen Toten?«

Oda nickte.

Langsam schüttelte Martina Fröhling den Kopf. »Es tut mir leid. Die Namen sagen mir nichts. Keiner davon.« Sie wirkte ruhig.

»Kommen wir zum Kokain«, sagte Christine wie selbstverständlich. »Wie exzessiv hat Ihr Exmann das konsumiert?«

»Kokain.« Martina Fröhling räusperte sich. »Wie kommen Sie darauf, dass er Kokain nahm?«

»Das dürfen wir Ihnen leider nicht erzählen«, behauptete Oda. Sie sah, wie es im Kopf der Frau arbeitete.

»Ich kann eigentlich nicht viel dazu sagen«, erklärte Martina Fröhling schließlich. »Als ich Jacob kennenlernte, zog er gern mal eine Line durch. Ich hab es auch ausprobiert, aber mir wurde schlecht davon. Später bat ich ihn, das zu unterlassen, denn er wurde irgendwie … anders, wenn er das Zeug intus hatte. Er hat mir zuliebe eingewilligt.« Sie schnaubte kurz. »Manchmal, wenn er nach Hause kam, hatte ich allerdings das Gefühl, dass er was genommen hatte. Einmal hab ich ihn drauf angesprochen. Das war nicht so gut. Er ist sehr ausfallend geworden. An dem Abend spürte ich das erste Mal, das etwas verdammt schiefließ in unserer Beziehung.« Sie lächelte traurig. »Aber wie das bei Frauen oft so ist: Man sieht, dass etwas nicht in Ordnung ist, man versucht, es anzusprechen, doch wenn eine Reaktion ausbleibt, lässt man es einfach sein.«

Ein wenig fassungslos sah Oda die Frau an. Warum um Himmels willen hatte Martina Fröhling ihr Leben nicht selbst in die Hand genommen, als sie bemerkte, dass ihr Mann Dinge tat, die sie nicht guthieß? Wo war ihr Selbstwertgefühl, ihr Stolz gewesen?

»Frau Fröhling, was für ein Verhältnis hatte Ihr Sohn zu seinem Vater?« Christine hatte längst wieder ihren Notizblock geöffnet und schrieb mit.

»Sie haben sich gut verstanden.«

»Er sagte uns, er habe zwischenzeitlich den Kontakt zu ihm abgebrochen, weil er sah, wie Sie gelitten haben«, sagte Oda.

»Inzwischen haben sie sich einander aber wieder angenähert.

Vielleicht ist es nun ein wenig anders als früher, aber sie trafen sich regelmäßig. Die beiden sind sogar zusammen in den Urlaub gefahren. Männerurlaub. Motorradfahrten. Kitesurfen. Alles, was einen Adrenalinkick gibt.« Das klang zynisch.

»Sie haben nicht das Gefühl, dass bei Ihrem Sohn eine Art Hass auf seinen Vater bestand?«

»Was ist denn das für eine bescheuerte Frage?«, regte Martina Fröhling sich auf. »Natürlich war Daniel damals wütend. Aufgebracht. Tieftraurig. Er hat unter der Trennung gelitten. Und leider hat er noch mehr gelitten, als er sah, wie schlecht es mir ging. Ich magerte ziemlich ab. Konnte kein Essen mehr bei mir behalten. Da machte er sich verständlicherweise Sorgen um mich. Immerhin war er zu dem Zeitpunkt schon einundzwanzig und kein kleines Kind mehr, sondern ein junger Mann, der gerade seine Ausbildung beendet und Verantwortung für sich selbst übernommen hatte. Der dann feststellen musste, dass sein Vater sich von seiner Midlife-Crisis hinreißen ließ, eine jüngere Frau anschleppte und mit fünfzig noch ein Kind zeugte. In dem Alter sind meine Eltern damals Großeltern geworden. Ja, Daniel war mehr als wütend auf seinen Vater. Aber das ist inzwischen vorbei.« Sie sah Oda und Christine nacheinander an. »Mehr kann ich Ihnen nicht sagen. Wenn Sie Daniels Sicht der Dinge wissen wollen, fragen Sie ihn bitte selbst, und ansonsten … ich habe seit Jahren keinen Einblick in das Leben meines Exmannes. Da müssen Sie schon mit seiner jetzigen Frau reden.«

»Ihre Scheidung«, fragte Christine, »konnten Sie die einigermaßen friedlich hinter sich bringen, oder gab es einen Rosenkrieg?«

»Nein. Es gab keinen Krieg. Jacob hat sich großzügig gezeigt, was kein Wunder war, er wollte auf die Art wohl sein schlechtes Gewissen wegen Sonia beruhigen. Und ich … schon allein wegen Daniel wollte ich eine friedliche Lösung.« Martina Fröhling stand auf. »Nun entschuldigen Sie mich aber bitte. Meine Kopfschmerzen. Ich fürchte, ich werde noch eine Tablette nehmen und mich hinlegen müssen.«

»Eine letzte Frage habe ich noch«, sagte Christine. »Ihr Mann hat Ihrem Sohn gegenüber die Trennung damit gerechtfertigt, dass auch Sie eine Affäre gehabt hätten.«

Martina Fröhling erstarrte für einen winzigen Augenblick. Dann sagte sie kalt: »Das hat er erfunden. Jacob hätte gern Daniel gegenüber den Ehrenmann gespielt, aber wir beide wussten, dass es an Sonia lag.«

***

Sie fuhren auf der Küstenstraße zurück nach Wilhelmshaven. Vorbei am Auto- und Spielzeugmuseum, das allein durch den Torbogen, der aus vier ausgemusterten und zusammengeschweißten Fahrzeugen bestand, und die riesige, bestimmt fünf Meter große Doornkaat-Flasche Aufsehen erregte, und an Deichen entlang, auf denen Kühe weideten. Christine fragte sich jedes Mal, wie sich diese großen Tiere in der Schräglage halten konnten, ohne Probleme mit ihren Hüften zu bekommen. Schließlich hatten Kühe vier davon.

»Hast du den Flyer an der Kork-Pinnwand im Flur gesehen?«, fragte sie, nachdem beide einige Zeit schweigend ihren Gedanken nachgehangen hatten.

»Du meinst den der Anonymen Alkoholiker, der zum deutschsprachigen Ländertreffen einlädt?«, fragte Oda.

Christine nickte. »Ich vermute, die Wahrnehmung ihres Sohnes, dass es Martina Fröhling besser ging, nachdem sie dieses Klosterfrau-Zeug weggelassen hat, war falsch. Sie wird sich anderweitig betäuben.«

»Oder betäubt haben, falls er sich nur im Zeitpunkt getäuscht hat. Immerhin scheint sie sich den Anonymen Alkoholikern angeschlossen zu haben. Das ist doch ein gutes Zeichen«, meinte Oda.

Christine wiegte abwägend den Kopf. »Das schon, aber ich vermute, sie ist von der einen Sucht auf eine andere umgestiegen. Du hast doch gehört, dass sie davon sprach, seit dem Morgen starke Kopfschmerzen zu haben. Die Tablette, die sie vorhin genommen hat, war sicher nicht die erste heute. Ich vermute, sie ist es gewohnt, Tabletten zu schlucken. Das zeigte ja auch ihre Reaktion auf meinen Kaffee-Zitronen-Vorschlag.«

»Kann sein, kann auch nicht sein.« Oda gähnte wieder. »Mann, bin ich müde. Ich weiß gar nicht, warum. In letzter Zeit könnte ich ständig schlafen.«

»Mach das doch. Fahr die Lehne etwas zurück, dann kannst du bis Wilhelmshaven die Augen zumachen.« Christine warf einen lächelnden Blick hinüber zu ihrer Kollegin. Die schüttelte matt den Kopf.

»Nee. Das bringt nichts. Ich kann im Auto nicht schlafen. Lass uns lieber zusammenfassen, was wir haben. Geistige Arbeit hält schließlich fit.« Oda setzte sich aufrechter hin. »Auch in diesem Fall gibt es auf den ersten Blick keine Verbindung zu den anderen toten Ärzten. Aber ich schwöre dir, da ist eine. Es hängt irgendwie alles zusammen.«

Christine nickte. »Und Daniel Fröhling ist nach Dennis Eckhoff der Erste, der nicht nur in enger Verbindung zu einem der Opfer steht, sondern auf den auch noch das von der Arzthelferin geschätzte Alter zutrifft. Die Größe stimmt ebenfalls, wenn man ihn also in Jeans und einen Kapuzenpulli steckt und ihm ein Baseball-Cap auf den Kopf setzt …« Ein Wohnwagengespann fuhr vor ihnen auf die Straße, sodass sie heftig auf die Bremse treten musste. »Blödmann«, schimpfte sie. Als hätte der Wohnwagenfahrer sie fluchen gehört, blieb er unter der erlaubten Höchstgeschwindigkeit, was Christine zur Weißglut brachte. Sie hatten ihre Zeit schließlich nicht gestohlen.

»Das kann Zufall sein. Es ist nun mal so, dass heutzutage viele junge Männer so rumlaufen, was sogar Niesteit einschließt, wie wir wissen«, gab Oda zurück. »Außerdem: Warum sollte Fröhling junior, gesetzt den Fall, er hasste seinen Vater insgeheim für das, was der ihm und seiner Mutter angetan hatte, erst einen Psychiater in Wilhelmshaven und dann die beiden Ärzte in Leer und auf Wangerooge töten?«

»Vielleicht, um von sich abzulenken?«, vermutete Christine. Immer wieder fuhr sie weit nach links, doch an ein Überholmanöver war nicht zu denken.

»Das glaube ich nicht. Das hätte er einfacher haben können und ohne quer durch Ostfriesland zu fahren.« Oda biss auf dem Nagel ihres rechten Zeigefingers herum. »Brauckhage ist der erste Tote. Er ist der Schlüssel zu allem. Wir müssen noch mal alles auf den Kopf stellen, was wir von ihm haben.«

Christine stimmte zu. »Als Frank sich damals von mir getrennt hat, habe ich therapeutische Hilfe in Anspruch genommen«, gestand sie. »Wenn es Martina Fröhling so schlecht ging, wie ihr Sohn gesagt hat, wäre es möglich, dass sie das ebenfalls getan hat.«

Das Fahrzeug mit dem Wohnwagen bog auf den Parkplatz des Neuharlingersieler Campingplatzes ab, und endlich konnte Christine beschleunigen.

»Du meinst, Brauckhage könnte ihr Therapeut gewesen sein?«, fragte Oda.

Christine nickte. »Möglich ist es.«

»Aber warum sollte ihr Sohn den Therapeuten seiner Mutter umbringen? Vor allem: Warum erst jetzt, wenn das alles schon drei Jahre her ist? Außerdem hat sie gesagt, sie kennt die Namen nicht.«

»Drei Jahre sind keine lange Zeit. Und vielleicht hat sie gelogen.«

»Ich weiß nicht. Der Brauckhage hatte seine Praxis in Wilhelmshaven. Warum hätte sie da immer hinfahren sollen? Therapeuten wird's doch auch in Norden geben.« Oda griff in ihre Hosentasche und zog eine angebrochene Packung Kaugummis heraus. Sie hielt sie Christine hin. »Du auch?«

Christine lehnte dankend ab. »Vielleicht ist Brauckhage kürzlich umgezogen. Lemke kann sicher schnell herausfinden, wie lange er schon in Wilhelmshaven wohnt. Stell dir nur mal vor, sie hat es nicht verkraftet, dass ihr Therapeut seinen Lebensmittelpunkt nach Wilhelmshaven verlegt und sie ›verlassen‹ hat, womöglich gar im Anschluss an seine sogenannte ›erfahrungstherapeutische‹ Behandlung. Für eine labile Person könnte das Grund genug sein, wieder in den Alkohol abzudriften. Und ein Motiv für den Sohn, ihn zu töten. Ihn und den Vater.«

»Und die beiden anderen? Reine Ablenkungsmanöver? Ausgesucht nach dem Zufallsprinzip? Nein. Also wirklich, das glaube ich nie und nimmer.« Oda schob sich den Kaugummi in den Mund. »Da muss noch mehr dahinterstecken. Daniel Fröhling könnte trotzdem in die Sache involviert sein. Er hat das richtige Alter, ein Motiv in mindestens einem der Todesfälle und die passende Mutter – deren Vorname Martina bei der Erstellung eines Facebook-Profils auf Ma Ria gekürzt werden kann. Er arbeitet zudem im Schichtdienst und könnte mal abends, mal tagsüber unterwegs gewesen sein, ohne dass das ungewöhnlich wäre oder jemandem auffiele. Wir sollten die Tatzeitpunkte mit seinem Dienstplan abgleichen.« Oda griff zu ihrem Smartphone. »Hi Lemke, ich bin's«, sagte sie kurz darauf, »bevor du gleich Feierabend machst, kannst du noch ein paar Dinge für uns erledigen.«

Christine hörte, dass ihr Kollege etwas entgegnete, woraufhin Oda sagte: »Alles klar. Aber schreib es dir schon mal auf, damit du es gleich morgen früh angehen kannst.« Sie gab die entsprechenden Rechercheaufgaben durch. »Dann viel Erfolg und 'nen schönen Feierabend.«

Christine warf Oda einen verwunderten Blick zu, nachdem die das Gespräch beendet hatte. »Viel Erfolg? Wobei?«

Oda griente. »Lemke muss mit seiner Mutter zum Augenarzt. Er sagt, sie sieht nicht mehr gut, aber sie behauptet das Gegenteil. Sie will partout keine neue Brille, aber er meint, sie würde vieles auch beim Abwaschen und so nicht mehr sehen, und langsam sei seine Geduld am Ende. Er habe ihr gedroht, wenn sie ihre Augen nicht überprüfen und sich eine vernünftige Brille machen lässt, kommt er nicht mehr zum Essen.«

»Oje. Das ist ja eine harte Drohung.« Auch Christine lachte. »Ich kann mir richtig vorstellen, wie die zwei sich gegenüberstehen und austesten, wer der Stärkere ist.«

Die ganze Abteilung kannte Lemkes Mutter. Des Öfteren brachte sie einen selbst gebackenen Kuchen vorbei, was Lemke peinlich war, von den anderen aber begeistert angenommen wurde. Christine mochte den Stachelbeer-Baiser-Kuchen am liebsten.

Oda wollte ihr Handy gerade zurück in die Tasche stecken, da poppte eine Mitteilung auf dem Bildschirm auf, und Christine hörte, wie sie laut einatmete.

»Ma Ria hat gerade einen neuen Post abgesetzt«, sagte Oda.

»Woher weißt du das?«, fragte Christine verblüfft.

»Ich hab mich gestern Abend auch bei Facebook angemeldet«, erklärte Oda, als sei es das Natürlichste auf der Welt. »Alex hat mir erklärt, wie das läuft. Ich hab Freundschaftsanfragen an alle geschickt, die ich kenne. War gar nicht so schwer, die meisten sind ja mit ihrem normalen Namen angemeldet. Ich war wirklich erstaunt. Dann hab ich in den Freundeslisten meiner neuen Facebook-Freunde geguckt und bin auf immer mehr Bekannte gestoßen. Und schließlich hab ich Ma Ria eine Anfrage geschickt.«

***

»Was für ein Tag!« Oda gab Jürgen, der gerade einen Paprika-Avocado-Salat zubereitete, einen Kuss, reckte den Hals nach vorn, nach hinten und zur Seite, woraufhin es in ihrer Halswirbelsäule leicht knackte, und ließ sich auf einen der Küchenstühle fallen.

»So schlimm?«, fragte Jürgen und träufelte Limettensaft über die Avocado.

»Ach, eigentlich ging es, aber auf der Rückfahrt von Norden war ich wieder so müde, bestimmt ist mein Eisenspiegel total im Keller.«

»Rote Bete würde helfen, die passt da nur leider nicht zu«, sagte Jürgen mit Blick auf die Schüssel bedauernd. »Ich brate gleich noch Gambas, aber morgen kann ich einen Rote-Bete-Salat machen. Mit Petersilie, Schafskäse und ein paar Orangenspalten.«

Oda schmunzelte. Während sie einen Ausgleich zum Job darin fand, mit einem Buch auf der Couch zu liegen, erholte sich Jürgen, wenn er am Herd stand. Das Kochen würde seinen Kopf freipusten, behauptete er, da müsse er sich auf die richtige Menge Salz, Pfeffer und Gewürze konzentrieren und darauf, die Garzeit einzuhalten, damit nichts anbrannte oder verkochte … Oda war es recht, denn alles, was er rund um den Herd zauberte, schmeckte ausgesprochen gut.

»Kannst dich ja damit schon mal stärken.« Jürgen wusch sich die Hände und stellte frisch gebackenes Baguette und ein Schälchen mit Trüffelöl auf den Tisch. »Magst du ein Glas Wein?«

»Ein Bier ist mir heute lieber.« Oda stand auf und schnappte sich ein Jever Fun aus dem Kühlschrank. Durstig setzte sie die Flasche an die Lippen. »Was man im Laufe von Ermittlungen nicht alles über seine Kollegen erfährt …«, sagte sie. »Ich hätte nie gedacht, dass Christine psychotherapeutische Hilfe in Anspruch genommen hat, als Frank sie verlassen hat. Ich hab gedacht, die ist so tough … Als das mit Thorsten damals in die Brüche ging, wäre ich eher in einen Kampfsportverein eingetreten, als zu einem Psychoheini zu gehen.«

»Biste aber nicht, oder?« Jürgen stellte die Pfanne auf den Herd und gab etwas Olivenöl hinein.

»Was bin ich nicht?«

»In einen Kampfsportverein eingetreten.« Schnell war das Öl heiß, und Jürgen legte die Gambas in die Pfanne. Es spritzte ein wenig, und er stellte die Dunstabzugshaube an.

Oda lachte. »Hast du Angst?«

Er zwinkerte ihr zu. »Bei dir weiß man ja nie.«

»Nee. Dazu war ich dann doch zu bequem. Ich bin in die Videothek gegangen und hab mir jede Menge Herzschmerz-Filme ausgeliehen, bei denen ich ungeniert heulen konnte. Das tat auch gut.« Sie nahm sich eine Scheibe Baguette und tunkte sie ins Öl. »Diese Ma Ria hat vorhin wieder einen neuen Beitrag auf Facebook eingestellt.«

Jürgen räusperte sich. »Geht's um den Toten im Strandkorb?«

Oda hob alarmiert den Kopf. »Du hast eine weitere Mail erhalten? Wieder mit einem Foto?« Sie legte die angebissene Scheibe auf den Teller.

»Ja.« Jürgen wendete die Gambas.

»Warum hast du uns das nicht gesagt? Beziehungsweise warum hast du die Mail nicht an uns weitergeleitet?« Oda bemühte sich, ruhig zu bleiben. Dieser Fall war der erste, in dem Berufliches und Privates auf unschöne Art miteinander vermengt wurden.

»Die Mail kam gerade erst rein. Ich hab noch kurz auf mein Handy geguckt, bevor ich mit dem Salat anfing, weil ich wissen wollte, ob du dich gemeldet hast. Da hab ich es gesehen. Und weil ich dachte, wenn du nichts schreibst, bist du bald zu Hause, hab ich mir gesagt, es reicht, wenn ich dir jetzt Bescheid gebe.«

»Was stand in der Mail?« Mit Appetit aß Oda nun doch den Rest Brot.

»Nur ein Satz. ›Gottes Mühlen mahlen langsam, aber gerecht.‹ Ich werde nach dem Essen noch einen Artikel für den ›Kurier‹ schreiben müssen. Anweisung von oben. Die gab's aber schon, bevor ich die Mail mit dem Foto erhielt. Ich hatte mich erst gewundert, denn man sieht darauf nur einen Mann im Strandkorb sitzen, doch dass es auf Norderney einen Toten gab, kam schon zeitig bei uns an, und der Chef meint, auch wenn wir nicht wirklich etwas Neues zu berichten haben, sollten wir auf jeden Fall einen Artikel über den Mord bringen.« Jürgen nahm die Pfanne vom Herd. »Legst du mal eben Besteck hin und schenkst mir ein Glas Weißwein ein?«

Mittwoch

Mit einer gehörigen Portion Wut im Bauch fuhr Christine ins Büro. Passend zu ihrer Stimmung war der Himmel heute verhangen. Die Temperaturen waren zwar noch sommerlich, doch statt des hellen Blaus sah man nur unschönes Grau. Nicht einmal Wolken waren auszumachen, der Himmel war einfach nur mörtelfarben.

Mit der Zeitung in der Hand lief sie die Treppen hinauf. Lemke saß bereits in seinem und Niecksteits Büro. »Was für ein Mist«, fluchte Christine, als sie den »Kurier« auf seinen Schreibtisch warf.

»Kannste wieder wegnehmen, ich hab den auch schon gelesen«, sagte Lemke stoisch. »Und du brauchst Oda nicht quer ins Maul zu nehmen, sie kann nichts dafür.«

»Hab ich ja auch nicht gesagt.« Christine verschränkte die Arme vor der Brust. »Es ärgert mich nur kolossal, dass die Leute durch so was denken, wir würden unsere Arbeit nicht ordentlich machen. So schnell, wie der Typ tötet, kann man ja einfach nicht hinterherkommen.« Sie spürte, dass ihre Ader am Hals heftig pulsierte. »Wie weit bist du?«

Lemke sah sie nachsichtig an. »Kollegin. Ich bin auch erst seit zwanzig Minuten im Büro. Habe meinen PC hochgefahren und mich ins System eingeloggt. Einiges von dem, was Oda mir gestern durchgegeben hat, hab ich schon herausfinden können, bevor ich gestern Feierabend machen musste. Lass mich das eben noch fertigstellen, dann komm ich rüber und informiere euch.«

»Ach ja. Du warst ja mit deiner Mutter beim Augenarzt.« Christine entspannte sich. »Was ist dabei herausgekommen?«

Lemke nahm die Finger von der Tastatur. »Meine Mutter ist unglaublich. Sie wollte tatsächlich verhindern, dass ich beim Gespräch mit dem Arzt dabei bin, aber den Zahn hab ich ihr gezogen. Ich garantiere dir, wenn sie allein mit ihm gesprochen hätte, wäre alles beim Alten geblieben.« Er lächelte.

Christine sah Heikos Mutter geradezu vor sich, wie sie in der Praxis die Hände in die Hüften stemmte und darauf bestand, allein ins Sprechzimmer zu gehen. Auch sie musste schmunzeln.

»Letztlich haben wir uns auf einen Kompromiss geeinigt. Der

Arzt hat zwar für eine Gleitsichtbrille plädiert, aber davon will meine Mutter nichts wissen. Sie habe nur Schlimmes darüber gehört, behauptet sie. Ihre Freundinnen hätten reihenweise die Fallsucht gehabt, nachdem sie Gleitsichtbrillen bekommen hatten. Darum sind wir übereingekommen, dass sie sich eine neue Brille mit Fernsicht und Leseteil anschafft.«

»Da drücke ich ihr die Daumen, dass sie damit gut zurechtkommt und besser sehen kann«, sagte Christine zuversichtlich.

»Das hoffe ich auch«, gab Lemke zu. »So ist es wirklich kein befriedigender Zustand.«

»Wer ist nicht befriedigt?«, fragte Oda, die gerade aus dem Flur ins Büro trat.

»Das geht dich nichts an«, sagte Lemke spitzbübisch.

»Haste schon was für uns?«, entgegnete sie ein wenig eingeschnappt, woraufhin er schlagartig kühl wurde.

»Wenn ihr beiden mich mal in Ruhe arbeiten lassen würdet, hättet ihr die Ergebnisse schneller.«

»Okay.« Oda klang überraschenderweise amüsiert. »Wenn du uns denn so gar nicht haben willst, gehen wir eben. Komm, Christine.«

Erheitert verließen sie das Büro. Auf dem Flur kam ihnen Sascha Meier entgegen, der gemeinsam mit dem Kollegen Herz die Frühschicht an der Pforte hatte.

»Es gibt was Neues«, rief er aufgeregt und schwenkte sein Smartphone. »Ma Ria hat ein Foto des Artikels im ›Kurier‹ bei Facebook eingestellt. Und eins von dem im ›Wochenblatt‹. Und eines vom ›Anzeiger für Harlingerland‹.«

»Echt?«, fragte Oda. »Das wussten wir nicht. Danke fürs Bescheidsagen.«

»Wollt ihr es nicht sehen?«, fragte Meier erstaunt und wies etwas ratlos auf sein Handy.

Oda strahlte ihn an. »Ich bin seit vorgestern selbst auf Facebook«, verkündete sie stolz. »Mein Sohn hat mir geholfen. Ich hab mich natürlich gleich mit Ma Ria ›befreundet‹.«

»Ach so.« Meier klang enttäuscht. Wahrscheinlich hatte er gedacht, er könnte als Facebook-Wachhund seinen Anteil zur Aufklärung der Morde beitragen. »Falls ihr aber Hilfe braucht, meldet euch!«

»Das machen wir auf jeden Fall«, bekräftigte Christine, während

Oda schon vorlief und ihren PC startete. Neugierig stellte Christine sich daneben und sah ihrer Kollegin zu, wie sie die Facebook-Seite öffnete und sich einloggte.

***

Mit zur Seite gelegtem Kopf betrachtete er das Foto. Dieser Mann war der Letzte auf seiner Liste. Nah dran und doch weit entfernt. Wie würde er reagieren, wenn er ihn auf Maria ansprach? Würde er sich ebenfalls in Ausreden flüchten? Die anderen hatten versucht, ihn zu verspotten. Aber er hatte alles, was er zum Beweis brauchte.

Vielleicht sollte er noch ein paar Tage warten. Nicht gleich erneut zuschlagen. Sollten sie ruhig ermitteln, sollten sie versuchen, hinter das Rätsel zu kommen. Sie würden es nicht schaffen. Weil sie das Gesamtbild nicht sahen.

Sie unterschätzten ihn.

Es war nicht das erste Mal, dass er unterschätzt wurde. Anfangs hatte er gedacht, das sei in Ordnung, die anderen seien klüger, hätten recht. Aber das stimmte nicht. *Er* war klüger. Wie leicht er mit ihnen spielen konnte. Es war geradezu verblüffend einfach. »Ma Ria« war nicht zu enttarnen. Schließlich kannte er sich aus. Wusste, wie man Spuren im Internet verwischen konnte. In diesem Fall legte *er* eine Spur aus, der sie folgten. Folgen mussten. Sie hatten sonst nichts. Und nur er allein würde bestimmen, wann das Spiel aus war. Wann sie vor der Mauer landen würden, an der ihre Reise endete.

Wieder betrachtete er das Bild. Ein schmales Lächeln umspielte seinen Mund. Etwas in dem Gesicht kam ihm bekannt vor, erinnerte ihn an sich selbst. Ein offener Ausdruck lag darin. Zufriedenheit. Es war ein Gesicht, das ohne List und Tücke zu sein schien, das demonstrierte: Seht her, ich habe es zu etwas gebracht in meinem Leben!

Ja, der Mann wirkte tatsächlich vertrauenerweckend. Seine dunkle Seite konnte er vortrefflich verstecken. Aber auch er würde sich dem stellen müssen, was gewesen war.

Er kannte die Wahrheit. Und er allein bestimmte die Stunde, in der alles ans Licht kommen würde.

Das Telefon klingelte. Mit leichtem Bedauern löste er sich von dem Anblick.

***

»Was hältst du davon?«, fragte Oda und deutete auf die Fotos, die auf Ma Rias Facebook-Seite die Schlagzeilen des »Wilhelmshavener Kuriers«, des »Jeverschen Wochenblatts« und des »Anzeigers für Harlingerland« wiedergaben. »Schon vier Ärzte-Morde in Ostfriesland!« – »Wer stoppt den wahnsinnigen Serientäter?« – »Polizei scheint mit Mordserie in Ostfriesland überfordert zu sein.«

Es folgten Details zu den einzelnen Taten, die nur minimal über den gestern noch aktuellen Wissensstand der Presse und jene Informationen hinausgingen, die sie selbst herausgegeben hatten. Anders als seine Kollegen hatte Jürgen darauf verzichtet, die Bilder abzudrucken, wofür Oda ihm sehr dankbar war. Er hatte lediglich hinzugefügt, dass sich eine anonyme Quelle mit zusätzlichen Informationen direkt an die Presse wandte und den Redaktionen Material zuspielte.

Lemke trat ins Zimmer. »So, nun hab ich was für euch.«

»Guck erst mal hier«, sagte Oda und deutete auf den Bildschirm. »Wo steckt eigentlich Niiksteit?«

»Der hat sich krankgemeldet. Hat wohl starke Zahnschmerzen und will zum Arzt.«

»Oh.« Oda verzog das Gesicht. »Da möchte ich nicht mit ihm tauschen.«

Lemke stellte sich neben Christine, und zu dritt betrachteten sie die Einträge.

»Wer ist der Informant?«, fragte er und sprach damit das aus, worüber auch Oda und Christine bereits gerätselt hatten. »Wer steckt hinter Ma Ria?«

»Die Infos kamen wie die vom Montag über eine gewöhnliche web.de-Mailadresse. Die kann sich jeder ganz einfach und ohne Überprüfung der Identität erstellen.«

»Die Kollegen in Hannover finden schon noch heraus, von welcher IP-Adresse aus der Mailaccount angelegt wurde. Gestern hatten sie noch nichts, aber die kriegen das hin. Und dann haben wir Ma Ria.« Auf Lemkes Gesicht machte sich ein Lächeln breit, das darauf schließen ließ, dass sein Jagdinstinkt erwacht war. »Interessant ist übrigens die Auswahl der Zeitungen.«

»Wie meinst du das?«, wollte Christine wissen.

»Ma Ria hat allem Anschein nach nur Zugriff auf drei Zeitungen, die er heute Morgen in seinem direkten Umfeld gekauft haben muss«, erklärte Lemke zufrieden. »Das grenzt seinen oder ihren Wohnort ein. Obwohl ich davon ausgehe, dass wir es mit einem Mann zu tun haben, die Art der Tötung bei Klempert, Fröhling und auch Kuhlmann lässt mich daran zweifeln, dass es sich bei Ma Ria um eine Frau handelt. Er mag zwar, um zu morden, überall hinfahren und per E-Mail auch sämtliche Redaktionen in ganz Ostfriesland mit Informationen versorgen können, doch die Tagespresse der Region steht ihm nicht uneingeschränkt zur Verfügung. Sonst hätte er sicher auch ein Foto der ›Norderneyer Badezeitung‹ gepostet.« Er zuckte kurz mit den Schultern. »Ich weiß nämlich, dass der Tote im Strandkorb *das* Thema auf der heutigen Titelseite war, wenngleich nicht in reißerischer Form. Auf das Foto hat man verzichtet.«

Oda sah ihn zufrieden an. »Dafür hast du dir echt einen Orden verdient. Oder einen Mittagsdöner oder so. Da wär ich jetzt nicht so schnell drauf gekommen. Können wir dadurch schon irgendwen ausschließen?«

Lemke schüttelte abwägend den Kopf. »Muss erst noch abklären, wo man überall die abfotografierten Zeitungen, nicht aber die ›Norderneyer Badezeitung‹ kriegen kann.«

»Manchmal habe ich den Eindruck, wir sind in einigen Bereichen zu naiv«, stellte Christine fest. »Sagt mal ehrlich. Wir haben es mit einem überaus gerissenen Täter zu tun, der kaum verwertbare Spuren an den Tatorten hinterlässt. Der uns auf eine Fährte lockt, die er akribisch vorbereitet hat. Der könnte in diesem Augenblick auf Norderney sitzen und sich ins Fäustchen lachen, weil wir genau das vermuten, was er uns glauben macht. Vor ihm liegt dann garantiert die Badezeitung. Vielleicht hat er es ja bewusst genau andersherum aufgezogen. Er hat die Zeitungen fotografiert, die uns auf eine bestimmte Spur bringen sollen, und die rausgelassen, die einen klaren Hinweis auf seinen Aufenthaltsort geben würde. Er will uns Sand in die Augen streuen.«

»Mag sein, dass du damit recht hast, zumindest sollten wir beides in Erwägung ziehen. Was Norderney angeht, habe ich übrigens auch noch etwas anderes: Ihr hattet nach Brauckhages bisherigen Wohnorten gefragt«, wechselte Lemke das Thema. »Und stellt euch vor: Ich habe herausgefunden, dass er bis vor knapp zwei Jahren auf Norderney in der Kurklinik als Therapeut gearbeitet hat. Ich bin im Internet auf einige Artikel gestoßen, in denen er im Zusammenhang mit der Klinik nicht nur erwähnt wird, es gibt auch welche, die mit Fotos geschmückt sind. Und darauf ist Brauckhage ganz deutlich zu erkennen.«

»Also könnte Martina Fröhling wirklich seine Patientin gewesen sein«, sagte Oda und schlug mit der flachen Hand auf die Schreibtischplatte.

»Wir müssen versuchen, das zu überprüfen«, sagte Christine. »Am besten fahren wir gleich mal bei Adele Behrens vorbei. Schließlich sind nicht alle Akten in Brauckhages Praxis verbrannt, und zur Not wenden wir uns an die Ärztekammer oder die Privatärztliche Verrechnungsstelle. Er muss seine Leistungen ja abgerechnet haben. Außerdem sollten wir nachforschen, ob während dieser Zeit eine Verbindung zu Klempert bestand. Das bringt uns vielleicht endlich ein Stück nach vorn.«

»Was das angeht, bin ich auch in anderer Hinsicht endlich fündig geworden. Die Kokain-Kette wurde anscheinend durchbrochen, denn die Techniker haben bei unserem letzten Opfer nicht einen Krümel des weißen Pulvers gefunden, aber: Kuhlmann, Klempert und Fröhling haben zusammen das Grundstudium absolviert. Zumindest die drei könnten sich aus Münster kennen. Ich hätte das bestimmt schon früher entdeckt, wenn sie ihr Studium nicht in verschiedenen Städten abgeschlossen hätten. Kuhlmann hat seinen Abschluss in Heidelberg gemacht, Fröhling in Göttingen, Klempert blieb in Münster. Brauckhage fällt da raus. Der hat komplett in München studiert. Vielleicht redet ihr mal mit der Mutter von Olav Klempert. Die lebt in Jever. Sie könnte mehr über seine Studentenzeit wissen als die Ehefrauen oder der Sundermann. Ich komm da deswegen drauf, weil meine Mutter alles, was ich mache, wie ein Schwamm in sich aufsaugt. Die kann euch heute noch sagen, mit wem ich im Sandkasten gespielt hab.«

***

»Sagen Sie mal, Herr Töpfer, was haben Sie sich eigentlich dabei gedacht?« Dieter Schröder, der Chefredakteur des »Wilhelmshavener Kuriers«, knallte die heutige Ausgabe der Zeitung vor ihn auf den Tisch.

Jürgen hatte befürchtet, dass sein Chef auf diese Art reagieren könnte, dennoch hatte er sich dafür entschieden, die von Ma Ria gesendeten Fotos nicht in den Artikel einzubinden. Er nahm eine aufrechte Körperhaltung ein. Er stand zu und hinter dem, was er veröffentlichte.

»Objektiver Journalismus braucht keine reißerischen Bilder«, entgegnete er. »Worte sind aussagekräftig genug, und solange ich ein solches Motiv nicht von offizieller Seite habe, sondern nur aus einer anonymen Quelle, ist dem ›Kurier‹ mehr damit gedient, die Fakten ohne Bilder zu nennen. Immerhin ist der Artikel der Leitartikel auf Seite eins. Wir hätten durch ein Bild von dem toten Mann im Strandkorb kaum mehr Aufmerksamkeit erregt. Wenn man nicht weiß, dass er tot ist, erkennt man es ja auch gar nicht. Und ich empfinde es als Störung der Totenruhe, das Bild zu veröffentlichen.«

»Was Sie empfinden oder nicht, ist mir vollkommen egal! Die Konkurrenz hat die Bilder gebracht! Was meinen Sie denn, zu welcher Zeitung man in den Kiosken, Bahnhofsbuchhandlungen und Supermärkten greift, in denen die Blätter einträchtig nebeneinander zum Verkauf angeboten werden? Verdammt noch mal! Es geht um Zahlen, Herr Töpfer! Um Auflage! Bilder bleiben nachhaltig in den Köpfen der Leute hängen, damit verbinden unsere Leser was. Uns sterben ohnehin die Abonnenten weg. Jedes Jahr haben wir mit sinkenden Abozahlen zu kämpfen, das muss ich Ihnen doch wohl nicht sagen! Und statt dass Sie das Material verwerten, das Ihnen zugespielt wird, lassen Sie es unter den Tisch fallen, wohingegen die Konkurrenz diese Aufnahmen mit Kusshand verwertet?« Schröder stand wütend auf. »Damit ist jetzt Schluss, Sie müssen umdenken, was die Präsentation der Artikel angeht. Es gilt, die jungen Leute mit ins Boot zu holen. Sonst sind wir als Printmedium schneller vom Markt gefegt, als uns lieb ist. Und ich muss kein Prophet sein, um Ihnen zu sagen, dass das auch Ihren Arbeitsplatz betrifft. Wenn wir für die jungen Leute in unserer Region nicht mehr attraktiv sind, haben wir verloren. Dann wird es in naher Zukunft vielleicht noch die Anzeigenblätter geben, die über Regionales berichten. Aber das, was eine Zeitung heute ausmacht, ist dann vorbei. Herrschaftszeiten, Sie schaufeln sich Ihr eigenes Grab, wenn Sie derartiges Bildmaterial nicht verwerten! Und nicht nur Ihres, auch das unserer Zeitung.«

***

Adele Behrens erwartete sie in der Praxis. Es roch im ganzen Haus noch immer nach kaltem Rauch, da nützen auch die geöffneten Fenster im Hausflur und den Praxisräumen nichts.

Die Sprechstundenhilfe sah müde aus. »Ich geb mir ja wirklich Mühe, alles wieder vernünftig herzurichten, aber falls es einen Nachfolger für Dr. Brauckhage gibt, wird der nicht drum rumkommen, hier gründlich zu renovieren. Ich hab keine Ahnung, ob die Ärztekammer sich darum kümmert … oder müsste das die Witwe machen? Bei Dr. Schmidt war es ja so, dass er sich selbst um einen Nachfolger gekümmert hat, aber wenn ein Arzt einfach so stirbt?«

»Damit kennen wir uns leider auch nicht aus«, gab Christine zurück. »Ich vermute, Frau Brauckhage wird sich mit der Kammer in Verbindung setzen. Haben Sie denn schon mit ihr gesprochen?«

»Ja. Ich bin hingefahren und hab kondoliert. Das gehört sich schließlich so, immerhin habe ich einige Jahre für den Doktor gearbeitet. Ist ja noch 'ne junge Deern, die Jaqueline. Und nun steht sie da. Studentin und schwanger. Ohne Mann. Hoffentlich hat der Chef sie wenigstens gut abgesichert. Zumindest kriegt sie ja, sobald das Kind geboren ist, die große Witwenrente. Auch wenn sie noch keine fünf Jahre verheiratet sind und sie noch nicht fünfundvierzig ist.« Sie schien Christines skeptischen Blick zu bemerken. »Ich hab mich im Internet schlaugemacht. Hab ja jetzt Zeit. Außer dass ich den Patienten absagen und hier aufräumen musste, hab ich seit Tagen nichts zu tun. Da hat die Jaqueline direkt Glück im Unglück, oder?«

Christine zuckte mit den Schultern. Mit was für Sachen sich die Frau beschäftigte … Das war schon ein wenig schräg. »Tja … Wie man's nimmt«, sagte sie denn auch nur.

»Können wir uns vielleicht jetzt den Unterlagen zuwenden, wegen denen wir hier sind?«, fragte Oda ein wenig genervt.

»Natürlich, entschuldigen Sie«, gab Adele Behrens kleinlaut zurück, »manchmal gerate ich ins Überlegen und rede einfach drauflos. Die Akten der Patienten, die aktuell nicht mehr bei ihm in Behandlung waren, habe ich hier vorne aufbewahrt. Und da sind sie immer noch. Die Metallschränke haben das Feuer zum Glück überstanden, das kam ja gar nicht erst bis hierher, die …«

»Frau Behrens, bitte«, sagt Oda schneidend.

»Entschuldigung. Es ist nur …« Sie lief auf eine schulterhohe Schubladenwand zu. »Nach wem suchen Sie denn?«

»Martina Fröhling. Sie könnte schon Dr. Brauckhages Patientin gewesen sein, bevor er nach Wilhelmshaven kam.«

Adele Behrens zog eine Lade auf und überflog die Pappordner. »Sie haben Glück«, sagte sie, als sie eine rosa Patientendatei herauszog. »Hier ist sie. Die Akte hat der Doktor mitgebracht, die hab ich nicht angelegt. Er hat natürlich ein paar seiner Patienten von früher behalten …« Sie stutzte. »Ich muss Ihnen die Akte aber gar nicht geben, oder? Das fällt doch unter die ärztliche Schweigepflicht. Auch wenn der Doktor nun tot ist.«

»Stimmt«, gab Oda zu. »Aber das ist auch gar nicht nötig. Uns interessiert nicht, was da drinsteht. Wichtig ist nur, dass die Dame seine Patientin war. Und falls wir es wider Erwarten doch noch für notwendig erachten, einen Blick in die Akte zu werfen, kommen wir mit einem richterlichen Beschluss wieder. Danke erst einmal.«

Christine reichte der Sprechstundenhilfe die Hand. »Danke, Frau Behrens. Ich drücke Ihnen ganz fest die Daumen, dass sich schnell jemand findet, der die Praxis übernimmt. Und Sie auch.«

Adele Behrens zog die Nase hoch. »Das ist lieb. Sonst muss ich mich beim Arbeitsamt melden. Wissen Sie, ich war noch nie arbeitslos, das ist …«

»Auf Wiedersehen«, fuhr Oda uncharmant dazwischen und drehte sich um.

***

»Da haben wir mal wieder Glück gehabt«, sagte Oda zufrieden, als sie das Haus in der Rheinstraße verließen. »Du hattest den richtigen Riecher. Okay, das ist jetzt nicht so ganz politisch korrekt gewesen, aber … egal. Nach dieser Aussage können wir der Dame Fröhling noch mal intensiver auf den Zahn fühlen.«

Christine entriegelte das Auto. »Ja. Ich verstehe gar nicht, warum sie behauptet hat, sie hätte den Namen Hartmut Brauckhage noch nie gehört. Die muss sich doch denken können, dass wir in der Lage sind, das zu überprüfen.«

»Vielleicht hat sie unsere Frage als Beweis dafür angesehen, dass wir es eben nicht herausfinden können. Weil es die ärztliche Schweigepflicht und keinen offensichtlichen Zusammenhang zwischen Brauckhage und Fröhling gibt.« Oda ließ sich auf den Beifahrersitz fallen, und Christine startete den Motor. »Ich bin gespannt, was wir in Jever erfahren.«

Sie waren Lemkes Rat gefolgt und hatten bei Brigitte Klempert angerufen, um ihr Kommen anzukündigen, was sich als klug erwiesen hatte, da Frau Klempert mittwochvormittags normalerweise zum Bridgespielen ging. Während der knapp zwanzigminütigen Fahrt in die Heimat des friesisch herben Bieres überlegten sie, aus welchen Gründen Martina Fröhling geleugnet haben könnte, Brauckhage zu kennen. Hatte sie Angst gehabt, mehr als nötig in den Fall verwickelt zu werden, wenn sie zugab, eines der anderen Opfer gekannt zu haben? War sie der Schlüssel zur Aufklärung der Taten? Oder gar die Täterin?

»Aber warum sollte sie gerade jetzt ihren Exmann töten? Und warum Brauckhage? Das mit der Scheidung ist doch Schnee von gestern«, wandte Christine ein. »Außerdem hat das Mädchen von Norderney ausgesagt, sie hätte zwei Männer in dem Strandkorb sitzen sehen. Von einer Frau war nicht die Rede. Das passt nicht. Und wo liegt das Motiv für die Taten an Kuhlmann und Klempert?«

Oda atmete mit geblähten Wangen aus: »Phhh. Das kann ich dir jetzt auch nicht sagen.«

»Mir drängt sich immer mehr der Eindruck auf, dass wir es hier mit einem Täter zu tun haben, der nach einem genau geplanten Muster vorgeht«, sagte Christine. »Und ich vermute, dass wir den Auslöser für diese Taten bei Brauckhage suchen müssen. Er war der Erste, und der Ablauf passt nicht zu den anderen Opfern. Bei ihm gab es nur den Schlag gegen den Kehlkopf, der zum Ersticken führte, es war kein Messer im Spiel, es wurde kein Blut vergossen. Und dann das Feuer. Warum sollte der Mörder jeden Hinweis auf eine handfeste Auseinandersetzung vernichten wollen und es so aussehen lassen, als sei Brauckhage durch das Feuer ums Leben gekommen, wenn er doch nur das erste Opfer in einer Reihe mehr oder weniger offen verübter Morde war? Ich finde, das sieht nach einer Ausnahme von der Regel, nach einer emotionalen Kurzschlusshandlung aus.«

»Hm.« Oda schnaufte in der Art, wie Margret Rutherford es als Jane Marple immer so herrlich gemacht hatte. »Vielleicht sollten wir das Thema Judo noch einmal genauer einbeziehen, Jaqueline Brauckhage und ihre Mutter sind auf diesem Gebiet schließlich Spezialistinnen.«

Sie verließen die Schnellstraße und fädelten sich auf die Bundesstraße ein, an deren Ende sie rechts abbiegen mussten. Doch die Ampel zeigte Rot. Das markante flache gelbe Gebäude rechter Hand war vor Jahren ein gut gehendes Möbelhaus gewesen, bis es aufgegeben worden war. Im Zuge der großen Flüchtlingswelle war es in eine Notunterkunft für jene umfunktioniert worden, die nach Deutschland geflohen waren. Inzwischen stand es erneut leer.

»Dann müssten Jaqueline Brauckhage und ihre Mutter auch die anderen Opfer gekannt haben. Jaqueline halte ich für zu jung, um in engerer Beziehung zu den anderen Männern gestanden zu haben. Wenn, wäre es eher ihre Mutter. Die ist sechsundvierzig und könnte das Bindeglied zwischen dem zwei Jahre jüngeren Brauckhage und den sechs Jahre älteren anderen Opfern sein.«

»Aber woher sollten die sich kennen? Brauckhage hat nie in Münster studiert.« Oda zog ihr Handy aus der Hosentasche. Sie tippte darauf herum, und kurz darauf hatte sie Lemke an der Strippe, wie Christine hörte. »Heiko, was wissen wir über die Vergangenheit von Anke Rietdorf? Hat die vielleicht auch in Münster gelebt? Studiert? Könnte sie die anderen Opfer gekannt haben? – Okay. Und wissen wir, ob Kuhlmann und Fröhling auch Judo gemacht haben? Vielleicht nebenher im Studium? Klempert hat doch sogar mal irgendeinen Pokal gewonnen. Ach ja, und überprüfe doch bitte Anke Rietdorfs Alibis für die anderen mutmaßlichen Tatzeiten. – Danke! Bist ein Schatz. Ist Niecksteit inzwischen eigentlich vom Zahnarzt zurück? – Oh je, ich glaub, ich hab in der Personalküche noch ein Kühlpack im Gefrierfach, das kann er sich gern nehmen. – Jo, mach's gut.« Sie legte auf. »Heiko kümmert sich drum, und Niecksteit hat 'ne dicke Backe. Der Zahn ist gezogen worden.«

Die Ampel sprang auf Grün, und Christine fuhr an. Eine Familie mit vier Kindern schob einen Kinderwagen über den Zebrastreifen am Kreisel. Wieder stieg sie auf die Bremse. »Vielleicht sind wir nach dem Gespräch mit Klemperts Mutter schlauer«, sagte sie. »Ich hoffe ja, dass die uns einiges aus der Studentenzeit ihres Sohnes berichten kann.«

»Das glaubst du doch nicht im Ernst?«, fragte Oda überrascht. »Meinst du, der war ein Muttersöhnchen?«

»Wie kommst du da denn drauf?«

»Hör mal, der hat in Münster gewohnt. Der wird doch nicht ständig mit seiner Mama telefoniert und ihr berichtet haben, was er getan hat. Der wird abends mit seinen Studienkollegen um die Häuser gezogen sein, wenn sie nicht gerade gelernt haben. Da gibt es eine echt urige Kneipe. ›Pinkus Müller‹. Da war ich früher mal mit meinem Biokurs. Das war vielleicht ein geiler Ausflug. Was wir da sonst gemacht haben, weiß ich gar nicht mehr, aber an diese Kneipe kann ich mich noch erinnern. Auf der Rückfahrt hab ich auf dem Beifahrersitz sitzen dürfen. Neben meinem Biolehrer. Heinz Sauermann. Das war ein begnadeter Maler. Ich hab noch zwei Originalgemälde von ihm. Zeig ich dir, wenn du das nächste Mal bei uns bist. Leider lebt er nicht mehr«, sagte Oda bedauernd.

»Natürlich glaube ich nicht, dass Klempert ein Muttersöhnchen war. Dennoch. Es könnte sein. Außerdem haben wir noch nicht viel, uns fehlt die Verbindung zwischen *allen* Opfern. Ich bin gespannt, was Martina Fröhling sagt, wenn wir ihr auf den Kopf zusagen, dass wir wissen, dass sie Brauckhages Patientin war. Wer weiß, was dann alles aus ihr heraussprudelt.«

Kurz hinter dem Friedl-Orth-Hospiz kam die nächste Ampel, und Christine bog links in die Anton-Günter-Straße ein, in der Brigitte Klempert in einem geklinkerten Zwei-Parteien-Haus wohnte. »Anton-Günter … Was ist denn das für ein Name für eine Straße?«, fragte sie verwundert, und Oda erklärte lächelnd: »Das war der letzte Graf derer von Oldenburg, der es aber politisch total draufhatte. Ich weiß das nicht so genau, aber ich meine, dass er derjenige war, der irgendwann Anfang des 17. Jahrhunderts dafür gesorgt hat, dass die ostfriesischen Häuptlinge nicht über Jever hinaus Fuß fassen konnten. Darum gehört Wilhelmshaven zu Friesland und nicht zu Ostfriesland, wie viele fälschlicherweise annehmen.«

»Wirklich? Darüber habe ich mir noch nie Gedanken gemacht.« Christine parkte den Wagen.

»Ist auch nicht so wichtig.« Sie stiegen aus. »Wobei. Für viele Wilhelmshavener schon. Die sind ja Friesen. Oder Preußen, wie das damals hieß. Und keine Ostfriesen. Da gab's richtig heftigen Zoff, wenn jemand einen Wilhelmshavener als Ostfriesen deklarierte, das kannste mir glauben.«

»Sachen gibt's«, murmelte Christine, schnappte sich ihre Tasche und verriegelte das Auto.

Frau Klempert wartete bereits an der Tür. »Ich hab Sie kommen sehen«, sagte sie, als sie sie hereinbat. »Ich hab am Fenster gestanden.«

»Mein Beileid.« Christine reichte der Mutter des getöteten Zahnarztes die Hand. »Danke, dass Sie für uns auf Ihren Bridge-Vormittag verzichtet haben.«

Ein bitteres Lächeln flackerte im Gesicht der älteren Frau auf. »Keine Ursache«, sagte sie. »Danke für Ihr Mitgefühl. Wissen Sie, wenn man die Nachricht vom Tod seines Kindes erhält, bleibt die Welt stehen. Auch wenn Olav schon über fünfzig war. Aber Kind bleibt Kind. Egal, wie alt es ist. Kommen Sie bitte herein. Ich habe Tee fertig. Sie trinken doch welchen?«

Sie lief vor in ein helles Wohnzimmer, durch dessen Fensterfront man in einen gepflegten Garten sah. Auf dem Couchtisch aus Eichenholz lagen gestickte Blumenplatzdeckchen. Teetassen, eine kleine Kristallschale mit Kluntjes, eine größere mit Keksen und eine Teekanne auf einem Messingstövchen standen ebenfalls auf dem Tisch.

»Bitte setzen Sie sich.« Sie griff zur Teekanne. »Nehmen Sie Kluntjes?«

Christine schüttelte den Kopf, aber Oda bejahte und gab einen großen in ihre Tasse. Als Brigitte Klempert den Tee darübergoss, knackte er.

»Ich wäre heute ohnehin nur zum Bridge gegangen, um mich abzulenken«, erklärte Brigitte Klempert, während sie auch Christine und sich selbst Tee eingoss. »Es ist alles so unwirklich. Ich meine, ich bin fünfundsiebzig. Vom Alter her sollte ich diejenige sein, die jetzt im Leichenschauhaus liegt. Nicht mein Sohn. Und ich kann nichts tun. Alles, was jetzt noch geregelt werden muss, erledigt meine Schwiegertochter.« Sie schluckte. »Verstehen Sie mich nicht falsch, wir haben ein gutes Verhältnis, und auch mit meinem

Enkel verstehe ich mich gut. Ich habe mir extra ein Smartphone angeschafft, damit ich mit ihm über WhatsApp kommunizieren kann, und wir nutzen das sehr regelmäßig. Aber nun … Mein Sohn ist tot.« Sie sah sie aus großen Augen an, ihr Mund stand dabei leicht offen. »Er war doch mein Kind. Ich kannte ihn seit seinem ersten Atemzug, nein, noch davor. Seit seinen ersten zarten Tritten gegen meine Bauchdecke. Und ich darf jetzt nichts tun. Muss die Entscheidungen akzeptieren, die meine Schwiegertochter fällt. Können Sie sich vorstellen, dass sie mich nicht einmal nach meinen Wünschen hinsichtlich der Gestaltung der Traueranzeige gefragt hat? In mir ist alles kalt.« Sie stellte die Teekanne, die sie immer noch in der Hand gehalten hatte, auf dem Stövchen ab. »Milch nehmen Sie sich selbst?«

Christine nickte. »Danke.«

Schweigend griff Oda nach dem Kännchen. Während sie sich Milch einschenkte und umrührte, begann Christine: »Frau Klempert, wir haben einige Fragen an Sie, die die Vergangenheit Ihres Sohnes betreffen. Wie Sie schon sagten, Sie kannten ihn von seinem ersten Atemzug an. Sie haben ihn durch Kinderkrankheiten, die ersten Freundschaften, die ersten Streitigkeiten begleitet, sie waren lange Jahre eine wichtige, wenn nicht gar die wichtigste Person in seinem Leben.«

»Worauf wollen Sie hinaus?« Brigitte Klempert schaltete in einen anderen Modus um. Achtsamkeit und Misstrauen brachen durch. Womöglich befürchtete sie, dass sie hier waren, um ihrem geliebten Sohn etwas anzuhängen.

»Wir würden gern von Ihnen wissen, ob Sie mit ein paar Namen etwas anfangen können«, sagte Oda. »Seiner Frau sagten sie nichts, aber es kann ja sein, dass Sie als Mutter lang zurückliegende Freundschaften Ihres Sohnes immer noch im Gedächtnis haben.«

Brigitte Klempert nickte. »Ach so. Ja. Natürlich. Lydia hat sich immer schon mehr für sich selbst interessiert. Für Lorenz hatte sie Au-pair-Mädchen angestellt, weil das Kind sie bei den Organisationen ihrer Charity-Aktionen zu sehr belastete, hat sie behauptet und gesagt, sie müsse ihre Rolle in der Gesellschaft wahrnehmen. So ein Unsinn! Ihre Rolle in der Gesellschaft war die der Mutter meines Enkels. Kinder zu verantwortungsbewussten Mitgliedern unserer Gesellschaft zu machen, das ist es, worauf es ankommt.

Nicht darauf, mehr und mehr Geld in Förderprojekte zu pumpen.« Sie musste wohl gesehen haben, dass Oda kampfbereit ihre Augen aufriss, denn augenblicklich erläuterte sie: »Natürlich ist es gut, sich sozial zu engagieren. Aber an allererster Stelle steht die Familie, stehen die Kinder. Für sie da zu sein, sich Zeit zu nehmen und sie auf dem Weg ins Erwachsenenleben so gut es geht zu begleiten, das ist die Aufgabe einer Frau, die wie Lydia aufgrund des guten Einkommens ihres Mannes nach der Geburt der Kinder zu Hause bleibt.«

Christine stellte ihre Teetasse ab. Der Ostfriesentee war für ihren Geschmack viel zu stark, daran konnten auch zwei Kluntjes und ein Löffel Rahm nichts ändern. Dennoch gab sie beides in ihre Tasse, was ein Stirnrunzeln ihrer Gastgeberin zur Folge hatte.

»Sie müssen den Kluntje in die Tasse geben, *bevor* der Tee eingegossen wird«, sagte Brigitte Klempert rügend.

»Entschuldigung. Ich weiß«, gestand Christine, »aber der Tee ist so stark.«

Erneut zogen sich die Augenbrauen der alten Dame drohend zusammen. »Sie sind nicht von hier, oder?«

Christine schüttelte ertappt den Kopf. Sie fühlte sich wie eine Grundschülerin, die zum ersten Mal von ihrer Klassenlehrerin getadelt wird. Dann riss sie sich zusammen. So weit kam es noch, dass sie sich einschüchtern ließ. »Ich würde gern zum eigentlichen Grund unseres Besuches kommen«, sagte sie und ließ die Tasse Tasse sein. »Haben Sie die Namen Jacob Fröhling, Sven Kuhlmann und Hartmut Brauckhage schon mal gehört?«

Augenblicklich erschien ein Lächeln auf Brigitte Klemperts Gesicht. »Jacob. Und Sven. Ach, Mensch, wie lang ist das her! Das waren nette Jungs. Olav hat mit ihnen in Münster studiert. Also, sie haben zusammen angefangen. Sie stammten ja alle drei aus Ostfriesland. In den Semesterferien waren sie oft bei uns zu Hause. Wir haben oben die Einliegerwohnung, die ich an Feriengäste vermiete. Wenn sie nicht belegt war, konnten die Jungs dort übernachten. Ich hab sie gern hiergehabt, mein Mann ist ja leider jung verstorben, und das Haus war so leer, nachdem Olav mit dem Studium begonnen hatte. Darum hab ich mich immer gefreut, wenn er zu Besuch kam und seine Freunde mitbrachte. Für mich ist es seit jeher wundervoll, die Bude voll zu haben, und Olav ist in diesem

Bewusstsein aufgewachsen. Mein Mann war genauso gastfreundlich wie ich. Was haben wir für rauschende Feste gefeiert.« Sie seufzte selig in ihrer Erinnerung. »Als Walter dann so früh verstarb … Es gehörte sich nicht für eine Witwe mit einem heranwachsenden Sohn, Partys zu feiern. Das hätte uns einen schlechten Ruf eingebracht. Und das wollte ich Olav auf gar keinen Fall antun. Obwohl ich diese Geselligkeiten ganz schön vermisst habe.«

»Sind Sie denn nicht mehr zu den Partys Ihrer Freunde eingeladen worden? Die werden Sie doch nicht fallen gelassen haben?«, fragte Oda verblüfft.

Die alte Dame lächelte nachsichtig. »Es war eine andere Zeit, müssen Sie wissen. Die Frauen waren … keine Ahnung, ob sie heute anders reagieren würden … damals war es jedenfalls so, dass verheiratete Frauen Witwen oder frisch geschiedene Frauen als Bedrohung ansahen. Für sie waren wir Hyänen, die kein anderes Ziel hatten, als die Männer der verheirateten Frauen in unsere Betten zu zerren. In den siebziger Jahren war vieles im Umbruch. Dennoch fingen die Frauen im Grunde gerade erst an, trotz Ehemann, Kindern und Haushalt arbeiten zu gehen, und es wurde nicht gern gesehen. Das Familienmodell zu meiner Zeit lautete immer noch: Der Mann bringt das Geld nach Hause, die Frau kümmert sich um Kinder und Haushalt.«

Christine, deren Mutter halbtags gearbeitet hatte, als sie und ihr Bruder auf die weiterführende Schule gegangen waren, entfuhr ein entrüstetes »Nein«, doch Brigitte Klempert nickte noch einmal bekräftigend.

»Es war tatsächlich so. Nachdem es die Pille gab und Frauen eigenständig verhüten konnten, hatten verheiratete Frauen Angst vor allen, die ohne Mann waren. Was für Sie heute selbstverständlich ist – Verhütung, Selbstbestimmung, ein eigenes Einkommen –, war in den Sechzigern revolutionär, und es wurde – zumindest in Westdeutschland – nicht gern gesehen. Von der DDR hört man ja anderes, dort war es normal für eine Frau, arbeiten zu gehen. Die Frauen aus unserem doch sehr konservativen Bekanntenkreis dagegen hatten bis in die achtziger Jahre hinein schlichtweg Angst davor, ich würde ihnen den Mann wegnehmen, um wieder ein in ihrer Vorstellung ›vollzähliges und ehrenhaftes Mitglied der Gesellschaft‹ zu werden.«

Für einige Minuten schwiegen die drei Frauen. Dann räusperte Oda sich. »Entschuldigen Sie, aber wir würden gern noch einmal auf Sven Kuhlmann und Jacob Fröhling zurückkommen. Die waren zu Beginn des Studiums Ihres Sohnes oft hier, sagten Sie?«

Brigitte Klempert nickte. »Genau. Wir haben ja einige nette Stadtfeste in Jever, und wir pflegten wie schon gesagt ein offenes Haus.«

»Gehörte Hartmut Brauckhage auch zu den Gästen Ihres Sohnes?«, fragte Christine.

Brigitte Klempert überlegte kurz. »Dieser Name sagt mir nichts. Glauben Sie mir, ich würde mich an ihn erinnern. Olav ist mein einziger Sohn. Alles, was ihm wichtig war, ist auch mir wichtig. Ich habe alle seine Freunde hier oben abgespeichert.« Sie tippte sich mit dem Zeigefinger an die Schläfe. »Aber ein Hartmut gehörte definitiv nicht dazu.« Sie griff nach der Kanne. »Möchten Sie noch Tee?« Christine und Oda lehnten dankend ab, also fuhr sie fort: »Schade ist nur, dass die Jungs sich nach dem Grundstudium aus den Augen verloren. Olav hat ja weiter in Münster Zahnmedizin studiert, aber Jacob ging nach Göttingen und Sven nach Heidelberg. Einmal haben sie sich noch getroffen, aber da war die Stimmung angespannt. Vielleicht lag es daran, dass sie inzwischen in alle Himmelsrichtungen zerstreut waren. Ich hab Olav nach diesem komischen Wochenende gefragt, was denn aus dem netten Kleeblatt geworden ist, aber er sagte, das sei nun mal so. Sie seien nicht die Ersten, bei denen die Kameradschaft überraschend auf der Strecke blieb, weil man sich räumlich trennte und unterschiedliche medizinische Richtungen einschlug.«

»Sie sprechen von einem Kleeblatt«, hakte Christine nach. »Meinen Sie damit wirklich nur das Dreiergespann? Sind Sie ganz sicher, dass Brauckhage nicht als Vierter dazugehörte?«

Brigitte Klempert kniff ungehalten die Augen zusammen. »Ich hab Ihnen doch bereits gesagt, ich kenne keinen Mann namens Hartmut Brauckhage. Tun Sie nicht so, als sei ich senil. So weit ist es noch lange nicht! Und natürlich meinte ich ein Vierer-Kleeblatt: Olav, Sven, Jacob und Valentin. Der hat aber nicht so oft hier geschlafen wie Sven und Jacob, er war seltener dabei. Meistens ist er abends noch nach Hause gefahren, seine Eltern wohnen ja in Schortens. Er kam immer mit dem Fahrrad. Warum fragen Sie überhaupt danach?«

Oda räusperte sich und erklärte, was es mit den anderen Namen auf sich hatte.

»Um Gottes willen.« Brigitte Klempert war mit jedem Wort von Odas Schilderung blasser geworden. »Nicht nur Olav ist tot, sondern auch Sven und Jacob? Wie sind sie gestorben? Und warum?«

Nun antwortete Christine, während Brigitte Klempert weiß wie ein Leichentuch wurde.

»Bitte«, presste sie heraus, »ich brauch einen Schnaps. Einen doppelten.« Sie deutete mit der Hand auf die Schrankwand aus Eiche, in deren Mitte die typische Klappe eines versteckten Barfachs sichtbar war. »Da ist ein Whisky drin. Zehn Jahre alt. Im Eichenfass gereift. Den hat Olav mir geschenkt. Er trank so gern Whisky. Davon kann ich jetzt einen gebrauchen. Die Gläser stehen links im Schrank. Nehmen Sie sich gern auch eins.«

Christine stand auf und sah Oda an, die unmerklich den Kopf schüttelte. Also stellte Christine nur ein geschliffenes Kristallglas auf den Tisch. »Gießen Sie sich selber ein?«, fragte sie und platzierte die Flasche Whisky daneben.

Einige Minuten und zwei Whisky später, den sich Frau Klempert beide Male zwei Fingerbreit eingoss, hatte sie sich wieder gefangen.

»Sie haben noch keine Ahnung, wer für diese Morde verantwortlich ist?«, fragte sie erstaunlich konzentriert.

»Nein«, gab Oda zu. »Unter anderem sind wir ja deshalb zu Ihnen gekommen. Weil wir hofften, Sie könnten vielleicht mehr wissen als Ihre Schwiegertochter oder die Witwe von Jacob Fröhling.«

»Ach, der Jacob«, sagte Brigitte Klempert und lächelte traurig. »Sein Name war so passend. Er war ein Sonnenschein-Typ, wissen Sie? Immer gut gelaunt, aber nie übertrieben lustig, sondern einfach nur gut drauf. Wenn er da war, hatte man selbst auch gute Laune.« Sie schwieg einen Moment. »Und er starb auf Norderney?«

Oda nickte. »Man fand ihn in einem Strandkorb. Ihm wurde ein Messer in die Lunge gestochen. Gezielt. Derjenige muss genau gewusst haben, wo er anzusetzen hat, denn Dr. Fröhling wurde inmitten des regen Strandlebens getötet.«

Brigitte Klempert trank einen weiteren Schluck. Dann setzte sie das Glas hart ab. »Sie glauben aber doch nicht, dass Valentin etwas damit zu tun hat? Was für einen Grund sollte er haben? Wie gesagt, er war nicht so oft hier wie die anderen, und meines Wissens hatten die vier seit ihrem Grundstudium keinen Kontakt mehr. Das ist nun weiß Gott sehr lange her. Aber er war ein anständiger Junge. Gut erzogen und anständig.«

»Wie heißt dieser Valentin denn mit Nachnamen?«, erkundigte sich Christine sanft. »Haben Sie vielleicht eine Ahnung, wo er abgeblieben sein könnte?«

»Wo er abgeblieben sein könnte? Nach all den Jahren? Nein. Der kann ja sonst wo gelandet sein. Aber seinen Nachnamen, den kann ich Ihnen nennen. Bartelt. Valentin Bartelt. Als sie sich das letzte Mal hier getroffen haben, hat er gesagt, er hätte die Zusage für Regensburg. Er hat HNO studiert. Hals-Nasen-Ohren-Medizin«, erklärte sie.

»Ach nee«, rief Oda überrascht. »Valentin Bartelt hat mit Ihrem Sohn zusammen studiert?«

»Jaja, sag ich doch. Kennen Sie ihn?« Neugierig beugte sich Brigitte Klempert vor. Auch Christine sah Oda gespannt an.

»Bartelt ist der HNO-Arzt, bei dem mein Sohn in Behandlung ist, seit er als kleiner Junge immer diese Mittelohrentzündungen hatte«, antwortete Oda und schwieg nachdenklich.

***

Feierabend. Die Vögel zwitscherten, als er das Gebäude verließ, und es wehte ein leichter Wind. Der Nachmittag versprach wieder schön zu werden. Er hatte heute etwas länger gemacht. Absichtlich. Er zählte zu den Fleißigen, immer darauf bedacht, es den anderen recht zu machen. Stets hatte er gewollt, dass alle ihn mochten. Das war ihm nicht immer geglückt. Anfangs hatte er sich nach Zurückweisungen zurückgezogen und still und heimlich seine Wunden geleckt. Seine Kindheit, sein Zuhause waren nicht das gewesen, was man unkompliziert nennen konnte. Es hatte niemanden gegeben, mit dem er über seine Probleme reden konnte. Sie hatten selbst genug davon. Also hatte er sehen müssen, wie er allein zurechtkam. Darum hatte er sich einen Job ausgesucht, in dem er anerkannt wurde. Er hatte sich seinen Platz erkämpft. Und gemerkt, dass ihm das Kämpfen gefiel. Denn seit er sich darauf einließ, ging er als Sieger aus allen Konflikten und noch so unschönen Situationen hervor. Mal reichten Worte, mal musste er etwas massiver werden.

Aber wie auch immer er in den Ring stieg, er war derjenige, der ihn hocherhobenen Hauptes verließ. Die Zeiten, in denen er seine Wunden lecken musste, waren schon lange vorbei.

Als er den Motor seines Audis startete, lächelte er. Die Tuning-Firma hatte wirklich ganze Arbeit geleistet. Der Sound des Auspuffs war satt, blubbernd und fett. Der Traum eines jeden Mannes. Er sah auf die Uhr, dann zog er sein Handy aus der Tasche und öffnete die Facebook-App. Ma Rias letzter Eintrag hatte zweiundfünfzig Reaktionen hervorgerufen.

Er tippte einen neuen Status ein: »Eene meene miste, es rappelt in der Kiste – eene meene meck, und du … bist … weg.« Er lachte kurz auf, ehe er das Handy zurücksteckte, das Radio voll aufdrehte und losfuhr.

***

»Und, gibt's was Neues?«, fragte Oda, als sie in das Büro ihrer Kollegen traten. Lemke hämmerte auf der Computertastatur herum, während Niksteit ihnen leidend entgegenblickte. Er sah ziemlich bedauernswert aus. Das Kühlpack lag auf dem Tisch und war garantiert nicht mehr kalt. »Na, du Armer.« Oda verzog mitfühlend das Gesicht. »War's sehr schlimm? Warum bist du danach nicht nach Hause gegangen?«

»Och, hier hab ich mehr Ablenkung«, antwortete Niksteit, »und so furchtbar war es dann auch nicht. Geht schon.«

»Wisst ihr schon mehr über Anke Rietdorf?«, fragte Christine. »Haben die toten Ärzte auch Judo betrieben? Wir müssen uns außerdem den HNO-Arzt Valentin Bartelt vornehmen, der zählte damals ebenfalls zum Freundeskreis von Kuhlmann, Klempert und Fröhling. Er könnte der Täter sein oder selbst in Gefahr schweben, wenn das Motiv in der gemeinsamen Vergangenheit zu finden ist. Das heißt, wir müssen uns beeilen. Und mit Martina Fröhling müssen wir auch noch telefonieren. Die war in ihrer Norderneyer Zeit tatsächlich Brauckhages Patientin, hat uns das aber verschwiegen.«

»Moment mal. Schön langsam und der Reihe nach.« Lemke sah von seiner Tastatur auf. Das blinde Schreiben beherrschte er genauso wenig wie Niksteit, allerdings war er auch mit seinem Zwei-Finger-Hack-System ziemlich flink. »Zunächst: Ihr hattet den richtigen Riecher, auch Anke Rietdorf hat zwei Semester in Münster studiert. Auf Lehramt. Und zwar zur selben Zeit wie die drei toten Mediziner. Es ist also durchaus möglich, dass sie sich gekannt haben. Sie hat allerdings hingeschmissen, geheiratet, wurde wieder geschieden und hält sich seitdem mit Jobs über Wasser. Sie gibt Nachhilfe in Bio und Mathe, arbeitet aber hauptsächlich in der Handlung für Tierbedarf.«

»Da haben wir sie ja auch besucht«, sagte Christine.

Lemke grinste breit. »Aber der Knaller ist, bevor sie in Münster gelandet ist, hat sie es mit Wirtschaftswissenschaften in München versucht.«

»Ach nee.« Odas Augen wurden groß. »In München? Dann kannte sie Brauckhage von früher?«

»Das kann ich nicht beurteilen«, beeilte sich Lemke zu sagen. »Sie hat damals lediglich an derselben Universität wie er studiert. Und die ist nicht gerade klein. Es kann sein, dass die beiden sich nie begegnet sind. Ebenso wie sie Klempert, Kuhlmann und Fröhling nicht gekannt haben muss. Die Mediziner und die Lehramtsstudenten haben ihre Vorlesungen und Seminare ja auch in Münster nicht zwingend in den gleichen Gebäuden. Nebenbei hat sie übrigens noch in einem Kino gejobbt.«

Oda war der Mund offen stehen geblieben, ihre Gedanken ratterten. »Ach du Scheibenkleister«, murmelte sie schließlich, »denkt ihr auch das, was ich denke?«

Niecksteit popelte mit dem kleinen Finger der rechten Hand in der Nase, zog den Finger jedoch zurück und wischte ihn an einem Papiertaschentuch ab, ehe er sagte: »Selbst wenn sie alle Opfer gekannt hat, muss das noch lange nicht heißen, dass sie die Täterin ist.« Er blickte Oda an. »Das würde dir der Staatsanwalt jetzt garantiert ebenfalls sagen, wenn du ehrlich bist.«

»Aber es ist schon alarmierend«, beharrte sie.

»Dennoch fehlt uns das Motiv«, erklärte Lemke nüchtern. »Jedenfalls in drei von vier Fällen. Obwohl sich mit dieser Information zumindest für den Mord an Brauckhage ein ganz großartiges Szenario ergeben würde.«

»Nämlich?«, fragte Christine.

Lemke lehnte sich auf seinem Stuhl zurück und verschränkte die Arme vor der Brust. »Stellt euch doch mal Folgendes vor:

Anke Rietdorf lernt Brauckhage in München kennen. Sie hat eine Affäre mit ihm. Vielleicht auch mit anderen Männern. Und wird schwanger. Ihre Tochter Jaqueline ist bezeichnenderweise kurz nach dem Umzug in Münster geboren worden, in ihrer Geburtsurkunde steht: Vater unbekannt. Anke Rietdorf war damals zwanzig. Sie versucht, ihr Leben mit der Tochter auf die Reihe zu kriegen. Aber ein Studium mit Kind *und* Nebenjob ist doch etwas viel, sodass sie erneut hinschmeißt. Sie heiratet und zieht mit ihrem Mann nach Wilhelmshaven, doch die Ehe scheitert. Und plötzlich taucht Brauckhage wieder auf. Nicht nur das, er bandelt mit ihrer Tochter an und heiratet sie. Worst Case, oder? Weil sie immer noch nicht weiß, ob er der Vater ihrer Tochter ist. Das spielte zuvor keine Rolle, sie hat ja nie Unterhalt für ihre Tochter haben wollen. Doch nun dreht sich alles. Vielleicht ging Anke Rietdorf davon aus, dass Brauckhage in seinem Alter keine Kinder mehr wollte, aber dann wurde Jaqueline schwanger. Was nun? Bringt ihre Tochter nicht nur ein eigenes Baby zur Welt, sondern gleichzeitig ihr Halbgeschwisterchen und ein Enkelkind für dessen Vater?«

»Das glaube ich nicht«, widersprach Oda resolut. »Spätestens als Jaqueline ihr sagte, dass sie Brauckhage heiraten wollte, hätte Anke Rietdorf reagieren müssen. Mit Bekanntwerden der Schwangerschaft ist alles viel zu spät und macht keinen Sinn. Und: Hätten wir nur den Fall Brauckhage, würde ich dir vielleicht zustimmen, und wir könnten dem nachgehen. Aber wir haben es eben nicht nur mit Brauckhage zu tun.«

»Ich hab nichts anderes gesagt. Hör mir einfach mal richtig zu«, schimpfte Lemke. »Dennoch sollte man diese Überlegung nicht einfach beiseiteschieben. Lass sie uns im Hinterkopf behalten. Wer weiß, ob ein Teil davon nicht doch in unser Puzzle gehört. Natürlich passen die anderen drei in dieses Konstrukt nicht hinein. Doch es ist unumstößlich, dass Anke Rietdorf alle Opfer gekannt haben könnte.«

»Ich habe die gleichen Bedenken«, bekannte Christine. »Wir hätten mit Anke Rietdorf zwar eine Verbindung zwischen allen Opfern, aber kein Motiv für eine Mordserie. Davon mal ganz abgesehen sollten wir uns die Frage stellen, ob Valentin Bartelt ebenfalls in Gefahr sein könnte. Oda hat es bereits gesagt: Als viertes Kleeblatt könnte er ein Zeuge, der Täter oder aber das nächste Opfer sein. Was meint ihr: Sollten wir ihm Personenschutz anbieten?«

Oda verneinte. »Ich glaube kaum, dass wir das durchkriegen. Auf welcher Grundlage denn? Es kann ein dummer Zufall sein, dass unsere Opfer von heute damals Freunde waren.«

»Ich glaube nicht an solche dummen Zufälle, auch wenn die Opfer auf den ersten Blick schon lange nicht mehr miteinander in Verbindung standen«, entgegnete Christine. »Drei unserer vier ermordeten Ärzte waren Teil eines Kleeblatts – die einzige direkte Verbindung zwischen den Männern, die bisher nachgewiesen werden konnte. Das hat was zu bedeuten. Das Kleeblatt und die gemeinsame Vergangenheit sind wichtig.«

»Aber der Brauckhage fällt da raus. Und der Bartelt lebt noch«, gab Lemke zu bedenken.

»Du sagst es. Lebt *noch*. Hoffen wir, dass es so bleibt«, sagte Christine. »Darum bin ich dafür, dass wir zumindest mit ihm reden und ihn zu erhöhter Wachsamkeit auffordern, wenn wir schon keinen Personenschutz veranlassen können.

»Aber heute willst du nicht mehr zu ihm, oder? Der hat inzwischen Feierabend«, sagte Oda mit einem Blick auf die Uhr.

»Nein, so dramatisch beurteile ich das nicht, obwohl ... Soweit wir wissen, sind Brauckhage, Klempert, Kuhlmann und Fröhling aus heiterem Himmel angegriffen worden«, sagte Christine. »Ich werde also zumindest noch versuchen, ihn telefonisch zu warnen, und ihm sagen, dass wir morgen früh in seine Praxis kommen, um alles zu erläutern. Es gibt ja wirklich keinen direkten Hinweis darauf, dass er in Gefahr ist. Wenn wir nicht mit Klemperts Mutter gesprochen hätten, wüssten wir nicht einmal, dass er damals zur Clique gehörte.«

***

Nachdem Oda und Lemke das Büro verlassen hatten, versuchte Christine, Martina Fröhling telefonisch zu erreichen, aber weder am Festnetzanschluss noch über das Handy hatte sie Glück. Sie versuchte es bei Bartelt. Natürlich wusste sie, dass beinahe alle Arztpraxen mittwochnachmittags keine Sprechstunde abhielten, dennoch gab es manchmal Ausnahmen, gerade in Praxisgemeinschaften. Aber Valentin Bartelt gehörte leider keiner an, und so nahm niemand ab, sondern der Anrufbeantworter sagte sein

Sprüchlein auf und wies darauf hin, dass man im Notfall das Klinikum Wilhelmshaven aufsuchen solle. Christine versuchte, Bartelts Privatadresse zu ermitteln, jedoch ebenfalls erfolglos. So blieb ihr nur, dem Arzt eine Mail zu schreiben, denn immerhin gab es ein Kontaktformular auf der Homepage der Praxis, die ziemlich beeindruckend war. Aber Papier, egal ob real oder elektronisch, war geduldig, und behaupten konnte man viel. Wer wusste, ob Bartelt dem Inhalt der Mail Glauben schenken würde?

Insgeheim war Christine dennoch froh, den Arzt nicht noch privat aufsuchen zu müssen, denn Phillip hatte sich angekündigt, und sie war ohnehin schon spät dran. Sie verschickte die Mail und sputete sich.

Ob Phillip ihren Ersatzschlüssel aus dem Versteck holen und schon ins Haus gehen würde, wenn er vor ihr eintraf? Sie hoffte es. Ihm einen eigenen Schlüssel zu überlassen, kam Christine verfrüht vor, obwohl sie sich in seiner Gegenwart angekommen fühlte. Teil eines Ganzen, das richtig zu sein schien. Sie akzeptierten einander respekt- und liebevoll, so wie sie waren, keiner stellte irgendetwas am anderen in Frage. Es war ein behutsamer Umgang, der immer inniger und fester wurde. Es gab keine Heimlichkeiten, kein Versteckspiel. Manchmal rief er auch im Büro an, wenn er tagsüber etwas loswerden wollte, und dank des neuen Großprojektes auf dem Gelände des Jade-Weser-Ports, das er als Architekt betreute, war er auch unter der Woche oft in der Stadt. Vor zwei Wochen hatte er sie auf der Rückfahrt von Worpswede seinen Eltern vorgestellt, beim Kaffeetrinken auf der Sonnenterrasse eines Restaurants am Emmasee in Bremen. Es war ein nettes, unkompliziertes Treffen gewesen, und Christine war Phillip dankbar dafür, dass er einen neutralen Ort für diese erste Begegnung ausgewählt hatte. Denn auch wenn sie längst kein Teenager mehr war, war sie doch ziemlich aufgeregt gewesen.

Beschwingt bog sie in den Maadebogen ein. Als sie Phillips Auto auf der Auffahrt ihres Hauses stehen sah, lachte sie auf.

***

Das milde Abendsonnenlicht ließ die Blätter der Kastanien beinahe golden erscheinen, obwohl es noch ein paar Wochen dauern würde, bis die ersten Früchte abfielen. Einmal hatte eine Kastanie im freien Fall Oda auf den Kopf getroffen, das war verdammt schmerzhaft gewesen. Seither setzte sie immer eine Kapuze auf, wenn sie zur Reifezeit der stacheligen Früchte die Mozartstraße entlangradelte. Spontan hielt sie beim Bäcker an der Kopperhörner Mühle und kaufte ein frisches Brot – sie liebte es, wenn es noch weich und locker war, vielleicht sogar ein wenig warm und bestrichen mit gesalzener Butter oder dem göttlichen Hühnchenleber-Parfait mit Thymian, Weinbrand und Salbei, das Jürgen selbst zubereitete. Davon konnte sie einfach nicht genug bekommen.

Als sie die Wohnungstür aufschloss, hörte sie Jürgen auf der Tastatur seines Laptops herumhämmern. Er saß in der Küche am Tisch, hatte einen Kräutertee neben sich stehen, die Balkontür war geöffnet. Sie trat neben ihn und beugte sich für einen Kuss zu ihm hinunter.

»Na, mein Schatz, bist du noch immer fleißig?«, fragte sie, als sie das Dokument auf dem Desktop sah.

»Wie man's nimmt«, gab Jürgen unzufrieden zurück. »Ich bastle noch am morgigen Artikel über den Ärztemörder. Alles reine Vermutungen, aber der Chef will es so.« Er schnaubte verärgert. »Was meinst du, wie der mir heute den Marsch geblasen hat, weil wir als einzige Zeitung keine Fotos gebracht haben.«

»Mist.«

»Das kannst du laut sagen.« Jürgen stand auf. »Komm, lass uns wenigstens kurz auf den Balkon gehen, bevor ich weitermache. Dann kann ich bei dir meinen ganzen Frust loswerden. Magst du auch einen Tee? Hab ich fertig. Einen grünen Matcha mit Minze.«

»Hört sich gut an«, sagte Oda und legte das Brot auf den Küchentisch. »Soll ich uns schon ein paar Scheiben abschneiden? Wir haben doch noch das Leberparfait im Kühlschrank?«

Jürgen grinste breit. »Klar.«

Sie stellten alles auf ein dickes hölzernes Tablett mit schwarzen geschwungenen Eisenhenkeln und setzten sich ins Abendlicht auf den Balkon.

»Mein Chef behauptet, ich würde zu viel Rücksicht auf dich nehmen, und das würde er mir künftig nicht mehr durchgehen lassen. Er will genauso reißerische Artikel, wie die Konkurrenz sie heute geliefert hat. Ich hab dagegengehalten, dass wir kein

Boulevard-Blatt und die Opfer schützenswert sind, aber das hat er nicht akzeptiert. Da sei nur ein Mann im Strandkorb zu sehen gewesen, kein Blut oder sonst was Grausiges. Ich hätte dem einen schwarzen Balken vor die Augen setzen lassen können, meint er.« Er nahm sich ein Stück Brot. »Weißt du was, ich hole uns ein Glas Wein. Magst du auch?«

»Was für eine Frage!« Oda griente und trank den letzten Schuck ihres Tees. Als Jürgen in die Küche verschwand, fragte sie sich nicht zum ersten Mal, ob es ihnen gelingen würde, den Spagat zwischen Beruf und Privatleben zu meistern. Sosehr sie sich auch zurückhielt, um nicht allzu viel von ihrem jeweils aktuellen Fall zu erzählen, damit Jürgen gar nicht erst Gefahr lief, in seinen Artikeln mehr zu schreiben, als sie preisgeben wollten, sie konnte nicht vermeiden, dass sie ab und zu doch darüber sprach. Wenn sie sich ärgerte, dass der Täter meinte, schlauer zu sein als die Polizei, zum Beispiel. So wie es jetzt leider tatsächlich der Fall war. Auch wenn sie natürlich keine Namen nannte, blieb das Grundproblem bestehen.

Sie hörte Jürgen in der Küche hantieren.

»Eiswürfel?«, rief er. »Du magst ihn doch lieber ganz kalt.«

»Gern.« Sie zog ihr Handy aus der Tasche. Solange Jürgen beschäftigt war, konnte sie bei Facebook gucken. Ihre Freundesliste brachte es inzwischen auf siebenundvierzig Personen. Eigentlich rechnete sie nicht damit, einen neuen Eintrag von Ma Ria vorzufinden, war der letzte mit den Zeitungsartikeln über die Morde doch noch keine zwölf Stunden alt. Und heute war kein neuer Mord gemeldet worden. Umso irritierter war Oda, als sie sah, dass Ma Ria doch etwas gepostet hatte: »Eene meene miste, es rappelt in der Kiste – eene meene meck, und du … bist … weg.«

Oda blieb die Spucke weg. Das war kein Rückblick auf die vergangenen vier Morde. Es war eine Ankündigung. Das könnte sie schwören. Sie schloss die Facebook-Seite und drückte die Kurzwahl für Christine. Es dauerte eine gefühlte Unendlichkeit, bis Christine abnahm. Völlig außer Atem und übermäßig gut gelaunt.

»Oda«, rief sie, und Oda hörte, wie Christine sich bemühte, wieder normal zu klingen. »Ist etwas passiert? Gibt es noch einen Toten?«

»Nein. Hast du den Bartelt erreicht? Und die Fröhling?«

Unten im Garten tauchten zwei Nachbarskinder auf, die einen

Fußball dabeihatten. »Du bist im Tor«, rief der eine und zog zwei Stühle an den Rand des Rasens, sodass sie ein provisorisches Tor bildeten. »Immer ich!«, protestierte der andere, stellte sich jedoch brav zwischen die Stühle. Sein Mitspieler legte sich den Ball zurecht und ging ein paar Schritte rückwärts. Oda schmunzelte. Alex hatte als Kind auch mit Begeisterung Fußball gespielt und war in der Phantasie immer einer seiner Fußballhelden gewesen, meistens Cristiano Ronaldo.

»Leider beide nicht. Die Fröhling ging weder ans Festnetz noch ans Handy, und die HNO-Praxis hat mittwochnachmittags geschlossen. Da seine Privatadresse nicht über das Internet zu ermitteln war, habe ich dem Bartelt erst mal nur über das Kontaktformular seiner Praxis-Homepage eine Nachricht zukommen lassen. Wir wollen ja ohnehin morgen früh zu ihm.«

»Schiete. Wollen wir hoffen, dass mein Gefühl mich täuscht.« Oda berichtete von Ma Rias Facebook-Eintrag, woraufhin Christine augenblicklich angespannt klang.

»Hast du Ma Rias Facebook-Freunde durchgeguckt? Gehört Valentin Bartelt vielleicht dazu? Könnte es sein, dass Ma Ria den Abzählreim bewusst gepostet hat, um ihm Angst zu machen?«

Oda nickte, auch wenn Christine es nicht sehen konnte, dann sagte sie: »Natürlich. Bartelt ist aber zumindest unter seinem Klarnamen keiner von Ma Rias Freunden.«

Jürgen trat auf den Balkon, zwei beschlagene Gläser mit Weißwein in der Hand. Er erkannte sofort, worum es bei dem Telefonat ging, setzte sich schweigend und hörte aufmerksam zu.

»Ich frag mich, was sie mit diesem Eintrag bezweckt«, rätselte Oda. »Kein neues Foto, nur dieser Kinderreim. Dahinter ein lachender Smiley. Und eine Wasserpistole.«

Donnerstag

Heute kündeten die Temperaturen unmissverständlich an, dass der Herbst vor der Tür stand, es war deutlich frischer als gestern. Als Oda aufs Rad stieg, war sie froh, die Daunenweste angezogen zu haben. Hungrig war sie außerdem. Und ehrlich: Frösteln und Hunger waren keine guten Startvoraussetzungen für den Tag. Außer einem Kaffee mit aufgeschäumter Milch hatte sie nur eine dünne Scheibe Brot mit Jürgens selbst gemachter Erdbeermarmelade gegessen, mehr war nicht da gewesen. Sie hatten am Vorabend gemütlich und in Ruhe das ganze Brot verputzt. Es schmeckte so frisch einfach zu gut. Da hatte sie heute Morgen notgedrungen Schmalhans Küchenmeister sein lassen. Schaden konnte es nicht, ihre Waage zeigte sowieso immer ein paar Kilo zu viel an. Aber was sollte sie tun, wenn Jürgen so wunderbar kochte? »Man darf sich den angenehmen Dingen des Lebens nicht verschließen«, sagte er immer. Insgeheim war Oda froh, dass er mit den angenehmen Dingen gutes Essen und guten Wein verband – nicht andere Frauen.

Wacker unterdrückte sie den Impuls, beim Bäcker ein belegtes Käsebrötchen zu kaufen, und stellte kurz darauf ihr Rad auf dem Parkplatz der Polizeiinspektion ab.

»Moin!«, grüßte sie, als sie das Büro betrat, in dem Lemke bereits vor dem Computer saß. »Du bist ja schon ganz fleißig.«

»Jo«, brummte er. »Einer muss ja was tun, Niksteit hat sich heut krankgemeldet. War wahrscheinlich doch schlimmer mit seinem Zahn, als er gestern dachte.«

»Komisch. Er scheint insgesamt etwas angeschlagen zu sein in der letzten Zeit. Zumindest habe ich den Eindruck, oder täuscht das?« Oda ließ sich auf Nieksteits Stuhl fallen.

»Nein, das täuscht nicht. Irgendwas stimmt nicht mit ihm, aber ich bin da noch nicht hintergekommen.«

»Meinst du, er hat private Probleme?« Oda fuhr sich mit der linken Hand durch ihr strubbeliges Haar. Erst nächste Woche hatte sie einen Friseurtermin. Der war dringend fällig, die roten Strähnchen in ihrem dunklen Kurzhaarschnitt verblassten und letztens hatte sie das erste graue Haar entdeckt. Furchtbar. »Soll ich ihn mal anrufen? Oder ihn bei nächster Gelegenheit darauf ansprechen? Wir verstehen uns eigentlich ganz prima. Vielleicht redet er mit mir offen über das, was ihn beschäftigt.«

»Jo. Ist vielleicht ganz gut. Kannst ja mal machen.«

»Alles klar.« Oda stützte sich mit den Handflächen auf die Schreibtischplatte und erhob sich. »Dann setz ich mal Kaffee auf.«

»Hab ich schon.« Lemke sah kurz vom Bildschirm hoch. »Brauchst dich nur noch bedienen.« Dann tauchte er wieder in die Tiefen seiner Recherchen ab.

Mit dem dampfenden Becher in der Hand ging Oda in ihr Büro. Sie zog die Weste aus und warf einen Blick auf die Uhr. Kurz nach halb acht. Zu früh, um Martina Fröhling anzurufen? Unsinn. Da sie in einem Architekturbüro arbeitete, musste sie ebenfalls zeitig aufstehen. Oda ging allerdings nicht davon aus, dass sie jetzt schon unterwegs war – so groß war Norden schließlich auch wieder nicht –, aber allzu viel Zeit sollte sie nicht mehr verstreichen lassen. Sie wollte schon Lemke bitten, beim Telefonat anwesend zu sein, als Christine ins Büro stürmte.

»Entschuldigung, ich bin spät dran«, sagte sie mit einem derart glücklichen Gesichtsausdruck, dass Oda lächeln musste.

»Ist Phillip wieder da?«, fragte sie, woraufhin Christine strahlend nickte. »Ich freu mich für dich«, gab Oda ehrlich zu. »Du hast es verdient, glücklich zu sein.« Dann nahm sie den Telefonhörer in die Hand. »Ich rufe jetzt Martina Fröhling an, okay?«

»Natürlich.« Christine hängte ihren dünnen Trenchcoat an den Haken hinter der Tür und setzte sich. Schnell hatte sie Papier und Kugelscheiber zur Hand.

Es ertönten nur wenige Klingeltöne, ehe sich am anderen Ende der Leitung eine weibliche Stimme meldete.

»Fröhling.«

»Oda Wagner, Kripo Wilhelmshaven. Sie erinnern sich sicher, Frau Fröhling.«

Martina Fröhlings Antwort war ein zurückhaltendes »Ja«.

»Wir haben noch ein paar Fragen an Sie, aber ich denke, die können wir telefonisch besprechen, wir müssen deshalb nicht extra nach Norden kommen. Ist es okay, wenn ich die Konferenztaste drücke, damit meine Kollegin Frau Cordes mithören und ebenfalls etwas sagen kann?«

»Selbstverständlich.« Der zurückhaltende Ton war gewichen, vermutlich in der Annahme, dass die Fragen nicht so schwer oder belastend sein konnten, wenn man sie telefonisch beantworten konnte.

»Als wir Sie nach den Namen Kuhlmann, Klempert und Brauckhage fragten, sagten Sie, Sie würden keinen der Männer kennen. Ist das richtig?«

»Ja.« Dieses Wort kam zögernd, wahrscheinlich ahnte Martina Fröhling, worauf Oda hinauswollte.

»Warum haben Sie uns angelogen?«

»Wie meinen Sie das?« Im Hintergrund hörten sie ein schrilles Bimmeln. »Entschuldigen Sie, die Eieruhr. Ich koche mir gerade Eier für die Mittagspause. Bin sofort wieder bei Ihnen.« Ohne Odas Antwort abzuwarten, lief Martina Fröhling wohl los, denn bis auf das Klackern von Schuhen wurde es still in der Leitung. Dann verstummte das Bimmeln. Kurz darauf vermeldete ein »So. Da bin ich wieder« die Rückkehr ihrer Gesprächspartnerin.

»Sie wissen, was ich meine. Hartmut Brauckhage. Wollen Sie uns nicht doch lieber die Wahrheit sagen? Oder müssen wir die Kollegen vor Ort bitten, Ihre Aussage im Kommissariat aufzunehmen?«

Schweigen am anderen Ende. Dann tiefes Luftholen. »Ich hätte wohl damit rechnen müssen, dass Sie es rausfinden.«

»Stimmt.«

»Aber es gibt doch die ärztliche Schweigepflicht. Und er ist tot. Er kann es ihnen nicht mehr gesagt haben. Woher wissen Sie es?«

Auf der Straße fuhr ein Krankenwagen vorbei, Oda musste warten, bis der Geräuschpegel wieder normal war. »Wir sind die Polizei«, sagte sie lapidar.

»Gut, wenn Sie es ohnehin wissen, ja, ich war auf Norderney Hartmuts Patientin. Und bevor Sie fragen, ja, wir hatten ein Verhältnis.« Sie räusperte sich. »Bis Jacob davon Wind bekam.«

»Wie hat er es herausgefunden?«, fragte Christine.

»Hartmut hat es ihm in betrunkenem Zustand gesteckt. Jacob solle seinen Pflichten als Ehemann nachkommen, hat Hartmut auf der Weihnachtsfeier des Krankenhauses gesagt. Er, also Hartmut, hätte keine Lust mehr, das für Jacob zu erledigen.«

»Puh.« Das war ganz schön harter Tobak. Oda wusste zunächst nicht, wie sie darauf reagieren sollte, doch Christine sprang ein.

»Ich nehme mal an, das war das Ende Ihrer Ehe?«

»Ja.« Martina Fröhling sprach abgehackt. *Dumm gelaufen. Ein falscher Satz zur falschen Zeit … Könnte man nur für diesen einen Augenblick die Zeit zurückdrehen …* Oda hörte förmlich, was ihr gerade durch den Kopf ging. »Vielleicht hätten wir uns noch zusammengerauft, aber an diesem Abend war Sonia das erste Mal bei einer der Feiern dabei. Als ich weinend nach Hause gegangen bin, Hartmut sich eine junge Kollegin geschnappt hat und Jacob innerlich vor Wut bebte, hat sie ihre Chance genutzt. Nun ist sie Frau Fröhling, und ich bin es nicht mehr.«

Oda war drauf und dran, Martina Fröhling auf die Feinheit hinzuweisen, dass sie nach wie vor diesen Namen trug und Jacob ja nicht mehr lebte, doch sie unterließ es. »Sie müssen sehr wütend auf Herrn Brauckhage gewesen sein«, stellte sie fest.

»Ja.« Erneutes Räuspern. »Jacob war konsequent und schnell. Noch vor Jahresende musste ich das Haus verlassen. Er half mir, eine Wohnung auf dem Festland zu finden.«

»Ihr Sohn wusste, warum Ihre Ehe in die Brüche ging?«

»Na ja«, druckste Martina Fröhling herum. »Sagen wir mal so, jeder von uns hat es ihm auf eine andere Art gesagt. Eben aus dem jeweiligen Blickwinkel.«

»Erklären Sie uns Ihren. Und den Ihres geschiedenen Mannes.«

»Jacob hat gesagt, ich hätte ein Verhältnis mit einem seiner Kollegen, und das könne er nicht akzeptieren. Ich hätte ihn zum Narren gemacht. Das würde er sich nicht gefallen lassen.« Sie hörten, wie unwohl Martina Fröhling sich bei diesem Geständnis fühlte.

»Und was haben Sie Ihrem Sohn gesagt?«, fragte Oda. »Ist der nach der Trennung eigentlich zu Ihnen gezogen?«

»Nein. Er hatte schon vorher ein kleines Appartement in Norden, er hat ja hier seine Ausbildung gemacht. Ich habe Daniel gesagt, dass Jacob sich in Sonia verliebt und mich deshalb verlassen hätte. Daniel hat mir geglaubt.« Ein drittes Räuspern. »Entschuldigen Sie, ich habe Ihnen alles gesagt, jetzt muss ich dringend ins Büro. Ich kann mir Unpünktlichkeit nicht leisten. Ich muss mehr als einhundert Prozent geben, um meinen Arbeitsplatz zu behalten. Es gibt viele Frauen in meiner Situation, die sich die Finger danach lecken würden. Aber ich lasse nicht zu, dass man mich dort ausbootet. Ich arbeite gut und hart. Und ich möchte mir keine Nachlässigkeiten nachsagen lassen müssen. War es das jetzt?« Ihre Stimme klang scharf.

»Fürs Erste, ja. Wenn wir weitere Informationen brauchen, melden wir uns. Einen schönen Tag noch.« Oda legte auf. »Mein lieber Scholli«, sagte sie. »Sachen gibt's …«

Christine rieb sich nachdenklich das Kinn. »Es ist doch überall irgendwie das Gleiche«, sagte sie bedauernd. »Woran liegt es, dass Beziehungen auseinandergehen? Sind Partnerschaften tatsächlich nicht fürs Leben ausgelegt?«

»Nee, das glaube ich nicht«, erwiderte Oda und trank einen Schluck von ihrem Kaffee, der inzwischen nur noch lauwarm war. »Ich glaub, das hängt mit der Veränderung im Selbstwertgefühl der Leute zusammen. Guck, früher wurde es lange als Makel angesehen, sich scheiden zu lassen, jedenfalls als Frau. Oder arbeiten zu gehen. Doch wie Brigitte Klempert gestern gesagt hat, die Frauen setzten sich durch, kämpften für ihre Rechte. Die Männer hingegen … Wenn das Patriarchat in Frage gestellt wird, ist der Patriarch natürlich am wenigsten glücklich darüber. Der widersetzt sich der Entwicklung. Wenn nötig, über Generationen. Nimm Thorsten als Beispiel. Der war auch einer der alten Sorte. Obwohl ich genau wie er immer gearbeitet hab, war ich für den Haushalt zuständig. Fürs Einkaufen. Für Alex. Er hat ja gearbeitet, ich hätte zu Hause bleiben können, weil er genug verdiente. Er sah meinen Job als mein Hobby an, und da musste ich zusehen, wie ich alles allein unter einen Hut bekam. Ich glaub, die jungen Menschen von heute sind da offener. Eine Generation in der Entwicklung der Eigenständigkeit weiter. Für sie ist es normal, dass die Frauen ebenfalls berufstätig sind. Sie teilen sich Aufgaben im Privaten. Es gibt ja heutzutage sogar Elternzeit für junge Väter.« Sie griente. »Ähm, ja … um mal wieder auf unsere toten Ärzte zurückzukommen: Ich hatte vor dem Telefonat mit Martina Fröhling noch mal bei Facebook reingeguckt, aber es gibt – zum Glück – keinen neuen Eintrag von Ma Ria. Was meinste, wollen wir in die Praxis des letzten Kleeblatts?«

Christine nickte, nahm ihre Tasche und die Autoschlüssel, und gemeinsam verließen sie das Büro.

»Wir sind mal eben weg«, rief Oda Lemke zu, der mit einem knappen »Alles klar« antwortete.

***

Der großzügige, durch Schranken vor unbefugtem Parken geschützte Parkplatz vor dem Gebäudekomplex, in dem sich mehrere Arztpraxen und Praxisgemeinschaften befanden, war fast bis auf den letzten Platz belegt. Christine hatte Glück, dass ein Kleinbus eine Lücke freigab, in die sie mit ihrem Cabrio hineinschlüpfen konnte. Einer der beiden Fahrstühle im Gebäude war defekt, aber die Hinweistafel zeigte, dass die HNO-Praxis sich im ersten Stock befand. Die paar Stufen konnten sie laufen. Oben warteten drei Leute vor dem Empfangstresen darauf, ihre Krankenkassenkarte vorzulegen und abgefertigt zu werden, dahinter saßen zwei junge Frauen in türkisfarbenen Poloshirts, bedruckt mit dem Aufdruck »HNO am Meer« und dem jeweiligen Namen.

Geduldig warteten sie, bis sie an der Reihe waren. Dann legte Christine ihren Dienstausweis auf den Tresen. »Kripo Wilhelmshaven. Wir müssen dringend mit Dr. Bartelt sprechen.«

Überrascht sah die Arzthelferin sie an. »Ist etwas passiert?«

»Liebe Frau Weinstock, das würden wir Herrn Bartelt gern selbst mitteilen«, sagte Oda. »Seien Sie ein Schatz, sehen Sie zu, dass wir so schnell wie möglich mit ihm reden können. Ich weiß doch, dass Sie hier vorn insgeheim diejenigen sind, die über die Zeiten Ihres Chefs bestimmen.«

Die Arzthelferin lachte. »Ach, Frau Wagner! Sie waren ja schon lange nicht mehr hier. Wo haben Sie denn Ihren Sohn gelassen?«

»Der ist in der Schule. Dem geht's gut. Wir …«

»Wer von Ihnen beiden hat denn heute Ohrenschmerzen?«

Überrascht sah Christine Oda an. Die zwinkerte ihr zu. »Es geht heute ausnahmsweise nicht um akute Ohrenschmerzen, Frau Weinstock. Und ich verspreche hoch und heilig, das mit dem Vordrängeln kommt nie wieder vor.« Sie plinkerte übertrieben mit den Wimpern und legte grinsend die Hand aufs Herz. »Und hab ich mich nicht auch jedes Mal entschuldigt, mich vorgedrängelt zu haben, wenn ich wieder rausging?«

»Jaja. Sie sind schon eine ganz spezielle Marke«, sagte Frau Weinstock amüsiert.

»Ich bin außerdem schon mindestens zwei Jahre nicht mehr mit Alex hier gewesen«, verteidigte sich Oda.

»Und es geht auch nicht um eine bevorzugte Behandlung«, stellte Christine klar. »Wir müssen Ihren Chef sprechen. Jetzt.«

Die Arzthelferin nickte nachdenklich. »Wenn Sie das so sagen, geht es sicher um die getöteten Ärzte in Ostfriesland, nicht? Ich hab die Fotos im ›Jeverschen Wochenblatt‹ gesehen. Ich wohn ja in Schortens«, fügte sie erklärend hinzu. »Glauben Sie, mein Chef ist auch in Gefahr?«

»Dazu können wir nichts sagen. Wir müssen lediglich mit ihm sprechen«, wich Christine aus. »Also?«

»Ich kümmere mich darum. Nehmen Sie doch bitte noch eben im Wartezimmer Platz«, sagte Frau Weinstock. Sie drückte auf den Knopf, der den Lautsprecher des Warteraumes betätigte, und sah auf ihren Computerbildschirm. Christine öffnete die Tür zu dem Raum, in dem vier Personen auf Stühlen sitzend warteten. Die Luft war stickig, obwohl ein Fenster geöffnet war. »Herr Fröhling bitte in Sprechzimmer zwei. Herr Daniel Fröhling bitte.«

Verblüfft sahen Christine und Oda den jungen Mann aufstehen. Er grüßte kurz, als er den Wartebereich verließ. Wieder trug er die Uniform des Wachschutzdienstes, für den er arbeitete.

***

In stummer Übereinkunft beschlossen Oda und Christine, im vollen Wartezimmer nicht über die verblüffende Tatsache zu reden, dass sie Daniel Fröhling als Patienten dieser Praxis angetroffen hatten. Das mag Zufall sein, überlegte Oda, es könnten aber auch alle Fäden, die im Moment noch offen in der Luft hängen, bei ihm zusammenlaufen. Daniel Fröhling hatte nach der Trennung zu seiner Mutter gehalten, obwohl er zu dem Zeitpunkt bereits ein junger Mann mit einer eigenen kleinen Wohnung und kein Kind mehr gewesen war. Hatte seine Mutter ihn vielleicht massiver gegen den Vater aufgebracht, als es nach außen hin den Anschein hatte? Konnte es sein, dass Daniel seine Mutter rächen wollte? Dann wären Brauckhage *und* Fröhling als Opfer plausibel, wenn da nicht … ja, wenn da nicht noch Klempert und Kuhlmann wären. Zu diesen beiden hatten weder Martina Fröhling noch ihr Sohn Daniel Kontakt gehabt.

Verdammt, es war so verzwickt! Obwohl es schien, als kämen sie der Sache langsam näher, als würden sie sich dem Zentrum dieses Gewaltsturms nähern. Hatten sie ihn bis gestern nur wegen des Mordes an seinem Vater verdächtigen können, bot sich ihnen nun auch ein Motiv für die Ermordung von Brauckhage. Und wie stand es mit Bartelt? War Daniel Fröhling wirklich als Patient hier? Immerhin legte er von Norden nach Wilhelmshaven einen weiten Weg zurück. Auch in Norden musste es Hals-Nasen-Ohren-Ärzte geben. Oder täuschte er ein Problem vor? Vielleicht gab es einen anderen Grund, aus dem er sich auf den Weg gemacht hatte? Was könnte er von Bartelt wollen? Oda fiel dazu nur noch eine einzige Antwort ein. Sollten sie das Sprechzimmer stürmen, um einen Angriff auf Bartelt zu verhindern?

Unruhe breitete sich in Oda aus. Am liebsten wäre sie mit gezückter Dienstwaffe losgelaufen. Sie zwang sich zur Ruhe. Fröhling hatte sie gesehen. Er würde mit Sicherheit kein solches Risiko eingehen. Außerdem hatte er, sofern er der Täter war, die vorausgegangenen Morde abseits des Rampenlichtes begangen, da würde er kaum hier in der Praxis zuschlagen, wo er zweifelsfrei als Täter identifizierbar wäre. Bei diesem Gedanken fuhr ihr Puls ein wenig herunter. Dennoch stand sie auf. Sitzen war ihr bei dieser Anspannung unmöglich.

Die Tür des Warteraumes öffnete sich, ein kurzer kühler Luftzug aus dem klimatisierten Vorraum wehte herein, und mit ihm trat Sascha Meier durch die Tür. Irritiert sah Oda ihn an, bis sie registrierte, dass er keine Uniform trug. Also konnte es keinen neuen Mord geben; Sascha hatte frei und war nicht hier, um sie über ein weiteres Verbrechen zu informieren.

»Moin«, grüßte er in den Raum hinein und wirkte überrascht, als er sie und Christine erblickte. »Gibt's was Neues?«, fragte er neugierig, und gleich blickte das ganze Wartezimmer interessiert auf.

»Hallo Sascha«, antwortete Oda, die den jungen Mann zu Beginn seiner Ausbildung in einem Workshop betreut hatte, souverän. »Auch Halsschmerzen? Scheinen ja derzeit rumzugehen.«

Sascha schien sofort zu merken, dass er besser keine weitere Frage nach dem Grund ihres Hierseins stellen sollte. »Nee, keine Halsschmerzen. Gott sei Dank. Aber ich hab im Rachen so 'ne komische helle Stippe und ab und zu Schluckbeschwerden, da hab ich mir gedacht, ich lass das lieber abklären. Nicht dass man sich hinterher Vorwürfe macht, man hätte irgendetwas schleifen lassen.

Die Gesundheit ist schließlich das Wichtigste. Wolln Sie mal sehen?« Schon öffnete er den Mund.

»Nein danke«, wehrte Oda ab. »Ich hab ohnehin keine Ahnung davon.« In diesem Moment ertönte die Lautsprecherdurchsage: »Frau Cordes und Frau Wagner bitte.«

»Entschuldige«, sagte Oda an Sascha gewandt. Der grinste breit, zwinkerte ihr zu und setzte sich mit vor der Brust verschränkten Armen auf Christines frei gewordenen Platz. »Also, dass Sie sogar gemeinsam zum Arzt gehen, hätt ich ja nun nicht gedacht.«

»Blödmann«, stänkerte Oda und verließ gemeinsam mit Christine den Wartebereich.

***

Valentin Bartelt war ein Hüne, der Christine mit seinem Vollbart an einen Wikinger erinnerte. Seine Augen funkelten, als er sie in seinem Sprechzimmer begrüßte.

»Frau Wagner! Lange nicht gesehen. Heute ohne Ihren Sohn? Nehmen Sie doch Platz.« Er deutete auf die beiden Stühle, die vor seinem Schreibtisch standen, und setzte sich ebenfalls. »Was kann ich denn für Sie tun?« Aufmerksam und mit einem Mal durchaus ernst sah er Oda an. »Frau Weinstock sagte, es ginge diesmal nicht um eine Ihrer üblichen Akuterkrankungen?«

Oda zog einen Flunsch. »Nee. Und ziehen Sie mich nicht alle damit auf. Ich weiß, dass das nicht so ganz in Ordnung war. Mach ich auch nicht wieder, Alex ist ja inzwischen alt genug, um sich um sich selbst zu kümmern.«

Christine beendete das Geplänkel, für Spielereien hatten sie keine Zeit. »Was wollte Daniel Fröhling von Ihnen?«, fragte sie.

Erstaunt blickte der Arzt auf. »Daniel Fröhling? Wieso?« Sein Blick wanderte von ihr zu Oda und wieder zurück.

»Sein Vater wurde vorgestern tot aufgefunden. Da wundert es uns, dass er heute zu Ihnen in die Sprechstunde kommt. Wie lange ist er schon Ihr Patient?« Christine zog ihren Block und den Stift aus der Tasche.

»Ich muss dazu keine Angaben machen, nicht wahr? Das fällt unter das Arztgeheimnis.« Bartelts Blick huschte zu Oda.

»Nein, das müssen Sie nicht«, gab die zu, »aber es wäre schön, wenn Sie mit uns kooperierten. Denn Jacob Fröhling starb nicht einfach so. Er wurde getötet. Erstochen, um es genau zu sagen.«

Bartelt wurde blass.

Oda fuhr fort: »Und er war nicht der Einzige auf der Liste des … ja, ich kann es nicht anders ausdrücken, des Serientäters. Sie haben vielleicht in der Zeitung davon gelesen: die Ärztemorde. Auch Olav Klempert und Sven Kuhlmann starben gewaltsam und aller Wahrscheinlichkeit nach durch die Hand desselben Täters.«

Christine bemerkte, dass Bartelt für einen Moment die Luft wegblieb. Oda schloss mit den Worten: »Wie wir wissen, gehörten alle drei im Grundstudium zu Ihren Freunden. Stimmt das?«

Entsetzt sah Bartelt sie an. Seine linke Hand fuhr an seine Stirn, er rieb darüber, als könnte er das Gehörte wegstreichen. »Um Gottes willen. Jacob, Olav, Sven … Dann sind sie die Ärzte, von denen ich in der Zeitung gelesen habe?«

Christine nickte.

Bartelt schüttelte ungläubig den Kopf. »Er, also Daniel, hat mit keinem Wort erwähnt, dass sein Vater, dass Jacob … gestorben ist. Warum hat er mir das nicht gesagt? Ich meine, dass Jacob gestorben ist. Dass er getötet wurde. Gerade, wenn es erst ein paar Tage her ist. Das verstehe ich nicht.«

Oda nickte nachsichtig. »Sehen Sie, deswegen ist es wichtig, dass wir erfahren, was Daniel Fröhling von Ihnen wollte.«

Valentin Bartelt atmete schwer aus. »Es handelte sich um eine Vorbesprechung für eine Operation. Bei Daniel ist die Funktion der Tuba auditiva stark eingeschränkt.«

»Sie kennen sich gut?« Christine legte den Kuli beiseite.

»Nein, ich hab ihn heute zum ersten Mal gesehen. Er hat mir gesagt, Jacob hätte ihm empfohlen, sich an mich zu wenden. Er hatte telefonisch einen Termin ausgemacht und dabei erwähnt, dass sein Vater ein Freund von mir ist. Deswegen haben meine Damen am Empfang ihm einen zeitlich nahen Termin gegeben.« Bartelt sah Oda an. »Sie wissen ja, wie entgegenkommend meine Mitarbeiterinnen sind.«

»Und? Haben Sie einen OP-Termin vereinbart? Was ist das überhaupt, diese Tuba irgendwas?«, fragte Oda, ohne auf den Seitenhieb einzugehen.

»Die Tuba auditiva ist für die Belüftung der Paukenhöhle im

Ohr zuständig. Wenn das nicht richtig funktioniert, kommt es zu Entzündungen. Bei Daniel sind die Störungen wohl seit seiner Kindheit chronisch und nicht richtig behandelt worden. Deswegen werden wir ihm dauerhaft ein Paukenröhrchen ins Trommelfell einsetzen. Das haben wir bei Ihrem Sohn damals auch gemacht, nur konnten wir das dann ja wieder entfernen.«

»Ach ja, stimmt. Ich wusste nur nicht mehr, wie das heißt. Ist schließlich auch schon 'ne Reihe an Jahren her.«

»Daniel Fröhlings bisheriger behandelnder Arzt macht wohl keine derartigen Eingriffe, also kam er zu mir.«

»Hat er Ihnen den Namen des Kollegen genannt?«, wollte Christine wissen.

Bartelt stutzte. »Nein. Jetzt, wo Sie es sagen …«

»Kannten Sie eigentlich auch Ihren Wilhelmshavener Arzt-Kollegen Hartmut Brauckhage?«, fragte Christine weiter.

Bartelt zog die Augenbrauen zusammen, während er nachdachte. »Ich meine, mich zu erinnern, dass er Psychiater ist, aber persönlich kenne ich ihn nicht. Unsere Fachgebiete überschneiden sich ja an keinem Punkt.« Wieder stutzte Bartelt. »Warum fragen Sie?« Bevor Oda oder Christine antworten konnte, kam er selbst drauf: »Ist er derjenige, der bei dem Brand in der Südstadt ums Leben kam? In der Zeitung war nur die Rede davon, dass der Mann Arzt war. Und da Olav, Sven und Jacob nicht in Wilhelmshaven wohnten, bleibt ja nur er. Stimmt's?«

»Genau«, bestätigte Christine. »Er war das erste Opfer. Er starb jedoch nicht durch das Feuer. Er ist an einem Trümmerbruch des Kehlkopfes erstickt. Als Nächstes traf es Sven Kuhlmann, dann Olav Klempert und schließlich Jacob Fröhling. Bezeichnend ist, dass der Täter es eilig zu haben scheint. Als bliebe ihm nicht viel Zeit. Wir wären der Serie möglicherweise gar nicht auf die Schliche gekommen, wenn er zwischen den einzelnen Taten Monate hätte verstreichen lassen. Doch er hat Brauckhage und Ihre drei Kommilitonen innerhalb von nur einer Woche getötet. Was ist vorgefallen, dass der Täter so massiv, so umfassend aktiv wird? Wir hoffen, Sie können uns das erklären. Von Olav Klemperts Mutter haben wir erfahren, dass Sie und die anderen drei früher eng befreundet waren. Sie nannte Sie ›das Kleeblatt‹.«

Bartelt nickte betroffen.

»Uns gibt es sehr zu denken, dass Ihre Freunde innerhalb so kurzer Zeit zu Tode kamen. Wir befürchten, dass Sie ebenfalls im Visier des Täters stehen könnten. Ist in der jüngeren Vergangenheit irgendetwas vorgefallen, das Sie alle vier betraf? Oder gab es einen Konflikt, der Sie auseinandergebracht hat, von dem Olav Klempert seiner Mutter nicht erzählen mochte? Vielleicht geht es bei den Morden um eine Begebenheit in der Vergangenheit, die vor Kurzem erneut ›aufgebrochen‹ ist. Oder gab es über die Jahre doch noch Verbindungen zwischen Ihnen, von denen Klemperts Mutter keine Ahnung hatte?«

Bartelt schüttelte den Kopf. »Nein«, sagte er heiser. »Wir hatten tatsächlich seit vielen Jahren überhaupt keinen Kontakt mehr.«

»Sind Sie sich vielleicht in den sozialen Netzwerken wiederbegegnet? Bei Twitter, Instagram, Facebook oder so was?«, fragte Oda.

»Nein. Ich bin zwar bei Facebook, aber nicht unter meinem richtigen Namen.«

»Sie sind bei Facebook?«, fragte Christine interessiert und warf einen Blick zu Oda. »Wie lautet Ihr Profilname?«

»HNO. Im Wortlaut ausgeschrieben.« Er buchstabierte: »Haenoh.«

»Scheiße!«, fluchte Oda verhalten, denn damit war das Ergebnis ihrer Suche nach Bartelt in Ma Rias Kontakten hinfällig. »Sind Sie seit Kurzem mit jemandem namens Ma Ria befreundet?«

Bartelt schüttelte erneut den Kopf. »Nein«, antwortete er. »Aber ich war auch seit bestimmt einem Monat nicht mehr bei Facebook. Wissen Sie, dieses soziale Netzwerken interessiert mich nicht wirklich, und ich hab mich da bislang auch nicht richtig mit auseinandergesetzt. Sollte ich tun, ich weiß, heutzutage ist das wichtig. Aber ich hab so viel Kram, den ich für den Job dokumentieren muss, da steht mir nach Feierabend nicht mehr der Sinn nach Computer. Ich greife lieber zu einem guten Buch und einem entspannenden Tee.«

»Kann ich verstehen«, sagte Oda, aber Christine hakte nach: »Sind Sie dort mit Foto vertreten? Also, bei Facebook?«

Bartelt nickte. Oda blickte Christine an, die ihrerseits den Ernst der Lage erkannte.

»Dann könnte es sein, dass Ma Ria auf Ihr Profil gestoßen ist und Ihnen eine Freundschaftsanfrage geschickt hat, um Ihnen Hinweise zukommen zu lassen, die Sie aber nicht gesehen haben«, vermutete sie.

»Was für Hinweise? Wovon reden Sie überhaupt?«, fragte Bartelt beunruhigt.

Christine erklärte ihm, dass Ma Ria sein oder ihr Facebook-Konto dazu genutzt hatte, Fotos von Bartelts toten Freunden einzustellen. Dabei ließ sie auch den letzten Eintrag nicht unerwähnt.

Bestürzt schwieg Bartelt für einen Moment. »Meinen Sie wirklich, dass ich auf diese Weise darüber in Kenntnis gesetzt werden sollte, dass auch ich auf der Abschussliste stehe?«, fragte er betroffen.

Oda und Christine nickten.

»Um Gottes willen.« Nun schwiegen alle drei. Dann fragte Bartelt: »Von Brauckhage wurde aber kein Foto bei Facebook veröffentlicht?«

»Nein«, gab Christine zu.

»Eene meene meck, und du bist weg«, wiederholte Bartelt langsam. »Was macht Sie so sicher, dass das an meine Adresse ging? Dass ich das lesen sollte?«

»Wer sonst?«, fragte Oda. »Kuhlmann, Klempert und Fröhling, alle, die damals mit Ihnen zum vierblättrigen Kleeblatt gehörten, sind inzwischen tot.«

Bartelt konterte: »Brauckhage auch. Und der gehörte nicht dazu. Hat diese ominöse Ma Ria denn vor allen Morden solche ›Ankündigungen‹ gemacht?«

»Nein«, gab Christine zu. »Jedenfalls nicht auf Facebook.«

»Warum sollte sie dann jetzt damit anfangen?«, fragte Bartelt in dem nachvollziehbaren Streben, nicht akzeptieren zu müssen, dass er in Gefahr schweben könnte. »Zumal sie wissen muss, dass ich ihre Freundschaftsanfrage bisher nicht akzeptiert habe. Wenn Sie mich fragen, entbehrt das jeder Logik. Wenn ich nach vier heimlichen Morden noch eine weitere Person umbringen möchte, dann weise ich doch nicht im Internet öffentlich darauf hin. Im Gegenteil. Ich versuche alles, um von mir und sämtlichen Beziehungen zu meinen Opfern abzulenken. Ich kann mir beim besten Willen nicht vorstellen, dass der Täter beziehungsweise hier womöglich die Täterin darauf erpicht ist, für ihre Taten lebenslänglich hinter Gittern zu landen. So masochistisch kann ja niemand veranlagt sein.«

Oda stützte die Unterarme auf dem Schreibtisch auf und fixierte

Bartelt mit ihrem Blick. »Genau das haben wir uns natürlich auch schon gedacht. Umso mehr interessiert uns, was Ma Ria dazu getrieben hat, sich so aus dem Fenster zu lehnen. Deshalb klären Sie uns endlich auf: Was zum Henker ist zwischen Ihnen und Ihren Freunden vorgefallen? Warum haben Sie seit so langer Zeit nicht einmal mehr sporadisch Kontakt, obwohl Sie früher doch eng befreundet waren? Was ist geschehen, das derartige Verbrechen nach sich ziehen könnte?«

Bartelt holte tief Luft. Atmete langsam aus. Beugte sich zurück. Verschränkte die Arme vor der Brust. Dann sah er auf die Uhr. »Nun gut«, sagte er. »Meine Patienten sind es gewohnt, dass ich mir in Ausnahmefällen mehr Zeit für eine Untersuchung nehme. Also. Das war damals so …«

Er sah sie nacheinander an, und Christine spürte, wie schwer ihm das Sprechen fiel.

***

»Es war schon spät. Wir alle hatten seit dem frühen Vormittag mächtig gebechert. Es war das Herbstfest der Erstsemester. Keiner von uns war mehr nüchtern, als wir die rauchgeschwängerte Gaststätte betraten. Jacob hatte sogar Schwierigkeiten, geradeaus zu gehen. Olav musste ihn stützen. An der Theke waren noch Plätze frei. ›Maria, mein Schatz‹, rief Sven der Bedienung hinter dem Tresen mit schwerer Zunge zu. Wir alle kannten sie schon länger, es war schließlich eine unserer Stammkneipen. ›Meine Freunde und ich haben Durst! Gib uns vier Alt.‹ Maria lachte. ›Vier Kaffee wären sicher besser‹, entgegnete sie.«

Odas Blick traf auf den von Bartelt. Sein Lächeln bei dieser Erinnerung wirkte verkrampft. Ohne Pause fuhr er fort: »Ich hatte auch zu viel getrunken, ich weiß noch, wie mein Blick an Marias Ausschnitt kleben blieb, der an diesem Abend mehr preisgab, als er verdeckte. Doch angetrunken, wie wir waren, protestierten wir, und so gab es die erste Runde, der eine zweite folgte und eine dritte. Ich schlief zwischendurch ein. Ich war es nicht gewohnt, so viel zu trinken. Irgendwann ruckelte jemand an meiner Schulter. ›Aufstehen, du Schlafmütze‹, lallte Sven, ›der Laden schließt. Also, Maria macht hier dicht. Aber wir gehen jetzt mit ihr nach

Hause.‹ Er lachte dreckig. ›Mal gucken, ob sie da auch verschlossen ist.‹ Ich hatte keine Lust, noch irgendwo hinzugehen, und wie es schien, hatte auch Maria nicht das geringste Interesse daran, vier betrunkene Studenten mit zu sich nach Hause zu nehmen. ›Jungs, macht euch vom Acker und legt euch ins Bett‹, sagte sie, als wir auf der Straße standen. ›Schlaft euren Rausch aus … vielleicht seid ihr ja morgen sogar fit genug für die Uni. Ich muss auch früh raus.‹ Sie drehte sich um, aber Sven packte sie am Arm. ›Oh nein, du wirst uns hier nicht einfach so stehen lassen, nachdem du uns alle angetörnt hast‹, widersprach er lallend. ›Erst machst du uns scharf, und dann sollen wir unbefriedigt nach Hause gehen?‹ Außer uns war niemand mehr auf der Straße. Die Luft war noch mild an diesem frühen Oktobertag, und eigenartigerweise schien in den Wohnblocks entlang der Straße niemand zu bemerken, was sich unten auf der Straße abspielte. Münster schlief.«

Er räusperte sich. »›Unbefriedigt?‹ Olav lachte laut. ›Du und unbefriedigt von einer Frau? Ich denke, du kriegst ihn nur bei einem Kerl hoch, du Schwuchtel!‹ Wutentbrannt sah Sven Olav an. ›Was bist du nur für ein Arsch! Ich zeig dir, wer hier die Schwuchtel ist.‹ Ohne weitere Vorwarnung packte er Maria, die schon in die entgegengesetzte Richtung laufen wollte, und warf sie brutal zu Boden, sodass sie aufs Gesicht fiel. Bevor Maria überhaupt reagieren konnte, war er über ihr und drückte ihr Gesicht aufs Pflaster.«

Bartelt stockte. Er schien zu versuchen, die wilden, grausamen Bilder nicht allzu nah an sich herankommen zu lassen. Dann gab er sich einen Ruck und sprach weiter. »Jetzt endlich versuchte Maria sich zu wehren, doch Sven riss ihren Kopf an den Haaren hoch und knallte ihn mit Wucht auf den Bürgersteig. Marias Gegenwehr erlahmte. Die Hand noch immer auf ihrem Hinterkopf, zog Sven ihren kurzen Lederrock hoch. Zerriss mit der anderen Hand das Höschen. Nestelte an seinem Hosenschlitz. ›Seht her!‹, rief er triumphierend und drang in sie ein. Als er kurz darauf keuchend fertig war, sah er zu uns anderen, die wir mit offenem Mund danebenstanden. ›Wer ist hier nun die Schwuchtel?‹ Immer noch drückte er Marias Kopf fest auf den Boden, ihr wimmerndes Weinen war kaum zu vernehmen.«

Bartelt verstummte, doch Oda war klar, dass er nur eine kurze Verschnaufpause brauchte. Als er schließlich weitersprach, zitterte seine Stimme. »Zögernd öffnete nun auch Olav die Hose. ›Ja, gib es ihr, der Schlampe‹, rief Sven begeistert, und ich kann bis heute nicht sagen, warum ich mich von diesem Treiben angespornt fühlte. Ich weiß nur, dass Jacob und ich als Nächste an der Reihe waren und ich mich schließlich voller Ekel über mich selbst zu Hause unter die Dusche stellte. Ich habe mich übergeben, während das Wasser auf mich niederprasselte. Das, was wir getan hatten, hätten wir nicht tun dürfen. Niemals. Die nächsten drei Tage verbrachte ich im Bett. Ich ging nicht ans Telefon und bat meinen Mitbewohner, jedem, der nach mir fragte, zu sagen, ich sei krank.«

»Aber irgendwann mussten Sie doch wieder zur Vorlesung. Was geschah dann?«, fragte Oda. Was sie hörte, stieß sie ab. Vieles hätte sie von Bartelt gedacht, nicht jedoch, dass er Teil einer Gruppenvergewaltigung gewesen war. Doch wie er so vor ihnen saß, ein Häufchen Elend, spürte sie, dass er diese Schuld nie wirklich losgeworden war.

»Es war eigenartig, die anderen wiederzusehen«, gestand Bartelt. »Keinem von denen schien es so schlecht zu gehen wie mir. Ich habe versucht, mit Sven zu reden, aber der wich mir aus. Am Ende der Woche habe ich ihn allerdings doch erwischt. ›Wir müssen uns bei ihr entschuldigen‹, hab ich gesagt. ›Wir müssen das wiedergutmachen. Wir haben ihr wehgetan. Das hätten wir nicht tun dürfen. Sie kann uns anzeigen. Mann, Sven, wir haben sie vergewaltigt! Und sie kennt uns! Dafür können wir in den Knast kommen. Vielleicht hat sie uns schon angezeigt.‹ – ›Hat sie nicht‹, meinte Sven lapidar. Und dass er ihr gedroht hat. Jeder von uns würde bezeugen, dass sie uns scharfgemacht und uns zu verstehen gegeben hat, sie würde uns ranlassen. Im Gegensatz zu ihr seien wir alle ja Personen mit allerbestem Leumund. Da sollte eine wie sie, die ihr Auskommen mit Nachtschichten in einer Studentenkneipe verdient, besser vorsichtig sein, mit wem sie sich anlegt, schließlich hätten unsere Väter einen nicht unerheblichen Einfluss.« Bartelt schluckte. »Auf was unsere Väter genau Einfluss hatten, hat Sven wohl offengelassen.«

»Und dann?«, fragte Oda.

»Ich war zu feige, etwas zu unternehmen«, gab Bartelt beschämt zu. »Ich habe den Mund gehalten und die Universität gewechselt. Ich wollte alles vergessen. Hinter mir lassen und vergessen. Doch ich hätte zu ihr gehen, mich entschuldigen und ihr meine Hilfe anbieten müssen.«

»Und das Vergessen ist Ihnen gelungen?«, fragte Christine leise.

Bartelt senkte den Kopf. »Nein.« Es schien, als drängte sich eine weitere Szene aus der Vergangenheit in sein Bewusstsein. »Maria hat uns tatsächlich nicht angezeigt. Obwohl sie wusste, wer wir waren. Besonders Sven war oft genug in der Kneipe gewesen, und auch wir anderen haben manch feuchtfröhlichen Abend dort verlebt. Wahrscheinlich hatte sie aus diesem Grund keine Gefahr in uns gesehen.«

»Aber?«, fragte Oda, die ahnte, dass das noch nicht das Ende der Geschichte war.

»Knapp zwei Monate später fing sie mich vor dem Haus ab, in dem ich wohnte. Sie sei schwanger, sagte sie. Sie wollte, dass ich mich bereit erkläre, mich einem Vaterschaftstest zu unterziehen.«

»Wie haben Sie reagiert?«, fragte Christine.

»Ich habe abgelehnt. Heute weiß ich, dass ich spätestens da meine Schuld hätte anerkennen müssen, aber … Sven hatte uns inzwischen gebetsmühlenartig eingenordet. Wenn wir die Vergewaltigung zugeben, könnte uns das unsere Zukunft kosten, hatte er behauptet. Wir seien noch so jung, bei Maria käme es nicht darauf an, ob sie vier Männer mehr oder weniger gehabt hätte, sie würde die, die sie bis dato schon gevögelt hatte, ohnehin nicht mehr zählen können. Er beschrieb äußerst überzeugend, dass wir es vergessen könnten, jemals als Arzt zu praktizieren, wenn bekannt würde, dass wir eine Frau vergewaltigt hätten. Dass Maria uns nicht angezeigt hatte, wertete er als Beweis dafür, dass er recht und Maria die unglücklichen Vorgänge an jenem Abend provoziert hatte. Damals war ich nur zu bereit, das zu glauben.«

Für einen Augenblick schwiegen alle drei. Dann griff Christine ihre Tasche und stand auf. »Ihnen ist bewusst, dass wir von Amts wegen Anzeige gegen Sie erstatten müssen«, sagte sie leise. Bartelt nickte kaum merklich.

»Auch wenn das Verfahren vermutlich eingestellt wird«, fügte Oda hinzu, »Vergewaltigung verjährt ja leider schon nach zwanzig Jahren. Aber vielleicht kümmert sich die Ärztekammer um Ihren Fall. Dann sind Sie Ihre Zulassung los.«

***

Das war ja gerade noch einmal gut gegangen. Was für ein dummer Zufall, dass die beiden Kommissarinnen gerade zu dem Zeitpunkt in der Praxis auftauchen mussten, als er ebenfalls dort war. Doch er ging fest davon aus, dass sie nicht ahnten, dass er es war, der hinter Ma Ria und den Morden steckte. Auch Bartelt schien vollkommen ahnungslos zu sein, nicht zu wissen, was um ihn herum geschah. Und was ihm bevorstand. Sie hatten sich nach der Untersuchung sogar noch nett miteinander unterhalten. Er hatte erfahren, dass der Arzt seine Mittagsstunde gern im nahe gelegenen Stadtpark auf einer Bank am Teich verbrachte, umgeben von Natur und Tieren. Er hatte Interesse geheuchelt, vorgegeben, ebenso ein Naturfreund zu sein.

Er überquerte die Straße auf dem Zebrastreifen. Studenten der Jade Hochschule kamen ihm entgegen, einige beeilten sich, um den Bus zu erwischen, der bereits in der Haltebucht auf der anderen Straßenseite stand und sie in Richtung Bahnhof bringen sollte. Er hielt sich rechts. Dann lief er links in den Weg hinein, der in den Stadtpark führte. Nach wenigen Metern sah er den Teich. Schwäne dümpelten geruhsam auf dem Wasser, eine Ente gründelte. Sein Blick suchte die Bank, auf der Bartelt seine Mittagspausen verbrachte. Er lief ein Stück am Teich entlang. Scannte die Umgebung. Und lächelte. Es würde kein Problem sein, Bartelt hier unauffällig zu töten und liegen zu lassen, wenn der ebenso unklug reagierte wie die anderen drei vor ihm. Lange würde es sicher nicht dauern, bis man ihn fand, seine Arzthelferinnen würden garantiert Alarm schlagen, wenn ihr Chef aus der Mittagspause nicht zurückkehrte.

Er setzte sich auf die Bank und streckte die Beine aus. Wie Bartelt wohl versuchen würde, sich aus der Affäre zu ziehen?

***

Christine hatte einen schalen Geschmack im Mund. Sie fühlte sich innerlich verwundet durch Bartelts Erzählungen. Sie hatte die junge Frau nicht nur bildlich vor Augen gehabt, sondern seltsamerweise auch ihre Qualen nachempfunden. Eine Welle des Mitleids hatte sie erfasst für eine Frau, die sie nicht kannte. Eine Frau, die im wohl schlimmsten Moment ihres Lebens allein dastand, keine Hilfe fand und von ihren Peinigern beiseitegeschoben wurde wie ein lästiges Insekt.

Auch Oda schien über das Gespräch nachzudenken, denn die ersten Autominuten zur Polizeiinspektion legten sie schweigend zurück.

»Können wir irgendwie herausfinden, wer diese Maria ist?«, fragte Christine schließlich. »War das ihr richtiger Name oder bloß eine Abkürzung? Ein Spitzname? So wie Rita bei Marita? Gila bei Gisela und Geli bei Angelika?«

Bartelt hatte ihnen auf ihre Frage hin lediglich eine oberflächliche Beschreibung der jungen Frau von damals geben können: circa eins fünfundsechzig groß, lange braune Haare, große Oberweite. Die Kneipe, in der sie gearbeitet hatte, hieß »Der blonde Meier«, aber ob es die heute noch gab, wusste er nicht. Das wiederum würde sich vermutlich leicht feststellen lassen.

»Ich fürchte, wir werden es erst dann erfahren, wenn wir den Täter haben«, entgegnete Oda mit einem bitteren Tonfall. »Die anderen Vergewaltiger können wir ja nicht mehr befragen.« Als sie auf dem Parkplatz hielten, zog sie ihre Zigarettenschachtel aus der Tasche. »Geh schon mal vor«, sagte sie. »Ich muss erst eine rauchen.«

Tief inhalierte sie den ersten Zug, wie Christine bemerkte. Sicher Odas Art, das Gehörte ein wenig sacken zu lassen. Sie nickte. »Ich setz schon mal eine Kanne Kaffee auf.«

Oda lächelte sie an und nahm den nächsten tiefen Zug.

Zügigen Schrittes betrat Christine das Polizeigebäude und lief die Treppen hinauf. »Du glaubst nicht, was uns der Bartelt erzählt hat«, sagte sie, als sie in Lemkes Büro stand. »Und wen wir in der Praxis getroffen haben.«

Zwanzig Minuten später saßen sie mit frisch aufgebrühtem Kaffee am großen Tisch im Besprechungszimmer. An der Glaswand hingen die Fotos der bisherigen Opfer, die durch zahlreiche Pfeile miteinander verbunden waren, zum Teil aber auch Verbindungen vermissen ließen.

»Um es mal kurz vorwegzunehmen«, begann Lemke, »der Facebook-Account wurde von einem öffentlichen PC aus angelegt. Ein Internetcafé in Aurich. Das ist also eine Sackgasse.«

»Schiete«, fluchte Oda.

»Und was habt ihr?«

Oda erzählte die ganze Geschichte.

»Bartelt war vollkommen perplex, als er erfuhr, dass und wie seine Freunde von damals ums Leben kamen«, erläuterte Christine. »Das war nicht gespielt. Zusammen mit der Tatsache, dass wir Daniel Fröhling in der Praxis angetroffen haben, der Bartelt nichts davon gesagt hatte, dass sein Vater getötet wurde, kommt erneut der Verdacht auf, dass er der Täter sein könnte.«

»Ihr springt ganz schön, was eure möglichen Täter betrifft, das ist euch schon bewusst?«, fragte Siebelt und pulte mit dem Zeigefinger der linken Hand Dreck unter dem Daumennagel der rechten weg.

»Wir suchen das Motiv, Chef«, gab Oda angespannt zurück. »Bei vier Opfern, die keine eindeutige Verbindung zueinander aufweisen, müssen wir eben in alle Richtungen ermitteln. Das dürftest du ja wohl am besten wissen.«

Siebelt griente. Er wusste, worauf Oda anspielte. Ganz zu Anfang seiner Karriere hatte er es ebenfalls mit einem Serienmord zu tun gehabt. Und obwohl seine damaligen Vorgesetzten sich längst auf einen Täter eingeschossen gehabt hatten, hatte er nicht lockergelassen. Bis er den wahren Täter dingfest machen konnte. »Immerhin habt ihr jetzt die Verbindung zwischen Kuhlmann, Klempert, Fröhling und Bartelt und wisst, was damals vorgefallen ist. Es deutet alles darauf hin, dass die Vergangenheit die Ärzte einholt. Wie seid ihr mit Bartelt verblieben? Will er Personenschutz?«

»Nein. Er sagt, er wisse ja, vor wem er sich in Acht nehmen muss. Außerdem sei er auch nie wirklich allein. Nach Dienstschluss will er künftig, also, bis wir den Fall aufgeklärt haben, das Auto nehmen und nicht das Rad, das er in dieser Jahreszeit am liebsten nutzt. Wir verdächtigen Daniel Fröhling aber nicht nur deshalb, weil er bei Bartelt in der Praxis war. Dem ist nämlich aufgrund unserer Rückfragen zu den Abläufen noch eingefallen, dass Jacob Fröhling damals, kurz nachdem Maria ihn, also Bartelt, um einen Vaterschaftstest gebeten hatte, ein Stipendium erhielt. Aus heiterem Himmel, von einer Bewerbung habe er zuvor nie gesprochen. Und wenig später hätte Fröhling geheiratet und sei Vater geworden. Dabei sei er gar nicht in einer längeren Beziehung gewesen. Bartelt sagte, er habe davon nur über Dritte erfahren und sofort vermutet, dass Kuhlmanns Vater, der eine Möbelhauskette mit Filialen in vielen großen Städten in Deutschland betrieb, seine Beziehungen spielen ließ, um Fröhling mit dem Stipendium zu ködern und so seinen Beitrag zur Vertuschung der ganzen Sache zu leisten. Kuhlmanns Vater könnte auf diese Art nicht nur seinen Sohn, sondern auch die anderen Beteiligten ›freigekauft‹ haben. Da Jacobs familiäre Verhältnisse nicht wirklich einfach waren, hat er zugegriffen. Vermutlich nicht nur, um sorgenfrei studieren zu können, sondern auch, um die drohende Anklage wegen sexuellen Missbrauchs abzuwenden. Bartelt jedenfalls hat nie wieder etwas von Maria oder einem Anspruch auf Unterhalt oder so gehört. Er geht davon aus, dass Jacob die Angelegenheit für alle ›geregelt‹ hat.« Christine machte eine Pause.

»Könnte Daniel Fröhling in dieser Nacht gezeugt worden sein?«, fragte Lemke.

»Bartelt meint, es könnte hinkommen.«

»Wie? Er meint? Kann er nicht rechnen? Er wird doch wissen, an was für einem Tag die Vergewaltigung stattgefunden hat«, ereiferte sich Siebelt. »Und nach Adam Riese dauert es von der Zeugung bis zur Geburt neun Monate.«

»Rechnerisch passt es«, sagte Lemke. »Das habe ich schon überprüft.«

»Dann müssen wir herausfinden, ob die Maria von damals und Daniels Mutter Martina ein und dieselbe Person sind. Bartelt konnte uns ja keinen Nachnamen nennen«, sagte Oda. Sie sah Lemke an. »Hast du auf die Schnelle herausfinden können, ob es die Kneipe von damals noch gibt und ob wir da eventuell an die Namen von ehemaligen Angestellten kommen?«

»Die Kneipe gibt's schon seit beinahe zehn Jahren nicht mehr«, erwiderte Lemke. »Da ist jetzt eine Yogaschule drin.«

»Mist«, sagte Christine. »Prüfen wir also, ob Martina Fröhling mit zweitem Namen Maria heißt. Kann ja sein. Wir könnten uns da natürlich auch komplett vergaloppieren. Zumindest sollten wir damit rechnen, dass wir es mit zwei verschiedenen Frauen zu tun haben. Mag ja sein, dass Fröhling schnell geheiratet hat. Vielleicht war das aber bloß seine Art, das Geschehene zu verdrängen, in dem er – ganz bieder – ein normales Familienleben begann, um nach außen zu demonstrieren: Schaut her, ich bin ein ehrbarer Mensch. Überhaupt könnte Maria auch abgetrieben haben. Es muss gar kein Kind zur Welt gekommen sein.«

»Da hast du recht, möglich ist das natürlich. Allerdings stellt sich dann die Frage: Warum nimmt jemand mehr als zwanzig Jahre nach den Ereignissen Rache an den Studenten von damals? Dass Maria selbst diejenige ist, die sich erst jetzt dazu aufrafft, kann ich nicht glauben. Es muss jemand sein, der ihr nahesteht, aber erst kürzlich davon erfahren hat. Und wer stünde ihr in dieser Sache näher als der eigene Sohn?«

»Da sind auch noch die anderen Indizien, von denen ihr gesprochen habt: War es ein Zufall, dass Daniel Fröhling, der bislang kein Patient von Bartelt war, ihn aufsuchte? Es gibt schließlich auch in Norden HNO-Ärzte. Und wie passt Fröhlings überraschendes Stipendium da rein?«, hakte Siebelt neugierig nach.

»Keine Ahnung«, gab Christine zu. »Wir müssen Punkt für Punkt überprüfen.«

»Ich kümmere mich darum«, sagte Lemke schnell.

Christine nahm einen Zettel und begann, eine Mindmap zu malen. Sie setzte Martina Fröhling in die Mitte, zog Pfeile. Zu Jacob. Zu Daniel. Zu den anderen Opfern. Während sie noch überlegte, führte Siebelt seine Gedanken weiter aus.

»Fakt ist, dass drei der Opfer früher befreundet waren. Und dass es über Martina Fröhling auch eine Verbindung zu Brauckhage gibt. Sie und ihr Sohn sitzen quasi im Zentrum der Taten. Unklar ist in Bezug auf diese beiden aber noch immer, was das Kokain zu bedeuten hat, das bei allen Opfern bis auf Fröhling gefunden wurde.« Siebelt lehnte sich auf seinem Schwingsessel zurück und fuhr sich ratlos mit beiden Händen über den Kopf. »Selbst wenn das Zeug nicht das Motiv für die Morde ist, sondern lediglich ein Mittel, um uns zu verwirren, brauchen wir trotzdem einen Täter, der nicht nur Beziehungen zu allen bisherigen Opfern, sondern auch Zugang zum Koks hatte. Den Fröhlings konnten wir das aber nun ausgerechnet *nicht* nachweisen.« Er stand auf. »Verdammt, verdammt, verdammt! Was steckt wirklich hinter allem? Ist es die Vergewaltigung von damals? Oder haben die einstigen Kommilitonen einen exklusiven kleinen Drogenring aufgebaut, und irgendetwas ist schiefgelaufen? Ich hab das Gefühl, wir drehen uns im Kreis!« Er stemmte die Hände in die Hüften und fixierte Oda und Christine mit seinem Blick. »Ihr zwei fahrt nach Norden. Telefonieren reicht jetzt nicht mehr. Nehmt euch Martina Fröhling vor. Fragt sie, warum sie damals so überstürzt geheiratet haben. Versucht herauszufinden, ob sie die ominöse Maria ist. Und falls das tatsächlich stimmt, will ich wissen, warum sie und ihr Sohn erst heute Rache an den Vergewaltigern von damals nehmen.«

***

Wolken zogen auf, als sie im Auto saßen und über die Landstraße nach Norden fuhren. Dennoch blitzte dazwischen immer mal wieder die Sonne hervor, und es sah nicht nach Regen aus, sodass Christine das Verdeck zurückgefahren hatte.

»Hältst du es wirklich für möglich, dass Fröhling das damalige Opfer geheiratet hat?«, fragte Oda. »Ich meine, heiraten ist das eine, aber verheiratet bleiben etwas vollkommen anderes. Er hätte sich doch nach ein, zwei Jahren scheiden lassen können, statt abzuwarten, bis seine Frau mit ihrem Psychotherapeuten fremdgeht.«

»Ich weiß es nicht«, gab Christine zu. »Vorstellen kann ich es mir ebenso wenig wie du. Dennoch. Wir haben Daniel Fröhling in der Praxis gesehen. Bislang war er nicht Bartelts Patient. Und sein Alter und Geburtsdatum passen zur Vergewaltigungsnacht. Ich befürchte, alles deutet im Moment auf ihn als Täter hin.«

»Aber was treibt ihn ausgerechnet jetzt zu seinem Rachefeldzug?«, fragte Oda.

»Vielleicht hat es einfach noch eine Weile gedauert, bis er alles zusammengebracht hat. Seine Mutter muss ihm ja nicht sofort, nachdem Jacob Fröhling sie verlassen hat, von der Vergewaltigung erzählt haben. Oder sie hat es getan, und er hat so lange gebraucht, bis er alle Beteiligten ausfindig gemacht hat«, überlegte Christine. Sie erreichten Carolinensiel und verließen den Kreisel auf die Umgehungsstraße. Im Ort war es verkehrstechnisch voll; viele Touristen nutzten die bewölkten Tage, um sich die kleinen Sielorte entlang der Küste anzusehen. »Wenn du als junger Mann von deiner Mutter hörst, dass du durch eine Vierfachvergewaltigung gezeugt wurdest und nicht sicher sein kannst, ob dein Vater oder einer seiner feinen Freunde dein Erzeuger ist, kann dich das schon ziemlich aus der Bahn werfen. Und wenn es dann noch heißt, ein Psychotherapeut hätte deiner armen Mutter seinerzeit Trost gespendet und ihr geholfen, die schlimmen Ereignisse endgültig zu überwinden, doch er habe sie verraten …«

»… dann könnte in Daniel Hass entstanden sein auf die Männer, die seine Mutter vergewaltigten. Auf sie und auf den Psychiater. Ja. So macht es Sinn.« Zufrieden lehnte Oda sich im Autositz zurück. Sie hatte das Gefühl, der Aufklärung des Falles nun sehr nahe zu sein.

***

Wieder hatte er Glück. Auch wenn es nicht tragisch gewesen wäre, hätte Bartelt heute einen anderen Ort für seine Mittagspause gewählt. Er hatte Zeit, konnte sich den Tag aussuchen, an dem er zuschlagen würde. Ein gutes Gefühl, entscheiden zu können. Über Menschen, die keine Ahnung davon hatten, dass ihr Leben längst nicht mehr in ihrer Hand lag.

Trotz der leichten Wolkendecke war es immer noch warm. Bartelt saß in einer dünnen Daunenweste am Teich, die Beine ausgestreckt, eine Thermoskanne und eine Brotdose neben sich.

»Moin.« Er ging auf ihn zu.

Überrascht sah Bartelt auf. Als er ihn erkannte, lächelte er ein wenig gekünstelt. »Ach, das ist ja eine Überraschung! Das hätte ich nun nicht gedacht, Sie so schnell wiederzutreffen. Auch Mittagspause?« Beinahe hastig wandte er sich seiner Thermoskanne zu, kippte den Rest Tee ins Gras und schraubte den Becher auf.

Er ignorierte die Aufbruchstimmung und setzte sich neben ihn. »Nein. Es ist kein Zufall, dass ich hier bin. Ich möchte mit Ihnen über Maria reden.«

***

»Ich finde es mehr als geschmacklos, dass Sie mich auf meiner Arbeitsstelle aufsuchen«, beschwerte sich Martina Fröhling, als sie ihr im Personalraum des Architekturbüros gegenüberstanden. »Was sollen denn meine Kollegen denken?«

»Sie werden denken, dass Sie als Exfrau im Mordfall Ihres getöteten Mannes eine wichtige Zeugin sind. Nicht mehr und nicht weniger. Das können wir gern lauthals in den einzelnen Büros verkünden, wenn Sie es wünschen.« Christine blieb freundlich, obwohl sie merkte, dass Oda innerlich zu kochen begann. »Können wir uns setzen?«

»Natürlich.« Martina Fröhlings Tonfall wurde etwas umgänglicher. »Entschuldigen Sie. Meine Nerven liegen blank. Ich hatte gedacht, ich hätte die Trennung von Jacob einigermaßen gut verkraftet, aber nun kommt alles wieder hoch.« Sie biss sich auf die Oberlippe.

»Das ist ein gutes Stichwort«, nahm Christine den Faden auf. »Erzählen Sie uns doch, was alles hochkommt.«

Martina Fröhling sah sie verwundert an. »Wie meinen Sie das?«, fragte sie argwöhnisch.

»So, wie ich es sagte. Was genau kommt jetzt alles bei Ihnen wieder hoch?«

»Na, dieser ganze Käse mit Brauckhage. Dass ich mich in ihn verliebte, dass er die Grenze zwischen Arzt und Patient überschritt und wir eine Beziehung begannen. Dass die Affäre aufgeflogen ist und Jacob sich hat scheiden lassen.«

»Und sonst?«, fragte Oda trocken.

»Wie? Und sonst? Reicht Ihnen das nicht? Also, mir reicht das völlig. Das hat zum Zerfall meiner Familie geführt.« Sie sah Oda wütend an.

Christine mischte sich eilig ein. »Frau Fröhling, sagt Ihnen der Name Maria etwas?«

Martina Fröhling kniff die Augen zusammen. »Warum fragen Sie?«

»Ich wollte keine Gegenfrage, sondern eine Antwort.« Dass Martina Fröhling nicht überrascht reagierte, deutete Christine als Zeichen, dass sie zumindest ahnte, von wem sie sprach. Vielleicht wusste sie, welche Maria im Leben ihres geschiedenen Gatten eine Rolle gespielt hatte. Wenn sie es nicht gar selbst gewesen war.

»Ich nehme an, dass Sie nicht die Mutter von Jesus meinen, wenn Sie mich nach einer Maria fragen?« Martina Fröhling sprach ablehnend.

»Ich habe den Eindruck, dass Sie ganz genau wissen, wen wir meinen«, sagte Oda scharf. »Also reden Sie nicht um den heißen Brei herum.« Sie sah ihr fest in die Augen. »Kann es sein, dass Sie die Maria von damals sind? Haben Sie in der Zeit, in der Sie damals Ihren Mann kennenlernten, eine Verkürzung Ihres Namens gewählt, um die beiden Bereiche Ihres Lebens, die Ausbildung zur Bürokauffrau und Ihre Nebentätigkeit am Wochenende, getrennt zu halten?« Sie wusste genau genommen nur von der Ausbildung, schoss aber einfach mal ins Blaue. In Studentenstädten wie Münster waren die Kneipenjobs zahlreich und ließen sich zeitlich sogar mit einer Vierzig-Stunden-Woche vereinbaren.

»Was ist das denn für eine bescheuerte Frage?« Martina Fröhling sah Oda an, als sei sie nicht recht bei Trost. »Ich hab mich nicht geschämt, nebenbei in einer Kneipe zu arbeiten. Das machen viele Studenten und auch nicht gerade wenige Auszubildende. Da braucht man doch kein Pseudonym für. Außerdem ist Martina ein schöner Name.«

»Lassen Sie mich kurz zusammenfassen, was wir herausgefunden haben«, bat Christine. »Dann werden Sie unsere Frage verstehen. Es geht um eine Oktobernacht im Jahr 1991. Zu der Zeit lebten Sie in Münster?«

»Das stimmt«, gab Martina Fröhling abwartend zu.

»An jenem Abend wurde die Bedienung der Studentenkneipe ›Der blonde Meier‹ nach ihrer Schicht von vier jungen Männern vergewaltigt. Sie kannte alle vier, hat sie aber nicht angezeigt. Warum, können wir leider noch nicht sagen. Dann stellte sie fest, dass sie an diesem Abend schwanger geworden war, und hat die Täter aufgesucht. Von ihnen einen Vaterschaftstest verlangt. Ohne Erfolg.« Christine sah Martina Fröhling direkt in die Augen. Doch es gab kein Blinzeln, keine Reaktion, die erkennen ließ, dass sie Bescheid wusste.

»Was hat das mit mir zu tun?«, fragte sie.

Ohne direkt darauf einzugehen, fuhr Christine fort: »Sie und Ihr geschiedener Mann haben sehr schnell geheiratet. Das stimmt doch?«

Martina Fröhling schien zu überlegen, in welchem Bezug diese Frage zur gerade gehörten Geschichte stand. »Ja«, gab sie zu. »Das ist meiner Kenntnis nach nicht verboten.«

»Ein ehemals guter Freund Ihres Exmannes sagte, er sei darüber verwundert gewesen, denn Sie beide wären noch nicht lange ein Paar gewesen«, fuhr Christine fort.

»Auch das stimmt. Ich hatte Jacob zuvor zwar schon lange angehimmelt, doch bei ihm sprang der Funke wohl erst über, als er schon fast mit dem Grundstudium fertig war.«

»Und dann hat er ja auch schnell das Stipendium erhalten.«

»Ja.«

»Wissen Sie, von wem das kam?«

»Nein. Als er es erhielt, also … da waren wir noch nicht fest zusammen.«

»Hat Sie das nicht interessiert?«, fragte Oda verwundert.

»Nein«, gestand Martina Fröhling. »Ich war so verliebt. Endlich hatte Jacob mich nicht nur wahrgenommen, sondern wollte auch noch mit mir zusammen sein. Alles andere war vollkommen nebensächlich. Er hatte ein Stipendium, und gut war's.«

»Waren Sie bei Ihrer Hochzeit schwanger?«, wollte Christine wissen.

Martina Fröhling errötete. »Ja.« Dann gewann ihre Nüchternheit Oberhand. »Das haben Sie anhand von Daniels Geburtsdatum und der Auskunft des Standesamtes sicher bereits festgestellt.«

Oda nickte, obwohl das überhaupt nicht stimmte.

»Wie war das Verhältnis Ihres Sohnes zu seinem Vater?«, fragte Christine.

»Gut. Das habe ich Ihnen doch schon gesagt.« Ein lauernder Zug schlich sich in Martina Fröhlings Blick.

»Schon. Nur dass wir uns inzwischen gefragt haben, wie er damit umgegangen ist, dass Sie ein Verhältnis mit Ihrem Therapeuten hatten. Kannte Ihr Sohn seinen Namen? Wusste er, dass es sich um Hartmut Brauckhage handelte?«

»Nein. Ich habe ihm gegenüber schließlich abgestritten, je eine Affäre gehabt zu haben«, erwiderte Martina Fröhling kiebig.

»Wissen Sie, ob Ihr Sohn Drogen konsumiert?«, fragte Christine.

»Drogen? Daniel?«

»Um es genau zu sagen: Nimmt er Kokain?«

Abrupt schob Martina Fröhling ihren Stuhl zurück und stand auf. »Sagen Sie, was wollen Sie eigentlich von mir? Es gefällt mir nicht, dass Sie Daniel so etwas unterstellen! Nein, meines Wissens nimmt mein Sohn keine Drogen. Und ehrlich gesagt, selbst wenn er ab und zu mal irgendetwas nähme … ich muss nicht alles wissen. Daniel hat sein Privatleben. So wie ich meines. Wenn Sie also eine Antwort darauf haben wollen, müssen Sie ihn schon selbst fragen. Und jetzt entschuldigen Sie mich. Ich habe zu tun.«

Sie strebte schon zur Tür, und Christine und Oda standen ebenfalls auf, als Martina Fröhling abrupt stehen blieb und sich ihnen zuwandte.

»Jetzt kapier ich erst, worauf Sie hinauswollen. Sie vermuten, *ich* sei die Bedienung, die damals vergewaltigt wurde! Und Sie glauben, dass mein Sohn der Täter ist. Aber ich habe damals überhaupt nicht im ›Blonden Meier‹ gearbeitet, sondern bei ›Pinkus Müller‹.«

Als sie das Architekturbüro verließen, zog Oda ihr Handy aus der Hosentasche. »Lemke hat angerufen«, stellte sie überrascht fest. Sie hatte das Telefon – wie immer in Besprechungen – auf lautlos geschaltet. »Ich ruf ihn mal eben zurück.«

Schon drückte sie die Taste für die Wahlwiederholung.

»Na, Schnucki«, grüßte sie, als ihr Kollege sich meldete, »hast du Neuigkeiten für uns?«

»Auf jeden Fall. Anke Rietdorf hat Brauckhage in München nicht gekannt. Ergo ist er auch nicht der Vater von Jaqueline. Und Fröhling bekam das Stipendium damals ganz reell aufgrund seiner Leistungen. Da steckte der Kuhlmann senior nicht dahinter.«

»Mist«, schimpfte Oda. »Es wäre ja auch zu schön, wenn sich mal für irgendwas Beweise finden ließen.«

»Seid ihr denn weitergekommen? Ist Martina Fröhling die Maria von damals?«

»Auch nicht. Zumindest hat sie es abgestritten. Kannst du nicht noch mal in die Archive der Uni gehen und nach Marias suchen, die 1991 eingeschrieben waren? Und dir von den Münsteraner Krankenhäusern die Namen der Frauen geben lassen, die Pi mal Daumen neun Monate nach jenem Abend entbunden haben? Wenn der Name echt war, wird es so viele Marias sicher nicht geben, die damals ein Kind zur Welt brachten. Vielleicht ist tatsächlich sie es, die nach all den Jahren Rache übt. Aus welchen Gründen auch immer.«

***

Valentin Bartelt wurde blass. Kalter Schweiß lief über seinen Körper. Die Vergangenheit hatte ihn also doch eingeholt. »Über Maria«, wiederholte er tonlos. Zwei Radfahrerinnen fuhren laut schwatzend auf dem Hauptweg in Richtung Fachhochschule, von der Straße drang leise das Rauschen der Autos zu ihnen herüber. »Was wollen Sie wissen?«

Es war sinnlos, so zu tun, als ob er nicht wüsste, wer Maria war. Er stellte die Thermoskanne in den Leinenbeutel und schalt sich einen Narren, den Polizeischutz abgelehnt zu haben. Er konnte jetzt nicht einfach aufstehen und gehen. Der Mann neben ihm war kein harmloser Mensch. Wie es schien, hatte er Sven, Olav und Jacob auf dem Gewissen. Hartmut Brauckhage ebenfalls. Wegen Maria? Aber das war lange her. Und Brauckhage gehörte damals überhaupt nicht dazu. Was war geschehen, dass er nun so brutal vorging? Er musste sich doch der Tatsache bewusst sein, dass er nie wieder auf freien Fuß kommen würde, wenn man ihn schnappte. Und dass man ihn festnehmen würde, davon ging Bartelt aus, schließlich kannten auch die Kommissarinnen inzwischen den gemeinsamen Nenner. Maria.

»Warum haben Sie ihr das damals angetan?« Der junge Mann sprach ruhig. Als hätten sie sich auf einer Party getroffen und würden unverfängliche Konversation betreiben. Als hätte er nicht bereits vier Menschen getötet.

»Wir …« Sofort wurde er unterbrochen.

»Nein. Nicht ›wir‹. Sie! Sie ganz persönlich. Warum haben Sie Maria das angetan? Sie hätten ihr helfen können! Sie sind dafür verantwortlich, dass ihr Leben nach jenem Abend eine einzige Talfahrt war.«

Eine Ente landete platschend auf dem Teich. Er starrte sie an. »Wir …«

»Nicht ›wir‹!« Die Stimme klang peitschend. »Versuchen Sie nicht, sich hinter den anderen zu verstecken. Für Ihre Entscheidung, Maria nicht zu helfen, sie sogar selbst zu vergewaltigen, sind Sie ganz allein verantwortlich. Da gibt es keine Entlastung über das Kollektiv!« Er sprach nun wieder leiser. Die Stimme blieb dennoch hart. »Maria hat Sie damals um einen Vaterschaftstest gebeten. Sie wollte wissen, welches der Schweine, das sie vergewaltigt hat, der Vater ihres ungeborenen Kindes war. Sie haben diesen Test abgelehnt.«

»Die anderen …«, hob Bartelt an, um sich zu rechtfertigen, doch wieder wurde er unterbrochen.

»Die anderen interessieren mich nicht. Die sind tot. *Ich* habe sie umgebracht. Und jetzt frage ich Sie! Warum haben Sie damals nicht zu dem gestanden, was Sie getan haben?«

»Ich habe mich geschämt«, gab er kleinlaut zu. »Und auch wenn Sie das nicht hören wollen, Sven hatte uns eingeschworen, nichts zu sagen. Das war falsch. Heute weiß ich das. Damals hatte ich Angst vor den Konsequenzen. Sven behauptete richtigerweise, wir würden niemals unsere Approbation als Arzt erhalten, wenn bekannt würde, dass wir … was wir Maria angetan haben.«

»Dass Sie alle vier sie vergewaltigt haben. Sprechen Sie es ruhig aus.«

»Ja.«

»Aussprechen sollen Sie es!« Jedes Wort klang wie ein Pistolenschuss.

Wie lange habe ich wohl noch zu leben?, fragte sich Bartelt in diesem Augenblick. Werde ich ein Messer zwischen den Rippen spüren, sobald ich die Antwort ausgesprochen habe? Er verstand nicht viel von Psychologie, aber er hatte irgendwo gelesen, dass es Tätern schwererfiel, ihre Opfer zu verletzen oder zu töten, wenn man mit ihnen redete, ihnen Einblicke ins eigene Seelenleben gab. Weil sich auf diese Art die Distanz zwischen Opfer und Täter verringerte. Er ahnte zwar, dass er – wenn überhaupt – nur den Hauch einer Chance hatte, dieses Gespräch zu überleben. Aber verdammt noch mal, diesen Hauch wollte er nutzen! Er wollte noch nicht sterben!

Langsam begann er zu sprechen. »Als Maria mich damals um den Vaterschaftstest bat, hatte ich noch keine Ahnung. Da sah ich in ihr nur die Bedrohung meiner Zukunft. Dass ich ihr durch meine Weigerung – nein, falsch, dass wir alle ihr im Gegenzug eine Zukunft verwehrten, in der sie und das Kind einigermaßen klarkommen konnten, habe ich damals nicht erkannt. Ich war egoistisch. Habe nur mich und mein künftiges Leben im Fokus gehabt. Und noch lange danach war ich unendlich dankbar und auch heilfroh, dass nichts mehr nachkam. Keine Anklage wegen Vergewaltigung, keine Vaterschaftsklage. Maria verschwand sang- und klanglos aus meinem Leben, genau wie meine Freunde, denen ich nicht mehr in die Augen sehen konnte. Dass sie und das, was wir getan hatten, in meinen Alpträumen wieder auftauchen würde, hätte ich nie gedacht. Und doch war das der Fall. All die Jahre erschien sie mir im Traum.«

Er sah den ungläubigen Ausdruck im Gesicht seines Gegenübers, aber er ließ sich nicht mehr unterbrechen. Gedanken, die ihn seit vielen Jahren umgetrieben und ihn den Schlaf gekostet hatten, drängten aufs Neue an die Oberfläche seines Bewusstseins. Vielleicht war das die Strafe? Das Universum vergaß nicht. Manchmal ließ es sich Zeit mit der Vergeltung, das hatte er als Arzt oft genug erlebt, auch wenn er diese These niemals öffentlich verteidigen würde. Es war lediglich das, was er aus den Anamnesen seiner schwer erkrankten Patienten schlussfolgerte.

Er räusperte sich. »Ein paar Jahre später habe ich geheiratet. Meine Frau und ich, wir wünschten uns Kinder. Aber es klappte nicht. Wir haben so vieles versucht. Es läge an mir, behauptete der Arzt damals. Ich sei zeugungsunfähig. Daran könnten die Masern schuld sein, die ich als Kind hatte.« Er machte eine kleine Pause. »Wie gern hätte ich nach dieser Diagnose die Zeit zurückgedreht, hätte Maria an jenem Tag gesagt, ich könnte der Vater ihres Ungeborenen sein. Hätte freiwillig die Vaterschaft anerkannt. Unterhalt gezahlt, Kontakt zu diesem Kind gehabt. Vielleicht sogar eine Beziehung zu ihm aufgebaut. Dann hätte ich nicht mit der Tatsache leben müssen, dass ich kein ganzer Mann bin. Dass nichts von mir weiterleben wird. Sie mögen das egoistisch finden, aber es ist ein gravierender Unterschied, ob man sich freiwillig gegen Kinder entscheidet oder ob man unfähig ist, welche zu zeugen. Keine Wahl zu haben. Maria hatte wenigstens das. Sie hätte das Baby nicht bekommen müssen. Sie hätte abtreiben können. Es war ihre Entscheidung, das Kind zu behalten.«

»Was sind Sie nur für ein Zyniker«, entgegnete der junge Mann tonlos. »Sie zeigen keine Reue wegen Maria oder des Kindes, es geht Ihnen nur um sich selbst. Zu behaupten, Maria hätte die Wahl gehabt! Sie hat sich ganz sicher nicht ausgesucht, vergewaltigt zu werden. Und auch ihr Kind hatte nicht die Wahl, unerwünscht auf die Welt zu kommen und die eigene Mutter zeit seines Lebens an die Nacht der Vergewaltigung zu erinnern oder nicht.«

Er sah den jungen Mann unverwandt an. »Das ist wahr. Und ich bedaure das. Sind Sie dieses Kind?«

***

Ziemlich unzufrieden stieg Christine aus dem Auto aus, als sie die Polizeiinspektion erreicht hatten. Auch Oda klang genervt. »Verdammt«, fluchte sie, als sie das Treppenhaus hinaufliefen. »Irgendwie scheint uns immer alles zu entschlüpfen, was wir gerade als täterspezifisch charakterisiert haben. Dabei hätte bei Martina Fröhling alles perfekt gepasst. Ich hab das Gefühl, dass vor uns an einer Schnur eine Mohrrübe baumelt und wir sind die Esel, die ihr hinterherlaufen. Jedes Mal, wenn wir meinen, nun ist sie fast schon greifbar, geht es weiter, weil der, der sie hält, die ganze Zeit auf unserem Rücken hockt. Das ist ganz schön frustrierend!«

»Stimmt.« Auch Christine spürte eine Art innere Wut. Auf den Täter, auf sich, darauf, dass sie es nicht schafften, ihm auf die Schliche zu kommen. »Es kommt einem so vor, als würden wir an der Nase herumgeführt.«

»Er wird einen Fehler machen«, vermutete Oda. »Jeder macht irgendwann einen Fehler. Und jemand, der innerhalb kurzer Zeit und in engem Kontakt zum jeweiligen Opfer ungesehen so viele Menschen tötet, läuft zwangsläufig Gefahr, sich selbst zu überschätzen. Er wird unvorsichtig werden.« Sie öffnete die Glastür, die das Treppenhaus von ihrem Dezernat trennte.

»Da sind wir wieder«, sagte Christine, als sie in Lemkes Büro traten. »Hast du schon Neuigkeiten für uns?«, fragte sie wenig hoffnungsvoll, schließlich war es keine zwei Stunden her, dass Oda ihn gebeten hatte, in Münster nachzuforschen. Doch Lemke grinste.

»Wir haben wieder einmal mehr Glück als Verstand«, sagte er. »Im letzten Jahr haben die städtischen Betriebe in Münster die ganzen alten Daten digitalisiert. Das Krankenhaus gehört dazu. Und tatsächlich hat dort am 10. Juli 1992 eine Maria Meier entbunden. Es gab keinen Schwangerschaftsabbruch.«

»Meier«, sagte Oda enttäuscht. »Warum muss die bloß so einen Allerweltsnamen haben? Hätte die nicht Jelzinek, Himmelreuter, Frauenknecht oder Hufschmied heißen können? Wie sollen wir denn unter all den Meiers dieser Republik ausgerechnet die finden, die damals in Münster entbunden hat?«

Christine boxte ihr zuversichtlich mit dem Ellbogen in die Seite. »Mensch, Oda. Manchmal hast du aber auch wirklich überhaupt kein Vertrauen in unseren Verein. Wie ich Lemke kenne, hat der sicher schon mehr über die ominöse Maria Meier und ihr Kind herausgefunden. Stimmt's, Heiko?«

»Du irrst dich nicht.« Lemkes Lächeln breitete sich vom linken Ohr zum rechten hin aus.

***

Für wenige Augenblicke war er sprachlos. Bislang hatte er zielorientiert gehandelt. Hatte mit den Tätern, die gleichzeitig potenzielle Väter waren, gesprochen. Ihnen angeboten, ihre Schuld einzugestehen, durch einen Vaterschaftstest einen Teil dessen wiedergutzumachen, was sie seit damals versäumt hatten. Ihnen gesagt, dass es ihm nicht um Geld ging. Nicht um den nie erhaltenen Unterhalt, der ihr Leben sicher leichter gemacht hätte. Nur um Vergeltung, um Gerechtigkeit für Maria. Bis zu diesem Augenblick war ihm gar nicht bewusst gewesen, dass er ebenso sehr hatte erfahren wollen, wer von ihnen sein Vater war. Es ging auch um seine Identität. Nicht zu wissen, wer und wo die andere Hälfte seiner Wurzeln war, bildete ein großes Vakuum in seinem Leben. Man wurde nicht einfach in eine Existenz hineingeboren. Es gab Verbindungen, Dinge, die man von seinen Vorfahren erbte. Das Aussehen, ein bestimmter Charakterzug. Wurzeln waren wichtig. Diese vier Männer hatten sie ihm genommen. Und sie hatten seine Mutter zu einem emotionalen Wrack werden lassen.

»Das sagst du jetzt nur, um deine Haut zu retten, dass du keine Kinder zeugen kannst«, schrie er Bartelt an.

Der schüttelte traurig den Kopf. »Nein. Leider nein. Es entspricht der Wahrheit. Ich kann keine Kinder zeugen. Sie können nicht mein Sohn sein.«

»Scheiße!«, rief er und sprang auf. In kurzen Schritten lief er vor der Bank auf und ab. Versuchte, seinen Puls unter Kontrolle zu bekommen. Wieder ruhiger zu werden. Doch das war nicht so einfach. Wer von den drei anderen war denn dann sein Vater gewesen? Verdammt!

Er hatte seinen Vater getötet! Er hatte sich selbst jeglicher Möglichkeit beraubt, mehr über sich selbst, sein Leben, seine Wurzeln zu erfahren.

Aber sei es drum. Er wischte die aufflackernde Traurigkeit beiseite. Er hatte bislang ohne dieses Wissen gelebt und würde es auch weiterhin können.

Bartelt stand auf. Sah ihn an mit einem Hoffnungsschimmer, den er nicht verdient hatte. »Wenn ich Ihnen irgendwie helfen kann«, sagte er ungelenk, »melden Sie sich bei mir. Ich werde versuchen, für Sie da zu sein. Ich werde Sie nicht verraten. Sie können sich auf mich verlassen. Das schwöre ich.«

Mit eiskaltem Blick sah er Bartelt an. Als dieser Anstalten machte, auf den Hauptweg zurückzugehen, packte er ihn. Zog ihn näher, schwang seinen rechten Arm um Bartelts Hals.

Es knackte unschön, als er ihm das Genick brach.

***

Langsam wurde Susanne Weinstock nervös. Es war kurz nach drei. Das regelmäßige Ticken der Wanduhr, das sie normalerweise nicht hörte, weil immer jede Menge zu tun war, schien ihr überlaut. Das Wartezimmer füllte sich. Doch vom Doktor keine Spur. Sie versuchte, ihre Unsicherheit zu überspielen. Was war geschehen? Wenn nicht am Vormittag die Kommissarinnen da gewesen wären, hätte sie sich keine Sorgen gemacht. Auch wenn es bislang nur ein einziges Mal vorgekommen war, dass der Doktor verspätet aus der Mittagspause kam. Damals hatte er einen Hausbesuch gemacht, der mehr Zeit in Anspruch genommen hatte als erwartet. Sicher war das auch heute so, und sie sorgte sich unnötig. Wenn sie ihn nur erreichen könnte.

»Wo bleibt der Chef denn nur?«, raunte ihre Kollegin Sandra. »Wir müssten längst die ersten Patienten im Behandlungsraum haben.«

Susanne Weinstock nickte. Dann entschied sie zum ersten Mal in ihrem Leben etwas über den Kopf ihres Chefs hinweg. Sie griff zum Telefon, überlegte kurz, die 110 zu wählen, besann sich aber. Sie legte den Hörer zurück und rief in der Patientendatei den Namen Wagner auf. Schnell hatte sie die Akte von Alex gefunden, dem Sohn der Kommissarin, in der auch die dienstliche Telefonnummer der Mutter notiert war. Nun gar nicht mehr unsicher, griff sie erneut zum Hörer und drückte entschlossen die Tasten.

***

Er war jetzt wieder ganz ruhig. Der Mann, der am Übergang zwischen Gras und Weg reglos vor ihm auf dem Boden lag, war nicht sein Vater. Er war nur einer von vier Männern, die seine Mutter vergewaltigt hatten.

Er schaute sich verstohlen um, zog ein kleines Tütchen Kokain aus seiner Hosentasche und legte es ins Portemonnaie des Toten. Aus einem anderen Tütchen strich er mit einem behandschuhten Finger etwas davon in Bartels linken Nasenflügel. Dann steckte er das Koks wieder ein. Kurz überlegte er, ob er den Arzt die wenigen Meter ins Gebüsch ziehen sollte, doch er ließ es bleiben. Das war verschwendete Mühe, sicher würde man ohnehin bald nach ihm suchen.

Emotionslos blickte er ein letztes Mal auf den toten Körper. Dann piepte sein Handy. Es wurde Zeit.

***

»Schieß los«, forderte Oda und sah Lemke aufmerksam an. Endlich kamen sie der Sache näher.

»Also. Maria Meier hat an jenem Tag einen Jungen geboren. Alexander Meier. Als Vater hat sie ›unbekannt‹ angegeben. Sie wohnte damals in der Schützenstraße, in ziemlicher Nähe der Wilhelms-Universität. In ihrer Akte stand, sie sei Studentin.«

»Alexander Meier«, wiederholte Oda, »na klasse. Wie viele Alexander Meiers gibt es wohl?«

»Dutzende. Brauchst du nur mal bei Google einzugeben«, antwortete Lemke.

»Aber über das Geburtsdatum müsste es doch einzuschränken sein«, meinte Christine. »Wir können beides, Namen und Geburtsdatum, durchs Meldesystem laufen lassen, vielleicht werden wir da fündig.

»So weit bin ich bislang nicht gekommen«, gab Lemke zu. »Du musst mich auch nicht so hetzen. Ich kann schließlich vieles, aber nicht zaubern.«

»Du könntest auch noch versuchen herauszufinden, ob Maria Meier bei Brauckhage Patientin war«, bat Oda. »Vielleicht hat sie sich von ihm ebenfalls im Stich gelassen gefühlt, und er musste deshalb sterben. Dann hätten wir die Verbindung zu allen Fällen.«

Auf der anderen Seite des Flures hörten sie das Telefon klingeln. »Das ist bei uns«, sagte Christine und eilte hinüber, doch die Rufumleitung war eingeschaltet, und schon läutete es auf Lemkes Schreibtisch.

»Ja?«, fragte er knapp und flüsterte ihnen mit der Hand über der Sprechmuschel zu: »Die Pforte. – Ist gut, stell durch, sie ist hier.« Er reichte Oda den Telefonhörer. »Die Arzthelferin vom Bartelt.«

Alarmiert griff Oda nach dem Hörer. »Wagner«, meldete sie sich.

»Hier ist Susanne Weinstock. Frau Wagner, der Chef ist nicht aus der Mittagspause zurückgekommen. Und es ist jetzt schon nach halb vier. Er hätte um drei wieder hier sein sollen, da haben wir die ersten Patienten einbestellt. Sie waren doch heute Morgen da, und ich hab über die getöteten Ärzte in der Zeitung gelesen. Ich mache mir wirklich Sorgen um ihn. Nicht, dass ihm was zugestoßen ist.«

»Mist.« Oda strich sich mit der Hand über den Mund. »Wissen Sie, wo er seine Mittagspausen verbringt?«

Christine und Lemke guckten nun ebenfalls aufgeschreckt.

»Bei schönem Wetter geht er gern rüber in den Stadtpark, macht dort einen kleinen Spaziergang und setzt sich irgendwohin. Ein wenig Natur erleben bei all dem Praxisgewühl, sagt er oft. Er geht gern spazieren. Am liebsten würde er sich einen Hund zulegen, damit er mehr Bewegung an der frischen Luft bekommt, aber bislang hat er nur zwei Wellensittiche.«

»Im Stadtpark. Könnte er noch einen Termin gehabt haben, der ihn länger als geplant aufhielt, wie zum Beispiel ein Hausbesuch?«

»Nein. Ich hab schon in seinem Terminplan geguckt. Das ist ja alles elektronisch, das kann ich am Monitor sehen. Er hatte heute Mittag keinen Termin. Und er hätte auch Bescheid gesagt, wenn etwas dazwischengekommen wäre. Das weiß ich. Frau Wagner, es muss etwas passiert sein.«

»Ist gut, Frau Weinstock. Wir kümmern uns drum. Warten Sie noch eine halbe Stunde, und wenn er dann immer noch nicht da ist, schicken Sie die Patienten nach Hause.« Sie verabschiedete sich und gab Lemke den Hörer zurück. »Tja«, sagte sie trocken, während er auflegte. »Bartelt ist verschwunden. Er ist nach der Mittagszeit nicht in die Praxis zurückgekehrt.«

»Dann sollten wir uns gleich auf den Weg machen.« Christine hob ihre Tasche und hängte sie sich über die Schulter. Lemke griff wieder zum Hörer und informierte die Kollegen in den Streifenwagen.

»Er ist im Stadtpark, sagte die Arzthelferin?«

»Jo.«

***

Spann deine Muskeln an. Du hast noch eine Chance. Er denkt, du bist tot. Valentin Bartelt wusste, dass sein Leben am seidenen Faden hing. Nur wenn er jetzt keinen Fehler machte, würde er vielleicht noch gerettet werden. Er hörte, dass die Schritte sich entfernten. Dennoch ließ er die Augen geschlossen. Unter Umständen konnte man einen Genickbruch überleben. Der Junge hätte warten und seinen Puls fühlen müssen, um sicher zu sein, dass er tot war. Doch er war wohl zu sehr von sich überzeugt gewesen. Und das war sein Glück! Auch wenn er wusste, dass seine Überlebenschance gering war. Wie lange würde er durchhalten? Er durfte sich nicht bewegen. Jede noch so kleine Bewegung könnte sein Ende bedeuten. Aber es war möglich. Ein Mann aus Schortens hatte vor einiger Zeit einen Genickbruch nach einem Sturz überlebt. Valentin Bartelt hoffte, ein ebensolcher Glückspilz zu sein.

Die Kommissarinnen fielen ihm ein. Sie waren erst vor wenigen Stunden bei ihm in der Praxis gewesen. Frau Weinstock. Sie würde der Polizei melden, dass er nicht zurückkam. Bestimmt würde sie sich sogar direkt an Frau Wagner wenden, schließlich hatte sie sie heute früh nicht nur gesehen, sondern kannte sie und ihre oft dreiste Art, schnell und ohne Wartezeit mit ihrem Sohn zur Untersuchung durchzumarschieren.

Zögernd öffnete er nun doch die Augen, da kein auch noch so leises Geräusch darauf schließen ließ, dass sein Beinahe-Mörder noch hier war. Und tatsächlich war niemand zu sehen. Erleichtert atmete er vorsichtig aus. Jetzt nur keinen Fehler machen. Keine Bewegung der Halswirbelsäule. Am besten still und steif liegen bleiben.

Eine Fliege landete auf seiner Nase. Es kitzelte, als sie über sein Gesicht lief.

***

Er fuhr direkt nach Hause. Seine Oma wartete auf ihn. Auf der Arbeit hatte er sich ohnehin den ganzen Tag krankgemeldet.

Er parkte den Wagen vor dem Mehrfamilienhaus in der Weserstraße. Sie wohnten auf einem Flur. Immer schon hatten sie zusammengelebt. Zunächst in einer gemeinsamen Wohnung. Kurz nachdem er mit der Ausbildung fertig gewesen war, war dann die kleine Zwei-Zimmer-Wohnung auf derselben Etage frei geworden. Eine Fügung des Schicksals. So hatte er sich weiter um seine Großmutter und Maria kümmern können, ohne zusätzliche Wege zurücklegen zu müssen. Maria. Lange schon nannte er sie nicht mehr Mama. Sie war ja nie wirklich für ihn da gewesen. Seine eigentliche Mama, das war Babuschka. Seine Oma.

Bevor er das Auto verließ, öffnete er die Facebook-Seite auf dem Prepaid-Handy. Nach wenigen Fingertipps hatte er Ma Rias Profil gelöscht. Er brauchte es nun nicht mehr. Alles war getan. Die Schuldigen bestraft. Er nahm die SIM-Karte heraus und warf sie in den Gulli am Straßenrand, bevor er das Haus betrat und die Tür zur Wohnung seiner Oma aufschloss.

Es roch nach Essen, bestimmt hatte sie wieder für ihn mitgekocht. Er hatte sie schon oft gebeten, das nicht zu tun, aber sie ließ es nicht sein. Sie könne ja einfrieren, was übrig blieb, behauptete sie, und so aß er oft mittags beim Dienst extra nichts, um sie nicht zu enttäuschen.

»Priwjét Babuschka«, rief er. Das russische Wort für »Willkommen« war das einzige, das er regelmäßig benutzte. Er wusste, dass es seine Großmutter an ihre Heimat erinnerte und sie sich darüber freute, wenn er sie auf diese Weise begrüßte. Sonst sprach er nur wenig Russisch, er konnte zwar fast alles verstehen, das Sprechen jedoch fiel ihm schwer. Und lesen ging gar nicht. Seine Oma hatte es irgendwann aufgegeben, ihm die kyrillische Schrift beizubringen, obwohl er nicht dumm war und in der Schule gut klarkam.

Gern hatte Anastasia ihre Heimat in Sibirien nicht verlassen, das hatte sie ihm oft genug erzählt, aber ihr deutschstämmiger Mann Otto hatte darauf bestanden, als es Aussiedlern möglich war, »nach Hause« zu übersiedeln. Maria war zehn Jahre alt gewesen, als sie nach Wilhelmshaven zogen. Schnell hatte sie die deutsche Sprache gelernt. Er hatte nie einen russischen Akzent in der Aussprache seiner Mutter feststellen können.

»Priwjét Mischka«, rief seine Oma ihm verhalten aus der Küche entgegen. »Ich hab Soljanka gekocht, falls du noch hungrig bist.«

Er lächelte, auch wenn er dem Alter, in dem man als »Bärchen« tituliert wurde, und vor allem der rundlichen Figur schon lange entwachsen war.

Als er die kleine Wohnküche betrat, in der Anastasia am Tisch saß, auf dem eine geblümte Wachstuchdecke lag, sah er, dass sie geweint haben musste. Schnell trat er zu ihr und nahm sie in den Arm. »Babuschka, wein doch nicht«, bat er, setzte sich neben sie und streichelte ihre Hand.

»Die vom Bestattungsunternehmen haben angerufen«, sagte Anastasia leise. »Die Urnenbeisetzung findet nächsten Dienstag statt. Der Termin ist um elf Uhr dreißig.« Sie sah ihn an. Die runzligen Falten in ihrem schmalen Gesicht rührten ihn. Ihre weißen langen Haare hatte sie zu einem Dutt auf dem Hinterkopf zusammengesteckt, wie stets trug sie zu Hause eine Kittelschürze über dem Rock und dem Pullover. »Kannst du das einrichten?«, fragte sie bang. »Sonst musst du denen Bescheid geben und einen anderen Termin ausmachen.«

»Nein, das krieg ich schon hin. Es ist besser, wenn wir das so bald wie möglich hinter uns bringen.«

»Sie haben noch einmal gefragt, ob wir danach eine Anzeige in die Zeitung setzen wollen. Ich hab Nein gesagt. Das wolltest du doch so?«

»Ja. Keine Anzeige. Das geht die Sensationsgeier da draußen nichts an.« Er stand auf. »Ich mache uns einen Tee, ja?«

»Ist schon fertig.« Seine Oma deutete auf das Ablaufblech der Spüle, wo die kleine Kanne auf dem Samowar stand. »Ich nehme auch eine Tasse.«

Er goss den Tee ein, hob den Deckel vom Topf auf dem Herd, in dem tatsächlich seine Lieblingssuppe auf kleiner Flamme vor sich hin köchelte. Er stellte den Herd aus und die Tassen auf den Tisch.

Schweigend tranken sie, dann goss er ihnen nach. Beide waren sie mit ihren Gedanken bei Maria.

»Meinst du, es wäre alles anders gekommen, wenn sie damals abgetrieben und mich nicht zur Welt gebracht hätte?«, fragte er. In den letzten Tagen hatte er viel darüber nachgedacht.

»Ach, Mischka.« Seine Oma griff mit ihrer von Adern und dunklen Altersflecken überzogenen Hand nach seiner und streichelte sie. »Das konnte sie nicht. Das hätte sie vor Gott nicht rechtfertigen können.«

»Sie hätte mich weggeben, zur Adoption freigeben können«, begehrte er auf. Immer noch tobte ein orkanartiger Strudel von Empfindungen in ihm.

Bis vor Kurzem hatte er von allem nichts gewusst. Bis vor Kurzem hatte er in dem Glauben gelebt, sein Vater hätte ihn und seine Mutter verlassen, als er klein war, seine Mutter wäre damit nicht klargekommen und deshalb depressiv geworden. Seine Erinnerungen an Maria waren überwiegend durch deren Abwesenheit geprägt. »Maria musste wieder ins Krankenhaus«, war die immer gleiche Antwort seiner Oma gewesen, wenn er aus der Schule nach Hause kam und seine Mama wieder einmal fort war. In den ersten Jahren hatte er nicht verstanden, dass es Selbstmordversuche waren, die diese Krankenhausaufenthalte und die daran anschließenden Wochen in der Psychiatrie auslösten. Seine Babuschka war damals der einzige Halt in seinem jungen Leben gewesen, sein Opa war schon vor seiner Geburt gestorben. »Das Herz ist ihm dann doch gebrochen, weil er nicht mehr in Russland lebte«, pflegte seine Oma in leicht vorwurfsvollem Ton zu sagen. Trotzdem war es für sie nie eine Option gewesen, mit Tochter und Enkel zurückzugehen.

Unvermittelt begann seine Großmutter zu weinen. Nicht leise, wie es sonst ihre Art war, sondern laut und wehklagend. »Ich bin schuld«, rief sie schluchzend, und er wusste nicht, wie er darauf reagieren sollte.

***

»Wir haben ihn!«, vermeldete Kollege Herz aufgeregt übers Handy. Er gehörte zu einem der Streifenwagen-Teams, die auf der Suche nach Bartelt waren. »Ihr glaubt es nicht, der lebt! Zwar sieht alles nach Genickbruch aus, aber er lebt. Er konnte sogar kurz mit uns sprechen, deshalb wussten wir, dass wir ihn nicht anrühren dürfen. Wir haben ihn nahe dem kleinen Teich im hinteren Teil des Stadtparks gefunden. Circa hundert Meter von der Friedrich-Paffrath-Straße entfernt. Den Kollegen von der Spurensicherung hab ich schon Bescheid gesagt, der Notarzt müsste jede Sekunde hier sein.«

»Wir sind auch gleich da«, entgegnete Oda und ergänzte: »Gut gemacht, Herzchen.«

Keine zehn Minuten später standen sie knapp zweihundert Meter Luftlinie von der HNO-Praxis entfernt im Stadtpark. Die Kollegen von der Kriminaltechnik warteten, während der Notarzt den Schwerverletzten mit allergrößter Behutsamkeit transportfähig machte. »Ich kann nicht garantieren, dass er den Transport überlebt«, sagte er mit besorgtem Gesicht. »Jede noch so geringe Bewegung kann zum Tod führen.«

Bartelt war bei Bewusstsein und sah sie aus ruhigen Augen an. »Ich kann das linke Bein und den linken Arm nicht mehr bewegen«, flüsterte er gefasst. »Aber ich lebe. Und ich werde am Leben bleiben.«

»War es Alexander Meier?«, fragte Christine, sie wurde jedoch harsch vom Arzt unterbrochen.

»Sagen Sie mal, haben Sie nicht verstanden, worum es hier geht? Der Mann kann jeden Moment sterben! Da ist jetzt nichts mit Small Talk!«

»Das ist kein Small Talk, es geht um die Aufklärung einer Mordserie«, fauchte Oda, während Bartelt ein leises »Ja« hauchte.

»Seien Sie endlich still«, wies ihn der Arzt an. Er fixierte Bartelts Kopf und Hals mit einer Manschette und gab den Sanitätern das Zeichen, Bartelt auf die Trage zu heben. »Alles wird gut«, sagte er aufmunternd, als Bartelt in den Rettungswagen geschoben wurde, der ihn die wenigen Meter bis zum bereitstehenden Hubschrauber fahren würde. »Wenn Sie es bis hierher geschafft haben, schaffen Sie auch den Rest.«

Schweigend sahen sie zu, wie Bartelt mit größter Vorsicht in den Rettungshubschrauber »Christoph 26« umgeladen wurde, der ihn ins Nordwest-Krankenhaus nach Sande fliegen würde.

»Es ist definitiv ein Genickbruch«, erklärte der Notarzt, nachdem der Hubschrauber gestartet war. »Der hat vielleicht ein Glück gehabt! Normalerweise wäre er jetzt tot. Hoffen wir, dass er es tatsächlich schafft und durchkommt. Sie haben jemanden als Tatverdächtigen im Visier, hab ich das richtig mitbekommen? Entschuldigen Sie, dass ich Sie so abgebügelt hab, aber es war wirklich keine Zeit mehr für normale Konversation.«

Christine nickte. »Ja. Wir glauben zu wissen, wer das getan hat.

Und Bartelt hat es ja auch bestätigt.« Sie fasste sich mit Daumen und Mittelfinger an die Stirn, während sie versuchte, die neuen Fakten auf den Punkt zu bringen.

Alexander Meier sei es gewesen, hatte Bartelt gesagt. Nicht Daniel Fröhling. Und ob hier eine Kokain-Spur existierte beziehungsweise gelegt worden war, musste erst noch festgestellt werden. Christine glaubte nicht mehr daran, dass die Droge eine Rolle im Leben der Opfer gespielt hatte. Vielmehr war sie wohl lediglich ein Mittel zur Ablenkung vom eigentlichen Motiv gewesen, denn Bartelts Aussage vom frühen Vormittag offenbarte den wahren Hintergrund der Taten: Eine junge Frau war vor vielen Jahren von vier Medizinstudenten vergewaltigt worden. Sie wurde schwanger und forderte die ihr bekannten Täter zu einem Vaterschaftstest auf. Doch alle weigerten sich, den vornehmen zu lassen. Sie blieb allein zurück. Nicht nur mit der Gewalt, die ihr angetan worden war, sondern auch mit einem Kind. Warum hatte sie es ausgetragen? Warum hatte sie nicht die Polizei, zumindest aber ein Krankenhaus aufgesucht? Oder hatte sie es getan, und man hatte ihr nicht geglaubt?

Und vor allem: Wo war Maria Meier jetzt?

Martina Fröhling hatte nichts damit zu tun, das stand inzwischen fest. Ebenso wenig Daniel, er konnte nicht Marias Kind sein, und Bartelt hätte ihn erkannt, er war also auch nicht der Täter. Wer dann? Wer war dieser Alexander Meier? Christine meinte, es läge ihr auf der Zunge, so als müsste sie wissen, wer hinter Maria und Alexander Meier steckte, aber sie kam nicht drauf.

»Wir sind dann jetzt fertig«, meldete der Kollege von der Kriminaltechnik und riss sie aus ihren Gedanken. »Wir packen hier ein. Die Analyse der Spuren kriegt ihr natürlich so schnell es geht.« Er grinste verschmitzt. Sicher hatte er gespürt, dass Christine mit ihren Gedanken ganz woanders gewesen war.

***

Auf der Straße vor dem Haus lachten Kinder. Warm schien die Nachmittagssonne durchs Fenster und ließ die Blumen auf der bunten Tapete leuchten. Über Anastasias Gesicht rannen die Tränen. Sie konnte nicht aufhören zu weinen. Sie hatte Fehler gemacht. Damals. Und wie es aussah, jetzt auch.

»Warum bist du schuld?«, fragte ihr Enkel. »Was hast du denn getan? Du hast sie doch nicht vergewaltigt, das waren diese Kerle! Das hast du mir doch gesagt!«

Anastasia weinte noch heftiger. In der Zeitung hatte sie gelesen, dass ein Mediziner bei einem Brand ums Leben gekommen war. Er war Marias Psychiater gewesen, wie sie inzwischen wusste. Hatte ihr Enkel etwas damit zu tun?

»Babuschka«, sagte er eindringlich. »Warum glaubst du, schuld zu sein? An was? Hast du mich angelogen? Ist sie doch nicht vergewaltigt worden? Sag mir die Wahrheit!«

Sie zog ihr Stofftaschentuch aus der Schürze und schnäuzte sich die Nase. »Ich hab dir die Wahrheit gesagt. Es ist nur ... ich hätte für sie da sein müssen. Ich hätte sie wissen lassen müssen, dass sie, egal was auch geschieht, immer meine Tochter ist. Aber ... ich habe ihr damals nicht geglaubt.«

»Was hast du ihr nicht geglaubt?«, fragte er verwundert.

»Die Vergewaltigung. Die habe ich ihr nicht geglaubt. Sie hat mir erst später davon erzählt, nachdem Ronald sie verlassen hatte. Da warst du schon geboren. Erst da hat sie mir alles erzählt ...« Ihre Gedanken schwebten in die Vergangenheit.

»Ich ziehe zurück nach Wilhelmshaven, Mama«, sagte Maria, als sie mit Anastasia in der Küche bei einer Tasse Tee zusammensaß. »Ich breche mein Studium ab.« Sie war endlich mal wieder auf einen kurzen Wochenendbesuch da. Alexander, von Anastasia zärtlich Mischka genannt, weil er sie an ein kleines properes Bärchen erinnerte, krabbelte auf dem Fußboden und spielte mit ihren Lockenwicklern. »Ronald hat mich verlassen.«

Erschrocken sah Anastasia ihre Tochter an. »Warum?«, fragte sie scharf. »Er liebt dich doch. Hast du diesen Job in der Kneipe etwa immer noch nicht aufgegeben? Ich habe dich gewarnt, dass er das nicht gut findet. Kein Mann findet es gut, wenn seine Frau nachts arbeitet und Alkohol an Männer verkauft.« Sie war von Anfang an nicht damit einverstanden gewesen, dass Maria in einer Kneipe jobbte. Das schädigte ihren Ruf, stempelte sie als billiges Frauenzimmer ab. Otto und sie hatten viel Wert darauf gelegt, ihrer einzigen Tochter gepflegte Umgangsformen beizubringen, damit sie sich in gesellschaftlich besseren Kreisen bewegen konnte, ohne sich zu blamieren. Sie hatten schon früh zu sparen begonnen, damit Otto mit ihr in Restaurants gehen konnte, in denen mehrgängige Menüs serviert wurden, auch wenn er selbst immer nur eine Suppe aß, weil sie sich ein so teures Essen weder für drei noch für zwei leisten konnten. Auch hatten sie stets dafür gesorgt, dass Maria vernünftig gekleidet war. Nicht so, wie sie jetzt wieder hier auftauchte: in Hosen, die derart kurz waren, dass man den Ansatz der Pobacken sehen konnte, und einem T-Shirt, das so tief ausgeschnitten war, dass Anastasia vor Scham fast schon rot wurde.

»Doch, Mama. Da arbeite ich schon lange nicht mehr. Ich hab aufgehört, als ich schwanger wurde.«

»Aber warum hat er dich dann verlassen?« Anastasia goss noch einmal Tee nach. »Ich dachte, ihr beide heiratet endlich. Garantiert gefällt es ihm nicht, wie du rumläufst. Das kann ja keinem Mann gefallen, wenn die eigene Frau sich so zur Schau stellt! Aber dein Sohn braucht Vater und Mutter. Und das Studium abbrechen? Kommt gar nicht in Frage! Du musst zusehen, dass du das wieder auf die Reihe bekommst. Ihr habt Verantwortung eurem Kind gegenüber.«

Maria begann zu weinen, ihr kleiner Sohn sah kurz zu ihr auf, dann rollte er die Lockenwickler weiter über den Küchenfußboden. »Ich denke nicht, dass Alexander Ronalds Kind ist, Mama«, gestand sie. »Ich hatte damals eine Blasenentzündung, darum haben wir nicht miteinander geschlafen. Und dann … Es war der neunte Oktober.« Maria stockte, dann sprach sie leise weiter. »Ich hatte Feierabend. Ein paar Medizinstudenten saßen noch an der Theke, stark angetrunken. Ich hab sie rausgeschmissen und ihnen gesagt, sie sollen nach Hause gehen. Sie haben vor der Tür auf mich gewartet. Anfangs war alles noch amüsant, sie waren ja so betrunken. Doch dann kippte die Stimmung. Sie wurden aggressiv.« Maria biss sich auf die Unterlippe. »Sie haben mich vergewaltigt, Mama.«

Entsetzt sah Anastasia ihre Tochter an. »Das ist nicht wahr. Das kann nicht sein. Du sagst, es sind Medizinstudenten. Angehende Ärzte! Die tun so was doch nicht.«

»Sie haben es getan, Mama. Alle vier. Sie haben mich mit dem Gesicht brutal aufs Pflaster gedrückt und sind einer nach dem anderen auf mich gestiegen, als sei ich ein Tier.«

Anastasia schluckte. »Hast du es Ronald gesagt?«

Maria schüttelte den Kopf. »Ich habe mich geschämt. Ich habe mich stundenlang unter die Dusche gestellt, wollte alles abwaschen, ich fühlte mich so schmutzig. Tagelang. Ich habe ihm gesagt, ich sei gefallen. Darum würde mein Gesicht so geschunden aussehen. Und dann habe ich es nicht ertragen, dass Ronald mich anfassen wollte. Ich hab ihm erzählt, ich hätte immer noch die Blasenentzündung. Bis ich feststellte, dass ich schwanger bin. An dem Tag habe ich wieder mit Ronald geschlafen. Aber ich habe die vier aufgesucht. Jeden Einzelnen. Habe ihnen gesagt, dass ihr Tun Folgen hat, dass sie sich einem Vaterschaftstest unterziehen müssen. Sie haben mich ausgelacht, Mama. Jeder von ihnen. Und ich hatte ja nichts gegen sie in der Hand. Was hätte ich denn machen sollen? Also habe ich den Mund gehalten und so getan, als würde mir der Sex mit Ronald gefallen. Aber er tat mir nur weh, Mama. Und dann musste ich das Kind zur Welt bringen. Ich hatte solche Schmerzen! Und es war ein Junge. Auch er wird mal ein Mann werden.« Maria sah Anastasia ernst an, dann blickte sie zu Mischka hinab. »Ich kann ihn nicht lieben, Mama. Sosehr ich mir auch sage, er kann nichts dafür, aber ich kann ihn nicht lieben. Ich mag mich ja nicht einmal mehr selbst. Kann ich ihn für ein paar Tage bei dir lassen? Nur so lange, bis ich meine Sachen aus Münster geholt habe? Kannst du uns beide für den Übergang bei dir aufnehmen? Ich finde bestimmt bald eine eigene Wohnung.«

Anastasia nickte nur, ungläubig und ein wenig verärgert. Ihr fehlten die Worte, die geeignet wären, Maria diese Entscheidung auszureden. Maria stand auf, drückte ihr einen Kuss auf die Stirn und ging.

An jenem Abend versuchte sie das erste Mal, sich das Leben zu nehmen.

Anastasia atmete schwer, als sie langsam in die Wirklichkeit zurückkehrte.

Ihr Enkel sah sie entgeistert an. »Du hast ihr nicht geglaubt?«

»Nein. Es war in meinen Augen einfach zu furchtbar, um wahr zu sein. Und wenn es stimmte, das dachte ich in dem Moment wohl insgeheim, musste sie ihre Vergewaltiger durch ihre aufreizende Kleidung dazu verführt haben. Alle Männer sind unterleibsgesteuert, gerade junge Männer. Es waren Medizinstudenten, Mischka! Die tun so etwas doch nicht.«

Wieder liefen ihr Tränen über die Wangen.

***

Eine eigenartige Ruhe herrschte in den Räumen der HNO-Praxis, als sie die Tür öffneten. Zwar klingelte das Telefon, und die Anrufe wurden auch angenommen, doch die allgegenwärtigen Geräusche von durch die Räume eilenden Arzthelferinnen und das Gemurmel der Patienten fehlten.

Susanne Weinstock sah sie mit bangem Blick an. »Haben Sie ihn gefunden?« Oda spürte, dass sie auf ein Nein hoffte, das ihr die Möglichkeit geben würde, weiterhin zu glauben, Valentin Bartelt käme zurück.

»Ja«, sagte sie. »Im Stadtpark. Es sieht nicht gut aus. Aber er lebt. Wir können allerdings nicht versprechen, dass er durchkommt.«

»Oh Gott!« Susanne Weinstock schlug sich ihre Hand vor den Mund und begann, bitterlich zu weinen. »Ich hab's ja geahnt«, schluchzte sie, »ich hab's ja geahnt.« Auch ihre beiden Kolleginnen waren schockiert.

»Na, noch gibt es Hoffnung«, sagte Christine betont zuversichtlich und fragte: »Ist Ihnen heute Vormittag vielleicht etwas Außergewöhnliches aufgefallen, nachdem wir fort waren? Hat Dr. Bartelt sich anders verhalten als sonst? Kam Ihnen irgendetwas merkwürdig vor?«

Susanne Weinstock trocknete sich die Tränen und verneinte. »Alles war ganz normal und der Doktor gut drauf. So wie immer.«

»Wir müssen in sein Büro«, sagte Oda.

Susanne Weinstock stand auf. »Sicher.« Sie lief voraus.

Auf Bartelts Schreibtisch stand nur ein einziges, in Silber gerahmtes Foto. Es zeigte eine lachend gestikulierende Frau, der die Lebensfreude ins Gesicht geschrieben stand.

»Ist das seine Frau?«, fragte Oda. Susanne Weinstock nickte. »Dann sollten wir sie benachrichtigen.«

»Das ist nicht möglich. Sie starb vor zweieinhalb Jahren. Seitdem lebt er allein. Ich weiß natürlich nicht, ob er inzwischen wieder eine Freundin hat, das kann sein, er ist ja ein gut aussehender Mann, und viele unserer Patientinnen würden ihn sich liebend gern angeln, aber er hat seine Frau sehr geliebt. Ich glaube, er war noch nicht wieder bereit für eine neue Partnerschaft.«

Oda hatte keine Lust, sich die Ausführungen der Angestellten über das Seelenleben ihres Chefs anzuhören. »Andere Angehörige?«, fragte sie.

»Eine Schwester. Die wohnt hier in Wilhelmshaven. Ich kann Ihnen die Adresse gleich raussuchen.«

»Danke.«

Als sie wieder nach vorn in den Eingangsbereich liefen, stoppte Oda abrupt. Jetzt fiel es ihr wieder ein. Daniel Fröhling war nicht der einzige junge Mann gewesen, den sie heute Morgen überraschend hier in der Praxis gesehen hatten. Sie hatten sich lediglich auf ihn als möglichen Täter eingeschossen. Und nicht realisiert, was sie mittlerweile hätten erkennen müssen. Sie blickte Christine an.

»Alles in Ordnung?«, fragte die verdutzt.

»Ja«, sagte Oda gedehnt. »Alles in Ordnung. Ich weiß jetzt, wer Marias Sohn ist.

***

»Doch, Babuschka, sie tun so etwas.« Er nahm erneut ihre Hand und streichelte sie sanft. »Ich habe mit ihnen gesprochen. Mit jedem Einzelnen.«

Erschrocken sah sie ihn an. »Du hast mit ihnen gesprochen? Aber wie … Du hattest doch keine Namen. Ich weiß ja selbst nicht, wie sie heißen. Für mich waren sie gesichtslose Bestien, die schuld daran waren, dass meine Tochter mit dem Leben nicht zurechtkam. Die zu verantworten hatten, dass aus ihr keine Lehrerin geworden war. Dass du nicht in einer richtigen Familie aufgewachsen bist und nur deine Babuschka, aber nicht deine Mutter und auch keinen Vater hattest. Wo hast du ihre Namen her?« Ihr Blick war voller Angst. Und er sah, dass sie ahnte, wie er an diese Information gekommen war.

»Es war ganz einfach«, gestand er emotionslos. »Nachdem du mir ihren Brief gegeben und die Vergewaltigung bestätigt hattest, war ich zunächst geschockt und wie benommen.« Er zog ein zusammengefaltetes Blatt aus seiner Hosentasche, faltete es auf und legte es auf den Tisch. Sie erkannte darin Marias Abschiedsbrief wieder.

Sascha,
verzeih mir, dass ich dich nicht so habe lieben können, wie du es dir gewünscht hast. Ich habe mich bemüht, doch ich habe es nicht geschafft. Je älter du wurdest, desto mehr sah ich in dir die Männer, die mich damals vergewaltigten. Verzeih mir.
Lebe wohl und pass auf deine Babuschka auf. Sie liebt dich wirklich von ganzem Herzen.
Deine Mutter Maria

Sascha suchte ihren Blick. »Dann wurde mir klar, was ich zu tun hatte. Ich bin zu ihrem Therapeuten gegangen. Habe mit ihm gesprochen. Ihn gebeten, mir zu verraten, wer ihr damals Gewalt angetan hat. Er wollte nicht reden. Da sah ich mich gezwungen, ein wenig nachzuhelfen. Das ging für ihn nicht glimpflich aus. Aber ich hatte die Akte. Und damit die Namen.«

Jegliche Farbe wich aus Babuschkas Gesicht. »Er ist der Arzt, der beim Feuer ums Leben kam, nicht?«

Er nickte. »Ich hatte nicht geplant, ihn zu töten. Aber die anderen habe ich bestraft. Sie können nie wieder jemandem wehtun.« Er lächelte müde. »Ich habe es so gemacht wie damals Maria. Ich bin zu ihnen gegangen und habe sie um einen Vaterschaftstest gebeten. Und wie damals haben sie abgelehnt. Ich konnte sie kein weiteres Mal ungestraft davonkommen lassen.«

»Du hast … Sie sind tot? Alle vier?«, fragte seine Großmutter tonlos.

Wieder nickte er. Auf der Straße hupte ein Auto.

»Um Gottes willen. Ich hätte dir den Brief nicht geben, nicht mit dir über damals reden dürfen«, sagte Babuschka verzweifelt. »Aber ich wusste doch nicht, was das bei dir anrichten würde. Mischka, du änderst doch nichts dadurch, dass sie nicht mehr leben. Das bringt uns deine Mutter nicht zurück. Nun habe ich auch noch dein Leben zerstört.« Sie begann, hemmungslos zu weinen. »Mischka, sie werden dich kriegen. Und dann werden sie dich wegsperren. Du kommst nie wieder raus.«

»Das ist mir egal. Ich habe sie gerächt. Und mich selbst, dem sie keinen Vater zugestehen wollten. Aber ich weiß, wie ich an ihre DNA komme. Und werde ihre DNA mit meiner abgleichen lassen. Am Ende werde ich trotz allem herausfinden, wer mein Vater war.«

***

»Wir hatten ihn die ganze Zeit in unmittelbarer Reichweite«, stellte Oda fest, als sie zurück in der Polizeiinspektion waren und die nächsten Schritte planten. Siebelt, sie und Christine standen in Lemkes Büro. Der nickte.

»Stimmt. Ich habe den Namen, den Geburtsort und das Geburtsdatum durchs Meldesystem laufen lassen. Alexander Meier wohnt in der Weserstraße. Wir kennen ihn allerdings als …«

»Sascha Meier«, sagte Oda. »Es fiel mir wie Schuppen von den Augen, als wir vorhin aus Bartelts Büro zurück in den Empfangsbereich kamen. Es war nicht nur Daniel Fröhling, den wir dort getroffen haben, Sascha kam gerade, als wir gehen wollten. Er hatte irgendwas mit seinem Hals. Er wollte uns sogar hineinschauen lassen.«

»Natürlich«, sagte Christine aufgeregt. »Und jetzt, wo du es sagst: Klar, wir hätten früher drauf kommen können! Sascha ist ja eine übliche Abkürzung für Alexander.«

»Zumal seine Familie russischstämmig ist«, ergänzte Siebelt.

»Aber er war es doch, der uns auf den Facebook-Account von Ma Ria aufmerksam gemacht hat«, rief Christine. »Warum hat er das getan?«

»Vermutlich, um von sich selbst abzulenken. Nach dem Motto: Wenn er uns darauf hinweist, kann er nicht der Täter sein.« Siebelt verschränkte die Arme vor der Brust. »Aber bislang haben wir nur die Aussagen der Sprechstundenhilfe aus Leer und die des kleinen Mädchens. Ob die ihn zweifelsfrei erkennen würden? Er trug immerhin Baseball-Cap, Kapuzenpullover, Sonnenbrille und Bart.«

»Wir haben auch noch Bartelts Aussage«, ergänzte Oda. »Und vermutlich finden wir in seiner Wohnung oder seinem Auto Kokain.«

»Warum hat er das Verbrechen an seiner Mutter wohl erst jetzt und innerhalb weniger Tage gerächt? Und warum hat er Kokain benutzt? Wo hat er es überhaupt her?«, fragte Siebelt.

»Habt ihr das nicht mitgekriegt?«, fragte Lemke. »Meiers Mutter starb vor etwa drei Wochen. Suizid. Er hat sie gefunden. In der Badewanne, mit aufgeschnittenen Pulsadern. Es war nicht ihr erster Versuch, nur hat es diesmal geklappt. Seine Oma, mit der die Mutter zusammenlebte, war mit der Seniorengruppe auf einer Tagesfahrt. Die Mutter hätte eigentlich noch in der offenen Psychiatrie sein sollen, hatte sich jedoch unter einem Vorwand ein paar freie Stunden erschlichen. Ihre Prognose war gut, sodass der behandelnde Arzt nichts einzuwenden hatte. Dass sie erneut Hand an sich legen würde, hatte zu dem Zeitpunkt keiner eingerechnet. Und das Kokain … Ihr seid manchmal wirklich naiv. An das Zeug zu kommen, ist doch ein Kinderspiel. Die Kollegen in Bremen haben zum Beispiel gerade erst extra zusätzliche Leute eingesetzt, um im ›Viertel‹ gegen die Dealer vorzugehen, und auch hier muss ich euch ja wohl nicht erzählen, wo man es problemlos kaufen kann.«

»Armer Kerl, der Sascha«, sagte Christine mitfühlend.

»Nix da. Das gibt ihm noch lange nicht das Recht, andere zu töten.«

»Es wird Zeit, dass wir ihn uns vornehmen«, sagte Oda. Die anderen stimmten mit ernsten Mienen zu.

***

»Fahr schneller«, wies Anastasia ihren Enkel an, der den Wagen mit leicht überhöhter Geschwindigkeit über die Landstraße in Richtung Wesertunnel jagte. Sie hatte nicht lange nachgedacht, nur kurz einen Wodka getrunken und dann ihren Neffen angerufen. Anton betrieb einen Autohandel.

»Ich brauche ein Auto. Vollgetankt«, hatte sie gesagt. »Umgehend.« Dann hatte sie das Nötigste zusammengepackt. Die Papiere. Das Geld, das sie unter der Matratze hortete. Im Falle einer Flucht musste man Geld dabeihaben. Das hatte schon ihre Mutter ihr eingebläut. Also hatte sie stets genug Geld gebunkert, um im Falle eines Falles erst einmal ein paar Tage über die Runden zu kommen.

»Wohin willst du denn so eilig, Tantchen?«, hatte Anton gefragt.

»Ach, die Elisabeta ist erkrankt, sie ist ja schon Ende achtzig, da will sie mich noch einmal sehen. Und den letzten Wunsch kann ich meiner lieben Tante doch nicht abschlagen.«

Anton verstand, was sie meinte. Anastasia war sicher, so schnell würde niemand auf die Idee kommen, sie sei mit ihrem Enkel auf und davon. Wenn sie gut durchkamen, würden sie in knapp sechs Stunden in Polen sein. Sie hatten Kontakte nach Pölitz, ein weiterer Neffe lebte dort. Dann würden sie weitersehen. Denn eines war sicher: Nie wieder würde sie jemanden aus ihrer Familie im Stich lassen.

***

»Keiner da«, stellte Christine fest, nachdem sie die Klingel zu Sascha Meiers Wohnung gedrückt und gewartet hatten. »Allerdings muss er kaum das Bett hüten, heute früh sah er jedenfalls nicht so aus, als könnte er sich nicht auf den Beinen halten.«

»Er hat danach Bartelt getötet. Zumindest zu töten versucht«, sagte Oda. »Versuchen wir es bei seiner Oma.« Sie drückte den anderen Klingelknopf, der mit A. Meier gekennzeichnet war. Aber auch hier rührte sich nichts.

Nachdenklich sah Christine ihre Kollegin an. »Meinst du, er ist getürmt?«

Oda zuckte mit den Schultern. »Sieht fast so aus. Auch wenn sein Auto vor dem Haus steht: Er ist der Meinung, er hat sie alle umgebracht und sein Ziel erreicht.«

»Er weiß, was ihn erwartet. Immerhin ist er Polizist«, sagte Christine. »Ihm muss klar sein, aus der Nummer kommt er nicht mehr raus. Zu viel spricht gegen ihn.«

»Allerdings hängt viel davon ab, was Bartelt aussagt, wenn er denn überlebt«, sagte Oda. »Wenn wir mit Sascha sprechen, wird er sich verraten. Garantiert. Außerdem stehen die Chancen für Bartelt doch gar nicht so schlecht!« Aus dem Nordwest-Krankenhaus hatten sie inzwischen die kurze Info erhalten, dass man dabei war, Bartelt zu operieren. Der zweite Halswirbel war zwar gebrochen, aber obwohl er im Wirbelkanal auf das Rückenmark drückte, hatte er es nicht beschädigt. Es bestand die Möglichkeit, dass sich die Lähmung zurückbildete. Allerdings wäre Bartelts Kopf in der Zukunft nicht mehr so beweglich wie bislang: Man würde ihn mit einer Titanschiene an der Wirbelsäule fixieren. Doch das war für den Arzt sicher das geringste Übel.

Sie blickten einander an.

»Großfahndung?«, fragte Oda.

»Großfahndung«, bestätigte Christine.

***

Es war wenig los auf der Bundesstraße 110, nachdem sie die Autobahn verlassen hatten. Sascha ging davon aus, dass sie eher auf der A 20 denn auf einer der über die Insel Usedom führenden Landstraßen kontrolliert werden würden, falls es solche Kontrollen überhaupt noch gab. Im Internet hatte er gelesen, dass sie nur punktuell und für wenige Wochen stattfanden. Ein Unding angesichts der aktuellen europäischen Lage. Doch ihm spielte diese Politik in die Karten.

Nicht mehr lang, dann würden sie die Grenze passieren. In Swinemünde wollten sie Pause machen. Babuschka würde einen Kaffee und mindestens zwei Stück Kuchen bekommen, als Belohnung dafür, dass sie bis auf eine kurze Pinkelpause eisern neben ihm auf dem Beifahrersitz ausgeharrt hatte. Er wusste noch nicht, wie sein Leben weitergehen würde. Er würde seine Russischkenntnisse ausbauen müssen. Aber er hoffte, sie würden Interesse daran haben, ihn einzustellen. Immerhin wusste er, wie die deutsche Polizei arbeitete. War bis heute einer von ihnen gewesen.

Babuschka wollte von Pölitz aus weiter. Über Litauen, Lettland und Estland nach St. Petersburg. In ihre Heimat. Sie hatte dort immer noch ein Konto. Sie hatte dort immer noch Geld. Sie kämen nicht als arme Leute nach Russland.

Das Verkehrsschild wies darauf hin, dass es bis Swinemünde noch fünfzehn Kilometer waren, als sie von einem Polizeifahrzeug überholt wurden. Der Wagen drosselte seine Geschwindigkeit.

Auf der Fahrerseite wurde eine rote Polizeikelle herausgehalten.

»Stopp. Polizei« stand darauf.

Zwei Wochen später

Mit gemischten Gefühlen liefen Oda und Christine die Treppen im Hauptgebäude des Nordwest-Krankenhauses hinauf. Valentin Bartelt hatte die Operationen gut überstanden und war vernehmungsfähig. Von Sascha Meier gab es keine Spur. Er war wie vom Erdboden verschwunden und seine Großmutter ebenso. Sie hatte sich von ihrem Neffen ein Auto geliehen. Angeblich, um zu einer sterbenden Verwandten zu fahren, die in Meersburg am Bodensee lebte. Doch weder waren die beiden dort angekommen, noch lag die Verwandte im Sterben. So weit die Fakten, und sie ahnten, dass Sascha sich längst nicht mehr in Deutschland aufhielt.

Auf dem Krankenhausflur saßen Menschen an Tischen. Kleine Aufenthaltsoasen jenseits der Krankenzimmer. Sie klopften an die Tür, hinter der Valentin Bartelt lag. Auf sein »Herein« betraten sie das Zimmer.

Der Arzt blickte ihnen ruhig entgegen. »Ich hätte die Mittagspause nicht im Stadtpark verbringen sollen«, sagte er gelassen. »Aber wer kann schon ahnen, dass sich dort Verrückte aufhalten.« Er reichte ihnen die Hand, obwohl er steif auf dem Rücken lag.

»Wie geht es Ihnen?«, fragte Oda.

»Gut. Mir geht es sogar sehr gut.« Bartelt lächelte. »Ich lebe. Und ich werde bis auf die Tatsache, dass mein Hals nicht mehr so beweglich ist wie früher, keine großen Einschränkungen haben. Ich werde laufen können. Meine Arme bewegen. Selbstständig essen. Trinken. Alles allein machen. Das ist ein Geschenk, wissen Sie? Dafür bin ich dankbar und demütig.«

»Das freut uns.« Christine öffnete ihre Tasche. »Sie haben wirklich großes Glück gehabt. Wir müssen Sie nun, da Ihre Ärzte es erlauben, jedoch bitten, sich noch einmal genau an diesen Tag zurückzuerinnern. Kurz bevor Sie im Park abtransportiert wurden, bestätigten Sie, es sei Alexander Meier gewesen, der Sie angegriffen hat. Wir haben ein Foto von ihm mitgebracht, um sicherzugehen.« Sie zog das Bild heraus und zeigte es Bartelt. »Das ist er. Wir fragen Sie nun noch einmal: War er es, der Sie im Park überfallen und angegriffen hat?«

Bartelt nahm die Aufnahme in beide Hände. Studierte das Foto, das Sascha Meier ohne Uniform zeigte. Er nahm sich Zeit. Geduldig wartete Oda auf eine Reaktion des Mannes. Doch entgegen ihrer Annahme verzog sich Bartelts Gesicht nicht in eine abwehrende Miene. Stattdessen lächelte er. Beinahe sanft. »Ja, ich kenne ihn. Er ist einer meiner Patienten. Was für ein sympathischer junger Mann. Haben Sie ihn etwa verhaftet?«

Christine schüttelte den Kopf. »Bislang nicht.«

»Das wäre auch nicht richtig. Denn Sie müssen sich irren. Ich habe nicht gesagt, dass er derjenige war, der mich angegriffen hat.« Offen sah er Oda an. »Er war es nicht. Bestimmt nicht.«

»Was ist das denn für ein Bullshit«, wetterte Oda, als sie zurück nach Wilhelmshaven fuhren. »Er war es nicht? Er war es sehr wohl! Das hat Bartelt vor Ort doch auch bestätigt, und wir wissen das. Warum zum Henker will er nicht, dass Sascha in den Bau geht für das, was er getan hat? Verflucht noch eins, der hat vier Menschen auf dem Gewissen, und Bartelt wäre der fünfte gewesen. Da kann er ihn doch nicht einfach davonkommen lassen wollen!«

Christine war ebenso ratlos. »Ich weiß auch nicht, wieso Bartelt das jetzt auf einmal abstreitet. Doch letztlich ist es unerheblich. Die Zeugen sagen, er könnte derjenige gewesen sein, den sie gesehen haben, wir haben Kokain in seiner Wohnung gefunden, Umschläge von der Sorte, wie er sie bei Klempert in der Praxis abgegeben hat, und allem Anschein nach ist er nicht nur verschwunden, sondern geflohen, so wie er seine Wohnung verlassen hat. Im Kühlschrank befanden sich Lebensmittel, das Bett war ungemacht, das Konto dagegen leer geräumt … alles deutet auf einen überstürzten Aufbruch hin. Und von seinem Handy gibt es seit dem Tag des Überfalls auf Bartelt keine Funksignale. Vermutlich hat er es zerstört. Das alles würde für eine Verurteilung reichen. Nur gibt es ohne einen Verdächtigen keine Verhandlung.«

»Wir finden ihn«, sagte Oda optimistisch. »Irgendwo werden wir eine Spur von ihm finden. Glaub es mir. Wir kriegen ihn. Stopp!«

Erschrocken trat Christine bei Odas Aufschrei auf die Bremse. »Was ist denn los?«

»Anhalten. Sofort!« Oda blickte über die Schulter zurück.

Christine parkte und sah ihre Kollegin fragend an. »Kannst du mir mal erzählen, was los ist?«

»Da drüben.« Sie deutete mit dem Kopf auf die andere Straßenseite, wo zwei Männer vor einer Spielhalle standen und sich offensichtlich heftig stritten.

»Das ist doch Niekstein«, entfuhr es Christine entsetzt. »Ich denke, der hat sich heute wieder krankgemeldet?«

Oda starrte wortlos auf die beiden gestikulierenden Männer knapp fünfzig Meter hinter ihnen. »Ja«, sagte sie gedehnt. »Er ist wohl wirklich krank. Aber ganz anders, als wir dachten.«

***

Valentin Bartelt warf dankbar einen Blick auf den Blumenstrauß, den Susanne Weinstock ihm gebracht hatte. Ihre Fürsorge überforderte ihn zwar, aber er hatte sie für seine Zwecke nutzen können. Unter dem Vorwand, er habe mit Alexander Meier einen Termin zur Sicherheitsüberprüfung seines Hauses ausgemacht, hatte er Susanne gebeten, ihm Meiers Handynummer mitzubringen, die in der Akte notiert war. Nun nahm er sein eigenes Smartphone aus der Schublade des Krankenhausnachttisches.

»Die Polizei war hier«, schrieb er, auch wenn er nicht wusste, ob Sascha sein Handy noch immer benutzte. Wahrscheinlich eher nicht. Dennoch, es war ihm ein Bedürfnis, diese Nachricht zu schreiben. »Ich habe Sie nicht verraten. Das ist meine Wiedergutmachung an Maria. Und an Ihnen.«

***

Ein wenig ausgebrannt und deprimiert fuhr Christine an diesem Nachmittag nach Hause. Zwar wussten sie, wer hinter den Morden steckte, doch Bartelt weigerte sich, sie zu unterstützen. Natürlich konnte sie einerseits verstehen, dass er auf diese Art für seine damalige Tat einstehen wollte, dennoch schützte er einen mehrfachen Mörder. Und bei allem Verständnis, das ging einfach nicht. Niemand durfte im Alleingang andere Menschen richten.

Als sie Phillips Auto auf der Auffahrt stehen sah, begann sie zu strahlen. Er hatte ihr gar nicht gesagt, dass er heute in der Gegend zu tun hatte. Voller Freude stieg sie aus, stutzte jedoch, als sie sich der Haustür näherte. Was lag da denn? Bei genauerem Hinsehen erkannte sie weiße und rote Rosenblätter. Was hatte das zu bedeuten? Klopfenden Herzens betrat sie das Haus.

»Phillip?«, rief sie. Ihr Mund war ganz trocken.

»Hier drüben«, antwortete er.

Unsicher lief sie den Flur entlang und blieb in der Tür zum Wohnzimmer überrascht stehen. Der Raum glich einem Meer aus brennenden Kerzen, auf dem Tisch stand ein wunderschöner Strauß aus weißen und roten Rosen neben dem Sektkühler aus Edelstahl. Aus den Lautsprechern der Musikanlage erklang »Hallelujah« von Leonard Cohen.

»Was wird das?«, fragte Christine mit belegter Stimme.

Mit ernstem Gesichtsausdruck trat Phillip auf sie zu und umfasste ihre Hände. »Das, meine kleine Sprotte, wird ein Heiratsantrag. Möchtest du meine Frau werden?«

Dank

An dieser Stelle möchte ich zunächst einmal all meinen Leserinnen und Lesern danken, die Oda und Christine seit vielen Jahren bei ihren nunmehr neun Fällen begleiten und ihnen die Treue halten. Wie schön, dass Sie die beiden genauso mögen wie ich!

Des Weiteren danke ich meinem Mann Gustav, meinem Vater Werner Hirth, meiner Kollegenfreundin Cornelia Kuhnert und meiner Freundin Doreen Rehfeld dafür, dass sie auch diesmal kritisch auf das Manuskript geschaut haben.

Mein ganz besonderer Dank aber gilt wieder meiner Lektorin Marit Obsen!

Nun werde ich beflügelt an Fall Nummer zehn gehen, in dem … ach, das verrate ich jetzt lieber noch nicht.

Ganz herzlich
Christiane Franke

Im Juli 2017

Christiane Franke
MORD UNTER SEGELN
Broschur, 256 Seiten
ISBN 978-3-89705-917-7

»Detaillierter Einblick in die Polizeiarbeit an der ostfriesischen Küste und auf der Insel Langeoog und außerdem viel Lokalkolorit mit liebevollen Schilderungen, die Appetit auf Urlaub dort machen. Flott geschriebener Regionalkrimi mit interessanten Charakteren, die zunehmend an Tiefe gewinnen.« ekz

»Unterhaltsam neben der Krimispannung sind in ihren Büchern immer auch die Schilderungen der norddeutschen Landschaften und die ständigen Kontroversen zwischen der erdverbundenen Oda und der eleganten Christine.« NDR 1 Niedersachsen

Christiane Franke
MORD IM NEBEL
Broschur, 256 Seiten
ISBN 978-3-95451-067-2

»Spannung, die sich durchzieht, steigert, bis ans Ende anhält – mit einem überraschenden Ausgang zu einem brisanten Kriminal-Thema.«
leuchttuerme.de

»Ein solider Regionalkrimi mit norddeutschem Flair und einer gut gebauten Handlung, in dem die Autorin ihre Charaktere weiterentwickelt.« ekz

Christiane Franke
MORD ZWISCHEN EBBE UND FLUT
Broschur, 224 Seiten
ISBN 978-3-95451-256-0

In einem Wilhelmshavener Wohnhaus wird ein männlicher Toter gefunden – und alles deutet darauf hin, dass der Mann seinen Mörder kannte. Die Spuren führen die Kommissarinnen Oda Wagner und Christine Cordes ins Friesische Brauhaus zu Jever und in die Justizvollzugsanstalt Wilhelmshaven. Doch mitten in den Ermittlungen ereignet sich ein schrecklicher Unfall ...

Christiane Franke
MORD IN DEN DÜNEN
Broschur, 256 Seiten
ISBN 978-3-95451-549-3

»›Mord in den Dünen‹ ist ein Krimi, in dem romantische Augenblicke, ein brutaler Mord, wunderschöne Momentaufnahmen von Wangerooge und überaus spannende Ermittlungen ineinandergreifen. Dieser Spannung kann man sich nur schwer entziehen, es fällt schwer, das Buch aus der Hand zu legen.« Jeversches Wochenblatt

»Psychopathische Figuren, absurde Gedanken und brutale Handlungen. Alles verpackt durch penible Recherche, medizinische Genauigkeit, umrundet vom weiblichen Stil der Wilhelmshavenerin.«
Wilhelmshavener Zeitung

www.emons-verlag.de

Christiane Franke
MORD AUF DER SANDBANK
Broschur, 224 Seiten
ISBN 978-3-95451-956-9

»Intensive Recherche, gute Vorbereitung und eine genaue Planung, das alles zeichnet die Arbeit der Autorin Christiane Franke aus. Und ein sehr gutes Gefühl dafür, wie Spannung erzeugt und bis zum Schluss erhalten wird.« NDR